Rachel Winters vit à Londres. Après une maîtrise en écriture créative, elle a rédigé une chronique hebdomadaire sur les animaux de compagnie, bien qu'elle n'en possède aucun. Elle aime les grandes promenades, à la ville comme à la campagne, et croit dur comme fer que de bons amis et du bon vin viennent à bout de tous les problèmes. Elle est actuellement éditrice chez Orion Books.

CE LIVRE EST ÉGALEMENT DISPONIBLE
AU FORMAT NUMÉRIQUE

www.editions-hauteville.fr

Rachel Winters

Comme une comédie romantique

Traduit de l'anglais (Grande-Bretagne) par Nathalie Guillaume

Hauteville

Hauteville est un label des éditions Bragelonne

Titre original : *Would Like To Meet*
Originellement publié en Grande-Bretagne en 2019
par Trapeze Books,
une marque de The Orion Publishing Group Ltd.

ISBN : 978-2-38122-085-7

Bragelonne – Hauteville
60-62, rue d'Hauteville – 75010 Paris

E-mail : info@editions-hauteville.fr
Site Internet : www.editions-hauteville.fr

À tous ceux qui se sont toujours entendu dire
qu'ils n'étaient pas assez bons.
(Vous l'êtes !)

Prologue

FONDU D'OUVERTURE
INT. : CAFÉ *GIL'S*, EAST DULWICH - DIMANCHE 2 DÉCEMBRE, HEURE INDUE (10 HEURES)

EVIE SUMMERS - la vingtaine finissante, taches de rousseur, boucles rousses qui lui descendent aux épaules, robe de thé style années 1950 jaune vif, Dr Martens -, se tient devant le comptoir en tapant du pied, débordant clairement d'une énergie nerveuse.

Le serveur prenait son temps avec ma commande, et je remerciai silencieusement son dévouement à l'art d'une orange bien pressée. Je jetai un coup d'œil à son badge : « Bonjour ! Je m'appelle ». Xan. L'un de ces prénoms annonçant que la génération suivante est arrivée, et qu'elle élabore du jus de fruits bio comme s'il s'agissait d'une expérience méditative. Alors que la file s'allongeait derrière moi, mon jus d'orange atteignait le zen.

Pour une fois, cependant, ça ne me dérangeait pas de retenir qui que ce soit – ce jour-là, j'avais besoin que Xan prenne bien son temps, afin de me préparer pour ce que j'étais sur le point de faire.

— Voulez-vous que j'ajoute un petit supplément pour le rendre spécial ?

Seulement si c'est de la vodka, Xan.

— Qu'avez-vous en tête ?

— L'ingrédient magique, parfait pour les gueules de bois.

Xan déploya ses doigts pour révéler un œuf. Je lui fis signe de le flanquer dans le mixeur – ce n'était pas comme si je comptais le boire.

À présent, mes mains tremblaient, ce qui aiderait certainement à donner l'impression que ce que je m'apprêtais à commettre était un accident. Je pris quelques profondes inspirations.

Tu peux le faire, Evie Summers, me dis-je sévèrement.

Bien que, si je le faisais correctement, je doive repartir avec le prénom du pauvre type et, si ça se déroulait vraiment bien, son numéro.

Je consultai mon téléphone pendant que Xan mixait, et vis que la conversation de groupe JEMS était active.

Jeremy : Est-ce qu'elle le fait ? Evie, Evie, Evie. Est-ce que tu le fais ? DIS-MOI QUE TU ES EN TRAIN DE LE FAIRE.

Sarah : Mar, est-ce que tu as réglé la question des centres de table ?

Jeremy : Sarah, c'est le groupe NUPTZILLA que tu cherches. Celui-ci est pour des choses plus importantes.

Maria : LES COPAINS, SVP. Evie, es-tu certaine que c'est ce que tu veux ? Je veux dire, Seigneur, j'espère que tu vas le faire, mais es-tu sûre de toi ?

— Ta-daaa ! dit Xan en brandissant mon jus.

Mon cœur se convulsa. C'était l'heure.

Evie : J'y vais.

Même aussi tôt un dimanche, ce café du sud-est de Londres était bondé. Devant moi se profilait un parcours d'obstacles. Des ados soigneusement habillés, tout droit sortis de publicités de métro vantant des sites de mode pour lesquels tout le monde est trop vieux. Des utilisateurs d'ordinateurs portables feignant de ne pas avoir fini le café qu'ils continuaient de siroter. D'appétissantes mamans avec des enfants parfaits qui ressemblaient à des poupées. Et lui – le type aux Ramones.

Je l'avais choisi comme pigeon depuis la table où je m'étais perchée plus tôt avec mon ordinateur, afin de voir tous ceux qui entraient dans le café. Il était assis près du grand sapin de Noël. Proche de la trentaine, barbu, vêtu d'un tee-shirt des Ramones sous une chemise à carreaux, et plus étudiant qu'adulte (c'est-à-dire exactement mon genre).

Il était arrivé seul, ne portait pas d'alliance, n'avait pas d'enfant – en gros, il avait rempli les conditions minimums pour une histoire d'amour potentielle. Petit veinard.

Même si, pour être honnête, il ne remplissait pas juste quelques cases – je le trouvais sincèrement attirant, ce qui me rendait encore plus nerveuse. Parce que, ces temps-ci, la façon dont je concevais de trouver quelqu'un qui me plaisait consistait à imaginer la vie que nous pourrions avoir ensemble et ensuite à ne jamais lui adresser la parole. Le *contraire* de ce que j'allais faire.

J'émergeai de la grappe de tables à quelques pas de ma cible. Il était penché sur son livre – *Comment ne pas grandir !* par Richard Herring –, ce qui me donna à réfléchir. Est-ce là quelque chose que mon amoureux potentiel lirait ? Mais je ne pouvais pas me permettre d'être difficile ; je commençai donc à réduire le fossé entre nous.

Trois pas de plus.

Deux.

Un.

J'étais juste devant lui. Il était encore plus mignon de près.

Maintenant ou jamais.

Je tendis le jus en m'approchant, le cœur dans la gorge et cognant si fort contre mes côtes qu'il paraissait vouloir s'échapper.

Allez, allez, maintenant!

Ramones rit d'une chose qu'il venait de lire... et je passai devant sans m'arrêter.

Bon Dieu.

Je ne pouvais pas le faire. Mais je ne pouvais pas me défiler non plus.

Parce que peut-être, peut-être seulement, étais-je sur le point de rencontrer l'homme de mes rêves. Nos regards se croiseraient et, à cet instant, nous saurions tous les deux que nous vivions là le grand début de notre vie commune, exactement comme dans un film. Même si, à ce moment précis, avec un jus d'orange supplément œuf à la main, je n'aurais pas pu me sentir plus loin du grand écran.

J'avais marché aussi lentement que possible, mais j'étais maintenant de retour à ma place. Je m'étais assise à la grande table commune, et, en mon absence, un homme et sa fille s'étaient joints à moi. Lui : dans les trente-cinq ans, soigné, cheveux bruns, lisant le journal du dimanche, avec l'air de quelqu'un dont l'intitulé du métier comportait le mot « informatique ». Elle : mignonne, des couettes légèrement de travers, des lunettes à monture rouge, environ sept ans. Elle balançait les jambes en lisant. J'avais la vague impression de les avoir déjà vus là.

Je sortis mon téléphone tout en traînant devant mon ordinateur.

Evie : Je n'ai pas réussi. Pourquoi m'en suis-je crue capable ? Et en tant qu'amis, n'êtes-vous pas censés m'empêcher de faire un truc clairement dingue ?

Sarah: Tu peux faire tout ce à quoi tu disposes ton esprit. Même si, oui, c'est absolument dingue.
Jeremy: Evie, ne t'avise pas de reculer maintenant. Va chercher ton Hugh Grant.
Maria: Tu peux le faire, Evie! Inspire à fond et essaie encore. Nous croyons en toi!
Jeremy: Fais-le au nom de l'amour! Au moins, fais-le pour nous.

Dans l'ensemble, mes meilleurs amis étaient des gens sensés, intelligents, et je me sentis mieux en me rappelant que même eux avaient encouragé cette initiative.

Par ailleurs, ils avaient raison. Je *pouvais* le faire. Ou plutôt je le devais.

Je l'avais suffisamment reporté. Durant cette brève pause avant d'y retourner, l'homme à ma table leva les yeux vers moi, comme s'il s'interrogeait sur mon comportement. Je tentai de faire comme si j'avais simplement oublié quelque chose et que j'avais besoin de repartir le chercher.

Ce que les gens font tout le temps, merci beaucoup.

Cette fois, je pris un itinéraire plus court, impliquant de me faufiler devant la clique de mères parfaites.

Deux enfants aux grands yeux et impeccablement habillés bloquaient mon chemin: une fillette à la chevelure d'un blond très clair et un garçonnet aux cheveux bruns et raides. Tous deux semblaient avoir répondu à un appel de casting pour des « enfants qui pourraient hanter vos cauchemars ».

— Désolée, j'ai juste besoin de passer. Merci. Alors si vous pouviez…

Ma boisson dégoulina le long de mon poignet, et je redressai en hâte le verre avant qu'il s'en échappe davantage. *Imaginez un* Coup de foudre à Notting Hill *où, au lieu de renverser sa boisson sur elle, Hugh Grant aplatirait simplement son gobelet vide sur la poitrine de Julia Roberts.*

— *S'il vous plaît*, poussez-vous, plaidai-je doucement. (Ils sourirent.) S'il vous plaît ? dis-je, un peu plus fort, en jetant un coup d'œil vers Ramones pour vérifier qu'il n'était pas parti.

L'une des mères – blonde, vêtue ironiquement d'un jean *mom* à taille haute et de baskets fraîchement sorties de leur boîte – interrompit sa conversation avec son amie à la queue-de-cheval luisante pour me jauger.

— Tout va bien ?

Mes joues s'enflammèrent aussitôt.

— Oui ! Désolée. J'ai juste besoin de passer.

Les gens des tables voisines commençaient à lever les yeux.

Queue-de-cheval secoua la tête.

— Nos enfants prennent leurs propres décisions. Vendetta, Justice, que voulez-vous faire ?

Doux Jésus. Les gamins m'observèrent, puis se prirent la main. La malédiction d'avoir des cheveux roux, la peau pâle et des taches de rousseur, c'est que votre corps vous trahit à la moindre provocation. Je savais sans regarder que ma poitrine et mon cou seraient couverts de marbrures rouges.

— Tu as l'air d'une carotte ! Regarde, maman, c'est une carotte ! s'exclama – Justice ? – la fille.

Le visage du garçon se plissa tandis qu'il gémissait :

— Est-ce qu'elle a de l'urticaire ? Est-ce qu'elle est contagieuse ?

— Quels termes judicieux, Detty. Non, la dame est juste un peu gênée !

— J'ai peur, dit Justice.

À présent, les cinq mères me regardaient, et je me forçai à sourire en regrettant de ne pas avoir le courage de leur dire qu'elles élevaient leurs enfants de telle manière qu'ils deviendraient un jour les traumatismes de lycée d'autres enfants.

Au lieu de ça, le visage et la poitrine toujours empourprés, je pivotai pour contourner lentement leur table. Les mères me regardèrent toutes passer avec difficulté, pendant que Justice, Vendetta, et les autres Enfants du Café (sans doute prénommés Regret, Grave Erreur et Fâcheux Accident) gloussaient à qui mieux mieux.

Ramones était de retour dans mon collimateur. Cette fois, j'allais clairement le faire. Je marcherais droit vers lui, les yeux sur mon téléphone, feignant la distraction, et lui rentrerais dedans « accidentellement ». Alors nous aurions une histoire de « comment nous nous sommes rencontrés » vraiment jolie. Une jolie rencontre.

Bien sûr, le problème de ne pas regarder où vous allez, c'est que percuter quelqu'un est assez inévitable. Seulement, vous ne pouvez pas toujours choisir qui.

Les cinq secondes suivantes se déroulèrent dans un ralenti insoutenable.

Cinq. Je gardai les yeux sur mon écran, tins mon verre haut et pris de la vitesse.

Quatre. Au tout dernier moment, je relevai la tête.

Trois. Mon sourire était timide ; ses yeux emplis d'horreur.

Deux. Parce qu'il venait d'être rejoint par sa minuscule grand-mère, qu'il serrait maintenant d'un bras protecteur contre sa poitrine.

Un. Je lui fonçai dedans, comprimant sa mamie entre nos deux corps tandis que le jus d'orange quittait le verre.

Tout redevint net et précis. Je m'écartai, le cœur battant la chamade, et fus soulagée de découvrir qu'ils étaient tous les deux secs. Son adorable et vieille grand-mère était saine et sauve.

— Je suis *tellement* désolée. Est-ce que vous allez bien, tous les deux ?

— Ce n'est pas grâce à vous, espèce de vache empotée, dit mamie.

Ramones me fusilla du regard. Je soupirai. Quelque chose me dit que le destin n'avait pas prévu de « lui et moi ».

J'étais sur le point de proposer plus d'aide, mais, malheureusement, ce qui monte doit redescendre. Et les cris soudains et indignés me révélèrent exactement à quel endroit.

—Justice! Est-ce que ça va? Parle à maman!

Oh, non.

Je me retournai, en tenant toujours le verre vide.

Les cheveux blond blanc de la petite Justice étaient à présent orange vif, et sa mère essuyait frénétiquement les mèches trempées, son visage en pointe absolument dégoulinant. Detty arborait un large sourire en regardant son amie qui sanglotait.

—Je suis vraiment, sincèrement déso…, tentai-je de dire.

—Elle va bien? m'interrompit la mère de Detty, à bonne distance.

—Non, elle ne va pas bien. Bordel, Janet, passe-moi une lingette humide.

Puis quelque chose sembla venir à l'esprit de la mère de Justice, et elle se tourna vers moi, qui agrippais le verre à deux mains. Elle frottait le jus entre ses doigts.

—Qu'est-ce qu'il y a, *exactement*, là-dedans? me demanda-t-elle.

Ma voix sortit étranglée.

—Des oranges, c'est tout. (Elle se détendit un peu.) Et un œuf.

Elle hurla et commença à essuyer encore plus furieusement sa fille, dont le carré blond se balançait.

Une autre mère lança:

—Oh, mon Dieu, Suze. Est-elle vegan?

Chaque parcelle de mon corps était en feu.

—Est-ce que je peux aider de la moindre façon? Attendez, je vais chercher des serviettes.

Je retournai à ma table en courant, légèrement hystérique. Père et fille lisaient, tête baissée, les deux seuls clients de tout le café indifférents à ce qui se déroulait. Leurs serviettes étaient sur le bord de la table le plus près de moi. Je posai le verre et les pris. À ce moment-là, la fille leva les yeux… et m'adressa un clin d'œil. J'étais trop confuse pour y répondre.

Suze m'arracha les serviettes sans un commentaire, pour les tenir devant la bouche de sa fille.

— Tire !

Justice tira la langue, et je jure qu'elle regarda droit vers moi en le faisant. Suze commença à l'essuyer.

— Elle est allergique aux œufs. Si elle en ingère même une infime quantité, elle…

Comme pour lui donner la réplique, Justice pâlit, puis fut prise d'un hoquet.

— Justice, dis à maman que tu n'as pas avalé.

La petite fille rota une fois. Deux.

Cela n'allait pas réellement se produire, si ? Je retins ma respiration et envisageai sérieusement de m'enfuir du café en abandonnant mon ordinateur et mon sac.

— Maman, est-ce qu'*elle* est contagieuse ? demanda l'adorable petit Detty.

Justice semblait sur le point de tousser, seulement… elle ne le fit pas.

Ce qui peut juste être décrit comme un jet luisant de vomi jaillit de sa bouche avec une telle force que, lorsque la giclée atteignit le visage de Detty, il fut projeté trente centimètres en arrière.

L'ensemble du café se figea, et le silence se fit, troublé uniquement par le bruit assourdissant d'égouttement provenant de Detty.

Même si c'était affreux – véritablement, inexorablement affreux – et que je me sentis très mal quand une nouvelle gerbe de vomi trouva encore la figure de Detty tournée vers le haut, une part minuscule et impardonnable de moi-même se dit : voilà pourquoi elle s'appelle Justice.

Je n'émergeai des toilettes, où je m'étais cachée, qu'une fois les mères enfin parties avec leurs enfants, profondément indignées et promettant qu'on ne les reverrait jamais là-bas. J'avais proposé à Xan de l'aider à nettoyer, mais il avait balayé d'un geste mon offre – apparemment, les mères les rendaient dingues, lui et le reste du personnel, depuis des semaines, avec leur campagne contre les toilettes mixtes. Il m'avait même servi une tasse de café, qui m'attendait sur ma table. Je lui adressai un signe de tête reconnaissant.

Le père et sa gamine étaient toujours là – j'avais espéré qu'ils seraient partis, afin de ne pas avoir à affronter qui que ce soit. La seule chose raisonnable à faire était d'avaler mon café, remballer mes affaires et ne jamais revenir.

Alors que je me rasseyais derrière mon ordinateur, l'utilisant comme un bouclier, je hasardai un coup d'œil autour de moi. Le calme était plus ou moins revenu. C'était presque comme s'il ne s'était rien passé.

Même si je repenserais à ce jour chaque fois que je fermerais les yeux le soir pour les dix prochaines années.

Jeremy : Alors ??? Comment ça s'est passé ? Est-ce que tu as abordé Hugh Grant ?

Sarah : OMD, Evie, dis-moi que tu n'es pas allée au bout, espèce de tordue.

Maria : Je suis là si tu as besoin de parler.

C'était trop tôt pour revivre le traumatisme.

Je pris le café et fis face à mon écran vide. À présent, je n'avais plus qu'à écrire sur ce qui venait de se dérouler dans de douloureux détails ; c'était, après tout, la raison pour laquelle je l'avais fait au départ.

Alors que je commençais à taper, je fus picotée par la sensation particulière que quelqu'un me dévisageait.

La petite fille. Elle paraissait attendre que je dise quelque chose. Je repoussai mes cheveux par-dessus mes épaules et me penchai vers mon ordinateur en espérant qu'elle se lasserait. Elle se rapprocha.

— Eh bien ? dit-elle, avec impatience. Comment on a été ?

— Pardon ? lui demandai-je, perplexe.

— Anette, l'avertit distraitement le père en l'attirant doucement à côté de lui. Laisse la jeune fille tranquille.

« Jeune fille » ! Quelque chose dans sa façon de dire cela me hérissa. Comme s'il était le seul adulte à cette table.

Elle s'écarta de lui et il remua les mains rapidement – le langage des signes, compris-je en apercevant ses appareils auditifs. Sa fille l'ignora.

— Nous avons fait semblant de ne pas voir ce qui s'est passé, me dit-elle avant d'ajouter, sans doute par souci de clarté : Avec le vomi.

Son père avait l'air fasciné par la rubrique voyages.

— C'était entièrement son idée, poursuivit-elle. Il a dit que vous seriez déjà assez gênée. (L'homme tourna sa page.) *Alors ?* Est-ce qu'on a été bons ?

Il me fallut un instant pour répondre. Je savais que j'aurais dû être mortifiée – d'autant plus que le père me prenait vraisemblablement pour une idiote –, mais la ferveur de l'enfant était touchante.

— Oui, lui assurai-je. Merci.

Elle rayonna. Son père, lui, resta concentré sur son journal, compatissant probablement avec ces familles que je venais de traumatiser.

— Mais, aussi pénible que ça ait pu être pour moi, poursuivis-je, c'était pire pour eux. Ces pauvres enfants, et leurs mères…

La fillette secouait déjà la tête, les extrémités de ses couettes claquant ses lunettes.

— Ce sont *littéralement* nos ennemis mortels. Nous réfléchissions à des moyens de les empêcher de venir ici depuis des *semaines.*

— Je parie que vous n'aviez pas pensé à celui-là, dis-je ironiquement.

Elle sourit.

— Je suis Anette, se présenta-t-elle. Voici mon père.

Elle lui donna un coup de coude.

Après une légère pause, il tendit la main.

— Ben, dit-il avec raideur.

— Evie, répondis-je en lui adressant mon plus beau sourire de « je suis complètement normale ».

Ma main fut brièvement avalée par la sienne avant qu'il retourne à son journal.

Anette s'inclina en avant, m'observant comme si j'étais la chose la plus intéressante de la pièce.

— Vous êtes le meilleur truc qui soit arrivé ici depuis des siècles, déclara-t-elle.

— C'est très gentil, répondis-je, décidant de prendre sa remarque comme un compliment.

Quelque part, je doutais que son père soit du même avis.

— Mais aujourd'hui était un épisode complètement exceptionnel, je le promets. Ce genre de chose ne m'arrive *jamais.*

Curieusement, cette déclaration me valut la pleine attention de Ben. Il me regarda, avec dans ses yeux marron aux paupières mi-closes un éclat amusé.

— Vraiment ? dit-il. Alors pourquoi était-ce la seconde fois que nous vous voyions renverser votre boisson sur quelqu'un dans ce café ?

1

Alerte rouge

Deux semaines plus tôt

INT. : UN BAR EN SOUS-SOL À SOHO – VENDREDI 16 NOVEMBRE, 22 HEURES

Evie se trouve dans une petite foule de vingt ans et quelques, bien habillée, un « verre » en plastique rayé rempli de vin de table blanc à la main, acquiesçant au rythme de la conversation qui se déroule autour d'elle. Elle consulte son téléphone, trop éméchée pour être, et de loin, aussi discrète qu'elle ne l'imagine.

Sarah : Je vais vous envoyer à tous la présentation par mail, pour aider votre séance de planification le week-end prochain. Guettez vos boîtes de réception !
Maria : Ça ne nous dérange vraiment pas de prévoir ton enterrement de vie de jeune fille nous-mêmes.
Jeremy : Ce qui ne veut pas dire que ça ne nous dérange pas de planifier ton EVJF.

Sarah : Mais comme ça vous SAUREZ que je vais adorer. Tant qu'on est sur mon mariage, est-ce qu'on peut aborder le problème de ton plus-un, Evie ?

Je rangeai mon téléphone dans mon sac. Sarah essayait de me faire parler de mon « problème de plus-un » depuis qu'elle s'était fiancée. Comme si j'avais une espèce de pathologie que j'ignorais.

Alors que je reportais mon attention vers les deux jeunes femmes terriblement tendance avec moi dans le bar, je remarquai deux choses :

1) Leur jolie peau de bébé, parfaite et préservée des soucis.

2) Mon état d'ébriété, beaucoup plus avancé que je ne l'avais cru, même en respectant ma règle stricte des trois-verres-max.

C'était la malédiction des pots d'assistants. Une fois par mois, tous les assistants travaillant dans des agences artistiques pour le cinéma et la télévision se retrouvaient dans un bar différent, quoique aussi effroyable, du centre de Londres pour « réseauter » (c'est-à-dire ragoter). On ne servait jamais de nourriture à ces événements, même s'il y avait toujours en abondance un type très particulier de vin blanc (le moins cher). Je pouvais seulement supposer que le reste de l'assemblée était trop jeune pour avoir vécu des gueules de bois d'adultes, et avait par conséquent le bonheur de ne pas savoir ce que c'était de se réveiller avec le sentiment d'avoir été giflée par chacun de vos vingt-neuf ans.

Pour ma part… J'avais un sandwich aux œufs dans ma sacoche que je mourais d'envie de manger, mais n'avais pas encore trouvé le moment opportun. Si mon côté pratique me disait que j'avais besoin de quelque chose pour me plâtrer l'estomac, je concédais aussi que les gens normaux n'apportent probablement pas leurs propres sandwiches à des événements de réseautage.

L'une des filles, Jodi, écarta le rideau de cheveux blonds de son visage et m'adressa un petit sourire me donnant l'impression que, de nous deux, c'était moi la jeune. Il me semblait qu'elle venait de me poser une question. Elle était assistante dans l'une des plus grosses agences artistiques du milieu, et l'une de ces personnes qui collectent les ragots comme s'il s'agissait d'une monnaie.

— Tu disais ? Pardon…

Je serrai fermement mon verre à vin en plastique. Il n'y avait pas si longtemps, j'avais quelqu'un auprès de moi à ces événements.

— J'envoie fureter notre jeune Geraldine ici et là pour la présenter aux gens cool, dit Jodi.

Elle avait l'un de ces accents traînants de Londres qui me donnaient le sentiment d'être un peu plus du nord à chaque syllabe.

Je me tournai vers l'ado aux lunettes rondes. La majorité de ses longs cheveux étaient remontés en un chignon flou, le reste tombant dans ce genre de vagues emmêlées qui criaient « *regardez* combien je me fous de mon apparence ». Sous sa salopette, elle portait un tee-shirt blanc avec GRETA GERWIG imprimé en grosses lettres noires. Aussitôt, j'en voulus un, même si je n'avais jamais été assez cool pour que ça rende bien sur moi.

— Avec qui faites-vous votre stage ? demandai-je.

S'ensuivit un silence.

— Evie, grosse nouille, s'esclaffa Jodi. Elle est assistante.

— Mais c'est une gamine !

Je refermai vite la bouche, comme si cela pouvait de quelque manière annuler mes paroles.

Geraldine lâcha un rire grave et rauque et mit une main sur sa poitrine.

— *Merci*. Je suis presque préhistorique en années d'assistante. (Elle baissa la voix jusqu'à chuchoter.) En vérité, j'ai *vingt-trois ans*. Je m'inquiétais que tout le monde me trouve trop âgée.

— Tu n'as pas l'air d'avoir un jour de plus que vingt et un ans, fit remarquer Jodi.

J'avais envie de prendre Geraldine par les épaules et de lui dire qu'elle était si jeune qu'elle était quasiment toute neuve. À la place, je pris une autre gorgée de vin.

— Geraldine est chez Geoffrey & Turner, expliqua Jodi d'un ton appuyé que je m'appliquai à ignorer.

Geoffrey & Turner était une agence pour auteurs de télévision et cinéma, petite, mais respectée. Quelques années plus tôt, elle était la rivale directe de William Jonathan Montgomery & Sons, agence pour scénaristes. Mais, récemment, elle était devenue l'agence de choix pour les auteurs en quête de prestige, et nous avions… Eh bien, un jour, nous reviendrions dans la course.

— L'un des nouveaux collègues de Geraldine, Ritchie, est un vieil ami à toi, n'est-ce pas, Evie ? insista Jodi.

Rien ne lui échappait. Depuis qu'elle avait découvert que je le connaissais à l'époque où il n'était que ce vieux *Ricky*, elle ne ratait jamais une occasion de creuser à la recherche de plus amples informations. Mon ex était ce que l'on appelait dans l'industrie une licorne, à savoir un célibataire. Ce qui le plaçait fermement sur le radar à ragots de Jodi. J'aurais pu lui dire que Ricky était le genre de type qui vous donnerait l'impression d'être la personne la plus chanceuse au monde. Jusqu'à ce que vous ne soyez plus ce qu'il désirait. Au lieu de ça, je gardai mon sourire bien en place et la laissai bredouille, comme d'habitude.

— Ritchie est fabuleux, s'extasia Geraldine. Je suis sûre qu'on va le nommer agent à tout moment, maintenant. Tout chez lui annonce « ascension fulgurante ».

— Eh bien, il y avait peu de chances qu'il reste éternellement assistant, déclara Jodi avant de me poser une main sur le bras. Ne t'inquiète pas, tu y arriveras. Tu es juste dans une situation singulière.

Jodi n'avait pas tort, mais ce n'était pas ce qui me contrariait. *Ils n'allaient pas déjà lui donner une promotion, si ?* Ma gorge se serra.

— Où travaillez-vous ? me demanda Geraldine.

Je soupirai en me ressaisissant. Elle le découvrirait tôt ou tard, de toute façon.

— William Jonathan Montgomery & Sons, répondis-je.

Geraldine écarquilla les yeux.

— Oh, vous êtes cette Evie-*là*.

Lorsque vous étiez l'assistante à la plus grande ancienneté, l'info avait tendance à circuler.

Ce fut un soulagement quand elles estimèrent avoir besoin de remplir leurs verres et se dirigèrent vers le bar. Je ressortis mon téléphone, regrettant que l'on ne soit pas le vendredi suivant afin que mes amis puissent être là. Parfois, les kilomètres qui nous séparaient me paraissaient innombrables.

Evie : AU SECOURS JE SUIS CERNÉE PAR MES ENFANTS.
Maria : Où es-tu ?
Evie : Pot des assistants.
Evie : *DES enfants.
Jeremy : Ricon est là ?
Evie : Non. Il ne fréquente plus que des agents.
Sarah : C'est bon pour elle. C'EST BON POUR TA CARRIÈRE, EVIE.
Jeremy : Moins fort, Sarah.
Maria : Tu es un agent, ne te manque que le titre, Evie. Tu as montré ton visage. Pourquoi ne pas rentrer chez toi ? Prends soin de toi.

Je rangeai le téléphone sans répondre à Maria. Aussi difficiles que pussent parfois s'avérer ces événements pour moi, je devais y participer si j'avais le moindre espoir de progresser un jour au-delà d'un poste d'assistante. Tout le monde était là avec le même objectif : dire à tout prix ce qu'il fallait, parler aux bonnes personnes, nouer ces connexions cruciales. J'avais le même sentiment, quand j'étais venue vivre à Londres. Seulement pas à l'idée d'être agent.

Si mon père pouvait me voir aujourd'hui.

Il serait fier, je le savais ; il serait juste surpris de me voir de ce côté-là du métier. Que je veuille représenter des scénaristes, au lieu d'en être une. Il se demanderait ce qui était arrivé à la fille qui avait déclaré, à l'âge de douze ans, qu'elle serait la prochaine Nora Ephron ou Dorothy Taylor, pour écrire semblait aussi essentiel que manger ou respirer. Bien entendu, il ne saurait jamais ce que le premier agent à qui j'aie un jour montré mon travail m'avait dit.

« Vous n'avez simplement pas ce qu'il faut. »

Un petit frisson me parcourut. En général, je parvenais à étouffer toute pensée portant sur la période où j'écrivais, mais quelque chose dans cette soirée avait rendu ça plus difficile.

Sept ans au poste d'assistante. Bon anniversaire, Evie.

Cependant, je me disais toujours que j'avais de la chance. Je ne pouvais poursuivre mon propre rêve, j'aidais donc désormais les autres scénaristes à réaliser le leur. Tout cela vaudrait la peine une fois que l'on me nommerait agent. Monty me disait toujours que je n'étais pas encore tout à fait prête. Je devais juste trouver un moyen de lui montrer de quoi j'étais faite.

Je me faufilai jusqu'au bar à côté de Jodi pour poser mon gobelet vide, juste à temps pour saisir la fin de ce que Geraldine disait.

— Jamais je ne garderais un travail aussi longtemps. (Elle s'aperçut que je me tenais là.) Sans vouloir vous vexer, s'empressa-t-elle d'ajouter.

— Ce n'est pas la faute d'Evie, dit Jodi. Son patron, Monty, est un peu un guignol.

À ces mots, je me hérissai. Monty était connu dans l'industrie comme étant l'ancienne garde. L'un des derniers bastions de l'époque où la plupart des contrats étaient scellés dans les bars de clubs privés. Il était encore capable de charmer un producteur quand il en avait besoin, mais le monde avait évolué. La vague de jeunes gens enthousiastes intégrant le milieu arrivait avec une connaissance innée du *contenu*. Un terme qui donnait des crises d'urticaire à Monty.

— Il est brillant dans ce qu'il fait, dis-je, consciente que je défendais autant ma propre expérience que la sienne.

— Nous savons tous pourquoi tu restes. Les avantages en nature. (Jodi prononça « nateure », et notre différence d'âge devint un gouffre.) Un certain scénariste oscarisé sur lequel Monty doit savoir de grosses saletés pour le retenir depuis si longtemps.

Par principe, Jodi était au courant de ce que faisaient tous les scénaristes débauchables. Il y avait toutefois des choses que même elle ignorait au sujet du client trophée de Monty.

Les yeux de Geraldine brillèrent.

— Tu ne parles pas d'Ezra Chester, si ? Oh, mon Dieu, comment est-il ? Aussi canon que sur Instagram ? C'est si mignon qu'il sorte avec Monica Reed. Elle a, genre, dix ans de plus que lui, ce qui ne le dérange tellement pas. Comment se présente son grand film ? N'a-t-il pas reversé la moitié de son salaire à une œuvre de charité ? Racontez-moi tout.

Ezra était instantanément devenu un chouchou de l'industrie après avoir remporté l'Oscar du meilleur scénario trois ans plus tôt, mais ce fut seulement lorsqu'il commença à fréquenter la star hollywoodienne Monica Reed qu'il revendiqua le statut de célébrité. Grâce à son apparition dans diverses pages people et top listes des personnalités les plus sexy, son compte Instagram recensait plus de trois cent mille followers. Cela aidait qu'il ait l'air fait pour être à l'écran, plutôt que derrière.

— Je ne peux pas vraiment en dire beaucoup sur le film, dis-je en souriant pour adoucir mes propos.

— Tu es hilarante, Evie, déclara Jodi, me renvoyant soudain au lycée, moquée d'avoir levé la main en classe. Nous sommes toutes amies, ici. Tu peux au moins nous dire si les rumeurs sont vraies. Est-ce que le prodigieux Ezra Chester est en panne d'inspiration ?

— Loin de là, rétorquai-je.

Je tentai d'ignorer la façon dont quelque chose s'était serré dans ma poitrine. Nous nous étions vues une fois par mois l'année passée, environ, depuis que Jodi avait commencé en tant qu'assistante. Est-ce que l'on qualifiait cela d'amitié ? Une part de moi l'espérait, car, depuis que j'avais emménagé à Londres, je trouvais que se faire de nouveaux amis en dehors du travail était quasiment impossible. Et pourtant… l'unique fois où nous étions sorties boire un verre toutes les deux, j'avais baissé ma garde et lui avais fait une confidence personnelle. Le lendemain, une assistante que je ne connaissais pas m'avait envoyé un mail pour me recommander son psy spécialisé en deuil. Nous n'étions plus ressorties ensemble.

— Ses œuvres caritatives accaparent probablement son temps d'écriture, dit Geraldine avec compassion. Il vient de passer un mois entier en Amérique du Sud afin de rencontrer tous les enfants pour lesquels il a recueilli des fonds. Je ne sais pas comment il fait.

— Nous nous posons la même question, dis-je d'un ton neutre en songeant aux photos artistiques des vignobles qu'il était également parvenu à visiter.

— Raconte-nous quelque chose que nous ignorons sur Ezra, Evie, insista Jodi en écarquillant les yeux, comme si nous étions l'une comme l'autre irritées par Geraldine – conspiratrices.

— Eh bien, commençai-je, toujours étourdie par un excès d'alcool bas de gamme déversé dans un estomac vide. La vérité, c'est qu'Ezra…

Je vis Jodi retenir son souffle. Mon téléphone vibra.

Je marquai une pause, m'apercevant combien il serait simple de leur dire ; tout ce que j'avais à faire, c'était expliquer pourquoi, chez moi, mes amis l'appelaient ANU. Ruinant sa réputation et celle de l'agence d'un seul coup.

À leur grand désarroi, je plongeai la main dans mon sac, en sortant mon sandwich pour atteindre mon téléphone.

Oh, tant pis.

Je le déballai et pris une généreuse bouchée. Les gens qui pensent qu'être agent est un plan de carrière glamour ne m'ont pas vue attraper le dernier train pour rentrer chez moi en tenant une miche de pain dans mes bras afin de manger des tartines au lit.

Jodi se racla la gorge, visiblement gênée pour moi.

— Eh bien ? Allez, Evie, partage.

— OK, cédai-je. La vérité, c'est que…

Je m'interrompis pour liquider poliment le sandwich. Elles avancèrent d'un pas avec impatience.

— Son prochain projet, poursuivis-je, va tous vous scotcher.

Un battement. Leurs visages emplis d'incrédulité.

— D'accord, conclut Jodi mollement.

Et cette fois, je fus celle qu'on isolait tandis qu'elles échangeaient toutes les deux un regard.

C'est le truc, quand vous êtes assistante depuis sept ans. Vous devenez vraiment, vraiment douée pour ça.

Ezra était peut-être un ANU, mais personne ici n'allait en découvrir les raisons.

Je fourrai l'emballage vide dans mon sac et pris mon téléphone. J'avais plusieurs appels manqués de Monty. Le connaissant, ça pouvait être n'importe quoi, d'une crise avec un client à un costume à envoyer au pressing.

Pour une fois, je me réjouissais de son exigence.

—Je suis sincèrement désolée, mais je dois filer. On a besoin de moi au bureau.

Geraldine consulta l'heure sur sa montre étanche Baby-G.

—Mais il est plus de 22 heures ! s'exclama-t-elle, ahurie. Un vendredi.

Je lui adressai mon plus aimable sourire.

—Bienvenue dans le métier d'agent.

—On m'a tendu une embuscade. (Monty chuchotait, mais sa voix résonnait étrangement.) Leur as-tu dit où j'étais ce soir ?

—À qui ?

Je traversais Dean Street en esquivant la foule du vendredi soir.

—Sam-et-Max. Ils sont ici.

Sam-et-Max étaient les producteurs du nouveau scénario d'Ezra. Ils faisaient tout comme s'ils n'étaient qu'une seule et même personne, comme une hydre que quelqu'un aurait tenté de tuer et qui se serait simplement divisée en deux pour reprendre le cours normal de sa vie. Je n'avais jamais rencontré deux personnes d'une politesse plus enthousiaste. Il paraissait peu probable qu'ils aient approché Monty sans l'en avertir.

—Es-tu au *Ash* ?

—Aha ! siffla-t-il. Tu leur as donc *dit* que j'étais ici.

Je ravalai ma réponse. Monty était toujours au club privé ; il y avait quasiment élu domicile. Il passait plus de temps au

Ash que chez lui, et quiconque n'ayant même qu'une miette d'information sur lui ne le chercherait pas au bureau.

—Et ils ont juste débarqué tous les deux ?

—Oui, ils n'ont même pas appelé avant.

Un bruit noya ses paroles suivantes. Était-ce une chasse d'eau ?

—Il faut que tu viennes ici, poursuivit-il. Alerte *rouge*, Evelyn.

Monty avait mis au point un système d'alertes pour demander mon aide quand il était avec des clients afin qu'ils ne sachent pas qu'il m'appelait au secours. Ambre signifiait « Tiens-toi prête à intervenir ». La verte était pour les urgences mineures. Besoin de réserver un taxi, ce genre de chose. La gravité d'une alerte rouge était imprévisible. La dernière avait concerné un client qui s'étouffait sur une boulette de viande, et Monty était trop saoul pour se rappeler que j'étais rentrée chez moi le week-end et que j'étais dans l'impossibilité d'accomplir la manœuvre de Heimlich depuis Sheffield. Le client avait, malgré cela, survécu.

—J'ai besoin d'une exfiltration.

Il valait mieux également garder à l'esprit que Monty pouvait être théâtral. Nous travaillions avec des scénaristes, pas des espions.

—*Merde*, dit-il.

Durant quelques secondes, je n'entendis que des voix féminines en fond.

—Monty ? Est-ce que tout va bien ?

—Deux secondes, chuchota-t-il. (Les voix s'estompèrent.) Viens me sortir de là !

—Je suis en chemin. Dans quelle salle es-tu ?

Le club était situé à Mayfair, et ses sept étages comprenaient une piscine sur toit-terrasse et un spa.

Monty marmonna quelque chose au sujet d'une poulette en flammes.

— Désolée, je ne pense pas avoir saisi.

— Je disais JE SUIS DANS LES TOILETTES DES FEMMES.

— Alors… hum… sors ? suggérai-je obligeamment.

— J'adorerais, seulement je suis COINCÉ, Evelyn. Je suis coincé, putain.

Tandis que je me dirigeais vers le métro, je fus extrêmement heureuse d'avoir mangé ce sandwich aux œufs. Quelque chose me disait qu'il valait mieux que je sois sobre pour tout ceci.

2

Coincé

INT. : BAR AU TROISIÈME ÉTAGE, LE *ASH*, CLUB PRIVÉ - VENDREDI 16 NOVEMBRE, 23 H 02

La combinaison de couleurs du bar est ironiquement vive et tapageuse. Au plafond, il y a quelques boîtes de film géantes dont pendent des bobines de pellicule. Un rideau violet à pompons vert anis est suspendu entre le bar et le restaurant derrière. Un serveur blond vêtu d'un impeccable uniforme de portier se tient à côté du rideau. Il souffle sur une bande de film pour l'écarter de son visage et paraît écouter.

— S'il vous plaît, je *dois* traverser le restaurant sans être vue.

Le serveur blond joignit les mains, le sourire neutre et travaillé, comme s'il avait l'expérience de gérer les excentricités de la clientèle du *Ash*.

— Miss Summers, je suis conscient que vous êtes l'assistante de Monty, mais ceci n'est pas du tout orthodoxe. Nous ne voudrions pas déranger nos autres hôtes.

Monty était un membre fondateur du club, d'où l'usage du prénom, le personnel savait donc qui j'étais, même s'il refusait de payer une cotisation supplémentaire. En tant que non-membre, mes droits étaient limités. Je fis de mon mieux pour avoir l'air de quelqu'un digne d'être aidée.

Étant donné que j'étais actuellement enroulée dans un rideau, c'était difficile.

De mon point d'observation, je voyais Sam-et-Max assis à une table, de part et d'autre d'une chaise qui avait été, supposais-je, celle de Monty avant qu'il les voie entrer dans la salle et se cache dans les toilettes les plus proches.

Si les producteurs m'apercevaient, ils sauraient avec certitude que Monty était toujours dans le bâtiment. D'une manière ou d'une autre, il me fallait passer devant eux et aider Monty à s'échapper sans qu'ils le remarquent.

— Vous êtes bienvenue à vous asseoir au bar en attendant Monty.

Je resserrai le tissu autour de moi en m'efforçant désespérément de décider quoi faire. Les producteurs ne pouvaient être là que pour une seule chose. Dix-huit mois plus tôt, Ezra Chester avait signé un contrat avec la société montante de Sam-et-Max, Intrepid Productions, pour écrire leur prochain film – une comédie romantique. Derrière leur projet, ils avaient voulu le nouveau talent le plus prometteur. C'est là qu'Ezra fait son entrée avec ses lauriers d'oscarisé. Que cette comédie romantique fasse suite à son grand succès, le suprême tire-larmes *Un cœur saigne*, le rendait encore plus attirant.

Lorsque la date butoir était passée sans le moindre signe de scénario, ils s'étaient montrés très compréhensifs, surtout quand Monty leur avait expliqué que la grand-mère d'Ezra venait de mourir. Mais Ezra manqua aussi la deadline suivante, puis la suivante… et les producteurs avaient élevé leur niveau de jeu.

Depuis, Sam-et-Max poursuivaient ce scénario avec un engouement qui frisait l'agressivité. En les regardant maintenant, vêtus de leurs costumes bleus identiques, l'inquiétude s'affichant sur leurs visages d'une plate beauté, je me demandai pourquoi ils voulaient rencontrer Monty au point d'enfreindre sa règle cardinale (pas de rencontres surprises). Était-ce parce que ce qu'Ezra était parvenu à écrire était nul ? La plus infime part de moi-même espérait que c'était vrai…

Car il y avait une chose que Sam-et-Max ne pouvaient pas savoir au sujet de leur scénariste chéri. La même chose que je ne raconterais jamais à toutes les Jodi ou Geraldine du monde.

La vérité, c'était qu'Ezra Chester – lauréat d'un Oscar, idole bienfaisante et chouchou de l'industrie – était un arrogant et insupportable connard.

Mes amis s'étaient mis à l'appeler l'Arrogant Numéro Un (ANU, pour faire court) après le jour où il était sorti en furie d'un rendez-vous parce que je m'étais trompée dans sa commande de café, et qu'il avait ensuite refusé de revenir jusqu'à ce que Monty lui promette des cocktails. L'objet de cette rencontre était son œuvre de bienfaisance pour les enfants défavorisés, dont plusieurs se trouvaient dans la pièce à ce moment-là. À présent, je devais faire extrêmement attention à ne pas l'appeler ANU devant lui et son visage d'une exaspérante beauté.

Penser à lui me donna une idée.

— Je vous promets de bouger de là si vous acceptez de rendre un petit service à Monty, dis-je, sachant le serveur incapable de refuser quoi que ce soit à l'un des membres fondateurs du *Ash*.

Il parut à la fois soulagé et inquiet.

— Je ne peux rien faire qui dérangerait les autres clients, m'avertit-il.

— Écoutez, commençai-je en essayant de masquer le désespoir dans ma voix. La vérité, c'est que si je me plante sur ce coup-là, mon patron s'en servira comme une raison de plus pour ne pas m'accorder de promotion. S'il vous plaît. (Je traînai les pieds vers lui autant que le rideau me le permettait.) Ai-je l'air d'une femme qui a d'autres options ?

Il secoua la tête – insultant –, et je lui adressai ce que j'espérais être un sourire rassurant, avant d'expliquer exactement ce que j'avais besoin qu'il fasse.

— Est-ce que M. Montgomery est ici ? M. Chester vient d'arriver et patiente au salon VIP en bas.

Le serveur se tenait à portée d'ouïe de Sam-et-Max pendant qu'il parlait à son collègue.

— Allez, allez, implorai-je.

Je les vis se redresser, échanger un regard, se lever et se diriger d'un bloc vers l'endroit où je me cachais. Je me recroquevillai derrière le rideau dont un pompon me chatouilla le nez.

Leurs pas s'estompèrent dans l'escalier, et je comptai jusqu'à dix avant de me glisser hors de ma cachette pour me diriger vers la porte à l'autre bout de la pièce, en essayant de ne pas me sentir aussi décalée que je devais le paraître avec mes cheveux décoiffés et mes Dr Martens.

Les toilettes des femmes étaient éclairées par une espèce de lumière vaguement repentante, conçue pour vous donner l'impression de pénétrer dans un lieu illicite. Je distinguais seulement des carreaux biseautés roses, beaucoup de chrome et des produits qui coûtaient sans doute plus d'un mois de salaire.

Il n'y avait qu'un box utilisé.

— Monty ? lançai-je avec hésitation.

— Evelyn ? Qu'est-ce qui t'a pris autant de temps ?

L'accent aristocratique de Monty contenait une pointe d'hystérie.

— Tu peux sortir maintenant, la voie est libre.

— Oui, pourquoi n'y ai-je pas pensé ? (Il secoua la porte depuis l'intérieur.) Ah, c'est vrai : je suis coincé.

Durant un instant, nous poussâmes tous les deux d'avant en arrière, ce qui parvint seulement à confirmer qu'il avait raison.

— Je crois que c'est le verrou, dit-il.

— Je vais devoir aller chercher quelqu'un.

Monty émit un son étranglé.

— Je serai le ragot de tout le club ! Tu ne peux pas faire un peu levier… ?

Il se tut lorsque la porte principale s'ouvrit. Une dame âgée entra avec désinvolture. Je lui souris et sortis mon téléphone pour envoyer un message en vitesse aux JEMS, en espérant que l'un d'eux serait debout après minuit.

Evie : Quelqu'un sait comment faire levier sur une porte de toilettes ?

Jeremy était avocat et travaillait souvent à des heures indues. Maria était rédactrice pour un magazine mensuel de cuisine, un métier qui nécessitait rarement d'y consacrer sa nuit, à part quand elle laissait de la pâte à lever. Sarah travaillait au service des ressources humaines d'une entreprise et finissait à 17 h 30 précises, car ses talents en gestion du temps étaient une force sur laquelle compter. Elle dormait sans doute à poings fermés.

Je vis une réponse apparaître et m'en affaissai presque de soulagement – jusqu'à ce que je la lise.

Jeremy : Pourquoi voudrais-tu dégonder une porte de toilettes ?

Evie : 🙄 Tu travailles encore ?

Jeremy : Juste pour certains de mes clients gratuits. Un type sans abri arrêté pour avoir fait la manche devant M & S. Dieu merci, un agent zélé a empêché un crime si effroyable.

Jeremy : Attends, tu es coincée aux toilettes ?

Evie : Pas moi. Monty.

Jeremy : …

Evie : Arrête de rire, s'il te plaît. C'est sérieux.

Jeremy : Désolé. Si Sarah était debout, elle aurait sûrement des solutions d'une assommante utilité. As-tu essayé de mettre du savon sur les gonds ?

Evie : À cet instant, j'essaierais n'importe quoi.

Jeremy : Tu pourrais essayer de le laisser là-bas.

— Vous permettez ?

Je relevai le nez de mon téléphone pour voir la femme sourire et me désigner mon lavabo. À présent, je la reconnaissais. C'était une Dame, de plus de soixante-dix ans, et furieusement chic. Le cou et les épaules droits comme des piquets, cheveux blancs coupés court, et des vêtements fluides et amples, avec une écharpe en soie élégamment drapée sur une épaule. Elle respirait le calme et la grâce. Je l'observai en clignant des yeux avec émerveillement, avant de prendre conscience qu'elle attendait toujours.

Je reculai.

— Excusez-moi, j'attends juste mon ami.

Le son sans équivoque d'un homme en train d'uriner emplit la pièce. La dame releva les yeux de sa retouche de rouge à lèvres, et j'étudiai intensément le bout de ma tresse. Le bruit se poursuivit.

Évidemment, Monty était coincé au seul endroit où avoir besoin des toilettes n'était concrètement pas un problème, mais choisissait quand même le pire moment pour se soulager.

Et il y allait vraiment. Et encore. La dame était en gros une tête couronnée du cinéma, et, à ce moment précis, elle devait écouter Monty se vider la vessie avec enthousiasme.

Le plus infime des écoulements en provenance du cabinet résonna dans toute la pièce. Enfin, enfin, le son se dissipa. La dame remit le capuchon de son rouge à lèvres avant de se tourner pour partir en calant son sac sous un bras stylé.

Elle marqua une pause, une main sur la porte. *Oh, Seigneur.*

— Parfois, dit la dame, vous avez simplement besoin de pisser un bon bol.

Tandis que la porte se fermait derrière elle, je me détendis contre le lavabo, laissant échapper un petit rire plein d'ironie.

— Je ne vois pas ce que ça a de drôle, protesta Monty.

— Désolée, je prends juste du savon pour en mettre sur les gonds, mais…

— Quoi que tu fasses, presse-toi. Brave fille.

— Mais est-ce que le savon est vraiment notre meilleur…

— Maintenant, Evelyn.

Je pris de l'étagère le flacon de savon liquide visiblement coûteux, et retournai vers le cabinet. Alors que je cherchais les charnières, je décidai de profiter du fait que j'avais un auditoire littéralement captivé.

— Monty, dis-je. Pourquoi ne veux-tu pas rencontrer Sam-et-Max ?

Silence au cabinet.

— Est-ce que ce sont les feuillets ?

Il m'avait confié qu'ANU progressait. Non pas qu'il m'eût laissée lire le premier jet moi-même.

— Bon, tu peux appeler quelqu'un, après tout.

— Sam-et-Max sont là-bas, mais si tu penses que c'est la meilleure chose à faire…

— Non, non, s'empressa-t-il de dire.

— À quel sujet veulent-ils un rendez-vous, Monty ? demandai-je doucement en pompant du liquide sur les gonds.

Longue pause.

Je secouai la porte en marmonnant :

— C'est juste *carrément* coincé. Je devrais vraiment aller chercher de l'aide…

S'ensuivit un gros soupir en provenance du box. J'entendis le siège des toilettes grincer tandis que Monty s'asseyait.

— Ils veulent qu'Ezra signe un avenant attestant qu'il rendra le scénario intégral dans les trois mois. Ils le refusent en partiel ; j'ai essayé. Ils ont parlé d'avocats.

Il s'agissait d'une offre généreuse, en termes d'ultimatum, surtout si l'on prenait en considération qu'ils se faisaient balader depuis plus d'un an. Monty avait assuré à tout le monde qu'ANU écrivait, alors quel était le problème ? Peut-être ANU s'était-il vexé des formalités. Chaque prolongation supplémentaire avait été un « accord à l'amiable ».

— Est-ce qu'Ezra se rebelle ?

Il y avait le plus petit des interstices entre la porte et l'encadrement au niveau du verrou, et je voyais tout juste le pêne. J'y pompai du savon aussi.

Une autre pause.

— Je ne voulais pas prendre le risque d'étouffer sa créativité en mentionnant la nouvelle deadline.

Traduction : Monty n'avait pas osé dire à ANU qu'il ne pouvait plus prendre tout son temps. J'inspirai profondément.

— Il ne sait pas qu'il a seulement trois mois pour finir le scénario ?

— C'est pire que ça, Evelyn, dit Monty d'un ton à présent irrité. S'il ne le rend pas, ils veulent récupérer leur argent en totalité. Si ça se produit, on est foutus.

Je fronçai les sourcils. Cela pouvait-il être aussi catastrophique ? Les dernières années, alors que Monty consacrait de plus en plus de temps à entretenir l'image publique bienfaisante d'ANU, je m'étais occupée de la majorité des négociations de l'agence. J'avais une bonne idée des rentrées que nous faisions, même si Monty gardait pour lui la plupart des comptes de la société.

—Je pensais que nous nous portions bien, dis-je en m'efforçant de ne pas laisser paraître la frustration dans ma voix.

S'il m'avait nommée agent, j'aurais pu aider davantage.

—Depuis le temps, tu devrais vraiment en savoir plus sur la manière dont les affaires fonctionnent, Evelyn.

Je réprimai mon indignation, sachant par expérience que je ne gagnerais rien à souligner qu'il faisait de la rétention d'informations.

—Nous nous faisons dégommer par de plus grosses agences tous les jours. Il n'y a plus de place pour les petites boîtes. Ezra est notre seule carte maîtresse, et, sans lui, on est cuits. Nous sommes tous les deux au chômage s'il ne rend rien.

—Nous sommes *quoi* ?

Je pressai trop fort le flacon, et la pompe se défit dans mes mains. L'ensemble me glissa des doigts, rebondissant sur les carreaux d'ardoise sombre et aspergeant les lieux de son contenu.

—Pas de scénario, articula-t-il, plus de job.

L'espace d'un instant, je restai juste plantée là, assimilant tout ceci, du savon dégoulinant de mes doigts. Après si longtemps, je me sentais chez moi à l'agence. Mes amis, je le savais, trouvaient que j'avais le syndrome de Stockholm, étant donné les histoires qu'ils m'avaient entendue raconter sur Monty au fil des années. Mais, pour moi, mon boulot allait au-delà de supporter ses excentricités. Il consistait à être capable de composer l'alliance idéale entre l'un de nos scénaristes et un producteur ou une incroyable société de production. C'étaient les heures que j'avais passées dans ce bureau exigu à relire des scénarios, aidant à corps perdu un auteur à trouver son chemin. Les révisions qui ne faisaient pas précisément partie de notre service – j'adorais m'en occuper. C'était un travail exigeant, mais je me l'étais approprié. J'ignorais ce que je ferais sans ça. J'ignorais qui je serais sans ça. Voilà qui donnait à réfléchir.

— Ezra doit signer cet avenant, dis-je sans réfléchir.

— Vraiment ? (La voix de Monty était lourde de sarcasme.) Mais que ferais-je sans la sagesse de mon assist…

Il s'interrompit brusquement, puis reprit d'un ton soudain léger :

— Tu sais, c'est dommage. Avant tous ces désagréments, je m'apprêtais à te parler de monter en grade.

Qu'était-il en train de dire ?

Envisage-t-il de me promouvoir au rang d'agent ?

Toc, toc, toc.

Je bondis.

— Il y a quelqu'un ? Miss Summers ? Êtes-vous toujours là-dedans ?

Je reconnus la voix du serveur à qui j'avais parlé un peu plus tôt. Il était devant la porte.

— J'ai deux messieurs ici qui demandent à voir Monty. (Il toussa.) Pour une certaine raison, ils avaient l'impression qu'il pouvait se trouver dans notre salon VIP, et le maître d'hôtel est plutôt pointilleux sur les hôtes non conviés. (Je grimaçai avec culpabilité.) Je suis terriblement désolé, mais il souhaite avec insistance que vous nous aidiez à résoudre ce… malentendu, afin qu'ils puissent partir.

— Ils ne doivent pas me voir coincé ici. Sors-moi de là, sors-moi de là ! siffla Monty.

— Juste une minute ! lançai-je à l'employé. Monty, dis-je plus doucement, je vais avoir besoin que tu pousses de ton côté quand je te le dis. OK ? Fais-moi confiance.

Je me stabilisai sur mes pieds.

Toc, toc, toc.

— Dépêche-toi, veux-tu !

— OK, lui dis-je. À trois. Un. Deux…

— Madame ! Je dois vous demander instamment de sortir, maintenant, ou je vais devoir entrer.

Quelques événements se produisirent dans une succession rapide.

D'abord, Monty paniqua. Plutôt que d'attendre que je dise « trois », il se jeta avec force contre son côté de la porte. Complètement prise au dépourvu, je sentis mes mains glisser de la poignée et je dus me rattraper au cabinet voisin. Comme sur un signal, le serveur blond se rua dans la pièce, encadré par Sam-et-Max. Ce fut, bien entendu, à ce moment que la porte des toilettes s'ouvrit violemment et que Monty en jaillit, glissant sur le sol mouillé comme s'il avait été propulsé par un canon.

Il dérapa et s'étala sur le carrelage, atterrissant aux pieds du serveur. Monty, et c'est tout à son honneur, se remit debout d'un bond à une vitesse impressionnante. Il était dans un état lamentable, en nage, mais il défroissa son gilet, se plaqua les cheveux en arrière et fit tout son possible pour ne pas avoir l'air de quelqu'un qui venait de sortir d'un cabinet de toilette pour dames à quarante kilomètres à l'heure. Il y parvint presque.

— Sam, Max, quelle surprise. J'aidais juste mon assistante. Des problèmes de toilettes, précisa-t-il à mi-voix en désignant l'endroit où je me trouvais.

Mes joues rosirent tant que je me fondis dans le mur.

— Content de vous avoir coincé, dit sans doute Sam, le choc s'estompant tandis que sa positivité par défaut prenait le dessus. Presque littéralement, hein ? Ah, ah. Nous voulions juste discuter de l'avenant, puisque vous avez promis que vous l'auriez fait signer d'ici aujourd'hui.

Aujourd'hui ? Depuis combien de temps Monty cachait-il cela ?

Monty agita la main comme si ce n'était rien.

— Mon assistante s'en occupe. Elle a rendez-vous avec Ezra lundi matin à la première heure. Il a hâte de faire part de ses feuillets.

Je le dévisageai.

J'ai rendez-vous ?

Il devait y avoir une erreur. ANU refusait de m'écouter. Pour lui, je n'avais que deux fonctions :

1. Caler les entretiens.
2. Le forcer à y assister.

Une fois que je l'avais fait venir là-bas, mon boulot était terminé, laissant Monty aller glander dans des repas hors de prix et autres réunions alcoolisées dont il se servait pour glisser des choses ennuyeuses dans la conversation, comme le moment auquel le scénario qu'ANU avait été payé pour écrire pourrait vraiment se concrétiser.

Le sourire de Monty était empli d'un réconfort tranquille. Au bénéfice des producteurs, pas du mien.

— Je l'ai déjà convaincu de signer, alors ne t'inquiète pas, c'est seulement de la paperasse, me dit-il, incarnant l'image même de l'agent bienveillant et sage qui apaisait une subalterne angoissée.

Une part importante de ce boulot consistait à ne pas réagir quand votre patron racontait un mensonge éhonté.

— Tout ce que tu as à faire, c'est lui tendre le stylo, dit-il, avec un éclat dans ses yeux bleu pâle. C'est un bon entraînement pour ta prochaine étape.

— Prochaine étape ? (Monty acquiesça imperceptiblement.) Bien sûr, dis-je doucement alors que mon cœur s'emballait.

Il était sérieux quelques instants plus tôt. Il allait peut-être bien me donner une promotion. Si l'agence survivait.

— Bon, y avait-il autre chose ? demanda Monty en tirant sur ses poignets de chemise et adressant à Sam-et-Max son fameux sourire, comme si tout était réglé.

— Oui, juste un dernier point. (Sam-et-Max le regardèrent de haut en bas.) Quelle est cette matière dont vous êtes recouvert ?

Le sourire de Monty se décomposa lorsqu'il baissa les yeux sur le devant trempé de sa tenue.

Le serveur ramassa le flacon vide par terre. Il avait été écrasé sous le pied de Monty.

— Il s'agit d'huile corporelle, monsieur.

Un silence suivit cette déclaration.

Dans la lumière qui filtrait du restaurant, je voyais une traînée luisante menant de la porte à l'endroit où se tenait à présent Monty, imbibé d'huile. Oh, non. J'avais pris la mauvaise bouteille.

Pourquoi un club privé aurait de l'huile corporelle dans les toil… Beurk.

Je frissonnai. À en juger par les expressions profondément gênées de Sam-et-Max, ils avaient quelques longueurs d'avance sur moi.

— Vous savez quoi ? dit l'un des producteurs. On dirait que ce n'est pas le bon moment.

À ces mots, Monty retrouva son sang-froid.

— Alors peut-être que, la prochaine fois, dit-il, avec toute la dignité qu'il put rassembler, vous appellerez avant.

3

ANU

EXT. : UNE BELLE RUE BORDÉE D'ARBRES DANS SOUTH KENSINGTON - LUNDI 19 NOVEMBRE, 8 H 55

EVIE se faufile devant une voiture de sport rouge et rutilante garée à cheval sur le trottoir en tenant deux cafés à emporter sur un plateau. Elle monte les marches en pierre menant à une grande porte d'entrée vert foncé et jette un coup d'œil vers la voiture en roulant les yeux. Les joues enflammées, elle carre les épaules, adopte une expression déterminée et se prépare à frapper.

Mes doigts se retrouvèrent à harponner l'air lorsque la porte s'ouvrit brusquement et que les cafés vacillèrent avec ce mouvement inattendu. Je parvins à les stabiliser, m'attendant à voir ANU, seulement pour qu'une grande fille aux cheveux blond vénitien sorte à grandes enjambées et s'arrête juste avant de me marcher dessus. J'éprouvai une étrange impression de familiarité, même si je ne la connaissais pas, avant que mon cerveau rattrape mes yeux. C'était Monica Reed, la coqueluche d'Hollywood native du Yorkshire. Mon souffle se bloqua dans ma gorge. Elle fréquentait ANU par intermittence ces dernières années – bien que Dieu seul connaisse la nature de cette attirance. C'était un gamin, et elle était la femme qui s'était engouffrée à Hollywood comme une tornade en exigeant des salaires égaux et des rôles divers pour les femmes de plus de trente-cinq ans. On pouvait dire que j'étais plutôt fan.

J'avais assisté à la valse des différentes partenaires d'ANU au fil des années. Les blondes au début de la vingtaine étaient son genre. Monica était différente. Majestueuse, sculpturale… plus vieille que lui. Sa tenue de yoga mettait en valeur son incroyable silhouette, et sa chevelure qui ondulait jusqu'aux épaules luisait d'un or rosé dans la lumière du matin glacial. Elle me surprit en train de l'observer, et je rougis.

Les dernières notes d'une excuse aux intonations de L.A. flottaient dans le couloir. C'était le type de voix qui paraissait avoir beaucoup voyagé, la voix de quelqu'un qui avait plus d'expérience du monde que vous n'en auriez jamais, et qui avait pris les photos avec des tigres sous sédatif pour le prouver. L'équivalent vocal d'un profil Tinder.

— Allez, bébé, je ne t'envoie pas encore balader, promis. Il n'y a personne d'autre. J'ai un rendez-vous que je ne peux pas éviter. Crois-moi, j'ai essayé.

Évidemment qu'ANU appelait Monica Reed « bébé ». L'actrice à qui l'on prédisait un second Oscar pour son prochain long-métrage, *Les Arnaqueuses*, un film d'époque se déroulant dans un couvent où des nonnes tenaient une distillerie de gin clandestine. J'avais entendu qu'elle avait appris à parler couramment italien pour ce seul rôle.

Je lui souris timidement.

Elle me toisa.

— C'est bon, Ez, je te crois. Ce n'est *clairement* qu'une histoire de travail, lui lança-t-elle.

Aïe.

Eh bien, peut-être qu'ils étaient mieux assortis que je ne l'imaginais.

— Alors crois-moi quand je te dis que l'assistante de mon agent me casse les couilles, dit ANU depuis le couloir. (Il fouillait à la recherche de quelque chose.) Elle m'a envoyé un mail au sujet de ce rendez-vous vendredi, pendant que nous étions au club. Si elle se trouvait une vie, je pourrais profiter de la mienne.

Les cheveux blonds ébouriffés d'ANU apparurent alors qu'il tendait un trousseau de clés à Monica.

— Oh, salut, Stevie.

Il n'aurait pu sembler moins inquiet que j'aie tout entendu, sans doute parce que c'était exactement ce qu'il m'avait répondu à ce moment-là.

Il avait choisi de porter un bas de pyjama sans rien au-dessus pour notre rendez-vous. Si mon cœur bondit à la vue de son torse musclé, son V apparent, et son physique insensé de M. Je-sors-tout-droit-d'un-catalogue-de-yachts, alors je décidai de me pardonner. C'était peut-être un connard, mais il était indubitablement séduisant.

— Evie, rectifiai-je, quelques secondes trop tard.

Puis, juste pour m'assurer qu'il ne me restait plus aucune dignité :

— Et moi aussi j'étais de sortie vendredi.

Gros con.

ANU passa un bras autour des épaules de Monica. Juste deux êtres humains ridiculement beaux, contribuant généreusement à la quantité de beauté dans le monde par le simple fait d'exister. Plantée là dans ma robe années 1950, joliment confectionnée à la main par ma mère, j'eus l'impression de venir d'une tout autre planète.

— Vous fuyez, au fait, déclara Monica en déplaçant son Birkin sur son épaule.

Je baissai furtivement les yeux. Le café avait coulé dans le plateau en carton et gouttait partout sur mes Dr Martens.

— Merde, lâchai-je.

Très professionnel, Evie.

— Désolée, ajoutai-je.

ANU parut amusé.

— Au moins, elles sont nettoyées, dit Monica.

Puis, se détournant de moi, elle attira ANU vers elle et lui donna un baiser qui aurait absolument scandalisé la nonne qu'elle interprétait. Se tamponnant les lèvres, elle chaussa de grosses lunettes de soleil et descendit les marches d'un pas vif.

— Je t'envoie un texto, lança ANU derrière elle.

Elle leva une main accusant réception.

Il reporta son regard sur moi avec irritation.

— Qu'est-ce que vous voulez ?

Je maintins mon sourire.

— Je suis là pour notre rendez-vous.

— Où est Monty ?

J'avais été très claire sur le fait qu'il s'agissait de *mon* rendez-vous.

— Il n'y a que moi. Et j'ai du café. Puis-je entrer ? (Je soulevai le plateau.) J'ai le fond qui trempe.

Il laissa flotter cette réplique un instant, avant de hausser les sourcils.

— Eh bien, personne n'aime avoir le fond trempé.

Je gardai mon sourire en place pendant qu'intérieurement j'agonisais un peu.

ANU hocha la tête vers le café.

— Est-ce que l'un des deux est un triple latte de soja déca ?

— Bien sûr.

— Alors entrez.

Il s'éloigna, me laissant le suivre.

Allez, Evie. Ressaisis-toi. Tu peux le faire.

Mon boulot en dépendait. Et éventuellement ma promotion.

Si je convainquais ANU de signer *et* d'accepter de finir le scénario à temps, alors peut-être serais-je *enfin* nommée agent. Je pourrais étendre le champ d'action de l'agence au-delà des scénaristes masculins blancs en intégrant, eh bien, n'importe qui en vérité, mais j'avais hâte de travailler avec d'incroyables femmes scénaristes. De ne plus mettre tous nos œufs dans un seul panier en forme d'ANU. Façon de parler.

Dans la cuisine noire et luisante, essayant d'éviter les multiples reflets de mon visage sur le carrelage miroir, je tendis son café à ANU et jetai le plateau dans le recyclage.

ANU but une gorgée et grimaça.

— C'est infect.

— C'est du déca pour vous.

J'extirpai le sachet de muffins avec glaçage de mon sac à dos et allai lui en proposer un. Il s'en saisit avant que je ne puisse le poser sur le marbre noir et brillant du bar.

— Eh !

ANU le tint éloigné de son torse sculpté comme si les calories de ce muffin pouvaient le contaminer. Il souleva le couvercle de la poubelle et l'y jeta.

— C'est un foyer sans gluten, précisa-t-il.

J'avalai la grosse bouchée que je venais de prendre, et il m'observa avec un air dégoûté qui, supposai-je, masquait une envie dévorante de glucides.

— Votre nouvelle maison est ravissante, dis-je dans le silence.

ANU haussa les épaules en regardant ailleurs.

— Je l'ai fait rénover par la même designer que Tom.

Je conservai une expression neutre. Si ANU avait été quelqu'un d'autre, j'aurais demandé qui était Tom. Mais il s'agissait d'ANU, il voulait donc parler de Tom Cruise.

Il regarda par-dessus mon épaule gauche en déclarant d'un air distant :

— Elle est vraiment intuitive.

Je suivis son regard et m'aperçus qu'il s'observait dans l'un des carreaux réfléchissants.

— Je vois ça.

ANU avait partagé son temps entre L.A. et Londres depuis qu'il avait gagné l'Oscar pour son premier – et unique – film quelques années plus tôt. Je me demandai si cette nouvelle maison signifiait qu'il était définitivement de retour à Londres. Les cartons de déménagement pouvaient suggérer que c'était le cas.

Il versa son café dans l'évier avec une grimace.

— Alors, pourquoi Monty *vous* a-t-il envoyée ? demanda-t-il en me rappelant le peu de considération qu'il avait pour moi.

J'avais appris à ne pas tenir compte de ses insultes au fil des années. Je travaillais dur à l'agence. Monty passait chaque minute à s'occuper d'ANU – un boulot à plein temps –, je prenais donc soin de ses autres clients. Ce qui m'allait. Depuis la Rupture, j'avais eu plus de temps à consacrer à l'agence, de toute façon. Mes amis me mettaient en garde quant au fait de maintenir un équilibre vie/travail sain, mais ils ne prenaient pas en compte que la « vie » consistait essentiellement en des pizzas à emporter et Netflix.

— Je suis ici pour discuter de votre scénario pour Intrepid, dis-je.

ANU me tourna le dos et mit en route une machine à café qui semblait calquée sur la voiture de sport ridicule qu'il avait garée sur le trottoir.

— Les producteurs, dis-je en élevant la voix pour compenser le bruit de la machine qui faisait vrombir son moteur, sont vraiment impatients de voir le scénario. Et ils savent bien que vous…

—Quoi ?

—Vous…

—Je ne vous entends pas.

—TRAVAILLEZ D'ARRACHE-PIED DESSUS.

La machine se tut au moment même où mon cri retentit dans toute la cuisine. ANU était toujours dos à moi, mais ses épaules étaient remontées comme s'il riait. Il tourna légèrement la tête.

—Vous disiez quelque chose ?

Il attendit que j'ouvre la bouche et appuya sur un bouton de la machine. De la vapeur emplit bruyamment la pièce jusqu'à ce que l'air soit embrumé et humide. Je sentis mon cuir chevelu me démanger. Mes cheveux ne réagissaient jamais bien à la chaleur. Ils gonflaient comme un chamallow dans un chocolat chaud.

Sans me laisser décourager, j'élevai de nouveau la voix.

—Ils nous ont accordé une prolongation sur la précédente deadline. *(Que vous avez dépassée, il y a six mois.)* C'est très GÉNÉREUX. (La machine devint silencieuse.) Vous avez trois…

Puis elle rugit tandis qu'ANU utilisait huit cent cinquante chevaux-vapeur pour produire une simple tasse de déca.

Mais, au lieu de le boire, il laissa l'expresso de côté. J'observai le café avec contrariété.

ANU prit un verre dans un placard. Me frottant les miettes des mains, je sortis la paperasse de ma sacoche et le suivis.

—Tout ce que vous devez faire, c'est signer ceci. C'est un avenant explici…

Crrrc ! À présent, il remplissait le verre avec de la glace au distributeur du frigo.

— C'est un avenant déclarant que vous acceptez de RENDRE LE SCÉNARIO COMPLET DANS TROIS MOIS.

Je crois qu'ANU m'entendit, cette fois. Il marqua une pause, très brièvement, avant de verser la glace dans un blender à smoothie. Il se retourna pour ouvrir le frigo et, après un moment à fouiller, jeta quelque chose vers moi.

— Attrapez.

Je me retrouvai le souffle coupé par un sac d'avocats, ce qui est peut-être le truc le plus bourgeois qui me soit jamais arrivé. ANU referma la porte d'un petit coup de son derrière sculpté en salle de sport, les bras chargés de divers fruits et légumes qu'il chargea promptement dans le blender.

— Si vous pouviez juste regarder l'avenant…

Il tendit la main. Je soupirai de soulagement et allai lui donner le dossier, mais il secoua la tête.

— *Avocats*, dit-il, comme si j'étais stupide.

Je les lui flanquai dans la main, peut-être un peu plus violemment que nécessaire.

Avec des doigts agiles, il commença à peler et trancher, retirant les noyaux avec un couteau et un petit coup de poignet.

— Si vous pouviez juste… (Il émincait comme si le plan de travail l'avait vexé.)… approuver les termes.

Je plaçai brusquement le dossier sous son nez et l'ouvris pour faire apparaître… rien. Il m'observa en haussant des sourcils dorés et parfaits. Je regardai autour de moi, paniquée, avant de voir les exemplaires de l'avenant sous le pied d'ANU. Je me penchai pour libérer les feuilles et, en se dégageant, elles se déchirèrent presque en deux. Je me relevai trop vite, seulement pour me retrouver nez à nez avec lui. D'aussi près, je pouvais voir que le magnifique bleu de son œil gauche contenait un éclat noisette.

Il esquissa un sourire narquois. Puis, en attendant le moment précis où j'allais essayer de reprendre la parole, il appuya sur le bouton du blender à smoothie.

— S'il vous plaît, pourriez-vous…

Vrrr.

— Il faudrait que vous signiez…

Vrrrrrrr.

Je lançai brutalement la main pour couvrir le bouton en respirant avec difficulté. Ses doigts touchèrent les miens, tentant toujours d'appuyer, mais je demeurai où j'étais.

— Vous avez trois mois, dis-je fermement en tendant les pages déchirées de l'avenant. C'est très généreux, étant donné le retard que nous avons.

Le « nous » de majesté : langage d'agence pour « clairement toi, mais nous ne voulons pas insinuer que tout est ta faute ». Ce qui était le cas. Bien que le dorlotement de Monty n'ait pas vraiment aidé.

— Tout ce que vous devez faire, c'est signer ça, et je vous laisse à votre fabrication de jus.

— Je vois.

Enfin, ANU prit sa tasse d'expresso et en but une gorgée. Elle avait encore l'étiquette sur le fond. Comme tout le reste dans cet endroit, elle était neuve. Je me demandai pourquoi ANU était revenu habiter là. Est-ce que L.A. n'avait pas marché comme il l'avait espéré ?

Pendant un bon moment, ANU avait été le scénariste de prédilection de tout réalisateur de cinéma souhaitant se faire un nom. Toutefois, il n'avait pas produit de suite pour *Un cœur saigne*. C'était un petit milieu. Il avait le poids des attentes sur ses épaules. Après un succès si extraordinaire, il avait sûrement l'impression d'avoir beaucoup à prouver.

Peut-être que toute son attitude était en vérité une réaction à cette pression.

— Ce doit être dur…

— Le truc, Stevie… (Je me mordis la langue, cette fois.)… c'est que je ne signerai pas cet avenant.

Ou alors j'allais juste laisser son torse nu me monter à la tête.

Cependant, je gardai un ton doux.

— Malheureusement, vous y êtes obligé. Si vous ne le faites pas… (Je lâchai la bombe qu'il avait dû voir arriver.)… ils annuleront le contrat purement et simplement. Vous devrez leur rendre leur argent. Au moins, cet avenant vous accorde du temps supplémentaire, et une chance de tenir votre engagement.

— Je n'ai pas besoin de temps, rétorqua-t-il d'un ton acerbe. Je ne signe pas ça.

Je pris quelques profondes inspirations apaisantes. Durant toutes ces années de commandes de café pompeuses, à réserver des restaurants haut de gamme, planifier ses voyages de « je ne pratique que la première classe », et son application à ne même pas prononcer une seule fois mon prénom correctement, ANU ne m'avait jamais brisée.

Il n'allait pas le faire maintenant. Je gardai mon masque professionnel fermement en place et me remémorai qu'il ignorait que le sort de toute l'agence était en jeu.

Je tentai une tactique différente.

— Songez à tout le temps que vous y avez déjà consacré jusqu'ici. Qu'est-ce que trois mois de plus ?

J'avais entendu toutes les excuses possibles pour ne pas écrire. Quelquefois, ils avaient juste besoin de savoir que vous étiez à leurs côtés.

— Je suis là pour vous aider à finir du mieux que je peux.

ANU esquissa un rictus et ouvrit la bouche.

— J'ai entendu, dis-je sèchement, avant qu'il ne puisse dire le genre de chose que, jusqu'à récemment, les assistants ont toujours supporté.

Il haussa les épaules.

— Par chance, je n'ai pas besoin de votre aide.

— Et pourquoi cela ?

— Eh bien, le truc, Stevie, dit-il avant de s'envoyer le smoothie, c'est que je n'ai même pas commencé à l'écrire.

4

Le défi

INT. : UNE CUISINE REMPLIE DE SURFACES RÉFLÉCHISSANTES – LUNDI 19 NOVEMBRE, UNE MINUTE APRÈS LA BOMBE

EVIE se tient devant ANU, une main sur le comptoir de la cuisine pour prendre appui, tandis que deux expressions se disputent la priorité sur son visage – le professionnalisme neutre et la totale indignation. ANU se sert un autre smoothie, insouciant de la figure contractée d'EVIE.

Je luttai pour rester calme, mais, lorsque je pris la parole, toute la compréhension abandonna ma voix.

— *Quoi?*

L'agence entière était en jeu, et il n'avait pas tapé le moindre mot?

— Monty a dit…

Il s'esclaffa en finissant son verre.

— Ce vieux Monts a dit que j'écrivais?

À présent, je savais pourquoi Monty s'était montré aussi évasif quant au fait de montrer ces feuillets.

— Mais… vous saviez exactement à quoi vous vous engagiez en signant.

Je sentis la chaleur se répandre dans mon cou.

— J'ai changé d'avis, déclara-t-il en s'essuyant les mains avant de se pencher vers moi. Les oscarisés, dit-il, n'écrivent *pas* de rom-coms.

Ma bouche devint sèche. J'allais perdre mon boulot parce qu'un homme qui n'avait même pas réussi à s'habiller pour un rendez-vous avait décidé qu'il était trop bon pour écrire une comédie romantique ?

— *Les oscarisés*, sifflai-je, portent des vêtements pour leurs rendez-vous. *Les oscarisés* regardent les gens quand ils leur parlent. *Les oscarisés* écrivent le foutu scénario pour lequel ils ont été payés.

S'ensuivit un moment de silence complet, durant lequel ANU sembla se recalibrer mentalement. Ses yeux s'aiguisèrent sur moi et, peut-être pour la toute première fois, il me regarda vraiment.

Oh, non. Oh, non. Oh, non.

Tous mes systèmes d'alerte internes se déclenchaient, et ma peau réagit en virant au cramoisi intense.

Qu'est-ce que je viens de faire ? Adieu ma promotion.

ANU me montra ses dents parfaitement blanches.

— Bien bien bien, Evie Summers. Vous voilà.

Je clignai des yeux. De toutes les réponses que j'aurais pu attendre…

— Je… Quoi ?

ANU croisa les bras sur son torse, le mouvement faisant saillir ses muscles soigneusement dessinés.

— Cinq ans que je vous connais…

— Sept.

Oh, Seigneur, Evie, arrête juste de parler.

Une excentricité de son sourcil.

— Toutes ces années que je vous connais et c'est la première fois que je vois le vrai vous.

De tous les condescendants…

Alors qu'il me regardait, j'eus soudain une vague idée de la sensation que cela pouvait procurer d'avoir l'attention de quelqu'un comme ANU. Même s'il aurait fallu me passer sur le corps pour que je l'admette à voix haute, il était d'une beauté insensée. La peau joliment hâlée, les yeux bleu ciel, des pommettes à se damner, une mâchoire de star de ciné, droite et ferme…

Quel dommage que toute cette beauté soit gâchée sur un branleur.

— En réalité, dis-je impérieusement, la vraie moi est bien plus polie.

ANU tira l'un des tabourets de sous le bar et me le désigna. L'espace d'un instant, je voulus refuser, mais mes genoux tremblaient trop et je me laissai choir sans grâce sur le cuir noir.

— J'adorerais en entendre davantage sur tous ces oscarisés que vous connaissez si bien, dit-il, toujours debout. Mais, d'abord, soyons concrets. Je n'écrirai pas de comédie romantique. Ce n'est pas mon style.

Tant que nous étions concrets…

— Pourquoi pas ?

Il avait signé pour en écrire une, après tout. Et si les avances colossales et les mois à être inlassablement assouvi en alcool et dîners (la formule « spéciale Full Monty ») avaient certainement aidé, il connaissait le topo depuis le début. Les producteurs voulaient une variante moderne de la « jolie rencontre » – ce moment dans une comédie romantique où les deux amoureux se croisent pour la première fois. Ils utilisaient fréquemment le terme, comme pour étaler leur connaissance du genre.

ANU ricana.

— J'écris la vraie vie, pas la fiction. Les comédies romantiques sont un simulacre d'idylle sans intérêt. On les destine à des gens trop stupides pour prendre conscience qu'on les gave d'un paquet de mensonges sur l'amour. (Il me regarda d'un air distrait.) Vos cheveux sont très gonflés, fit-il remarquer.

Je les touchai. Les boucles s'étaient séparées dans la chaleur et la vapeur de la machine à expresso. Impossible de les sauver, je haussai donc les épaules, en voyant là une technique de distraction.

— Les comédies romantiques donnent de l'espoir aux gens quand ils en ont le plus besoin.

J'eus un flash-back de toutes les fois où j'avais regardé de rage *Vous avez un message* en période post-Rupture, afin de pouvoir envoyer des choses à la figure de Tom Hanks.

Hors de propos.

— Elles ont du cœur, et du sens, dis-je, et elles aident les gens.

— Vous en parlez comme si elles étaient réalistes.

— Mais c'est le cas.

Ou ça l'avait été, un jour. Non pas qu'il eût besoin de le savoir. Avant, j'adorais comment Ricky disait que nous nous étions connus lors d'une « jolie rencontre ». Pas le destin, mais quelque chose du genre. J'avais titubé dans une ruelle, au cours d'un pot d'assistants particulièrement accablant, en manque d'air, tout ça pour rencontrer un type qui faisait la même chose depuis le bar d'en face. Ce serait arrivé quelques minutes plus tôt à l'un ou l'autre, nous ne nous serions jamais croisés, n'aurions jamais su que « notre personne » était, durant un bref laps de temps, juste à quelques mètres.

J'expirai lentement. La douleur de la Rupture s'était atténuée ces douze derniers mois, mais elle parvenait encore à me surprendre occasionnellement.

ANU étouffa un ricanement, prenant clairement mon expression, à tort, pour un caprice larmoyant.

— C'est mignon, dit-il. Je ne fais pas dans le mignon, et c'est précisément ce que veulent tous ces producteurs amateurs. J'écris des films sur le genre d'amour que les gens reconnaissent. Obsessionnel, dépendant, toxique, le véritable amour, pas les jolies rencontres.

Film. Un film. Au singulier.

Mais ce n'était pas le moment de le lui rappeler.

— *Un cœur saigne* est un beau film, mais ce n'est pas le seul genre d'histoire d'amour qui existe, insistai-je, consciente de l'affreuse gravité de ma voix.

— Vous avez regardé mon film, dit-il en s'adossant contre l'élément de cuisine. Et vous l'avez aimé ?

Il se terminait avec les deux personnages incapables d'admettre que leur relation s'était désintégrée au-delà du récupérable, et qui restaient ensemble malgré tout. Il m'avait tellement fait sangloter que j'avais dû enchaîner avec un marathon Disney, juste pour avoir l'impression qu'il y avait encore un peu d'espoir ici-bas.

— Bien sûr. Mais les gens ont tout autant besoin de *La Proposition* que d'*Un cœur saigne*. Une jolie rencontre bien écrite nous montre qu'un seul instant a le pouvoir de tout changer pour le mieux.

ANU secoua la tête.

— Je vous en prie. Personne n'a jamais rencontré qui que ce soit comme ça arrive dans ces films. Les coïncidences. Les clichés. Dans la vraie vie, si quelqu'un renversait son verre sur vous, vous seriez furieuse, peut-être jusqu'au procès si c'était une boisson chaude, vous ne craqueriez pas pour lui. L'amour ne peut pas se planifier.

— Allez expliquer ça à Tinder, répliquai-je d'un ton fatigué.

Je m'émerveillai, et ce n'était pas la première fois, de l'ironie qu'une poignée d'hommes désignent ANU comme la nouvelle Norah Ephron.

Il glissa les pages froissées de l'avenant vers moi.

— Dites aux producteurs que je ne signe pas. Je préférerais restituer l'argent plutôt que de risquer ma réputation sur cette daube.

ANU se détourna de moi pour se verser un autre smoothie de la machine.

— Mon coach de vie sera là à 10 heures. Vous pouvez vous retirer.

Avant même d'avoir le temps de dire ouf, j'avais été congédiée. C'était comme si on venait d'éteindre un projecteur.

Je récupérai les papiers, sachant que ma seule option serait de raconter à Monty que je n'avais même pas réussi à nous décrocher trois mois supplémentaires.

— J'ai dit à Monty dès le premier jour que je ne voulais pas de ce scénario, déclara ANU tandis que je partais. Il ne devrait pas être surpris.

— Alors pourquoi avoir accepté de l'écrire au départ ? lançai-je sèchement en me tournant.

Les paroles m'avaient échappé, et je m'aperçus que je m'en moquais. Si l'agence coulait de toute façon, qu'avais-je à perdre ?

ANU m'ignora, me laissant plantée là, avec ma colère qui enflait. C'était son ego à la con qui nous avait tous embarqués dans ce désastre, en acceptant d'écrire quelque chose, alors qu'en vérité il ne pouvait…

Attendez.

Était-ce cela ? Était-il possible que le grand et puissant ANU ait le syndrome de la page blanche, après tout ?

C'était terriblement sensé. Et s'il avait eu toutes les intentions d'écrire la rom-com… mais n'y *parvenait pas* ?

ANU avait été acclamé comme l'un des nouveaux talents les plus en vue d'Hollywood, et pourtant, dans les trois années qui avaient suivi son Oscar, il n'avait pas fourni à Monty un seul scénario à vendre. Monty l'excusait, claironnant qu'on ne précipitait pas l'excellence. Mais, ensuite, Sam-et-Max étaient arrivés en lui proposant leur prochain projet. Et s'il avait signé pour montrer à Hollywood qu'on s'arrachait toujours son travail… seulement pour découvrir que les rom-coms n'étaient pas la croisière qu'il avait imaginée ?

Cela signifiait que le genre n'était pas le vrai problème – c'était son *excuse*. Il me fallait juste trouver un moyen de l'inciter à écrire. J'allais commencer par l'amadouer jusqu'à ce qu'il admette qu'il avait tort concernant les rom-coms. Étant donné son mépris pour les jolies rencontres, tout ce que j'avais à faire était de lui prouver que *c'était* possible de rencontrer quelqu'un exactement comme Harry avait rencontré Sally…

Serait-ce si dur ?

— Je sais comment vous pouvez écrire cette rom-com.

ANU jeta un coup d'œil autour de lui, comme étonné.

— Oh, vous êtes encore là ? dit-il.

— Écoutez-moi. En trois mois, vous pourriez avoir un scénario fini, comme vous y aviez initialement consenti. Vous gardez l'argent. Sam-et-Max chantent vos louanges à Hollywood. Nous en sortons tous contents. (Il roula les yeux.) Ou alors, dis-je en ciblant directement son point faible, nous annulons le contrat et envoyons le communiqué avant la fin de la semaine.

— Le communiqué ?

— Pour devancer toute annonce de la part d'Intrepid, expliquai-je d'un ton léger. Les producteurs voudront rendre public le fait qu'ils cherchent un nouveau scénariste et qu'Ezra Chester s'est retiré du projet.

ANU ne serait pas seulement le scénariste récompensé sans suite. Il serait l'homme incapable d'écrire une rom-com.

Ce genre ne paraît plus aussi débile maintenant, n'est-ce pas?

Durant quelques secondes il ne dit rien, le regard perdu dans le vague. Puis son attention se reporta brusquement vers moi.

Je retins mon souffle.

— Je sais que je vais regretter d'avoir dit ça, déclara-t-il. (Mon cœur anticipa une petite gigue de victoire.) Mais je vous écoute.

Merci, ego d'ANU.

— Si je prouve qu'il est possible que les gens se rencontrent exactement comme dans les rom-coms, vous pouvez signer l'avenant et écrire le scénario avec la certitude que le genre est réaliste et complètement adapté à *votre style.*

Il plissa les yeux.

— Comment vous y prendriez-vous, précisément?

Je traversai prudemment la cuisine vers lui, comme s'il était un animal sauvage, et non un scénariste refusant d'admettre qu'il était en panne d'inspiration.

Du pareil au même.

— Les producteurs veulent un nouveau genre de jolie rencontre, dis-je lentement, pensive. Je vous fournirai des exemples de couples qui se rencontrent dans la vraie vie exactement comme dans les films.

J'étais sûre de pouvoir trouver des histoires. Quand vous étiez célibataire, Internet en regorgeait.

— Des exemples qui vous prouveront que vous vous montrez… *(Arrogant. Volontairement ignorant. Une tête à claques.)*… peu perspicace sur le genre.

ANU n'était absolument pas impressionné.

— Tout le monde sait googler, la Rouquine.

Tandis je le fusillais du regard pour ce surnom, une idée germa. Une idée ridicule, totalement idiote.

Parce qu'il avait raison : ce que je proposais ne suffisait pas. Il n'était pas juste question de l'amener à signer l'avenant afin qu'il repousse l'inévitable humiliation de trois mois. Je devais le convaincre d'écrire. Pour cela, il aurait besoin d'inspiration. Et de beaucoup.

— Alors je le ferai, annonçai-je.

Il cligna les yeux.

— Vous ferez quoi, exactement ?

— Je serai votre preuve vivante. Signez l'avenant, et *je* rencontrerai quelqu'un précisément comme on le fait dans les rom-coms. Je recréerai les jolies rencontres de ces films. Les road trips. Les vacances. Les rencontres fortuites. Je continuerai jusqu'à ce que l'une d'elles fonctionne.

Mais tu n'arrives même pas à rencontrer quelqu'un sur Tinder, me fit remarquer la voix de ma raison.

Je lui intimai de se taire.

ANU me regarda de haut en bas avec un sourire espiègle.

— Donc, ce que vous dites, c'est que si même *vous* pouvez rencontrer quelqu'un de cette manière, je dois croire que c'est possible.

Je posai l'avenant sur la table.

— Donc ce que *vous* dites, c'est que nous avons conclu un marché ?

Il arqua bizarrement ses sourcils dorés.

— On se calme, la Rouquine.

— Evie.

— Signer ça me rapportera juste trois mois supplémentaires avec les producteurs et Monts sur le dos, à me distraire.

— C'est pour ça que je suis là.

J'essayai de ne pas paraître trop impatiente.

Je pourrais montrer à Monty de quoi je suis capable.

— Dites-leur que je vous assiste, poursuivis-je. Je les tiendrai à distance.

ANU étudia le mur derrière moi un instant.

— Disons que vous rencontrez effectivement quelqu'un. Comment saurai-je que vous racontez la vérité ? Vous pourriez juste demander à un type de dire qu'il est tombé amoureux de vous. Et il vous faudrait trouver quelqu'un assez rapidement pour me donner le temps d'écrire un scénario entier.

— Craintes toutes fondées, dis-je, en prenant vite carnet et stylo dans mon sac. Alors abordons les conditions.

— N'est-ce pas à ça que sert l'avenant ?

— L'avenant concerne vos accords avec Intrepid. *Ceci* concerne l'accord entre nous.

J'écrivis : « Si Evie Summers ("L'Assistante") peut prouver à Ezra Chester ("Le Scénariste")… »

— Qu'est-ce que vous venez de rayer ?

— Rien.

« … que le genre "comédie romantique" est réaliste en rencontrant quelqu'un de la même manière qu'on le fait dans les rom-coms (c.-à-d. par une "jolie rencontre"), alors il soumettra le scénario complet à Intrepid Productions à la date butoir du 18 février de l'année prochaine. »

ANU se pencha par-dessus mon épaule.

— Vous devez tomber amoureuse de lui aussi.

Il ne peut pas être sérieux ?

— Il est question de *rencontrer* quelqu'un.

— Précisément. (Il y prenait clairement plaisir.) Vous rencontrez quelqu'un, et vous tombez tous les deux amoureux. N'est-ce pas la mécanique rom-com ? Vous devez trouver M. Fin heureuse. Sinon, pas de contrat.

Mes doigts se crispèrent sur le stylo.

C'est ta vie dont il parle.

Un an s'était écoulé depuis Ricky. J'ignorais si j'étais prête à rencontrer quelqu'un, encore moins de cette manière.

Mais ANU essayait sans aucun doute de compliquer les choses. Pour l'instant, j'avais juste besoin qu'il signe. Ensuite je ferais en sorte qu'il écrive.

Tu te préoccuperas de la partie sentimentale plus tard.

— Bien.

J'effectuai la modification avec un frémissement d'appréhension. Même si, dans le cas où il arriverait à ses fins, j'arriverais aux miennes.

« Le Scénariste accepte de commencer à travailler sur son texte à partir du moment où il signe l'avenant, écrivis-je. Et enverra ses feuillets à L'Assistante de manière régulière. »

La lueur d'amusement dans ses yeux s'éteignit.

— Quoi ?

— Je veille juste à ce que vous puissiez finir à temps, dis-je. Autrement, ce serait irresponsable de ma part de vous laisser signer ceci. De plus, j'aurai besoin de preuves que vous écrivez réellement.

Il croisa les bras, le regard traversé par quelque chose d'indéchiffrable.

— Je me mettrai à écrire, mais les feuillets iront à Monts. Aux dernières nouvelles, c'était mon agent.

Je vacillai, puis effectuai la modification.

Du moment qu'il écrit le scénario, c'est tout ce qui compte.

L'agence serait saine et sauve, tout comme ma promotion.

— Donnez.

Il me prit le stylo des doigts. Par touches rapides, il écrivit : « L'Assistante accepte de rédiger des comptes rendus détaillés sur chaque jolie rencontre pour le Scénariste. »

— J'aurai besoin de preuves que vous le faites réellement, dit-il en m'imitant, jusque dans l'accent.

Reprenant brutalement le stylo, j'allai rayer la phrase – puis hésitai.

Ceci pourrait jouer en ma faveur.

Il pensait probablement que les comptes rendus m'occuperaient et que je ne serais pas dans ses pattes. Mais peut-être que l'un de ces « comptes rendus » serait exactement ce qu'il lui fallait pour amorcer son écriture.

— Juste une dernière chose, dis-je en écrivant : « Le Scénariste et L'Assistante sont convenus que l'arrangement ci-dessus ne sera jamais révélé à Monty. »

Si Monty découvrait un jour combien l'arrangement était précaire – un euphémisme, s'il en était –, il serait furieux. Il avait assuré les producteurs qu'il maîtrisait la situation. Si jamais il apprenait que le contrat reposait sur la vie sentimentale de son assistante, il en serait humilié. Sans compter le fait que j'avais réussi là où il avait échoué. Je serais virée avant qu'ANU n'ait même l'occasion de dépasser la nouvelle deadline. Mieux valait qu'il croie qu'ANU écrivait de son plein gré. Ça me ferait une chose de moins dont me soucier.

— On a des secrets pour son patron, la Rouquine ? Vous êtes décidément pleine de surprise, aujourd'hui, dit-il en m'étudiant. Vous savez que vous allez juste prouver que la rom-com, c'est de la merde, n'est-ce pas ?

— Il peut se produire beaucoup de choses en trois mois.

— J'en conviens.

Une expression traversa son visage, mais elle disparut trop vite pour la saisir.

— Est-ce qu'on a fini ?

Je tendis la main. Il la prit.

— J'ai besoin de vous l'entendre dire.

— La Rouquine, dit ANU, si vous parvenez à prouver qu'il est possible de tomber amoureux comme on le fait dans ces films à l'eau de rose, j'écrirai ce foutu scénario.

Je poussai les exemplaires de l'avenant vers lui. Il hésita, juste un peu, avant de les signer.

— Peut-être que j'avais tort à votre sujet, la Rouquine. Vous n'êtes pas si assommante, après tout.

Ce n'est pas la seule chose sur laquelle tu te trompes, pensai-je.

Car, que ça lui plaise ou non, j'allais faire en sorte qu'il termine ce « foutu scénario ». Coûte que coûte.

5

Le soutien moral

EXT. : APPARTEMENT D'EVIE, EAST DULWICH -VENDREDI 23 NOVEMBRE, 20 H 30

EVIE parcourt en vitesse l'allée en mosaïque de son minuscule jardin et ouvre sa porte d'entrée tout en remontant d'un mouvement d'épaule un sac de courses en toile. Il émet un cliquetis. Un bouquet de basilic et une baguette en dépassent. Une fois dans l'étroit couloir, elle secoue son trousseau avant de fourrer une clé dans la serrure d'une seconde porte en faisant défiler en hâte les messages sur son téléphone.

Maria : Evie chérie, nous sommes arrivés à ton appartement. Nous sommes juste devant.
Jeremy : Pourquoi tu ne réponds pas ? Dis-nous que tu es là. Ce week-end va être assez pénible comme ça, à planifier l'enterrement de vie de jeune fille de Celle qu'on ne doit pas nommer, sans devoir en plus affronter ta coloc tout seuls.
Sarah : Est-ce que mes consignes sont bien passées ?

Jeremy : Oh, salut, Voldemort. Oui, nous avons reçu la présentation PowerPoint de 19 pages et la bibliographie. Ravi de figurer dans la partie remerciements.

Maria : Fais-nous entreeeeer.

📞10 VOUS AVEZ 10 APPELS MANQUÉS DE MARIA NOWAK

Maria : Allô, ici tes meilleurs amis, qui espèrent que tu es juste au coin de la rue parce que Jane est chez vous et on dirait qu'elle a de la compagnie. Qui que ce soit, cette personne a l'air de S'ÉCLATER.

Jeremy : Nous supposons que ce n'est pas toi.

Maria : Evie Doris Summers, où es-tu ?

Jeremy : Ne nous fais pas ça, Evie. Oh, Seigneur, Jane arrive.

Jeremy : Et maintenant elle se dirige vers la porte.

Je m'étais tellement efforcée d'être à l'heure pour leur visite. La dernière fois qu'ils étaient venus, Monty avait lancé une Alerte rouge (client d'une autre ville perdu dans le métro), et ils en étaient au milieu de leur dessert quand j'étais arrivée au restaurant.

Cette fois, j'étais en retard parce que Sam-et-Max avaient accusé réception de l'avenant, et Monty avait souhaité m'en parler. Il n'avait pas caché sa surprise lorsque j'étais revenue au bureau avec la signature d'ANU le lundi, jusqu'à lever les pages (légèrement froissées) à la lumière, comme pour vérifier leur authenticité.

— Tu as endossé beaucoup de responsabilités, Evelyn, avait-il fini par dire en lissant les papiers. Veille à ce que ça porte ses fruits, et dans trois mois nous fêterons plus qu'un scénario terminé.

Il avait souri devant mon expression pleine d'espoir, puis m'avait ramenée sur terre en me donnant une demi-douzaine de contrats à vérifier « en urgence » avant que je parte.

J'entrai dans le salon pour voir Jeremy, la tête dans les mains, ses cheveux bouclés retombant sur son front et ses vêtements, habituellement impeccables, fripés sur son corps élancé, comme un écho à son désespoir. Et Maria, acquiesçant à ce que ma colocataire Jane disait, quoi que ce fût, ses épais cheveux bruns coiffés en queue-de-cheval, agrippée à un verre à vin vide comme s'il s'agissait de la seule chose clouée au sol pendant un ouragan. Une expression de politesse forcée se battait avec des yeux écarquillés d'horreur sur son joli visage alors que Jane achevait une histoire particulièrement animée impliquant le genre de mimes que vous ne voyez pas aux anniversaires d'enfants.

— … et c'est là que c'est retombé par terre !

Maria tressaillit.

Je secouai le sac afin qu'ils entendent le tintement révélateur, et Jeremy bondit.

— Oh, Evie, Dieu merci, je te déteste, espèce de déesse. (Il se pencha pour m'étreindre.) Jane nous expliquait juste pourquoi elle a mis autant de temps à nous faire entrer dans l'appart.

Jane sourit derrière lui. Je me saisis ensuite de Maria en essayant de ne pas montrer que j'avais les larmes aux yeux de les voir. J'aurais aimé que Sarah puisse être là aussi, mais ce week-end était consacré à l'organisation de l'enterrement de vie de jeune fille au sujet duquel nous devions tous faire comme si elle ne l'avait pas déjà organisé elle-même.

Je cachai mon expression à Jeremy, mais Maria, étant Maria, s'en aperçut et m'agrippa un peu plus longtemps.

— C'est tellement bon de voir que tu ne nous refais plus jamais ce plan-là, dit-elle d'une seule traite.

Jeremy m'avait déjà débarrassée du sac et remplissait un verre de plus. Je le lui pris volontiers et dis :

— Jane, tu dois aller à un rencard, non ?

Elle se leva dans un mouvement sinueux, ses cheveux noirs luisant sous la lumière.

— Exact. Il est dans la chambre. *Toi*, je te verrai plus tard.

Cette dernière partie s'adressait à Jeremy, qui leva son verre à vin.

— Toujours gay, Jane.

— Toujours intéressée.

Elle sourit, puis sortit furtivement.

Jeremy secoua la tête.

— Est-ce qu'il y en a d'autres parmi vous qui se sentent à la fois atterrés et légèrement perplexes à propos d'eux-mêmes ?

— Tu travailles encore tard tous les soirs ? me demanda Maria d'un ton désinvolte.

Jeremy resservit du vin.

— Je veux dire, il est évident que je vais boire assez pour oublier la majorité de ce qu'elle vient de décrire, dit-il, mais une part de moi espère malgré tout être Jane quand je serai grand.

— Juste ce soir, répondis-je à Maria.

— Evie…, me gronda-t-elle en voyant clair dans mon bobard.

Je savais qu'elle n'était pas en colère contre moi ; elle était blessée. Nous nous voyions à peine, et je n'avais pas été là pour les accueillir à l'heure. Une fois de plus. Je leur avais promis un repas après leur trajet, et à présent il était plus de 20 heures et les légumes que j'avais achetés à midi se flétrissaient dans le sac. Je ne pouvais me résoudre à lui dire que j'avais terminé la pile de contrats pour faire plaisir à Monty. Elle me martèlerait encore que je devais quitter l'agence. Maria débordait de toutes sortes d'amours, et son amour vache vous mettait K.-O.

— Ça va, je te promets, insistai-je.

De tous mes amis, Maria était celle qui me connaissait depuis le plus longtemps, et, dans de tels moments, ces années-là se ressentaient. Je me rappelais encore le jour où la petite fille aux épais cheveux bruns et aux immenses yeux gris m'avait aidée à me relever quand d'autres enfants m'avaient poussée par terre dans la cour. Elle était ma protectrice depuis. Nous passâmes de deux à trois au lycée, bénéficiant de l'esprit acerbe de Jeremy pour nous tirer d'affaire. Sarah se joignit à nous quand nous commençâmes tous à l'université de Sheffield. Elle vivait avec nous en résidence universitaire et – peut-être parce que personne d'autre ne la supportait – elle devint un ferme membre de notre groupe. Nous étions proches, tous les quatre, mais Maria me connaissait sans doute mieux que je ne me connaissais moi-même.

À mon grand soulagement, elle n'insista pas. Elle s'assit à côté de Jeremy, et je m'installai confortablement dans mon fauteuil préféré en espérant que nous en avions terminé. Je posai mon verre de vin sur l'accoudoir usé, où il glissa sur quelque chose. Lorsque j'essuyai quoi que ce fût, Jeremy lâcha un son nauséeux. Je lui lançai un coup d'œil, me demandant ce qui clochait, tout en me frottant les doigts. Mes amis restèrent tous deux assis là, l'air vaguement coupable.

— Quoi ?

Maria grimaça.

— Oh, chérie. Tu as manqué le début de l'histoire de Jane. L'épisode qui s'est déroulé sur ce fauteuil.

Jeremy siffla son verre.

— C'était moche. Moche du genre Brûle ton fauteuil.

— RIP, le fauteuil, ravie de t'avoir connu.

Ils trinquèrent.

— Oh, *Seigneur*.

Je bondis et filai vers la porte.

— Jane ! braillai-je en me ruant dans le couloir jusqu'à la cuisine pour me récurer les mains.

Sa musique baissa.

— Oui, mon canard ?

Avant de répondre, je me répétai mon mantra apaisant. *En trois ans, elle n'a pas augmenté le loyer. En trois ans, elle n'a pas augmenté le loyer.*

Le style de vie de Jane n'était pas un problème en général. Nous avions établi des règles de base dès le départ pour éviter tout incident. Notamment, j'avais des espaces communs où le sexe était interdit, et Jane pouvait recevoir ses visiteurs nocturnes, dont j'étais au courant seulement par ses histoires à vous décrocher la mâchoire d'obscénité, et quand elle utilisait le lave-vaisselle pour stériliser ses sex-toys. Elle était exigeante en matière d'hygiène, ce qui était rassurant, mais guère réconfortant quand vous plongiez la main pour prendre une tasse au petit matin et que vous ressortiez un gode.

— Tu avais promis : pas de sexe dans le salon.

Elle se pencha par la porte entrouverte de sa chambre, vêtue de sous-vêtements qui semblaient nécessiter un mode d'emploi.

— Bien sûr, ma chérie ! Nous avons seulement commencé dans le salon. (Eh bien, voilà au moins un soulagement.) Nous avons terminé dans la cuisine.

J'eus un mouvement de recul, puis m'emparai de l'éponge pour essuyer toutes les surfaces.

Je perçus des grondements de baryton s'échappant par la porte ouverte de Jane.

— Encore une chose, chantonna Jane. Trev a promis de remplacer l'éponge.

— Tu vas vraiment faire ça ?

Maria se pencha au-dessus de son assiette pour mordre dans sa pizza à emporter. À l'instant où ils avaient entendu toute l'histoire sur mon marché avec ANU, la présentation militaire de l'enterrement de vie de jeune fille de Sarah avait été abandonnée (« Refus catégorique pour l'enterrement parfait !!! AUCUN pénis [Jeremy : *Alors je m'en vais.*] : a) ni sur ressorts, b) ni gonflable, c) *surtout* pas comestible, d) Jeremy, ton pénis ne compte pas. [Jeremy : *Dans quelle catégorie exactement croit-elle que mon pénis entre ?*]).

Jeremy agita son verre à vin.

— Juste pour que ce soit clair : tu vas essayer de tomber amoureuse dans les trois prochains mois en recréant des jolies rencontres tirées de rom-coms ?

— C'est pour faire avancer ma carrière, Jem, pas ma vie sentimentale. Il faut juste que j'aide ANU à sortir de sa panne d'écriture. J'espère qu'alors il ne bloquera plus autant sur la partie amoureuse. (Silence.) Au cas où quelqu'un en douterait, je sais que c'est complètement dingue.

— C'est un tel… trou du cul ! déclara vigoureusement Maria.

Elle était la personne la plus douce, gentille et indulgente que j'aie connue. Et elle détestait ANU avec une ardeur dont moi-même je ne pouvais faire preuve.

— Evie, es-tu absolument sûre de vouloir aller au bout de tout ça ? Ne laisse pas ANU t'embarquer de force dans une chose pour laquelle tu n'es pas prête. Il n'en demanderait jamais autant d'un mec.

— Oui, fais-toi passer avant le reste. Sois prudente, psalmodia scrupuleusement Jeremy.

— Je sais de quoi ça a l'air, mais en dehors de la partie amoureuse, le marché était entièrement mon idée. Il n'est pas seulement question de sauver l'agence. Monty a promis de me nommer agent si ANU finit d'écrire le scénario.

— Il a vraiment dit ça ? demanda Maria.

J'acquiesçai, percevant le doute dans sa voix.

— Il n'y a jamais même fait allusion avant.

C'était en partie la raison pour laquelle mes amis avaient tant de mal à saisir pourquoi je restais travailler pour lui. Mais les postes d'agent étaient rares et, même si j'étais allée à des entretiens, je n'avais jamais passé le second tour. Je devais prouver à Monty – et, si j'étais honnête, à moi-même – que j'étais assez bonne avant de pouvoir avancer. Ricky avait toujours pigé ça. Je souhaitais qu'ils y parviennent eux aussi.

Jeremy échangea un regard avec Maria. J'eus soudain l'impression qu'ils avaient longuement parlé de moi durant le trajet jusqu'ici.

— Quoi ? dis-je, me sentant un peu prise en embuscade.

Maria se lança la première.

— Depuis Ricon, nous avons remarqué que tu mettais encore plus d'énergie dans ton travail.

Ils appelaient Ricky ainsi depuis le soir de la Rupture. Je les aimais pour ça, même si je ne pouvais me résoudre à faire pareil.

— Nous voulons nous assurer qu'il te reste du temps pour toi. Peut-être même pour faire des rencontres dans la vraie vie.

Cela me donna à réfléchir. Je n'avais pas pris conscience que le fait que je n'aie jamais de rencards les inquiétait. Ils venaient des deux extrémités du spectre, à mes yeux. Il était rare que Jeremy n'en ait pas, et Maria n'en avait jamais eu. David et elle étaient ensemble depuis qu'ils avaient seize ans. Pour elle, la jungle des rencards ressemblait plus à un patio bien entretenu.

Bien que, à les entendre, c'était mon manque total de *quoi que ce soit* post-Rupture qui les inquiétait.

— Nous savons combien ta carrière compte pour toi, et avoir ce job t'a aidée à traverser une période vraiment pénible, dit-elle, toujours aussi gentiment.

J'avais commencé à l'agence peu après la mort de mon père, et elle avait raison. Cela avait comblé le pire de ces jours-là.

— Mais une pause te ferait peut-être du bien. Tu pourrais te consacrer à tout ce que tu voudrais. Même te remettre à écrire.

Après papa, mes amis avaient essayé de me maintenir dans l'écriture. Ils n'avaient jamais entièrement compris pourquoi je ne pouvais revenir à l'ancienne version de moi-même, celle qui veillait toute la nuit pour taper fiévreusement sur son clavier, qui leur imposait tous ses films préférés en les encourageant à traiter les dialogues comme de l'art. Je n'avais jamais trouvé la bonne manière de leur répéter ce que cet agent m'avait dit. C'était simplement trop affreux.

— Nous nous inquiétons que tu ne prennes pas soin de toi, ici.

Je m'occupai en prenant une autre part de pizza. Parfois, j'avais peur que mes amis pensent que j'existais dans un état de croissance interrompue. Il semblait que j'avais encore des cases à cocher afin de devenir une véritable adulte, comme eux l'avaient fait avec leurs emprunts, comptes épargne et choix de vie pertinents.

Maria perçut mon angoisse.

— Nous disons simplement que tu n'as pas à passer ce qu'il te reste de temps libre en dehors de ton travail à faire ça. Tu n'as pas besoin de mettre ta vie personnelle en jeu pour un homme comme ANU, ni pour Monty. C'est lui qui devrait se battre pour sauver son agence.

Jeremy se pencha et posa la main sur ma tête.

— Ce que dit Maria, Evie chérie, c'est que nous aimerions juste que tu saches ce que tu vaux. Parce que, pour nous, tu es inestimable.

Mes yeux s'embuèrent de larmes pour la deuxième fois de la soirée, et j'acquiesçai en déglutissant à plusieurs reprises avant de prendre enfin la parole.

— Merci de votre attention. Ça représente beaucoup, vraiment. Mais je veux aller au bout de tout ceci. Je vais décrocher cette promotion. Par ailleurs – je leur adressai un petit rictus –, quoi qu'il arrive, ce sera mieux que Tinder.

Mes amis m'attirèrent dans une étreinte, et je m'agrippai fermement à leurs bras.

— Bien, dit Jeremy en se rasseyant. Est-ce qu'on en a terminé avec la partie Amis dévoués pour aujourd'hui ?

— À l'obligation de vigilance, lança Maria en levant son verre.

— Super, dit Jeremy.

Il se pencha furtivement en avant, attrapa son sac de voyage sur le côté du canapé et en tira un grand carnet enroulé.

— Car nous t'avons fait une liste, ajouta-t-il.

Quelques instants plus tard, il avait calé le carnet avec une série de marqueurs de couleur étalés sur la petite table. Sur la première page figurait « EVJF de Sarah ! » dans l'écriture de Maria.

— Beurk. Non.

Jeremy tourna la page.

J'éprouvai un éclair de culpabilité devant notre manque total de préparation.

— Si tu es déterminée, expliqua Maria, alors nous sommes là pour toi à cent pour cent. Tu convaincras cet ANU d'écrire le scénario.

— Evie, déclara solennellement Jeremy en retirant le capuchon d'un marqueur rose et en tournant le carnet pour révéler ce qui était écrit dessus. Nous allons t'aider à tomber amoureuse.

6

La liste

INT. : LE SALON – VENDREDI 23 NOVEMBRE, 22H15

EVIE est assise sur le tapis, adossée à un canapé en velours noir, un verre de vin à mi-chemin de sa bouche. JEREMY est à genoux devant un grand carnet avec « Le Défi ! » écrit dessus, les bras écartés dans un geste de *ta-da*. MARIA est assise sur le canapé derrière Evie. Elle adresse de petits signes d'encouragement à Jeremy qu'Evie ne peut pas voir.

— Ce n'est pas que je n'apprécie pas entièrement vos efforts, mais je pensais ce que j'ai dit. Je n'ai accepté la partie amoureuse que pour pousser ANU à signer. Je n'ai aucune intention de craquer réellement pour quelqu'un.

— Bien sûr, nous savons ça, dit Jeremy en jetant un coup d'œil à Maria derrière moi, avant de tirer un trait sous « Le Défi ! ». Mais écoute-nous. Evie Summers, à la seconde où tu as accepté ce marché avec ANU, tu es entrée dans le Défi Jolie Rencontre. Comme on l'a vu dans *10 bonnes raisons de te larguer* (RIP Heath Ledger, trop beau pour ce monde), *Elle est trop bien* et *Comment se faire larguer en 10 leçons.*

Pour les incultes, des films très différents. Mais ils se résument tous à la même chose : un défi est lancé, suivi par d'inévitables malentendus, des trahisons brutales et, au bout du compte, l'amour. (Il écrivit « Amour » sur le carnet.) Le Défi Jolie Rencontre se superpose souvent avec la rom-com « on aime se détester », mais nous nous sommes alors aperçus que la seule personne que tu détestes est ANU.

— C'est marrant, quand on y pense, intervint Maria, mais s'il s'agissait d'une vraie rom-com, tu finirais avec le scénariste arrogant, et il s'avérerait qu'il n'utilisait son ego massif que pour cacher un manque de confiance en lui attendrissant.

S'ensuivit un silence sidéré durant lequel nous la dévisageâmes tous les deux.

— Je plaisante ! dit-elle. Tu ne tomberais jamais amoureuse de cette tête de nœud.

— Et une Maria bourrée, messieurs-dames, dit Jeremy en portant un toast.

Je levai mon verre aussi, tandis que mon cerveau me rappelait obligeamment le torse sculpté d'ANU.

Abruti de cerveau.

Jeremy enchaîna.

— Maintenant, conformément à tout Défi Jolie Rencontre qui se respecte, il y a une deadline. Tu as trois mois. Tu as dit qu'il te fallait envoyer régulièrement des « rapports d'activité » à ANU pour qu'il reste inspiré. Pour te maintenir sur la bonne voie, je te présente tes jolies rencontres soigneusement organisées, choisies par les experts.

Il agita le bout du stylo entre Maria et lui. Je lui adressai un regard éloquent. Jeremy était le plus grand cynique que je connaisse.

— Quoi ? Et alors, j'ai regardé quelques comédies romantiques, ça n'a rien de délirant. Tes options sont… (Il tapa le plateau avec l'extrémité de son marqueur.) Le road trip :

Quand Harry rencontre Sally, *Rencontres à Elizabethtown*, *Thelma et Louise*.

—Laisse tomber la dernière. Je veux rencontrer un type, pas me jeter d'une falaise en voiture avec lui.

—N'est-ce pas le principe de toutes les relations amoureuses ? (Maria et moi levâmes les yeux au ciel.) OK, très bien, mais plus d'autres vetos.

—Ce n'est même pas une comédie romantique !

—Chut, maintenant ! Souviens-toi de ta gratitude.

Cela me fit taire. Jeremy tourna la page.

—Ensuite, il y a la romance de vacances, reprit-il. Qui peut être également la rom-com de Noël. Parmi les plus célèbres : *The Holiday*, *Love Actually*, *Le Journal de Bridget Jones*, *A Christmas Prince*. Ne fais pas cette tête. Je ne suis pas de ces gens que Netflix a interpellés sur Twitter pour l'avoir maté deux fois par jour pendant deux semaines.

Il évita nos regards tandis qu'il révélait la page suivante. Elle portait le mot « Apothéose ??? » en lettres géantes.

—Nous y reviendrons.

Il se tourna vers une liste qui faisait un peu plus « a bu du vin dans un train ».

—« Traquer quelqu'un » ?

—*Pendant ton sommeil*. Un classique en béton, déclara Jeremy.

—Je n'ai pas l'intention de me faire arrêter, Jem, dis-je en passant à la suivante. « Celui où ils se rencontrent dans une librairie » ? lus-je à voix haute.

Jeremy commença à compter sur ses doigts.

—*Vous avez un message*, *Quand Harry rencontre Sally*…

—Tu l'as déjà utilisé.

—Diagramme de Venn, lança Maria.

Jeremy passa à une série très complexe de cercles qui se chevauchaient, avec des titres comme « Noël » et

« Hugh Grant », remplis de diverses rom-coms d'avant l'âge d'or jusqu'à aujourd'hui. C'était l'œuvre de génies bourrés.

— Il y a des doubles emplois.

— Je vois ça, dis-je en commençant à sourire.

La porte du salon s'ouvrit brusquement.

— Mes chéris !

Jeremy tendit la main vers la bouteille de vin.

— Jane ! dis-je d'une voix forte, consciente de l'apparence que devait avoir la pièce. Comment était ton rencard ?

— Je te dirai ça demain matin.

Une paire de bras s'enroula autour de sa taille fine, et un homme brun regarda dans le salon par-dessus son épaule. Il était magnifique, un genre d'Antonio Banderas jeune. Nous en restâmes tous les trois bouche bée. Parfois, je me disais que le spectre des relations de Jane était tel un beau prisme, qui devait cependant pouvoir passer au lave-vaisselle.

— Je suis Trev, dit-il dans un accent prononcé de l'East End. Jane m'a beaucoup parlé de toi.

On aurait pu penser qu'il parlait de moi, la coloc de Jane, mais il regardait Jeremy en parlant.

— Pas autant qu'on en a entendu sur toi, marmonna Jeremy dans son verre.

— On passait juste deux secondes pour te poser une question concernant la courgette que tu as mise au frigo. (Trev lui donna un petit coup de coude.) Et l'aubergine. Est-ce que tu as prévu de t'en servir… ?

Je levai en l'air un bout de pizza.

— Nous avons décidé d'éviter la cuisine. N'hésitez pas à les manger.

Jeremy, qui était occupé à enrouler une part, s'interrompit pour secouer vigoureusement la tête à mon intention.

— Mon chou, dit Jane. Nous n'allons pas les manger.

Il me fallut quelques secondes pour percuter.

— Mais elles sont bios, précisai-je, comme si c'était important.

Trev mordilla l'oreille de Jane.

— Je reviens tout de suite.

Jane fit dériver ses yeux vers le carnet.

— Qu'est-ce que vous fabriquez, mes chéris ?

Maria intervint courageusement.

— Nous essayions juste de réfléchir à une manière dont Evie pourrait rencontrer quelqu'un dans une librairie, dit-elle.

— Tu te remets à sortir ? me demanda Jane. Comme c'est excitant ! Même si presque plus personne ne fait de rencontres naturellement.

En parlant nature, Trev était revenu avec mes légumes et – de manière inexplicable – un spiraliseur.

— Et pourquoi pas un groupe de lecture ? suggéra-t-il en grignotant le bout d'une carotte.

Jane la lui retira de la bouche.

— Ne les gâche pas. Oh, je sais ! Ma pote s'extasie sur celui de *L'Étagère poussiéreuse* à Peckham. Elle dit qu'il est absolument tordant. Il a un nom tellement drôle. C'est quoi déjà… ?

J'échangeai des regards avec mes amis, mais quel était le pire qui puisse arriver ? Il s'agissait d'un groupe de lecture. Jeremy le nota.

— Comment vous êtes-vous rencontrés, tous les deux ? demanda Maria.

Jeremy échangea sa pizza contre davantage de vin.

— L'app de rencontre « J'enfile », répondit aussitôt Jane.

Nous regardâmes tous Trev, effarés.

— « Je file », articula Jane. C'est une app pour les banlieusards qui veulent juste un petit coup de b…

— Comme c'est charmant, l'interrompit Maria.

Nous eûmes droit à une démonstration en direct du « je file », tandis que Trev pourchassait Jane dans le couloir avec la courgette.

Je fermai la porte afin que nous ne puissions rien entendre.

— OK, dis-je en retournant à la liste. Donc, j'ai ma filmographie de jolies rencontres pour l'inspiration. Maintenant, faites-moi voir votre plan pour l'apothéose.

Je crois que je n'avais jamais vu deux personnes ayant l'air plus contentes d'elles.

Jeremy leva son téléphone pour montrer qu'il n'avait pas chômé sur JEMS.

Sarah : Est-ce que c'est en rapport avec l'EVJF ? Dis-moi que tu ne te laisses pas distraire !

— Attends, pas celui-là.

Il fit défiler les messages vers le bas.

Sarah : Pigé. Bon, compte-moi dans celle du mariage.

— Qu'est-ce qu'elle veut dire ?

— Que le mariage de Sarah va enfin servir à quelque chose.

— Jeremy, le réprimanda machinalement Maria.

Toujours notre conscience, même éméchée.

Jeremy pointa du doigt le milieu du diagramme de Venn, où le mot « Mariage ! » était presque rendu illisible par les cercles qui se superposaient.

— À peu près quatre-vingt-quinze pour cent des rom-coms contiennent un mariage, peut-être plus, je n'ai pas vraiment fait le calcul. *Un mariage trop parfait. 27 robes. Le Mariage de mon meilleur ami.* Avoir le mariage comme point final est littéralement la chose la plus rom-com que tu puisses faire. Ceci, dit Jeremy en écartant les mains, est ton apothéose.

Maria rayonnait d'un air encourageant.

— Sarah va te trouver le rencard parfait. (Elle marqua une pause devant mon expression.) Elle va te trouver *un* rencard.

— C'est la journée de Sarah, je ne peux pas la ramener à moi !

Jeremy étouffa un petit rire.

— C'est la journée de Sarah tous les jours. Avec celle-ci, elle a juste légitimé la chose. Le mariage a lieu juste avant ta deadline, Evie. C'est le timing idéal. Si tu n'y es pas parvenue d'ici-là, qui de mieux pour s'en assurer qu'une maniaque du contrôle obsessionnelle et virulemment organisée ? Notre amitié douteuse va enfin payer. Evie, ma chère, fais-le pour nous tous.

Je regardai Maria, qui haussa les épaules.

— Sarah semble ravie de cette mission…

— OK, OK, vous avez gagné.

Jeremy revint s'asseoir entre nous sur le canapé et nous regardâmes tous le mot « Mariage ! » au centre du carnet.

— Je vais vraiment le faire, dis-je, légèrement étourdie. Je vais vivre comme si j'étais dans une rom-com pendant trois mois.

Si j'étais véritablement honnête, je savais que je craignais la chose même pour laquelle mes amis estimaient que le défi pourrait se révéler bénéfique.

Est-ce que je prends le risque de retomber amoureuse ?

Les dernières paroles de Ricky à mon intention traînaient dans un coin de ma tête. « Je te trouve géniale, Evie, avait-il dit. C'est juste moi. Je veux plus. » C'était l'ultime rupture « Ce n'est pas toi, c'est moi », seulement, je restais avec le sentiment de ne pas avoir réussi à être ce qu'il voulait. Je ne le pleurais plus, pas exactement ; mais certaines choses persistent.

— À Evie, déclara Jeremy, tandis que nous trinquions, et à sa vie amoureuse.

— Sa carrière, rectifiai-je. Et à mes brillants amis qui prouvent que la vraie vie peut être comme dans les films.

Jeremy prit deux livres sur la petite table et les leva au-dessus de mes genoux comme s'il s'agissait d'un clap de réalisateur, en les réunissant d'un coup sec.

— Action.

7

« Le verre renversé », prises 1 et 2

De : Evelyn.Summers@WJM.co.uk
À : JEMS
Objet : ÇA S'EST VRAIMENT MAL PASSÉ
26 novembre, 10 h 30

Salut les amis, alors je suis sur le point d'envoyer à Qui Vous Savez les détails de ma première tentative de jolie rencontre – Le verre renversé.

Ci-joint ce que j'ai écrit. Vous trouvez que ça se lit bien ? Je vais être honnête, je me suis un peu dégonflée. J'étais assise à l'une des tables communes. J'avais un verre d'eau et j'étais à côté d'un mec qui avait mon âge, je pense. (C'était un hipster, mais qui va juger ?)

Pour info, renverser votre verre sur un parfait inconnu est BEAUCOUP plus compliqué qu'il n'y paraît. J'ai dû m'y reprendre à deux fois pour le faire basculer en entier, j'étais tellement nerveuse (VOUS VOUS RENDEZ COMPTE COMBIEN ÇA VOUS DONNE L'AIR TIMBRÉ ?) Quand j'ai eu enfin le courage de le renverser, c'est allé partout sur son Rubik's Cube vintage, et certains des autocollants de couleur se sont enlevés direct. MORTIFIÉE.

Plein de bisous,
Cette personne au café que vous ne voulez pas comme voisine

De: Evelyn.Summers@WJM.co.uk
À: TheEzraChester@ezrachester.com
Objet: HAUTEMENT CONFIDENTIEL: Le verre renversé
26 novembre, 11 heures

Cher Ezra,

Conformément à notre arrangement, je suis ravie de vous envoyer en pièce jointe mon premier compte rendu de jolie rencontre. Je vous serais reconnaissante de bien vouloir accuser réception et de me confirmer que vous avez commencé à écrire.

Meilleures salutations,
Evie

Evie Summers
Assistante de William Jonathan Montgomery III
Agence pour scénaristes William Jonathan Montgomery & Sons

De: TheEzraChester@ezrachester.com
À: Evelyn.Summers@WJM.co.uk
Objet: Re: HAUTEMENT CONFIDENTIEL: Le verre renversé (sans déc?)

27 novembre, 2h34

Chère Rouquine,

C'était à mourir d'ennui. Doit-on vraiment se cogner trois mois où vous renversez vos verres sur des inconnus et vous confondez en excuses pour prouver que j'ai raison ?

Sincères salutations,
E.

De : Evelyn.Summers@WJM.co.uk
À : TheEzraChester@ezrachester.com
Objet : Re : Re : HAUTEMENT CONFIDENTIEL : Le verre renversé (n'avez-vous pas vu *Coup de foudre à Notting Hill* ?)
27 novembre, 7h46

Cher Ezra,

Je suis navrée d'apprendre que vous avez trouvé ça ennuyeux. S'il vous plaît, rappelez-vous qu'il me reste encore largement le temps de rencontrer quelqu'un et de vous prouver que vous avez tort. J'enverrai mon prochain rapport sous peu. Hâte de voir vos premières pages.

Evie

De : TheEzraChester@ezrachester.com
À : Evelyn.Summers@WJM.co.uk
Objet : Re : Re : Re : HAUTEMENT CONFIDENTIEL : Le verre renversé (pourquoi l'aurais-je vu ?)

28 novembre, 1 h 06

La Rouquine, je ne plaisante pas, je n'écrirai rien si c'est le genre de niaiseries que vous allez m'envoyer. S'il vous plaît, rappelez-vous que même les drames doivent maintenir leur public éveillé. J'en conclus que les rom-coms n'ont pas les mêmes critères.

De : Evelyn.Summers@WJM.co.uk
À : TheEzraChester@ezrachester.com
Objet : HAUTEMENT CONFIDENTIEL : Le verre renversé – prise 2 (est-ce que le colis que je vous ai envoyé est arrivé ?)
2 décembre, 14 h 56

Cher Ezra,

Étant donné la déception que vous avez exprimée devant ma première tentative, j'ai accordé à cette jolie rencontre un nouvel essai. Veuillez le trouver ci-joint. Ce n'est pas long, alors vous pourriez au moins tenter de rester éveillé.

Je croise les doigts,
Evie

De : TheEzraChester@ezrachester.com
À : Evelyn.Summers@WJM.co.uk
Objet : Re : HAUTEMENT CONFIDENTIEL : Le verre renversé – Prise 2 (oui, mais plus personne ne possède de lecteur DVD, alors je l'ai mis à la poubelle)
2 décembre, 15 h 06

C'est déjà plus ça, la Rouquine. Quand la gamine a gerbé, j'ai honnêtement pensé que ça devait être bidon, alors j'ai appelé le café. Assez certain qu'ils vous ont mise sur une liste de surveillance.

J'ai changé d'avis. Je suis impatient d'avoir des nouvelles de votre prochaine « jolie rencontre ».

Humblement vôtre,
E.

De : Monty@WJM.co.uk
À : Evelyn.Summers@WJM.co.uk
Objet : Compte rendu avancement
3 décembre, 11 h 45

Chère Evelyn,

Peux-tu me faire un compte rendu concernant le scénario ? Je me mets en retrait afin de laisser de l'espace à Ezra pour écrire. Tu devrais voir ça comme une occasion. Un grand avenir pourrait se profiler devant toi.

Bien entendu, pour que cela arrive, l'agence doit encore exister.

Amitiés,
Monty

William Jonathan Montgomery III
Agence pour scénaristes William Jonathan Montgomery & Sons

De : Evelyn.Summers@WJM.co.uk
À : TheEzraChester@ezrachester.com
Objet : Re : Re : CONFIDENTIEL : Le verre renversé – prise 2 (www.netflix.co.uk/nottinghill)
3 décembre, 13 h 15

Je suis sûre que les feuillets que vous êtes sur le point d'envoyer à Monty feront que tout cela en vaut la peine.

P.-S. : Je vous ai mis en pièce jointe une liste exhaustive des meilleures rom-coms à regarder pour remédier à votre manque alarmant de culture. Considérez cela comme un apprentissage. Je compte sur vous pour les trouver inspirantes.

8

L'autre chaussure

EXT. : CAFÉ *GIL'S*, EAST DULWICH – DIMANCHE 9 DÉCEMBRE, 10 HEURES

Il pleut des cordes. EVIE passe en vitesse devant la porte de *Gil's*, un parapluie rouge à la main, mais tout de même trempée. Le café d'à côté est fermé pour rénovations. Elle fait volte-face, à la recherche d'une autre option. La pluie torrentielle empêche quasiment de voir, elle repart donc en hâte vers le *Gil's*. Malgré le temps, elle hésite à la porte.

Il s'était écoulé seulement une semaine depuis que j'avais fait jaillir du vomi d'un enfant dans ce café. Pouvais-je vraiment y retourner ? Une goutte d'eau glaciale se fraya un chemin le long de mon cou, et j'eus ma réponse.

Ce n'était pas comme si je pouvais rentrer chez moi, me rappelai-je alors que j'ouvrais la porte. Dans les négociations territoriales pour l'appartement, j'avais obtenu les samedis sans sexe et Jane avait revendiqué les dimanches afin de pouvoir faire la grasse matinée. Même si personne ne dormait beaucoup. J'avais besoin d'un endroit où écrire en paix mon dernier « compte rendu » de jolie rencontre pour ANU. Il n'avait toujours pas envoyé une seule page à Monty, même après avoir approuvé mon second Verre renversé, mais je ne paniquais pas encore. Cela ne faisait que quelques semaines, et je ne m'étais pas attendue à ce qu'il sorte de sa panne d'écriture du jour au lendemain. Il lui fallait plus que ça pour le lancer, et c'était ce que je lui donnais. Même si, jusque-là, cela avait impliqué que je me ridiculise dans tout Londres.

Je me dirigeai vers le comptoir en me disant que personne ne me reconnaîtrait. Mon père répétait toujours que chacun était trop occupé à se soucier de lui-même pour donner la moindre importance à qui que ce soit d'autre. Je gardai cela en tête en m'assurant que les Mamans appétissantes avaient tenu leur promesse de ne jamais revenir. Elles n'étaient pas là. *Dieu merci.*

Xan servait. Je commandai un café et des toasts, mon cœur s'emballant.

— OK, ma grande, ça arrive tout de suite, dit Xan en souriant.

J'étais assez certaine qu'il était le genre de personne à employer « ma grande » sans distinction. Si le type qui avait dû nettoyer les saletés ne se souvenait pas de moi, personne ne s'en souviendrait.

Pendant qu'il préparait mon café, je scrutais les lieux à la recherche d'une table de libre. Il y avait deux visages familiers dans le fond. Ben et Anette étaient assis au même endroit que la semaine précédente, tous les deux la tête penchée, à lire. J'expirai lentement.

Le bruit d'un gobelet heurtant le comptoir m'incita à me retourner.

C'était un jus d'orange.

Je l'observai un long moment.

Xan se tenait derrière avec un grand sourire.

— Je pensais que vous voudriez peut-être essayer notre nouvelle spécialité.

Il montra un tableau noir sur lequel était écrit un message à la main.

La Surprise « qui ne convient pas aux enfants ! »
(spoiler : contient des traces d'œuf)

Son expression s'étiola lorsqu'il aperçut la mienne, et il s'empressa de remplacer le jus par un café.

— Ça nous a permis de décrocher un peu du latte citrouille-épices, dit-il d'un léger ton d'excuse.

Je pris le café avec le plus minuscule des « mercis ». J'avais commis une erreur. Je n'aurais jamais dû revenir. On se racla la gorge derrière moi.

Anette et Ben se tenaient tous les deux là. Un jus à la main. Anette poussa son père à lever le sien plus haut. Elle sourit, insensible à la gêne qu'il éprouvait.

— Nous sommes venus vous aider à trouver ça drôle, dit-elle.

Anette insista pour que je me joigne de nouveau à eux, ne me laissant d'autre choix que d'installer mon ordinateur à côté d'eux à table. J'eus l'impression distincte que l'invitation n'était pas commune lorsque Ben ouvrit aussitôt son journal. Il portait une chemise sous son pull, ce qui me sembla excessivement guindé pour un week-end. Je me concentrai sur la rédaction de mon dernier rapport, déterminée à lui montrer que je n'avais aucunement l'intention de m'incruster dans leur petit déjeuner.

Anette n'avait pas les mêmes préoccupations.

— Avez-vous fait une autre jolie rencontre ?

J'essayai de ne pas regarder vers son père. Je leur avais raconté le strict minimum la semaine précédente, après que Ben m'avait interpellée sur ce que je faisais.

Avant que je n'aie pu répondre, Ben dit :

— Anette, laisse Evie tranquille.

Il esquissa un mouvement avec ses mains, et je vis sa fille suivre tout ceci, puis faire la moue. Ses petites mains s'agitèrent pour répondre, et il releva le coin de sa bouche. Anette cala une mèche de cheveux bruns derrière son oreille et l'appareil auditif qui se trouvait là.

— OK, je vais jouer, répondit Ben à voix haute. Mais, cette fois, c'est moi qui choisis.

Ils réunirent leurs têtes et parlèrent à voix basse, ponctuant occasionnellement leur conversation du langage des signes.

Je retournai à mon rapport. C'était un récap de la jolie rencontre de la Demoiselle-en-détresse (pas le trope de rom-com le plus moderne, mais ça a marché dans *Un mariage trop parfait*). Comme mes deux premières tentatives, ça ne s'était pas passé exactement comme prévu. Je pouvais déjà imaginer la réaction d'ANU. Jusque-là, les jolies rencontres n'avaient servi qu'à l'amuser.

Toute cette humiliation a intérêt à en valoir la peine.

Ce qui se révélait délicat, ce n'était pas seulement de faire ces jolies rencontres ; c'était d'écrire sur le sujet. Je n'avais jamais songé qu'envoyer à ANU ces comptes rendus me donnerait la sensation même lointaine d'écrire de nouveau. Pourtant, lorsque ANU avait déclaré que ma première tentative l'ennuyait, une vieille blessure s'était embrasée. Autrefois, je consacrais des heures à l'écriture, des jours entiers qui passaient en un clin d'œil. Mon père était toujours mon premier lecteur, ses retours mesurés m'aidant à peaufiner. Puis papa était mort, et cet agent avait rejeté le premier scénario que j'avais écrit sans lui. Maria avait l'habitude de dire que le besoin d'écrire finirait par me revenir. Mais chaque fois que j'étais face à l'écran vide, tout ce qui me revenait, c'étaient les paroles de l'agent. « Vous n'avez simplement pas ce qu'il faut. » À présent, je n'avais d'autre choix que d'écrire sans mon père pour me guider. Et chaque mot que je couchais sur la page me donnait l'impression de m'engager à pas hésitants sur de la glace.

Mon téléphone vibra, me ramenant violemment dans le café. Je le retournai, m'attendant à ce que ce soient les JEMS, mais je vis alors le message, et le surnom.

Numéro inconnu : Alors, la Rouquine, avez-vous fait gerber d'autres gamins ? Je dois dire, j'ai trouvé ça incroyablement stimulant. Plus que la liste que vous m'avez envoyée de toutes les rom-coms que je ne vais jamais regarder. J'attends avec impatience le prochain compte rendu.

Il était tout aussi exaspérant par texto qu'en personne.

Rouquine : Désolée, mais qui est-ce ?
ANU : Combien de scénaristes d'un charme dévastateur connaissez-vous au juste, la Rouquine ?
Rouquine : Aucun.
ANU : Très drôle, Stevie.
Rouquine : Oh. C'est vous. Ne devriez-vous pas être en train d'écrire ?
ANU : Vous êtes si exigeante ! D'abord, il me faut plus de ces rapports de votre part. J'aime bien vous voir infliger votre personne à d'autres gens que moi pour changer. Par ailleurs, votre écriture n'est pas si mauvaise, la Rouquine.
Rouquine : Ni votre technique de diversion. Nous avions un accord.
ANU : Exactement, alors quelle est la suite ?

Je relevai les yeux tandis qu'Anette gloussait. Elle tenait ce qui semblait être un appareil photo professionnel. J'aurais supposé que c'était celui de son père, sauf que la bandoulière était couleur arc-en-ciel, et il y avait quelque chose dans la façon dont elle le manipulait qui me disait qu'il lui appartenait.

Elle prit une photo de Ben. Il sourit pour elle, volontaire mais mal à l'aise. Je replongeai le regard sur mon téléphone en me demandant pourquoi ils étaient de nouveau seuls dans ce café. Le petit déjeuner du dimanche était peut-être leur moment père-fille officiel. Ils avaient l'air si proches. Ils étaient des étrangers pour moi, mais ils dégageaient quelque chose de familier.

Flash. Je clignai les yeux, pour voir Anette baisser son appareil en me souriant.

— Est-ce que vous voulez jouer aussi ?

Ben ouvrit la bouche comme pour protester, mais je le coiffai au poteau.

— Quel est le jeu ? demandai-je, pas entièrement sûre de ce qui m'avait pris.

Il était douloureusement évident que son père ne voulait pas que je me joigne à eux. Pour quelque raison, j'en eus encore plus envie.

Anette rayonna.

— Ça s'appelle Mauvaise Laitue sur le lièvre, annonça-t-elle.

Puis elle se répéta sans un son.

— Mauvaise Lecture sur les lèvres, précisa doucement Ben.

— Tenez, nous allons vous montrer. Vous devez choisir quelqu'un, comme les deux là-bas.

Elle désigna un couple âgé à quelques tables de nous. Ben baissa gentiment son doigt tendu.

— Regardez ça, reprit-elle.

Elle plissa les yeux vers eux. Je voyais le couple discuter, mais, à l'autre bout du café bondé, il était impossible de les entendre.

— Oh, je vais au magasin acheter du fromage, dit Anette en prenant une voix plus grave. (Pause.) *Papa*, le pressa-t-elle.

— Est-ce que je dois toujours faire la femme ?

— Oui. Et applique-toi.

Il me jeta un coup d'œil, avant de reporter son attention vers le couple.

— Pourquoi es-tu obsédé par le fromage ? dit-il, la voix plus aiguë que d'habitude.

Je mis une main devant mon sourire.

— Le fromage, c'est super, poursuivit Anette de cette même voix profonde. Tout comme les abeilles, ajouta-t-elle, quand le vieil homme continua de parler.

Ben et Anette étaient parfaitement synchronisés avec l'échange du couple, accélérant leurs propres réponses ou les ralentissant pour coïncider avec les mouvements de leurs bouches. Vous pouviez presque croire qu'ils lisaient réellement sur les lèvres, sauf que ça n'avait absolument aucun sens.

— Tu n'as jamais évoqué les abeilles avant, dit Ben avec sa voix de fausset.

L'homme fit un geste irrité vers un serveur.

— Apportez-moi des abeilles ! cria Anette, laissant Ben grimaçant quand le couple regarda vers nous et que nous penchâmes tous la tête.

— C'était génial, dis-je à voix basse.

— Papa a inventé ça.

Ben secoua son journal pour le déployer, indiquant que le jeu était terminé, ses oreilles roses aux extrémités.

Sa fille saisit l'occasion de se rapprocher légèrement de moi, une lueur dans l'œil.

— Bon, est-ce que vous avez *fait* une autre jolie rencontre pour ANU ?

Avais-je vraiment employé le surnom d'ANU la semaine précédente ? J'étais alors si énervée, je me souvenais à peine de ce que je leur avais raconté exactement. Rien d'étonnant à ce que Ben ne veuille pas de moi là-bas.

— En réalité, il s'appelle Ezra, me hâtai-je de préciser en regardant vers Ben.

Il tourna sa page, indifférent.

Très bien.

— Ta mère va penser que j'ai une mauvaise influence, dis-je à Anette.

Là, Ben releva brusquement la tête.

Qu'est-ce que j'ai dit ?

Mais Anette me souriait.

— Je pense qu'elle vous aurait adorée, bordel, dit-elle.

Il me fallut une seconde pour assimiler le temps passé, puis, dans un sursaut, je sus pourquoi Anette et Ben étaient là tout seuls.

— Anette, réprimanda-t-il. Tu te souviens de ce qu'on a dit ? Tu n'as le droit de jurer qu'en français. Je veux que les gens nous croient cultivés.

— *Merde**, dit Anette.

— C'est mieux.

— Je suis désolée, dis-je doucement à Ben.

Peut-être y avait-il quelque chose dans mon intonation qui l'informa, à ma propre manière, que je comprenais. Il leva les yeux vers les miens, et, pour la première fois, me sourit. Il déposa un tendre baiser sur le côté de la tête d'Anette.

En les regardant tous les deux, je fus prise d'une impulsion.

— Je sais que ce n'est pas précisément une boisson de petit déjeuner, mais que diriez-vous d'un chocolat chaud ?

Mon père et moi en buvions tout le temps ensemble.

---

* Tous les mots en italique suivis d'un astérisque sont en français dans le texte original. (*NdT*)

— Un bon gros, oui ! s'exclama Anette.

Tandis que Ben répondait simultanément :

— On a ce qu'il faut, merci.

Anette pointa le menton vers son père et lui parla avec ses doigts rapides.

— Oui, ce serait très aimable, merci, se corrigea-t-il.

Il y avait comme un progrès, semblait-il. J'envoyai la jolie rencontre par mail à ANU et allai commander.

La femme qui attendait devant moi avait une longue queue-de-cheval blond miel avec laquelle elle ne cessait de me balayer le visage. Il me fallut une seconde pour m'apercevoir qu'elle était l'une des mamans présentes une semaine plus tôt. Elle m'aperçut, et je me figeai un instant, ne sachant pas vraiment quoi dire.

— Samantha, dit-elle en ajustant la sangle du tapis de yoga qu'elle tenait à l'épaule.

— Evie, répondis-je, avec méfiance.

— Oh, ne vous inquiétez pas pour ce petit incident la semaine dernière. Ce n'était pas la première fois que Justice vidait une salle.

Elle avait le rire aigu et flûté. Je lui adressai un faible sourire.

Elle commanda un flat white écrémé à Xan.

— Je n'ai pu m'empêcher de remarquer que vous étiez assise avec M. Grand, Brun et Ténébreux là-bas.

Je m'obligeai à ne pas regarder vers ma table.

— Pardon ?

— Oh, c'est juste une petite plaisanterie entre moi et quelques autres mamans. Nos enfants vont tous à la même école. (Elle se mordit la lèvre.) Est-ce que je peux vous donner un conseil ?

— Bien sûr, dis-je, doutant de pouvoir la freiner.

Je commandai les chocolats chauds à Xan, dont un avec un supplément de chamallows.

— Il n'est pas vraiment matière à rencard, déclara-t-elle, presque sur un ton d'excuse. Je suis allée boire un verre avec lui un jour, après mon divorce, et c'était *super* gênant. Il a à peine prononcé deux mots de toute la soirée, sauf quand il était question de sa petite fille. Non pas que je juge. Peut-être qu'il n'était simplement pas prêt, vous savez ? Surtout après la façon dont sa femme est morte. Ou peut-être qu'il est comme ça. C'est le cas de certains hommes.

Elle récupéra son flat white sur le comptoir.

— Je me disais juste que je vous ferais gagner du temps.

Avant que je puisse lui dire qu'elle avait eu une fausse impression, elle était partie d'une démarche théâtrale, la queue-de-cheval virevoltante. Je soulevai le plateau de chocolats chauds.

Comment sa femme est-elle morte ? se demanda une petite part de moi, avant de chasser cette pensée.

Clairement pas mes affaires.

— Alors ? dit Anette, une fois que j'ai eu distribué les chocolats.

Ben examina le sien avec un petit froncement de sourcils, avant de se replonger dans son journal. Je lui avais donné celui avec le plus de chamallows. Il semblait en avoir besoin.

— Et maintenant, est-ce que vous pouvez nous parler de votre dernière jolie rencontre ?

La décrire à ANU était une chose – le fait de l'écrire mettait au moins un peu de distance entre moi-même et l'humiliation. L'idée de l'énoncer à voix haute était différente. Et pourtant, l'expression d'Anette était complètement ouverte. On n'y relevait aucune trace de jugement.

Je jetai un coup d'œil à Ben : il était une fois de plus absorbé dans sa lecture, sa tasse à présent près de lui. Comme il ne protestait pas, je racontai à Anette la Demoiselle-en-détresse, en décrivant comment j'avais fait les cent pas dans la rue pendant une demi-heure dans des hauts talons qui me serraient les pieds avant de repérer un pigeon – chemise à carreaux, bonnet en laine, barbe. Pas tout à fait Matthew McConaughey, mais bien plus mon style. J'avais attendu qu'il se soit éloigné de quelques pas, ensuite j'avais marché sur un couvercle de bouche d'égout, pour coincer mon talon entre les fentes.

— Vous avez fait semblant d'être coincée ? demanda Anette, emballée.

— J'ai joué une sacrée scène. Il ne s'est même pas arrêté. C'est là que je m'en suis rendu compte.

— De quoi ? demanda-t-elle, fascinée.

— Que j'étais vraiment coincée. Mon talon s'était complètement encastré entre les barreaux. Et pendant que j'étais occupée à attirer l'attention d'un type, des ouvriers étaient arrivés pour réparer la route. Ils étaient tous en train de parier sur le nombre de barrières de sécurité qu'ils pourraient mettre autour de moi avant que je le remarque. Ils ont réussi à m'encercler en entier.

Anette éclata de rire.

— J'ai dû abandonner ma chaussure, lui racontai-je, soulagée de constater que je pouvais à présent en rire moi aussi. Ils m'ont prêté une paire de bottes de chantier pour que je puisse rentrer chez moi.

— Est-ce que tout cela est vrai ? demanda subitement Ben, la voix empreinte d'incrédulité.

Depuis combien de temps écoute-t-il?

Je soulevai le sac en plastique contenant la paire de bottes pour lui montrer.

— En voici la preuve. Je vais la rendre en rentrant chez moi.

Ben cligna des yeux, un muscle tressautant dans sa joue.

• — Tout ça vaudra la peine si les jolies rencontres inspirent Ezra, insistai-je, d'un ton un peu aigre.

— Si vous le dites, répliqua Ben.

Je croisai les bras.

— Écoutez, si ça ne tenait qu'à moi, je rencontrerais quelqu'un parce que nous serions les deux seules personnes à avoir réservé des places pour une projection de *Brick Park* au Prince Charles Cinema, mais cela n'arrivera jamais.

— C'est quoi, *Brick Park* ? demanda Anette.

Son père m'étudiait, ses sourcils bruns légèrement haussés.

Je me concentrai sur elle.

— Seulement le meilleur film dont personne n'ait jamais entendu parler, dis-je en souriant. Il date des années 1950. Dorothy Taylor était une scénariste de génie, mais elle n'a jamais écrit qu'un seul film.

À partir du moment où mon père me fit voir *Brick Park*, ce fut réglé pour moi. J'avais voulu devenir scénariste afin de pouvoir écrire un film qui rendrait les gens ne fût-ce qu'à moitié aussi heureux que nous l'étions grâce à *Brick Park*. Mon père me donna mon premier ordinateur portable en me disant : « Quoi que tu écrives, Evie, "fais en sorte que ça signifie quelque chose." » Il s'agissait de notre citation préférée du film. C'était parfois difficile de me rappeler que j'avais sincèrement cru un jour pouvoir produire quelque chose qui en vaille la peine.

— Qu'est-ce qui se passe une fois que vous rencontrez vraiment quelqu'un ? s'enquit Ben de manière inattendue.

— Alors ANU doit écrire le scénario, répondis-je, prenant conscience, lorsque Anette gloussa, que j'avais de nouveau employé son surnom. Et je suis promue au poste d'agent.

— Et lui ? insista-t-il.

— AN... Ezra ? hésitai-je.

— L'homme impliqué dans l'une de ces jolies rencontres. En ce qui le concerne, tout est réel, n'est-ce pas ?

Anette regarda entre nous deux, tandis que je m'interrompais pour choisir mes mots. J'avais raconté à mes amis que je ne faisais pas ça pour l'amour. En vérité, je ne m'étais pas permis de pousser ma réflexion aussi loin. Je pensais avoir trouvé ma « fin heureuse » avec Ricky, et regardez comment cela s'était terminé. Ne pouvant l'avouer à Ben, je haussai les épaules.

— J'ai juste besoin de trouver quelqu'un disposé à dire qu'il a craqué pour moi, répondis-je fermement. Je ne cherche pas « le Bon », simplement quelque chose qu'ANU estimera crédible. Ça ne doit pas forcément être d'une réalité fracassante pour l'un ou l'autre.

Une pause.

— D'accord, dit Ben.

Il retourna à la rubrique voyages, comme si j'étais congédiée.

Anette esquissa ce qui ressemblait au symbole du *K* sous le nez de son père, en se servant de deux doigts et d'un pouce. Après un instant, il fit de même. Elle se renfonça dans son siège, comme satisfaite, en balançant les jambes.

— Moi, je pense que vous êtes brillante, me dit-elle.

J'entrechoquai ma tasse avec la sienne. Qui avait besoin de l'approbation de Ben, de toute façon ?

La femme dans la queue n'aurait pu avoir plus raison.

ANU : Vos dialogues s'améliorent. Une fois qu'ils vous ont coincée, je refuse de croire que cet ouvrier a vraiment dit : « On dirait qu'on a attrapé une incurable romantique, les gars. Depuis que Netflix a découvert son public, on le voit rarement à l'état sauvage. » Il n'y a que vous pour trouver ça. Vous savez que vous pouvez renoncer à n'importe quel stade, n'est-ce pas ? Je commence à penser que je suis le seul à prendre notre marché au sérieux. Deux mois pour trouver l'amour fou, et vous perdez déjà une chaussure. Tic-tac, la Rouquine.

9

Celui où ils se rencontrent dans une librairie

EXT. : *L'ÉTAGÈRE POUSSIÉREUSE* – MERCREDI 12 DÉCEMBRE, 19H30

EVIE se tient devant la librairie. Les encadrements de fenêtres sont peints en bleu nuit. Un panneau en bois est suspendu au-dessus de la porte, dans un bleu coordonné avec des lettres argentées, annonçant : *L'Étagère poussiéreuse*. Dans la vitrine, des lumières de Noël clignotent avec langueur et illuminent les livres. Evie a le nez rose vif. Ses cheveux tressés dépassent de sous son épais bonnet en laine vert tandis qu'elle regarde dans le magasin.

C'est une vérité universellement reconnue qu'à l'instant où les mots « qu'est-ce qui peut arriver de pire ? » sont prononcés, une douzaine de possibilités prennent soudain vie. Et pourtant, alors que j'étais plantée devant *L'Étagère poussiéreuse*, dans une ruelle de Peckham, je me répétai ces mots-là.

J'avais eu les horaires et autres détails par Jane, qui ignorait quel était le livre du mois, mais avait promis que le groupe serait un « vivier absolu de romance » ! Quand je lui avais demandé quel genre de bouquins ils lisaient, elle m'avait répondu : « Du fantastique, surtout. Tu sais, les loups-garous et je ne sais quoi. » J'espérais que cela induisait de l'horreur et de la science-fiction aussi, car ces genres m'étaient au moins familiers au cinéma.

Alors que je regardais par la vitrine de la boutique chaleureusement éclairée, mon estomac se renversa comme un manège de foire qui se dirige vers un grand plongeon. À part les pots des assistants, cela faisait un bout de temps que je n'avais pas eu d'activité sociale sans Ricky à mes côtés. « Comment ai-je fini avec une introvertie ? » Il souriait en jurant de ne pas me lâcher de la soirée.

Je m'armai de courage. Je devais le faire. Ça faisait plus de trois semaines, et la seule chose que j'avais réussi à obtenir d'ANU était qu'il me réclame d'autres jolies rencontres. Mon unique consolation était que, d'après ce qu'il me répétait, je l'aidais à écrire. J'aurais juste aimé le croire.

Je poussai la porte.

À l'intérieur, une femme, en pleine lecture, était assise derrière une caisse à un bureau en bois qui gémissait sous une pile de livres. C'était un bel endroit. Des rayons en bois débordaient de livres, anciens et neufs, des guirlandes lumineuses avaient été enroulées autour des chevrons, et les meubles étaient dépareillés, avec des lampes dans les moindres recoins imaginables.

— Bonsoir, lançai-je avec hésitation.

La femme prit une seconde pour finir sa page avec de relever les yeux vers moi.

— Nous sommes fermés, dit-elle.

— Je suis là pour le groupe de lecture.

Elle s'enfonça dans son siège et ôta ses lunettes pour m'évaluer.

— Eh bien, dit-elle après une pause, il en faut pour tous les goûts. Suivez-moi.

Décontenancée, je la suivis dans un couloir bordé de livres, essayant de ne pas perdre la trace de son chignon qui sautillait tandis que nous zigzaguions entre les rayons, jusqu'à ce que nous soyons sans doute tout au fond de la boutique. Les rayons cédaient la place à un petit espace lui aussi ceinturé de livres et rempli de gens, d'un grand nombre de chaises, et d'une vieille table tachée sur laquelle était posé du vin. Oh, Dieu merci.

— L'une des vôtres, annonça la femme, avant de me laisser là.

Il y avait une grande femme noire avec de longues bottes rouges près de la table, peut-être plus âgée que moi de quelques années.

— Blanc ou rouge ? demanda-t-elle.

Elle semblait américaine.

La nervosité me nouait la langue.

— Je suis Steph, ajouta-t-elle.

— Evie.

Elle me mit de force un verre de blanc dans les mains.

— Buvez ceci, ça aide toujours la première fois.

— J'aime voir ça comme de la lubrification sociale !

Un homme arriva derrière elle. Steph le gratifia d'un regard affectueux et d'un verre de rouge. Il était mince et d'apparence soignée, la soixantaine bien entamée, avec un débardeur en mailles par-dessus une chemisette.

— Qu'est-ce qui vous amène dans notre petit coin du monde ?

— Étrangement, notre annonce est sans cesse retirée de la vitrine, ajouta Steph. Bien que quelqu'un continue de la remettre.

Gabe sourit en la regardant.

— Les gens peuvent se montrer bizarrement snob envers la fiction, dis-je.

— Vous devriez essayer d'en écrire. Chaque fois que j'explique ce que je fais pour gagner ma vie, les gens se comportent comme s'il m'était poussé une seconde tête, dit Steph.

— Comme c'est approprié, dis-je.

Je fus alors récompensée par le sourire aux lèvres rouges de Steph. J'avais envie de la questionner davantage sur son travail actuel, mais une femme aux épais cheveux blonds comme les blés fit cliqueter ses ongles roses contre son verre et nous indiqua à tous de prendre place.

— Bienvenue, mes compagnons explorateurs. (Son regard se posa sur moi.) Oh, *j'adore* voir un nouveau membre.

Quelques petits gloussements tandis que les gens se tournaient pour me jeter un coup d'œil. Je rougis comme une tomate sur-le-champ.

S'ensuivit une pause durant laquelle je pris conscience légèrement trop tard que c'était le moment que je prenne la parole pour me présenter.

— Evie ! criai-je dans une tentative malencontreuse de compenser le retard.

— Bienvenue, Evie ! Je suis Meagan. Nous avons hâte de savoir ce que vous avez pensé du livre choisi pour novembre.

C'était là que toute personne normale aurait avoué haut et fort qu'elle n'avait pas eu le temps de découvrir quel était le livre, encore moins de le lire. Cependant, mes amis avaient insisté pour que je suive une règle en faisant mes jolies rencontres : ne pas m'asseoir au dernier rang à mon propre film. Traduction : je devais prendre part à la discussion de groupe, même si je n'avais pas lu le livre.

Tandis que je faisais le tour des visages dans le cercle, mon cœur commença à se serrer. Parmi la douzaine de gens présents, je comptai un homme. Gabe. J'étais venue là en supposant que la plupart des fans de science-fiction et de fantastique étaient masculins, mais j'avais clairement eu tort.

On se racla la gorge derrière nous, et Meagan rayonna.

— Entrez, entrez.

Nous nous retournâmes pour voir un retardataire. C'était un homme qui avait environ mon âge.

Eh, salut.

Les regards curieux que tout le monde lui adressa me laissèrent deviner que c'était sa première fois aussi. Il dénoua son écharpe et retira son bonnet pour révéler une masse d'épais cheveux blond cendré.

M. Intérêt amoureux potentiel fraîchement débarqué avait le genre de barbe naissante qui disait « pas arrogant sur mon apparence », mais aussi « assez audacieux pour être sexy », et portait des lunettes en écaille de tortue super mignonnes.

Exactement comme Ricky.

Je chassai cette pensée dans un coin de mon esprit, tentant de faire abstraction de la douleur qui l'accompagnait.

Meagan tira une chaise à côté d'elle et la désigna d'un geste.

— Tom, asseyez-vous. J'étais tellement contente de recevoir votre mail disant que vous vous joindriez à nous aujourd'hui. Tout le monde, dites bonjour à Tom.

Je n'étais clairement pas la seule à l'observer. Nous lançâmes un « bonjour » en chœur, certains d'entre nous plus sonores et bien plus évidents que d'autres.

Tom sourit en passant devant moi. Même si je ne faisais absolument pas ça pour l'amour, il n'y avait rien de mal à le trouver séduisant.

— Alors, la première question est pour l'un de nos nouveaux membres. Evie. *(Merci, Meagan.)* Êtes-vous novice dans le genre ?

Au moins, on avait commencé par une question facile. Je me raclai la gorge, essayant de ne pas avoir l'air sûre de moi.

— J'en lisais plus quand j'étais jeune. (Steph haussa aussitôt les sourcils.) Non que ça me soit passé avec le temps, m'empressai-je d'ajouter, soulagée de relever alors quelques sourires. Seulement, c'est difficile de trouver du temps pour lire, de nos jours.

Quelques-unes des femmes approuvèrent d'un hochement de tête.

Meagan rayonna.

— Merci, Evie. Qu'ont pensé les autres du livre ? Amanda ?

Elle regarda une femme en tailleur-pantalon impeccable.

— Bien mieux que le choix du mois dernier, répondit Amanda. Le sous-genre féministe ne présente aucun intérêt pour moi. Donnez-moi un vrai mec quand vous voulez. Sans vouloir insulter votre écriture, Steph.

— Par « vrais mecs », je suppose que vous voulez dire des vampires mâles qui s'échangent des coups de pieu, répliqua celle-ci.

— Bien, mesdames, nous avons tous nos thèmes de prédilection, dit Meagan. Vous vous rappelez ce qu'on a dit ?

Tout le monde se joignit à elle, exception faite de Tom et moi, et récita :

— *Il y a un sous-genre pour chacun.*

Il croisa mon regard et sourit, ce qui déclencha un frisson bienvenu jusque dans mes orteils.

Du calme, Evie.

— Evie, quel est le vôtre ? Ne soyez pas gênée, il n'y a pas de mauvaises réponses ici.

Oh, Seigneur.

Je repensai à tout ce que je savais de la fiction. Je ne connaissais que les genres cinématographiques, j'optai donc pour celui avec lequel je me sentais le plus à l'aise.

— L'horreur, dis-je.

Il y avait tant d'auteures géniales : Kathryn Bigelow. Karen Walton. Diablo Cody.

Quelques mâchoires se décrochèrent. J'imagine que, même parmi des fans de genres ouverts d'esprit, l'horreur était encore regardée de haut.

Meagan acquiesça lentement, un pli se creusant entre ses sourcils froncés.

— Comme je disais, nous sommes ici entre amis, vous ne trouverez aucun jugement.

Cette dernière partie semblait s'adresser à la salle, et certaines des dames haussèrent les épaules, comme pour obtempérer.

Je me détendis. Une autre question de pliée. Si la prochaine personne à répondre dévoilait un peu de ce foutu bouquin, j'aurais la moitié d'une chance.

— Evie.

Dieu du ciel, c'était de la torture. Est-ce qu'elle le faisait exprès ? Ce serait forcément le tour de Tom à un moment donné. J'avais l'impression d'avoir été démasquée de quelque manière, et qu'elle avait décidé de me pousser à l'admettre. Mais comment pourrait-elle bien le savoir ?

— Désolée, nous passerons à chacun des autres membres, mais simplement j'adorerais savoir ce que vous avez pensé de la fameuse scène entre le pirate et sa belle-mère.

Au moins, à présent, j'avais des détails.

— Eh bien, dis-je en étirant l'instant afin de m'accorder plus de temps pour réfléchir.

Pertinente tout en restant vague. Je pouvais y arriver. Je bus une autre gorgée de vin.

— Je l'ai trouvée très émouvante.

Elle inclina la tête.

— Même le moment où ils se battent en *duel* sous le pont ?

J'hésitai, mais, maintenant que j'avais exprimé mon opinion, je devais m'y tenir, ou ça paraîtrait bizarre.

— Surtout ce moment-là.

— Et quand sa sœur les rejoint ?

— C'était un choix audacieux, mais j'ai trouvé que l'auteur l'avait très bien manié.

— Et le final ?

— Très satisfaisant.

— Elle a vraiment été inspirée, intervint une femme plus âgée avec des lunettes d'une largeur stylée et une frange droite.

Mais Meagan n'en avait pas terminé avec moi.

— Merci, Heather, mais je pense que nous aimerions tous connaître la scène préférée d'Evie.

Je m'éventai le visage, la pièce me paraissant d'une chaleur incommodante, et Steph intervint.

— Pour moi, celle avec la princesse Esmerelda et le roi des pirates sur l'île au trésor était splendide...

Meagan leva la main.

— Merci, mais c'est à Evie de parler.

— C'était ma préférée aussi.

J'adressai un sourire reconnaissant à Steph et décidai de tenter une supposition sans risque.

— Surtout quand ils découvrent enfin où le trésor était enterré.

Pour une certaine raison, Heather ricana à cela.

— Esmerelda a sûrement été surprise de le trouver là, dit-elle.

Je jetai un coup d'œil circulaire dans la pièce.

Est-ce que quelque chose m'échappe ?

— Et qu'avez-vous pensé d'Esmerelda ? me demanda Meagan.

Bordel, Meagan !

Je me résolus à ne pas la laisser me battre. Donner des retours critiques était la partie de mon travail que j'aimais le plus.

— J'ai trouvé qu'on pouvait incroyablement s'identifier à elle. C'était rafraîchissant de voir un personnage féminin traité avec autant d'intelligence émotionnelle. Je n'ai pas vu de telles âmes sœurs depuis Jane Eyre et Mr Rochester.

Mon petit triomphe me fit jubiler.

Prends ça, Meagan !

Tom sembla réprimer un sourire, et Steph afficha une expression des plus étranges.

Meagan, enfin, parvint à parler.

— Merci, Evie, pour cet… éclairage unique sur la princesse dragon.

Attendez voir… *Dragon* ?

— Gabe, nous savons tous que vous êtes friand des scènes de duel – quel est votre avis ?

Il se frotta les mains et se posa un doigt effilé à côté du menton en réfléchissant. Je pris une gorgée de vin, contente de ce sursis.

— Je dois dire que quand le roi des pirates et Esmerelda finissent par sortir leurs bites… (Je toussai en avalant mon vin de travers.)… je me suis dit que ça ne pourrait pas mieux tourner. Et ensuite, quand j'ai appris que les dragons avaient deux bites, le livre est entré directement dans mon top 10 !

S'ensuivit le bruit d'un livre qui tombait, et la libraire qui le remettait sur son étagère nous regarda bouche bée avant de resserrer son cardigan autour d'elle et de détaler.

— Bien, Gabe. Vous savez que nous apprécions d'éviter que ce soit trop porno ici, par respect pour nos voisins, dit Meagan, les yeux sur la libraire en repli. Souvenez-vous de remplacer les termes les plus fleuris.

— D'accord, d'accord. Donc, j'ai trouvé la scène de duel où la seconde baguette d'Esmerelda envoyait des étincelles aromatisées absolument renversante. C'était la chose la plus exotique que j'aie jamais lue.

Je rapportai mon verre vide sur la table, luttant de toutes les fibres de mon corps contre l'envie pressante d'attraper mon manteau et m'enfuir. S'il y avait la plus petite chance que je puisse sauver la moindre partie de cette soirée en parlant à Tom, alors il me fallait essayer.

Tom parcourait les rayons. Je devais espérer qu'il voie le côté drôle. Il y avait clairement eu des moments où nos regards s'étaient croisés.

Avant que je ne puisse l'atteindre, Steph apparut devant moi et remplit mon verre.

— Désolée pour Meagan – elle vous a cernée dès le début, n'est-ce pas ? Elle met juste un point d'honneur à s'assurer que nous avons tous lu le livre. Parfois, les gens débarquent uniquement pour le vin gratuit.

— Imaginez ça ! lança Heather en apparaissant avec deux verres.

— Elle avait plutôt raison dans mon cas, dis-je, vibrant encore de gêne. Je ne peux pas vraiment lui en vouloir d'être contrariée.

Les autres membres – je comprenais maintenant pourquoi il y avait eu des gloussements à l'emploi de ce terme – bavardaient, mais j'en aperçus quelques-uns qui jetaient des coups d'œil vers nous.

— Ne vous souciez pas d'eux. Vous n'êtes pas la première personne à errer accidentellement dans une séance du « Groupe de lecture pénétrante », dit Heather.

— J'imagine que l'indice est dans le nom.

J'avais été stupide de croire que n'importe quel groupe de lecture recommandé par Jane puisse être de nature autre qu'*exotique*.

— Et quand vous avez qualifié le final de « très satisfaisant »…, s'esclaffa Heather, les grosses perles de son collier capturant la lumière.

Malgré ma gêne persistante, je me retrouvai à rire aussi.

— Votre tête quand vous avez fini par comprendre ! dit Steph en s'essuyant les yeux.

Tandis que notre hilarité s'estompait, je demandai :

— Quel était le titre du livre ?

— *Pris par les dragons : une aventure du Joyeux Rogerer.*

Nouveau fou rire.

— Mais pourquoi vous êtes-vous jointe à nous ? demanda Steph.

Je rougis.

— Ça va paraître idiot, mais… pour rencontrer quelqu'un.

— Dans ce cas, dit-elle en suivant mon regard vers Tom, que faites-vous encore là à nous parler ?

Je me tenais à côté de Tom, feignant d'examiner les livres.

— Eh bien, c'était…, dit-il avec un léger accent londonien.

— … clairement une première, complétai-je.

Nous nous sourîmes. Il avait les incisives un peu de travers.

— Je ne savais pas exactement à quoi m'attendre en arrivant, admit-il.

— Moins de baguettes, dis-je.

— Vous n'avez pas lu le livre, si ?

— Pensez-vous que quelqu'un ait remarqué ? plaisantai-je.

— Il reste toujours la prochaine fois, répondit-il.

— Vous reviendrez ?

Cela m'intéressait sincèrement.

— Peut-être, dit-il en hochant la tête. Est-ce que vous reviendriez ?

— Peut-être, répondis-je en écho avec un sourire. Une part de moi est un peu curieuse de lire le livre.

— J'espère vraiment que vous aimerez.

— Pourquoi ça ?

Nous fûmes interrompus par Meagan qui demandait l'attention du groupe.

— Merci encore à tous d'être venus. (Des rires, qu'à présent je comprenais.) Nous ne voulions rien dire au début, de peur que ça entrave la conversation, mais je suis ravie de vous annoncer que l'auteur en personne, M. T. Mingle, était avec nous toute la soirée. Il est ici pour répondre à toutes vos questions brûlantes.

Je regardai Tom, alarmée, tandis que tout le monde se rassemblait autour de nous.

— Ce n'est rien, dit-il alors que j'étais poussée du coude vers l'arrière par des membres empressés. Même ma petite amie trouve ça bizarre. Je ne compte plus le nombre de baguettes sur lesquelles on m'a demandé de mettre ma signature.

10

Mash up

INT. : CAFÉ *GIL'S*, EAST DULWICH -DIMANCHE 16 DÉCEMBRE, 10 HEURES

EVIE entre dans le café, regarde autour d'elle en cherchant une table libre. Elle repère BEN et ANETTE à la table où ils étaient la semaine précédente et baisse la tête en se dirigeant vers une banquette occupée par des utilisateurs d'ordinateurs portables.

— Evie!

La voix flûtée d'Anette résonna avec clarté dans tout le café. Il m'était impossible de l'ignorer.

Je m'armai de courage, puis me retrouvai à sourire. Elle tenait en l'air une tasse de chocolat chaud. Je lui fis signe que je viendrais après avoir commandé mon petit déjeuner.

Si Ben croyait bon de porter d'autres jugements sur mes activités cette semaine-là, j'essaierais un nouvel endroit le dimanche suivant. Il me fallait un endroit où rédiger mes jolies rencontres. Ce n'était pas qu'elles me menaient encore où que ce soit, d'un point de vue romantique ou autre. ANU n'avait toujours pas envoyé un seul feuillet à Monty, et ça rendait celui-ci nerveux. La semaine précédente, il m'avait suggéré d'« au moins tenter » d'inciter ANU à nous envoyer la preuve qu'il écrivait. En déclarant, sans le moindre soupçon d'ironie : « C'est ce que ferait tout agent compétent. » Pour tenir Monty occupé, j'avais épluché l'énormissime pile des rejetés de l'agence – la montagne de manuscrits que nous envoyaient des auteurs dans l'espoir que nous les représentions. Il était rarement plus heureux que lorsqu'il m'expliquait précisément pourquoi ceux que j'avais choisis ne répondaient pas aux critères de l'agence (c'est-à-dire écrits par des femmes). Au moins, ça lui remontait le moral et m'accordait du temps pour me concentrer sur les jolies rencontres.

Ben ne leva pas les yeux lorsque j'arrivai à leur table. Il était absorbé dans la lecture d'un numéro de *National Geographic*. Anette m'avait gardé la chaise entre eux.

— Ne bougez plus…, dit la fillette tandis que j'ouvrais mon ordi.

Elle tenait son appareil. Je tirai la langue pour la photo.

— Maintenant, hop, hop, hop, me dit-elle en ouvrant son livre. Cette jolie rencontre ne va pas se raconter toute seule.

La page blanche. L'un des plus gros obstacles qu'un auteur ait à affronter, avec aussi tout ce qui se trouve sur Internet. ANU me poussait toujours à élaborer davantage de dialogues, et ça commençait bien trop à se rapprocher de l'écriture d'un scénario.

Allons, Evie. Tu ne parviendras jamais à ce qu'ANU continue de lire tout ça si tu ne passes pas en mode amical envers les grands gamins.

J'entamai la jolie rencontre de la Librairie comme si j'annonçais de mauvaises nouvelles, tapant sur les touches à contrecœur. Puis, lorsque j'en fus aux répliques de Meagan alors qu'elle essayait de me piéger pour ne pas avoir lu le livre, il se produisit quelque chose. J'eus la sensation de remonter à mon propre niveau, comme si j'avais été à la traîne. Ce n'était pas exactement comme avant, mais je trouvais un rythme que je pensais avoir perdu depuis longtemps.

Lorsque je consultai l'horloge, il s'était presque écoulé une heure. Je fus consciente que quelqu'un me regardait. *Anette*, pensai-je.

C'était Ben.

— Quoi ? demandai-je, surprise.

— Rien, dit-il en hâte. (Une pause.) On dirait que ça vous vient naturellement. (Je devais avoir l'air perplexe.) L'écriture, expliqua-t-il, avant de se replonger dans son magazine, le bout de ses oreilles à présent rose.

Lorsque je levai de nouveau la tête, Ben avait le menton posé sur sa paume retournée ; son autre bras couvrait ses longues jambes. Il était complètement captivé par un article. *Bien*, me dis-je.

Je ne pus m'empêcher de remarquer une trace de paillettes rouges sur son nez. Son visage n'était pas aussi sombre lorsqu'il était perdu dans sa concentration. Des sourcils bruns, des yeux inquisiteurs, un sourire en coin – ce n'était pas que je l'avais vu très souvent –, une mâchoire anguleuse et des cheveux presque noirs qui donnaient l'impression de pouvoir boucler si on les laissait plus pousser. Combiné avec sa tenue soignée – chemise et pull, une fois de plus –, c'était comme s'il s'efforçait d'être une image de stockage dans la catégorie « Adulte sage ».

Mon téléphone s'alluma, détournant mon attention.

Maria : Est-ce que tu t'es occupée du manoir pour l'EVJF de Sarah ?

Evie : Fait ! Juste besoin de confirmer avec notre versement, si ça ne vous dérange pas de virer votre part sur mon compte.

Maria : La star ! Je passerai le message à Jem. Comment se passent les jolies rencontres ?

Evie : Mortifiant comme jamais. Et devine qui est de retour au *Gil's* ?

Maria : Ben ? Sa fille avait l'air adorable, par contre. Peut-être que tu es tombée sur lui le mauvais jour.

Evie : C'est le cas tous les dimanches jusqu'ici.

J'avais parlé de Ben à mes amis après que son interrogatoire de la dernière fois m'avait prise au dépourvu et que j'avais eu besoin d'un retour à la réalité.

Est-ce que ce que je fais est correct ?

Ils m'avaient dit de ne pas laisser sa réaction m'empêcher de faire mes jolies rencontres. Je suspectai que ce qu'ils voulaient vraiment dire, c'était : « Ne laisse pas sa réaction t'empêcher de rencontrer quelqu'un. »

Je relevai les yeux, en sourcillant, avec la sensation que quelque chose clochait vaguement. J'observai Ben et Anette un instant, essayant de comprendre ce qui me dérangeait. Ils étaient tous les deux en pleine lecture, mais il y avait une certaine tension dans ce silence. Anette avait été tout sourires pour moi, mais sa bouche dessinait à présent une ligne obstinée. Elle tournait le dos à Ben, qui était lui aussi positionné de façon à s'écarter d'elle.

Ben et Anette ne se parlaient plus.

Pas tes affaires, Evie.

J'essayai de me remettre à écrire, mais le silence devint trop assourdissant.

— Est-ce que tout va bien ? m'enquis-je.

Ils relevèrent les yeux à l'unisson.

— Parfaitement, répondit Anette en me souriant. Au fait, Evie, est-ce que vous pourriez demander à mon père si je peux avoir autre chose à boire, s'il vous plaît ?

— Ça dépend si elle compte présenter des excuses ou pas, dit froidement Ben.

— Est-ce que mon père va laisser sa fille unique mourir de soif ?

Ben tourna sa page.

— Il y songe, c'est certain, rétorqua-t-il.

— Et si Evie ne bougeait pas le petit doigt tant qu'on ne lui avait pas dit ce qui se passe ? dis-je de ma voix la plus pragmatique.

— Rien, sauf qu'*il* veut que toute mon école se moque de moi.

Anette croisa les bras en nichant le menton dans sa poitrine.

Son père se renfrogna.

— Ce n'est pas ma faute. J'ai fait de mon mieux.

— Je ne le ferai pas.

— Quoi ? demandai-je.

— Cette stupide pièce de l'école, dit Anette.

— Anette, dit posément Ben. C'est un super rôle. Tous les autres doivent porter un costume.

— Ouais, mais pas celui-*là*.

— J'abandonne, dit-il, exaspéré.

— Quelle est la pièce ? m'enquis-je.

Je n'aurais pas dû m'immiscer, mais les voir en conflit me paraissait juste étrange.

Quand Anette resta muette, Ben répondit pour elle.

— *Peter Pan*.

Anette esquissa un signe furieux que Ben lui renvoya.

Ils s'observèrent d'un œil noir avant de tendre tous les deux le menton dans des directions opposées. Je dissimulai un sourire.

— J'adore *Peter Pan*, dis-je.

Anette leva ses yeux sombres vers les miens.

— Vraiment ?

À présent, je souriais ouvertement.

— Mon père me le lisait tout le temps. J'ai toujours le livre. C'est l'une des meilleures histoires jamais écrites, et tu vas être dans la pièce ? (Je versai une dose d'émerveillement dans ma voix.) Quel rôle ?

— La fée Clochette, dit Anette d'un ton peu convaincu.

— Clochette, soupirai-je. Quelle chance.

— Pourquoi ?

— Elle a les répliques les plus cool, et elle jure *beaucoup*. Je ne pouvais penser à personne de mieux pour interpréter la fée tempétueuse que j'avais adorée durant mon enfance.

— Tu vois, tu es déjà à mi-chemin de ton personnage, dit Ben à sa fille.

Elle tendit le menton en avant.

— Je signe mon texte, papa. Et si tout le monde me regarde dans ce costume débile et que je me plante ?

Les yeux marron de Ben s'adoucirent.

— Est-ce que tu sais comment signer « petit con » ?

Je fus récompensée par le plus ténu des sourires.

— Mme Clarke n'aime pas qu'on jure, dit Anette.

— Est-ce que *Mme Clarke* sait comment on signe « petit con » ? demandai-je.

Le sourire s'étira tandis qu'elle secouait la tête. Je crus voir les larges épaules de Ben se décrisper un peu.

— Il reste un problème de taille, dit-elle en lançant un regard à son père. Dis-lui.

Ben s'éclaircit la voix.

— La pièce est un *mash-up*. (Il employa le terme comme si ça l'épuisait de le dire.) Ils en ont fait une comédie musicale.

— Pas la version Disney, précisa Anette en se couvrant les yeux. Montre-lui.

Ben adressa un regard à sa fille avant de plonger la main dans un sac de couleur sombre à ses pieds.

Je compris d'où venait la trace de paillettes rouges lorsqu'il sortit ce qui devait sans doute être le costume d'Anette. Il s'agissait d'une paire d'ailes pailletées déprimantes et d'un tutu en loques, raide de colle à paillettes. Fait main, apparemment, avec un certain enthousiasme acharné, à défaut de grande habileté.

— Chloe était plus douée pour ces trucs-là, dit Ben en tirant sur une boulette de paillettes particulièrement grosse.

Sa femme, déduisis-je en relevant combien il en parlait facilement – ça prenait du temps de tourner cette page-là.

— J'espérais que sa grand-mère serait capable de récupérer ça.

— C'est indéniablement créatif, lui assurai-je. Rien que les couleurs…

Pour quelque raison, il avait choisi du rouge, du blanc et du bleu plutôt que le vert Clochette traditionnel. En plissant les yeux, je me rendis compte que c'était un motif.

Les ailes portaient chacune un Union Jack bancal en colle à paillettes.

— Quelle est l'autre moitié du *mash-up* ? demandai-je.

Ben répondit avec résignation :

— Les Spice Girls.

— Maman, j'ai une urgence vestimentaire, dis-je.

Je me tenais dans l'entrée arrière du *Gil's*, où c'était plus tranquille, mon duffle-coat boutonné pour me protéger du froid.

— Mon genre préféré ! s'exclama ma mère à l'autre bout du téléphone.

C'était l'une des nombreuses choses que j'adorais chez Mary Summers : pas de préambule requis.

Je lui expliquai l'histoire du costume d'Anette, et combien elle se sentirait plus en confiance s'il était beau.

— Son père a vraiment essayé, dis-je. Mais nous avons besoin d'une experte.

Ma mère faisait la plupart de mes robes. Son talent à l'aiguille était inégalé, et n'avait pas été transmis dans le patrimoine génétique. Je préférais la super glu au fil.

— J'adorerais, mon chou. Mais n'a-t-il personne d'autre autour de lui pour l'aider ?

Voilà ma mère : aussi subtile qu'une brique.

— Il est veuf, maman.

— Une cause perdue, alors.

Son ton était ironique.

— Ce n'est pas ce que je voulais dire, m'empressai-je de rectifier. Par ailleurs, poursuivis-je, avant qu'elle se fasse la moindre idée, c'est pour Anette. Juste une dernière chose…

J'expliquai ce que j'avais en tête, et ma mère exulta.

— Et ils ont besoin du costume d'ici vendredi matin, dis-je. Est-ce que c'est possible ? Je paierai pour le tissu.

— Pas de souci, je te fais ça pour jeudi. Ça me laisse le temps de finir la tenue de Dorothée pour Tata Margaret. Elle donne une fête *Magicien d'Oz* pour ses soixante-cinq ans.

Lorsque je retournai à l'intérieur, il y avait une femme avec un tapis de yoga qui parlait à Ben, tendant occasionnellement la main pour lui toucher l'épaule comme s'ils étaient amis. Samantha. Elle ne semblait pas tenir compte de son propre conseil du week-end précédent. Anette était maintenant sur la chaise à côté de son père, la tête plongée dans sa lecture, manifestement indifférente à la présence de la femme. Le boîtier de son appareil auditif était sur la table. Je décidai de traîner à quelques tables plus loin jusqu'à ce que Samantha soit partie, pas particulièrement impatiente de la recroiser.

De plus, cela me donnait l'occasion de m'occuper d'ANU.

Rouquine : Qu'est-ce qu'un groupe de lecture, la littérature érotique à base de dragons et une erreur sur la personne ont en commun ?
ANU : Ne m'aguichez pas, la Rouquine.

Je prenais exemple sur *L'Encyclopédie de l'ANU* de Monty. Façon de parler. ANU était maître dans l'art d'éviter les conversations difficiles. Je devrais le forcer à me voir en personne si jamais je voulais obtenir quoi que ce soit de lui. Bien sûr, ANU excellait à rendre cela impossible. Je n'avais pas les moyens de l'appâter avec un menu dégustation de vingt plats, par contre, j'avais quelque chose qui lui plairait : mon humiliation potentielle.

Rouquine : Le compte rendu est dans votre boîte mail. Si vous aimez tant mes jolies rencontres, il est temps de vous joindre à moi pour l'une d'elles.

— Je pense vraiment que tu devrais suivre mon conseil. (Les propos de Samantha résonnèrent de l'autre bout du café.) Ça convient tout à fait à la maison, mais pas en public.

C'était plus dur d'entendre la réponse discrète de Ben. Même si je n'essayais pas, évidemment.

— Merci, mais c'est comme je te l'ai dit toutes ces autres fois. Non.

Son ton était catégorique. Vous auriez pu tirer une ligne droite avec son dos. Samantha tendit de nouveau la main vers lui, mais sembla se raviser. Je baissai les yeux sur mon téléphone, curieuse, mais réticente à m'immiscer.

ANU : Contrairement à vous, j'ai mieux à faire de mon temps.

Rouquine : Je prévois de faire quelque chose qui a de grandes chances d'aboutir à mon humiliation – extrêmement – publique.
ANU : Je peux vendredi prochain à 10 heures.
Rouquine : Parfait. Habillez-vous chaudement.

Je t'ai eu.

— Je veux juste aider, Ben. Mais peut-être que tu es trop occupé à te concentrer sur d'autres choses, maintenant que tu fréquentes de nouveau quelqu'un.

Je relevai les yeux.

— Je fréquente… ? commença-t-il.

Samantha regardait ma chaise d'un air entendu, et j'étais ravie de ne pas m'y trouver.

— Je ne la fréquente pas, dit-il brutalement en comprenant.

Aïe, Ben. Essaie de ne pas t'empresser de le nier.

— C'est l'amie d'Anette, précisa-t-il.

— Vraiment, Ben, c'est exactement le genre de chose dont je parle. C'est la même femme qui a provoqué un chaos absolu ici il y a quelques week-ends de cela. Depuis ce qui s'est passé avec Justice, la pauvre Suze a été incapable de montrer son visage où que ce soit. Est-elle sincèrement la meilleure influence pour Anette ? Ta fille ne sera jamais…

— Anette, l'interrompit Ben, d'un ton cassant que je ne lui connaissais pas, sera amie avec cette femme que ça me plaise ou non. Même si elle s'obstine à se donner en spectacle. En fait, c'est exactement pour ça qu'elle est…

Je n'eus pas l'occasion d'apprendre ce que j'étais, car un homme choisit ce moment précis pour essayer de se faufiler devant moi, et l'un des boutons de mon manteau se prit dans la sangle de son sac, m'emportant avec lui. Le temps que je me libère, Ben mettait fin à la conversation.

— Au revoir, Samantha, dit-il en retournant à son magazine.

Elle parut offensée, puis feignit de consulter l'heure sur son téléphone et s'éloigna comme si elle devait se rendre ailleurs. Une part de moi-même fut presque désolée pour elle. Presque.

Après les questions de Ben le week-end précédent, je n'aurais pas dû être étonnée d'apprendre qu'il me trouvait ridicule de faire mes jolies rencontres. Je m'étais « donnée en spectacle », en effet.

Si je le savais déjà, pourquoi est-ce que ça blesse ?

Parce que, après ce matin-là, je m'étais dit que je pourrais peut-être aboutir à quelque chose avec lui.

Je regagnai la table en ligne droite et commençai à remballer mes affaires.

— Ma mère fera en sorte que le costume soit ici jeudi, ça ira ? dis-je froidement.

— La pièce est vendredi après-midi, dit Ben en fermant son magazine, l'air tendu. S'il vous plaît, transmettez nos remerciements à votre mère. Anette sera très reconnaissante. Elle passe juste un moment au calme.

Il désigna sa fille, qui lisait toujours. Il resta concentré sur moi, comme s'il attendait quelque chose. Je montrai que je comprenais en acquiesçant, et ses épaules semblèrent se relâcher.

— Vous me direz combien je vous dois.

— C'est pour Anette. Je déposerai le costume ici vendredi à la première heure.

— Evie, dit-il, comme pour avoir mon attention. Merci. Ça représente… Ça représente beaucoup pour Anette. Il n'y avait pas que le costume qui la rendait nerveuse. Tout ceci est d'une grande aide.

— Ce n'est rien, dis-je d'un ton laconique, souhaitant juste partir.

Anette releva les yeux, les sourcils froncés. J'ouvris puis fermai la main pour signer un « au revoir ». Elle fit un signe rapide à son père ; je saisis une petite partie de ce qu'elle disait, puisque j'essayais d'apprendre quelques notions, mais pas assez pour comprendre. Une ride apparut entre les sourcils foncés de Ben tandis qu'il se tournait vers moi.

— Voudriez-vous venir à la pièce d'Anette ? demanda-t-il.

Je regardai entre eux deux, l'expression pleine d'espoir d'Anette, et celle de Ben, tout en réserve.

— Vous êtes sûr ?

Il fronça les sourcils, comme troublé par ma question.

— Oui, dit-il.

J'adressai un grand sourire à Anette et signai « merci ». Elle parut enchantée ; les sentiments de Ben étaient moins clairs tandis qu'il m'étudiait. Non que ce qu'il pensait eût de l'importance. J'irais pour elle.

Par ailleurs, vous n'avez pas tous les jours l'occasion de voir un *mash-up* Spice Girls/*Peter Pan*.

11

Paul le-pas-pervers

Sarah : Je ne pense pas que tu devrais le faire.

Jeremy : NE L'ÉCOUTE PAS, EVIE.

Sarah : Jusque-là, elle a fait vomir un enfant et accidentellement rejoint un groupe de lecture érotique – qu'est-ce qui te fait croire que t'embarquer dans un road trip avec un PARFAIT INCONNU sera mieux ? Prends le train pour rentrer à Noël, comme tout le monde.

Evie : La jolie rencontre Road trip doit être un long trajet en voiture avec un mec. Je sais que mes tentatives ont été désastreuses jusque-là, mais si je veux inciter ANU à écrire, je dois tenir ma part du contrat.

Jeremy : Tu veux dire, la part où tu rencontres quelqu'un et que tu tombes amoureuse ?

Evie : Merci pour le récap, Jem. Les amis, est-ce que vous m'aiderez à trouver mon Harry ?

Sarah : OK. Mais, te connaissant, ce sera sûrement un tueur à la hache ou un truc du genre.

Maria : L'opération Trouver quelqu'un pour Evie qui ne soit pas un tueur à la hache est désormais en cours. Tout le monde partage mon post !

Sarah : Fait.

Jeremy: Seulement avec les amis, hein, Sarah ? Pas le monde entier ?

Sarah: Oui, Jeremy, ce n'est pas moi, le désastre, ici.

Evie: Eh !

Jeremy: Sarah vient de partager en public.

Sarah: Mais non, si ? Je fais ça pendant que je suis en téléconférence avec le traiteur, le fleuriste et le responsable de la salle, alors pardonnez-moi si vous n'avez pas mon attention à 100 %.

Evie: Ne t'inquiète pas, Sarah. Je suis sûre que n'importe lequel de tes amis conviendra très bien.

Jeremy: Béni soit ton petit cœur, Evie.

Sarah: Je crois que je viens de le repartager.

Maria: En parlant de trop partager en public, ANU a fini dans la rubrique people cette semaine. Deux secondes, j'envoie le lien.

MONICA REED « PROFONDÉMENT MALHEUREUSE »

Une source proche a confié à *Ça balance* que l'actrice oscarisée, 44 ans, était enfin prête à jeter son jeune amant du landau. La mère de deux enfants fréquente la star d'un unique succès Ezra Chester, 33 ans, par intermittence depuis maintenant un an. Les amis de Reed sont inquiets : « C'est sa première liaison depuis son divorce, et il est clair qu'elle est profondément malheureuse. La dernière chose dont elle ait besoin est un autre enfant dont s'occuper. »

Maria: Il serait temps, bon Dieu.

Jeremy: J'adore la Maria vache.

Maria: C'est ma catharsis.

Sarah: J'ai trouvé quelqu'un !

Jeremy : J'ai changé d'avis. Le road trip c'est nase, comme plan. Ne le fais pas.

Sarah : Il est charmant, promis. Absolument, clairement pas un pervers !

Jeremy : Ce n'est pas rassurant quand tu dois le préciser, Sarah.

Maria : Tais-toi, Jem. Tu sais ce qu'elle veut dire. C'était rapide, Sarah. Qui est-ce ? Un ami ?

Sarah : D'une certaine manière.

Jeremy : Me voilà rassuré.

Evie : En ce moment, je prendrai n'importe qui.

Sarah : Tant mieux, parce que je lui ai déjà envoyé ton numéro.

NUMÉRO INCONNU : Euh, salut, c'est étrange, mais connaissez-vous Sarah ? Elle a dit que vous proposiez des trajets pour Sheffield à Noël ?

Evie : Salut ! Excusez-moi, quel est votre prénom ? Oui, c'est plus un partage de voiture, ça vous va ? Vous en avez une ?

NUMÉRO INCONNU : Désolé, ah, ah ! C'est Paul. Je n'ai pas de voiture.

Evie : Salut, Paul. Pas de souci. Nous pouvons en louer une. Vous avez le permis ?

Paul-le-pas-pervers : Oui, même s'il y a peut-être un petit problème qui m'empêche plus ou moins de conduire. Je peux vous expliquer quand on se verra.

Paul-le-pas-pervers : Vous êtes là ?

Paul-le-pas-pervers : Allô ? Vous m'ignorez ? Si c'est le cas, ne vous inquiétez pas. Ça ne me dérange pas.

Paul-le-pas-pervers : Seulement, c'est Noël, et Sarah disait que vous offriez des trajets gratuits, mais si vous avez changé d'avis, tenez-moi juste au courant. C'est la politesse de base. Pas besoin d'être con. Ah, ah !

Evie : Désolée pour le délai de réponse, j'étais dans le métro, je rentrais du travail.
Paul-le-pas-pervers : Ça fait tard, pour sortir du travail, mais pas de souci.
Evie : J'étais vraiment dans le métro, Paul.

Evie : Sarah, qui est Paul ?
Sarah : Vous connaissez Michelle, ma copine du boulot ?
Jeremy : Non.
Maria : Celle qui a disparu ?
Sarah : Il s'est avéré qu'elle avait besoin de temps pour elle. C'est son ex.
Evie : Sarah !
Sarah : Quoi ? Je l'ai rencontré une fois et il avait l'air riche.

Evie : Salut, Paul, je suis tellement navrée, il y a eu un malentendu. Je cherche vraiment quelqu'un avec une voiture. Désolée de vous avoir fait perdre votre temps.
Paul-le-pas-pervers : Je pensais que vous étiez une pauvre fille à la recherche d'un petit ami.
Evie : Au revoir, Paul.

Evie : C'est non, pour Paul.
Maria : Ne t'inquiète pas, je t'ai trouvé un type – le charmant Graeme. Sa mère est ma voisine, et il remonte aussi en voiture pour Noël. L'opération jolie rencontre Road Trip est lancée ! J'ai trop hâte de t'avoir ici toute une semaine.
Evie : Merci ! Désolée, Sarah.
Sarah : Pour être honnête, tu as probablement esquivé une balle. Par ailleurs, j'ai déjà une solution pour ton

problème de plus-un. MON MARIAGE. Je vais te trouver l'homme parfait.
Jeremy: #ÉquipeGraeme

APPEL MANQUÉ DE PAUL-LE-PAS-PERVERS AUJOURD'HUI À 00H14

APPEL MANQUÉ DE PAUL-LE-PAS-PERVERS AUJOURD'HUI À 1H34

APPEL MANQUÉ DE PAUL-LE-PAS-PERVERS AUJOURD'HUI À 3H17

Paul-le-pas-pervers: Je suis tellement désolé, Evie, on dirait que mon chat s'est endormi sur mon téléphone et t'a appelée plusieurs fois avec son cul. Mais pendant qu'on y est, pouvons-nous parler de ce trajet ?

VOUS AVEZ BLOQUÉ PAUL-LE-PAS-PERVERS

12

Vous rencontrer

```
EXT. : MARCHÉ AUX LIVRES DE SOUTHBANK
MARKET -VENDREDI 21 DÉCEMBRE, 11 HEURES

EVIE explore les piles de livres d'occasion
étalées sur des tables en bois dans l'ombre
du WaterlooBridge. Elle est trop absorbée
pour remarquer qu'un homme s'approche
derrière elle, jusqu'à ce qu'il tire sur
l'une des tresses qui dépassent de son
bonnet en laine.
```

Je tournai brusquement la tête pour voir ANU, clairement en mode gueule de bois. Pour ANU, cela signifiait porter des lunettes de soleil en hiver, plutôt que reconsidérer ses choix de vie comme n'importe quel être humain normal.

— Vous êtes en retard, dis-je.

— Vous avez déjà de la chance que je sois venu.

ANU avait un grand café dans une main ; la seconde était profondément enfoncée dans la poche de son manteau. Il portait un léger bonnet gris qui pendouillait de l'arrière de son crâne et s'avérait à peu près aussi efficace qu'un chapeau en papier pour affronter le froid mordant de décembre. Même si sa parka Canada Goose paraissait assez douillette.

Quand je lui avais indiqué une heure de rendez-vous, j'avais tenu compte du fait que l'horloge d'ANU était à la traîne d'au moins une heure par rapport au reste du monde ; il avait tout de même réussi à être assez en retard pour bousculer ma journée.

Ce matin-là, j'avais déposé le costume d'Anette chez *Gil's*, et découvert qu'elle avait laissé quelque chose à Xan pour moi. Mon billet pour sa pièce. *Peter Pan : « Pour tous les garçons et les filles ! »* Elle commençait à 12 h 30 ce même jour, et l'école d'Anette était à une heure de là, ce qui impliquait que je devais finir cette entrevue assez vite si je voulais y être à temps. Mais je ne pouvais partir sans avoir convaincu ANU d'envoyer à Monty des preuves qu'il écrivait. Toute la semaine, Monty s'était terré au *Ash*, son lieu de réconfort par excellence. Les seuls contacts que j'avais eus avec lui se résumaient à des messages d'une hystérie exponentielle au sujet du scénario. Il me fallait lui envoyer quelque chose provenant d'ANU pour le calmer – et pour prouver que sa foi en moi n'était pas mal placée.

J'essayai de tendre à ANU ce qui restait de mes donuts de petit déjeuner.

— Je ne consomme pas de glucides. Pourquoi est-ce qu'on se rencontre ici ?

— Vous verrez, répondis-je en l'obligeant à me les prendre malgré tout. Et vivez un peu.

Il balança le sac dans une poubelle sous l'étal de livres et s'essuya les mains en grimaçant.

— Alors, sur l'échelle des jolies rencontres, de la gerbe de vomi aux bites de dragon, où se situe celle-ci ?

Une femme entraîna son enfant vers un autre stand, en ignorant le « je suis désolée » que j'articulai silencieusement. Je jetai un regard noir à ANU, qui le soutint, l'air de dire qu'il n'aurait pu s'en foutre davantage. Mon téléphone vibra. Sans le consulter, je savais qui ce serait.

Étrangement, la notification du message de Monty résonna avec un tranchant hystérique.

Monty : Peux-tu te renseigner sur la façon dont vendre un bureau ? Mieux vaudrait que nous commencions à nous y préparer.

Je rangeai mon téléphone.

— Votre main, dis-je.

Après un instant, ANU tendit sa paume. Je lui donnai un petit paquet de cartes de visite, en gardant le reste.

— Sympas, vos moufles, dit-il en les voyant pendre de ma manche.

— Le fonctionnel au détriment de la mode, répliquai-je en indiquant ses doigts gercés.

— Je vois très bien votre position en termes de mode.

Il but une gorgée de café en regardant ce qui était imprimé sur les cartes.

Evie VVR

Il retourna celle du dessus. Elle comportait mon numéro au dos.

— VVR. Viens. Vois. Et Repars ?

Je lui adressai une moue et me décalai à l'autre bout du stand.

— Voudrait Vous Rencontrer. C'est une vieille abréviation de petites annonces, répondis-je.

J'avais trouvé ça adéquat, puisque je tentais de rencontrer quelqu'un à l'ancienne, sans appli.

— Elles sont destinées aux livres, expliquai-je.

Je m'assurai que personne ne regardait, puis me saisis d'une édition de Donna Tartt qui avait pris l'eau, *Le Maître des illusions*. Je glissai l'une des cartes à l'intérieur avant de reposer le livre en le fermant d'un coup sec. Je repérai *Sur la route* de Kerouac et en mis aussi une dans celui-ci.

— Mais qu'est-ce que vous faites ?

— C'est la jolie rencontre Destin, lui expliquai-je.

En avançant d'un pas traînant, je glissai une autre carte dans un livre avec un autocollant annonçant qu'il était lauréat d'un prix littéraire.

— Je laisse mon nom et mon numéro dans des livres au hasard un peu partout à Londres, et s'il se trouve qu'un type me contacte après être tombé sur mes coordonnées, c'est que ça doit être le destin. Je m'arrangerai pour que nous nous rencontrions.

À condition qu'il ne s'agisse pas d'un tordu. Je supposais que peu d'entre eux ne le seraient pas, mais Jeremy avait insisté pour que j'essaie quand même. Sa passion pour les films de John Cusack s'étendait jusqu'à *Un amour à New York*.

ANU semblait sceptique.

— On dirait que votre destin est de rencontrer une tripotée de pervers.

Je tirai un exemplaire de *L'Iliade* sous une pile de livres de James Patterson.

— Est-ce que les pervers lisent les classiques ?

— Exclusivement, dit-il en bâillant.

Il but le reste de son café et laissa le gobelet vide à côté de l'un des nombreux panneaux PAS DE PROSPECTUS agrafés le long du bord de l'étal. Je lâchai son gobelet dans la poubelle en regardant nerveusement vers le malabar qui tenait le stand. Il marchait sans cesse entre les étals comme un videur, dévisageant d'un œil noir quiconque osait prendre son commerce pour une bibliothèque.

— C'est pour ça que j'ai sauté mon vinyasa matinal ? Je pensais que j'allais voir une jolie rencontre en pleine action. Je ne suis pas votre laquais, la Rouquine. Vous devez élever votre jeu. Nous sommes à un mois, et *étrangement*, vous n'avez toujours pas convaincu qui que ce soit de tomber amoureux de vous. À ce rythme-là, ce scénario ne sera jamais fini.

C'était l'entrée en matière idéale.

—Je m'inquiète plus de son démarrage.

S'ensuivit une pause.

—Soyez attentive, la Rouquine, dit-il en montrant ses dents parfaitement blanches. Nous avons du boulot.

Il prit un exemplaire en lambeaux du *Da Vinci Code* et mit l'une de mes cartes à l'intérieur avant de passer à la table suivante. Je la ressortis des pages.

—La Rouquine, me réprimanda-t-il en me voyant faire.

—Quoi ? demandai-je, les yeux écarquillés.

ANU esquissa un sourire narquois en sélectionnant un livre avec l'illustration d'une femme en couverture. Elle jaillissait d'un bikini incroyablement petit, et je ne savais pas vraiment ce que fabriquait l'homme habillé en détective privé derrière elle, mais elle semblait apprécier. *Intentions privées*, disait le titre.

Un petit sourire aux lèvres, il y fourra ma carte.

—Oh, nous avons de la chance. Des suites.

Il glissa une carte dans chacune, son regard planté dans le mien. Je ne lui offris pas le plaisir d'une réaction.

Il était temps de se presser.

—C'est de la littérature érotique d'occasion, vous savez, dis-je.

ANU lâcha le livre et s'essuya la main sur son manteau.

—Et j'ai fini.

Il me tourna le dos et je récupérai en vitesse toutes ses cartes avant de le suivre vers l'autre stand.

—Vous avez accepté d'envoyer quelques feuillets à Monty, lui rappelai-je. C'est le deal. (Il se rembrunit, mais j'y étais préparée.) Ou alors, proposai-je, vous pourriez le rendre heureux en lui envoyant simplement votre idée.

Tout bon négociateur sait que vous ne concédez pas, vous arrivez à un compromis.

— Si vous n'avez encore rien trouvé, je peux vous aider, poursuivis-je. C'est pour ça que je suis là, vous vous souvenez ?

Allez, ANU, admets juste que c'est la raison pour laquelle tu n'as pas écrit ces pages.

— Je n'ai pas besoin de votre aide, rétorqua-t-il en plissant le nez. Vous avez fini de chercher M. Prétentieux ? J'ai des choses à faire.

— Arrêtez, lui dis-je. (Il arqua les sourcils au-dessus de ses lunettes.) Nous allons avoir une vraie conversation pour une fois. J'ai fait tout ce dont nous étions convenus. Maintenant, c'est votre tour. Monty vous demande vos feuillets, n'est-ce pas ? Et il va continuer de vous les demander si vous ne lui fournissez pas quelque chose pour le convaincre, ainsi que les producteurs, que vous écrivez. (Pause.) Qu'est-ce que vous voulez dire par M. Prétentieux ?

— Quel est ce livre que vous tenez ? me demanda-t-il.

Je rougis.

— *Ulysse*.

Le pire, c'était que je savais parfaitement que tous les livres dans lesquels j'avais mis une carte comptaient parmi les préférés de Ricky.

Qu'est-ce que je suis en train de faire ?

ANU secoua la tête, puis mit quelques cartes en les tapotant dans un paquet de livres de Young Adult, et d'un *Beano* annuel.

— M. Prétentieux, dit ANU. Le genre d'homme qui lit de la fiction littéraire pour compenser son manque de personnalité. En d'autres termes : d'un ennui mortel. Est-ce vraiment ce que vous recherchez ?

J'essayai de gagner du temps. Est-ce qu'il décrivait réellement Ricky ? Il avait en effet toujours mis un point d'honneur à lire en public. Je rivai les yeux sur les livres avec désarroi. C'était comme si j'étais résolue à me répéter, comme une espèce de *Jour sans fin* relationnel.

— À ce propos, quelle est votre prochaine jolie rencontre après ça ? s'enquit ANU en glissant d'autres cartes dans une pile de Stephen King.

— C'est celle du road trip, répondis-je en m'efforçant de me concentrer. Je rentre à la maison pour Noël.

Je me penchai devant lui pour prendre un Terry Pratchett, au moment même où il tendait la main vers une pile de livres pour enfants près de moi. Je me heurtai à son torse (aussi ferme que je l'avais imaginé).

Les joues embrasées, je me redressai. ANU baissa ses lunettes pour me regarder. De manière irritante, sa gueule de bois avait adouci le bleu de ses yeux pour leur donner la couleur d'un ciel de printemps frais. Il remonta ses lunettes et se saisit d'un Tom Clancy.

— Je vais chez Monica pour Noël, dit-il sur le ton de la conversation. Elle a un domaine juste à la sortie de Harrogate. Ce n'est pas dans votre coin ?

Cet article people sur leur rupture était donc faux.

Non que ce fût important.

— Je viens de *Sheffield*, dis-je. Et je sais que vous essayez de me distraire. Je vous ai envoyé pas mal de jolies rencontres, et vous ne devez réfléchir qu'à une seule. Si vous êtes en manque d'inspiration, j'ai ce super diagramme de Venn…

— Je vous l'ai dit, je n'ai pas besoin de votre aide.

Derrière ses lunettes, l'expression d'ANU était indéchiffrable.

— Vraiment ? dis-je en reposant brusquement l'autobiographie de Michael McIntyre. La prochaine fois que Monty me demande où sont vos feuillets, je vais lui dire la vérité. À savoir que vous n'avez pas écrit le moindre mot. Nous ferions mieux d'en informer les producteurs dès maintenant.

C'était un risque de brandir cette menace, mais je tablais ardemment sur le désir d'ANU de repousser tout communiqué public. Je m'éloignai en furie, comptant silencieusement à rebours. *Trois, deux, un…*

J'avais passé la moitié des stands, quand il me lança :

— Vous imaginez que je n'en ai pas déjà une.

Je fis volte-face.

— Qu'est-ce que vous voulez dire ?

Aussi incroyable que cela pût paraître, il continuait de mettre mes cartes dans des livres.

— Je veux dire que *j'ai* une idée.

— Ah oui ?

Je retournai vers lui en toute hâte.

ANU était sorti de sa panne d'inspiration ?

— Oui.

— Et vous écrivez ?

— Oui.

— *Vous*, dis-je, alors que nous nous tenions presque nez à nez, vous êtes un homme exaspérant, vous le savez, non ?

Un rictus espiègle.

— Oui.

Hébétée, je tendis la main vers un livre qui m'était familier.

— Le truc, dit-il, c'est qu'il me faut plus de temps pour fournir les feuillets à Monts.

— Je vous ferai gagner du temps. Tout ce que vous avez à faire, c'est me dire de quoi parle votre film.

Je ne pouvais m'autoriser à le croire avant d'avoir une preuve.

— *Eh !* (Le cri résonna d'un bout à l'autre des étals.) Eh, vous !

C'était le propriétaire du stand, et il se dirigeait droit vers nous.

— Qu'est-ce que vous faites ? Pas de prospectus dans les livres ! Il faut le dire combien de fois ?

Il commença à bousculer les gens pour arriver jusqu'à nous. *Merde**.

— Allez, la Rouquine, dit ANU. Courez.

Avant que je puisse réagir, il m'attrapa la main, envoyant voler les cartes restantes et m'entraînant avec lui tandis qu'il esquivait les multitudes de fureteurs de livres.

— Revenez ici !

— Aucune chance ! cria ANU en balayant une brassée de livres d'un étal sur le chemin de l'homme comme s'il était dans un film d'action des plus britanniques.

Nous passâmes tête baissée entre des sapins de Noël à vendre pour sortir de l'autre côté, courant aussi vite que nous le pûmes jusqu'à ce que nous soyons loin du pont et sur South Bank, nous faufilant entre les touristes, ne nous arrêtant qu'une fois atteint un parapet surplombant la Tamise.

Je m'y appuyai, à bout de souffle.

Tu tiens toujours la main d'ANU.

Je la lâchai et agrippai mon côté douloureux.

— Est-ce qu'il est… parti ? haletai-je.

ANU avait à peine sué une goutte.

— Heureusement pour nous, c'était un gros gaillard, nous étions au coude à coude pendant un moment là-bas. Avez-vous déjà couru dans votre vie ?

Je le regardai d'un air furieux, la gorge trop en feu pour la moindre réplique.

— C'était marrant, dit-il en m'observant. Nous devrions prendre un café. Je connais un endroit.

La pièce, pensai-je, suivi de : *ANU vient de proposer de passer plus de temps avec toi.*

Il avait trouvé une idée pour son scénario. Nous pourrions en parler. Pas de diversions. Après un mois de néant, enfin, *enfin*, nous allions quelque part.

Bzzz. Mon téléphone. Ce serait encore Monty, sans doute pour se renseigner sur la façon de vendre mon bureau sur eBay. ANU était sur le point de me donner ce dont j'avais besoin pour lui assurer que je faisais mon travail. Je songeai à Anette en Clochette, me cherchant du regard dans la foule. La réprobation de Ben lorsqu'il s'apercevrait que je l'avais laissée tomber. Mais quel choix avais-je ?

— OK, répondis-je, mon euphorie se dissipant.

— Qu'est-ce que c'est que ça ? demanda ANU.

Je tenais toujours le livre.

C'était une édition brochée en charpie de *Peter Pan*, avec la tranche si plissée qu'elle ressemblait à des couches de sédiments. *Adoré*, me dis-je. Comme la belle édition que j'avais sur mon étagère, celle que mon père m'avait lue cent fois.

— Je dois partir, dis-je, non sans étonnement.

Si je me dépêche, je peux encore y arriver.

— Et notre café ?

— Je veux vraiment discuter de votre scénario, je dois juste aller quelque part.

— Mon scénario ? Ça, c'est pour Monts, la Rouquine. C'est lui, mon agent, vous vous souvenez ? J'ai juste réellement besoin d'un café.

Je ne pus me retenir. J'éclatai de rire. Il était tout sauf cohérent.

— Promettez-moi simplement de parler de votre idée à Monty aujourd'hui, lui dis-je en m'éloignant. Ça vous évitera de l'avoir sur le dos.

Et il descendra du mien aussi.

— Je dois également aller quelque part, cria-t-il derrière moi. J'ai une brune sexy à passer prendre.

— Je vous souhaite un agréable moment, tous les deux.

— Nous n'y manquerons pas, brailla-t-il.

En entrant dans la gare de Waterloo, une pensée surgit dans mon esprit.

Monica n'est-elle pas blond vénitien ?

13

Le Vent Actually

```
INT. : EAST DULWICH ACADEMY - VENDREDI
21 DÉCEMBRE, 12 H 45

EVIE fait les cent pas devant une paire de
doubles portes avec des vitres couvertes.
Il y a une note punaisée à la porte montrant
le dessin d'une personne qui tombe d'un
navire de pirates et les mots « Tic-tac !
Pour les retardataires, c'est le supplice
de la planche ! ». Assis à la billetterie, un
homme grisonnant regarde ostensiblement
sa montre.
```

Je décollai le bord du papier recouvrant la vitre pour jeter un coup d'œil à l'intérieur de l'auditorium. L'homme au guichet se racla la gorge.

— Pas encore, me dit-il.

J'étais arrivée là à 12 h 31, mais il avait insisté pour que j'attende jusqu'à ce que Peter Pan ait fini de chanter *Spice Up Your Life* aux enfants Darling pour gagner mon siège.

L'homme fit claquer sa langue avec désapprobation, et je m'aperçus que mon téléphone vibrait. Encore Monty.

Évidemment, ANU ne lui avait pas parlé. À quoi m'étais-je attendue ? Résignée, je consultai le message.

Il me fallut un moment pour l'assimiler.

Il m'avait envoyé la photo d'une bouteille de champagne fraîchement ouverte, accompagnée d'un message décousu.

ANU avait envoyé son idée à Monty – et les producteurs adoraient.

Je lâchai une expiration chevrotante en lisant le message plusieurs fois de suite pour être sûre de ne pas me méprendre. C'était vrai. Enfin.

Des applaudissements filtrèrent à travers les portes.

— Maintenant ? demandai-je.

— Vous êtes dans le bloc Enfants, siège D43, lança l'homme derrière moi tandis que je me ruais à l'intérieur. Cherchez le tapis rose !

Le rideau s'était baissé pour un changement de décor, et le navire de pirates pailleté qu'il arborait scintillait alors que les gens bougeaient derrière sans être vus.

— Excusez-moi, excusez-moi, vraiment désolée, merci infiniment.

Je me faufilai le long du rang jusqu'à ce que j'atteigne le seul siège libre.

À côté de Ben.

Tu es ici pour Anette, me dis-je fermement en m'asseyant.

Les fauteuils étaient serrés les uns contre les autres, et la chaleur corporelle de Ben irradiait sur tout mon flanc droit. Je remuai dans mon siège.

— Je ne pensais pas que vous viendriez, dit-il d'un ton sec.

— J'ai été retenue, répondis-je en chuchotant.

— Chut ! siffla une femme devant nous.

Le rideau se leva, et une fille apparut sur scène dans sa chemise de nuit. Je me concentrai sur elle, déterminée à ignorer Ben.

— Oh, mon Dieu. Est-ce que Justice joue *Wendy* ?

J'aurais probablement dû être préparée à cette possibilité. Samantha m'avait dit qu'avec les autres mamans, elles connaissaient Ben de l'école de leurs enfants.

— Oui, répondit Ben avec une espèce d'amusement dans la voix.

— *Chuuut!*

La même femme de nouveau. Je lui adressai un sourire d'excuse.

Peter Pan apparut à la fenêtre.

— Est-ce que c'est *Detty*? m'exclamai-je en m'affaissant dans mon siège.

— *Chut!*

— Malheureusement.

Pourquoi suis-je venue?

Comme pour me le rappeler, Anette fit son entrée sur scène.

Quelqu'un en coulisses la fit avancer un peu et, lentement, elle s'approcha à pas feutrés, les mains enfouies dans les multiples épaisseurs de sa jupe, ses ailes Union Jack éblouissantes. Ma mère avait exercé sa magie. Je retins mon souffle quand un projecteur l'éclaira, accompagné d'un tintement.

Allez, Anette. Tu peux y arriver!

Son père se pencha en avant dans son siège.

— Qu'est-ce que c'est que ça, Clochette? demanda Detty, pour la deuxième fois.

Alors qu'elle ne répondait toujours pas, Ben leva haut une main formant le symbole « OK ». J'avais cherché sa signification, curieuse, après avoir vu Anette l'utiliser chez *Gil's*. Elle repéra d'abord son père, puis moi. Son visage se détendit.

« OK », signa-t-elle en réponse, la main près de la poitrine. Elle pressa quelque chose sur son corsage, et ses jupes bleues s'illuminèrent des minuscules étoiles de la guirlande électrique que ma mère avait cousue à travers les épaisseurs. Ce qui suscita un *ahhhh* collectif du public.

J'eus le souffle coupé lorsque j'aperçus les gants que j'avais demandé à ma mère de confectionner. Ils étaient couverts de cristaux argentés qui brillaient quand Anette bougeait les mains. Elle commença à signer, d'abord lentement, avant de prendre de la vitesse.

Enfin, elle sourit.

Ben était assis si près que, lorsqu'il se tourna vers moi, je pus remarquer que ses yeux marron contenaient de chauds tons ambrés, comme du whisky levé vers la lumière.

— Maintenant, tout le monde peut la voir briller, dis-je.

Quand le rideau tomba pour l'entracte, Ben et moi restâmes assis en silence.

— Je vais en conclure, finis-je par dire, qu'Anette n'apprécie pas Justice.

— Eh bien, elle ne s'est pas arrêtée à « petite conne », concéda Ben.

Je n'avais pas eu besoin de connaître le langage des signes pour comprendre qu'Anette ne suivait pas strictement le scénario. C'était limpide dans la façon dont Ben était passé du père qui regardait sa fille avec une fierté féroce à celui qui se tenait la tête entre les mains dès qu'elle apparaissait sur scène.

Detty y avait été indifférent, « traduisant » ses signes pour le public exactement comme ils étaient écrits. Anette s'en serait très probablement sortie en toute impunité sans le rang d'enfants qui, m'avait expliqué Ben, venaient de la classe de langage des signes de la Dulwich Academy, et avaient passé tout leur temps à se gondoler.

— Pour être honnête, dis-je en souriant légèrement, le public a sans doute été distrait.

— *Peter Pan* qui rencontre les Spice Girls donne effectivement un *mash-up* saisissant, dit Ben d'un ton extrêmement sec.

— Je ne suis pas certaine que la machine à vent était absolument nécessaire.

Elle avait presque balayé plusieurs des « Spice Boys » hors de scène.

— Je pense que c'était leur hommage à la pop des années 1990.

— Quelles paroles ont chanté les Spice Boys sur *Wannabe* ?

— « *If you wanna be my* mother, *you've got to get with my friends* ».

Je croisai son regard, et nous sourîmes. Puis je me rappelai ce qu'il avait dit à Samantha sur moi le week-end précédent.

— C'était vraiment formidable de voir Anette aussi sûre d'elle, dis-je en nous maintenant sur un terrain consensuel.

Arrivée à la fin du premier acte, elle s'était pavanée sur toute la scène, volant complètement la vedette.

— Je ne l'ai pas vue comme ça depuis des années. Pas depuis… que Chloe…

Sa voix s'évanouit, et soudain, ce ne devait pas avoir d'importance, à cet instant précis, qu'il ne m'aime pas.

— Ça fait combien de temps ? demandai-je délicatement.

— Presque trois ans. (J'aurais parié qu'il connaissait la durée exacte, au jour près.) On se porte bien. Les Noël sont encore un peu…

— Les Noël sont durs, terminai-je.

Une pause.

— Vous avez perdu quelqu'un aussi, dit-il doucement.

Normalement, je n'aimais pas parler de ça.

— Mon père, précisai-je, en désignant la salle. Être ici me fait penser à lui, en vérité. Il venait à toutes mes projections de films quand j'étais étudiante. Mon équivalent du spectacle scolaire, expliquai-je. Je ne m'asseyais jamais avec lui dans le public. Je regardais dans la salle pendant la projo pour voir sa réaction. Il avait toujours cet air. Comme s'il était fier, mais aussi un tout petit peu triste. Je n'ai jamais vraiment compris.

— Ah, dit Ben. L'air de « comment ai-je contribué à créer une telle merveille et pourquoi grandit-elle si vite ? » Une spécialité de papa.

Je souris.

— C'était donc ça ? (Il plissa les yeux.) Chloe a dû adorer voir Anette jouer, dis-je, encouragée.

Ben détourna le regard.

— C'est la première fois qu'elle monte sur scène.

Lorsqu'il resta silencieux, je me dis que j'étais peut-être allée trop loin, mais il reprit ensuite la parole.

— En général, quand Anette fait quelque chose de nouveau, c'est là que Chloe me manque le plus. Que ça me paraît le plus injuste. Mais, aujourd'hui, Anette a semblé être elle-même comme jamais. Sa mère a quasiment grandi sur scène. Elle aurait beaucoup aimé voir Anette là, avec les gros mots et le reste. De plus, ajouta-t-il avec le coin de sa bouche relevé, c'était vraiment une grande fan des Spice Girls.

Je souris aussi. Puis il fit un geste vers la scène et dit :

— Comment puis-je penser que Chloe n'est pas présente, alors qu'Anette est juste là ?

Ben ne m'en avait jamais dit autant. Ce qui m'incita à me demander si je m'étais peut-être méprise sur quelque chose le week-end précédent.

— Ben, je…

— Ben ! Je me disais bien que c'était toi.

Une femme avait pivoté dans son siège pour être face à nous, interrompant quoi qu'aurait pu dire Ben ensuite. Elle avait le visage animé d'un intérêt manifeste. Il me vint à l'esprit que, pour elle, Ben était un père célibataire bon à remarier. L'équivalent, à la sortie de l'école, de la licorne dans l'industrie du film. « Grand, brun et ténébreux », comme Samantha l'avait formulé si inconsidérément. Ben, pour sa part, ne semblait pas le remarquer.

— N'es-tu pas notre photographe officiel ?

Je le sentis se crisper à côté de moi, bien que sa voix fût polie.

— Plus maintenant, Ann.

— Eh bien, tu es habitué à un peu plus d'excitation qu'une pièce scolaire, évidemment.

— J'ai toujours été content de le faire, répliqua-t-il. Simplement, je ne suis plus photographe.

— Mais n'es-tu pas sans cesse parti à grimper une montagne quelque part ?

S'ensuivit une pause.

— Je… Je travaille pour le conseil municipal, maintenant.

— Alors à qui est cet appareil photo ?

La femme darda un doigt vers celui qui dépassait du sac de toile à ses pieds. Il avait une sangle arc-en-ciel.

— À moi, dis-je en le prenant.

Je n'avais jamais vu Ben aussi déconcerté. Cela me donna envie d'intervenir.

— Je me spécialise dans les selfies, surtout, poursuivis-je. Je ne suis donc pas certaine d'être d'une grande aide non plus.

Pour en fournir la démonstration, j'orientai l'appareil vers nous deux.

— Souriez, Ben.

Nous prîmes le flash dans la figure. Ben cligna plusieurs fois des yeux.

— OK, dit Ann, dont le sourire se teinta d'une nuance de politesse. Eh bien, Ben, si jamais tu changes d'avis…

Ben acquiesça, soulagé. Ce fut seulement quand elle se retourna que je le sentis se détendre.

— Merci, dit-il discrètement.

— Ce n'est rien.

Je ne pouvais chasser de mon esprit l'idée qu'il soit photographe.

Qu'est-ce qui t'a poussé à abandonner ta carrière, Ben ?

Cet homme était une énigme, qu'il ne me revenait pas de résoudre.

Nous les repérâmes tous les deux en même temps : un groupe de parents rassemblés devant la scène, à examiner le public. À *nous* regarder, m'aperçus-je avec un sursaut. Je reconnus les mères de Justice et Detty, qui ne semblaient pas ravies, et Samantha qui, elle, en avait l'air. Elles se tenaient autour d'une grande femme arborant la cinquantaine et un carré sévère qui se balançait tandis qu'elle se dirigeait vers nous.

— Ben.

Elle avait une expression de devoir contraint. Elle portait une robe fourreau noire et des bottes à semelles compensées. Je devinai que nous avions trouvé la fan des Spice Girls.

— Pourrions-nous discuter deux minutes avant que la seconde partie commence ?

Le troupeau de parents était toujours planté devant la scène, prenant tous extrêmement soin de ne pas sembler nous dévisager.

— Oui, madame Cooke, dit Ben en rentrant le menton comme s'il allait avoir des ennuis. Dites-moi juste ce que vous voulez, ce que vraiment, vraiment vous voulez, ajouta-t-il, en référence au titre phare des Spice Girls.

Je réprimai un rire surpris. Mme Cooke ne sembla guère apprécier le trait d'humour.

Sur scène, la tête d'Anette apparut entre les rideaux. Dès qu'elle vit son institutrice avec son père, elle disparut.

Ben soupira.

— Il faut que j'aille attraper une fée.

Lorsque le rideau se ferma pour le final, je me levai pour partir, soulevant ma sacoche. Elle était plus lourde que d'habitude, ce qui me rappela son contenu. Quoi qu'il se fût produit en coulisses avait occupé Ben pour le restant de la représentation. J'avais terriblement envie de retrouver Anette, mais cela impliquait le risque de croiser un certain groupe de parents.

— Evie !

Anette se frayait un chemin vers moi en bousculant la foule, toujours avec son costume et des paillettes dans son sillage.

— Vous êtes venue ! couina-t-elle.

Il manquait le ruban rouge à l'une de ses tresses.

— Tu as été spectaculaire, lui dis-je.

— J'ai des excuses à présenter, déclara-t-elle, comme si elle répétait scrupuleusement une réplique qu'on lui avait donnée.

Je me penchai assez bas pour lui chuchoter à l'oreille.

— Clochette aurait été fière.

Elle sourit.

— Mon père m'a dit de venir vous chercher. Il est en coulisses avec ma directrice. Venez, je vais vous montrer.

Elle me saisit la main et sautilla devant moi, me faisant monter l'escalier puis sur scène.

Nous poussâmes le rideau pour entrer dans le décor peu éclairé.

— Attendez-moi *juste là*, m'indiqua-t-elle en me positionnant à côté du navire de pirates avant de reculer. Papa veut vous parler.

— Attends, Anette ! lançai-je derrière elle, mais elle avait disparu dans les coulisses.

Plusieurs minutes s'écoulèrent tandis que j'écoutais des parents tentant de réunir leurs enfants derrière la mince cloison au fond de la scène.

Enfin, j'entendis des pas.

— Anette ? demanda Ben, l'air tracassé.

— Ce n'est que moi, criai-je.

Il se faufila vers moi en traversant le repaire des Spice Boys. Alors qu'il enjambait le canoë de Tiger Spice, il coinça sa chaussure. Je tendis la main pour le stabiliser pendant qu'il se dégageait.

— Salut, dit-il.

— Vous me cherchiez ?

Il fronça les sourcils, étudiant mon visage en se rapprochant.

— Je croyais que *vous me* cherchiez.

Je secouai la tête, confuse, puis aperçus un bouquet de gui suspendu à la proue du navire de pirates. Il y était attaché avec du ruban rouge. Anette.

Essayait-elle de nous piéger ? Certainement pas. Et pourtant – il aurait pu s'agir d'une scène tout droit sortie de *Love Actually*.

Je priai pour que Ben ne suive pas mon regard, ce fut donc évidemment ce qu'il fit.

— Ah, dit-il. Evie, je…

Un coup de vent me fouetta par-derrière comme si j'avais été claquée avec un oreiller. Incapable de m'agripper à quoi que ce soit à temps, je percutai Ben de tout mon corps. Il essaya de me décoller de lui, mais je ne pus m'éloigner que de quelques pouces avant d'être de nouveau précipitée contre son torse. Il ouvrit la bouche comme s'il allait parler, seulement pour inspirer le bout de ma tresse.

— Justice Merriweather, la machine à vent n'est pas un jouet ! brailla Mrs Clarke tandis que Ben étouffait.

Le vent se coupa brutalement, et un gloussement perçant résonna, suivi par des pas qui détalaient.

Nous nous dégageâmes en hâte l'un de l'autre. Ben arrangea sa chemise et s'essuya la bouche. Un sourire me chatouilla les lèvres alors que je baissais mon cardigan enroulé autour de mes épaules. Puis je vis son expression.

— Evie, dit-il avec gravité. Je veux que vous le sachiez. Ça ne m'intéresse pas d'avoir le moindre rôle dans ce que vous fabriquez.

Je le dévisageai.

— Pardon ?

Ben indiqua la machine, le gui.

— Ceci est l'une de vos jolies rencontres, n'est-ce pas ?

Pensait-il sérieusement que j'avais installé tout ça pour lui ?

— Croyez-moi, Ben, répondis-je sèchement, les joues en feu. Vous seriez la dernière personne que j'aurais envie de rencontrer.

Je ne pouvais me résoudre à lui dire que sa fille était derrière tout ça, alors qu'elle essayait seulement d'aider. Je pris violemment ma sacoche, en sortis le cadeau que j'avais emporté, la raison pour laquelle j'étais arrivée en retard à la pièce.

— Tenez, pour Anette. Voilà pourquoi je suis revenue ici.

Ben me le prit, touchant le bord du large nœud qui entourait le papier vert métallique.

— C'est de l'occasion, dis-je, me tournant pour partir et sachant qu'il n'aurait aucune idée de ce que je lui avais donné. Mais il a été adoré. Je voulais qu'Anette l'ait.

Je trouvai une Anette toute penaude qui se tenait dans les coulisses. Elle se jeta dans mes jambes.

— Joyeux Noël, Evie. Je suis contente qu'on vous ait rencontrée.

— Moi aussi, je suis contente, dis-je, la gorge serrée et sans regarder Ben.

Cette fois, impossible de me méprendre sur le message. Ben estimait que j'étais une parfaite idiote, et son opinion ne changerait pas de sitôt.

14

L'Aventurier

EXT. : UNE RUE DE MAISONS MITOYENNES, EAST DULWICH -DIMANCHE 23 DÉCEMBRE, MIDI

Il tombe de la neige fondue tandis qu'EVIE passe sa porte d'entrée avec difficulté en tirant une valise dehors. Un grand homme dégarni avec le bide visible à travers son coupe-vent -GRAEME- court jusqu'à elle pour lui prendre son bagage. Il ouvre la portière passager de sa Skoda bleue pour faire monter Evie, avant d'essayer de caser la valise dans le coffre exigu. Cela prend un certain temps.

— Ça va ? lançai-je de nouveau à Graeme qui soufflait et râlait.

— Pas de souci, tout baigne par ici !

C'était assez charmant d'entendre un petit accent provincial de Sheffield, même si son « tout baigne » était une honte.

— Je suis vraiment désolée d'être un peu en retard, criai-je.

— Ça aurait été sympa d'éviter la circulation, dit Graeme, la voix tendue.

Il referma le coffre en le claquant assez fort pour secouer la voiture.

Lorsqu'il manœuvra son grand corps dans le siège conducteur, je vis que la neige fondue avait plaqué ce qui lui restait de cheveux à son crâne.

— C'est moi qui commence, donc ? dit-il d'un ton jovial en tapotant le volant.

C'est toi qui m'as mise dans le siège passager, Graeme.

Je souris. Maria serait fâchée de savoir que j'avais passé la jolie rencontre Road Trip en pertes et profits avant même que la clé soit dans le contact.

Peut-être fait-il simplement mauvaise impression au départ.

Evie : Tu peux cesser de t'inquiéter.

Maria : Ce n'est pas le cas, promis !

Sarah : Je pense toujours que mon choix aurait été meilleur.

Jeremy : Oui, si seulement Evie avait choisi quelqu'un qui n'était ABSOLUMENT PAS UN PERVERS.

Evie : Bon, les amis, je vais lui parler. Je ne resterai pas en retrait. Souhaitez-moi bonne chance…

— Alors, c'est bizarre, hein ? dit Graeme tandis que nous passions Vauxhall Bridge.

La Tamise était gris ardoise et résolument sinistre.

— Un peu, concédai-je en lui souriant.

Peut-être que ce ne serait pas si mal. *Quand Harry rencontre Sally* était l'un de mes préférés de tous les temps, et d'une certaine – et minuscule – façon, j'avais l'occasion de le vivre. J'avais une liste de sujets de conversation prête à dégainer pour veiller à ce que notre trajet soit digne d'une rom-com.

— Ça prendra à peine cinq heures, sous réserve d'embouteillages, dit Graeme. Bien sûr, ça aurait été moins long si nous étions partis à l'heure prévue.

— Exact.

Nous aurions clairement besoin de cette liste. Alors que j'allais la récupérer sur mon téléphone, un message apparut.

ANU : Comment se passe le road trip ? Est-ce que Garry est aussi excitant qu'il en a l'air ?
Rouquine : C'est Graeme. Et ne devriez-vous pas vous soucier de choses plus pressantes ? Un scénario, peut-être ?
ANU : J'en déduis que c'est un « non ».

Je calai mon téléphone sous ma cuisse, frustrée. ANU ne m'avait toujours pas dit de quoi parlait son scénario, et je ne pouvais me résoudre à demander à Monty. Je ne voulais pas que mon patron perde foi en moi. Étant donné que j'étais celle censée aider ANU à écrire, il aurait paru un peu surprenant que je ne sache pas ce qu'il était effectivement en train d'écrire. Au moins, les producteurs étaient contents. Sam-et-Max s'étaient révélés si exaltés par l'idée d'ANU qu'ils avaient fixé un rendez-vous le 2 janvier pour discuter de ce qu'il avait écrit jusque-là. Évidemment, puisque ANU n'avait pas encore produit la moindre page, cette entrevue s'annonçait très courte.

J'essayai de me détendre. En ayant une idée concrète, ANU faisait un pas de plus vers l'achèvement du scénario. Il me fallait juste continuer de faire tout ce qui était en mon pouvoir pour trouver M. Fin heureuse, afin qu'ANU n'ait aucune excuse pour ne pas écrire.

Il y eut un bruissement, suivi d'une puanteur si atroce que j'en eus un haut-le-cœur.

— Qu'est-ce que c'est que *ça* ?

— Oh, vous en voulez ? proposa Graeme, la main gauche enfoncée dans un sac en plastique qui contenait quelque chose sûrement mort depuis un moment. C'est du poisson séché. Je reviens d'Islande. J'adore voyager, pas vous ?

Je baissai ma vitre en aspirant l'air frais.

Une demi-heure plus tard, Graeme boudait toujours d'avoir dû jeter le poisson. Je n'avais pu arrêter mes haut-le-cœur, et il n'avait pas voulu prendre de risques pour sa garniture.

— Maria disait que vous étiez analyste de données. Qu'est-ce que ça implique ?

Ceci n'était pas sur ma liste de sujets de conversation, mais je doutais que Graeme soit d'humeur à décider s'il préférait avoir des tétons à la place des orteils ou des orteils à la place des tétons (une contribution de Jeremy).

— Ceci et cela, répondit-il. Maria disait que vous aviez un métier intéressant. Agent de cinéma, ou un truc du genre. Comment c'est ? Est-ce que vous avez rencontré George Clooney ?

Il essayait, au moins.

— Je suis assistante, répondis-je.

— Derrière chaque grand homme, etc., dit-il en allumant la radio sur une station préréglée.

Je le regardai. Était-ce sincère ?

Il avait mis un talk-show. L'animateur était l'un de ces dissidents professionnels qui aiment prendre des points de vue abjects et regarder Twitter exploser. Au moment où ils évoquèrent les « indésirables », je passai sur une station pop. Graeme rétablit l'autre aussitôt en utilisant un bouton sur le volant.

— C'est le conducteur qui choisit, dit-il avec une jovialité qui lui crispait la mâchoire.

Evie : Maria, ma chérie, est-ce que tu connais bien Graeme ?

Maria : Je connais sa mère – elle est charmante. Tout va bien ?

Evie : Ça va.

Je me souvins de ce que j'avais dans la poche. J'étais en retard ce matin-là parce que j'étais allée chez *Gil's* pour écrire, déterminée à ne pas me laisser abattre par l'attitude de Ben envers moi. Je m'étais même assise à côté d'Anette et lui (à la demande de la petite fille, bien sûr). Après son hypothèse à la pièce d'Anette, j'avais décidé que ça lui servirait de leçon si je rédigeais un rapport à ANU comme si j'avais voulu que ce soit l'une de mes jolies rencontres finalement, avec Ben dans le rôle principal. Cela s'était révélé cathartique, une sensation presque semblable à celle que me procurait l'écriture auparavant. Puis j'avais élaboré pour Anette une liste de films à regarder pendant les fêtes, tout en ignorant ostensiblement Ben – nos seuls échanges s'étaient limités au moment où il avait rappelé à sa fille qu'elle avait un cadeau de Noël pour moi.

C'était une clé USB contenant une playlist spéciale road trip.

— Puis-je ?

Sans attendre la permission, je la branchai sur le port du tableau de bord.

— Salut, Evie, c'est Anette, dit sa voix chantante dans les haut-parleurs.

— Qu'est-ce que c'est que ça ? demanda Graeme.

— C'est un cadeau de…

— Et Ben.

Je m'interrompis, stupéfiée tandis que sa voix grave résonnait dans la voiture.

— Vous venez de faire la *jolie rencontre* de votre playlist spéciale road trip, poursuivit Anette.

— Est-ce qu'il existe une petite chance qu'Evie se méprenne sur ce que tu veux dire ? (Ben se racla la gorge.) Parce que, parfois, les gens peuvent mal comprendre.

— Et alors ils se comportent comme des andouilles géantes.

— Merci, Anette, dit-il d'un ton ironique. Mais je promets d'être une andouille moins géante à partir de maintenant.

Est-ce que j'entendais correctement ? Ben ne pensait plus que j'avais concocté un plan bien ficelé pour l'embrasser ? Je regrettais qu'il n'ait rien dit au *Gil's* ce matin-là. Même si, pour être honnête, je l'avais ignoré. En parlant d'honnêteté… J'éprouvai un éclair de honte en me rappelant que j'avais envoyé le compte rendu de jolie rencontre à ANU.

— Est-ce que ce type est l'un de vos ex ? demanda Graeme, s'immisçant dans mes pensées.

— Non. C'est… (Trop compliqué à expliquer.) Ce sont juste des amis.

— Les playlists sont la spécialité de papa, dit Anette. Alors installez-vous confortablement.

— En gardant les yeux sur la route, précisa Ben.

— Et préparez-vous au voyage de votre vie.

Je chantai du début à la fin « The Circle of Life » et « Objects in the Rearview Mirror » avant de prendre conscience que j'attendais de voir s'il y avait d'autres messages de Ben entre les morceaux.

Mais qu'est-ce que je fais ?

Playlist ou pas, cet homme me trouvait complètement dingue de faire mes jolies rencontres. À cet instant précis, je me disais qu'il avait peut-être raison.

— Est-ce que vous pouvez prendre mon eau à l'arrière ? J'en ai vraiment besoin, dit Graeme. Si seulement j'avais emporté aussi mes bouchons d'oreilles ! Ah, ah.

Je lui tendis la bouteille et sortis mon téléphone pour me distraire et lui laisser un peu de répit dans mes gazouillis de fausses notes.

ANU : Divertissez-moi. Ma brune sexy me prouve que la beauté n'est que superficielle. Absolument zéro conversation. Pas marrante du tout.

Monica s'était-elle teint les cheveux ? Cela semblait être une chose si cruelle à dire sur elle, mais bon, c'était ANU. Peut-être que les potins mondains avaient raison, après tout, et qu'ils traversaient une mauvaise passe.

Evie : Graeme est carrément tordant.
ANU : Mon cul. Vous êtes coincée dans le même embouteillage que moi et vous êtes tombés en panne de conversation il y a déjà 10 sorties de ça.

Ma première pensée fut : *Embouteillage ?*

Graeme exulterait. Ma première pensée fut suivie de près par une autre : *Attends une minute.*

Evie : Vous êtes sur la M1 ?
ANU : Je passe Noël chez Monica, vous vous souvenez ?
ANU : Vous n'écoutez jamais. Racontez-moi votre jolie rencontre.

On pouvait écarter l'hypothèse de la mauvaise passe.

Evie : Ça se déroule à merveille. Avez-vous choisi le prénom de votre personnage principal ? Je pense à Graeme.

ANU : Aucune femme de l'histoire des rom-coms n'a jamais eu les jambes en coton devant un Graeme.
Evie : Jude Law dans *THE HOLIDAY*. Ha !

Dehors, la neige fondue se transforma en pluie. Devant nous, des rubans fluorescents de feux arrière se traînaient au loin.

— Embouteillages, annonça Graeme avec un sourire triomphant. Je vous l'avais dit.

— Ça, c'est sûr. *(Allons, Evie. Laisse-lui une chance.)* Comment allez-vous passer Noël ?

— Je vais aider ma maman. Elle va se demander pourquoi je suis aussi en retard. Elle n'aurait personne sans moi. (Il but son eau en glougloutant.) Être seul implique que j'ai du temps pour elle. (Il jeta un coup d'œil vers moi, puis toussa.) Non pas que je ne ferais aucun sacrifice pour la bonne personne. Le problème, dit-il en agitant sa bouteille, le visage rougeaud dans la lueur des feux de freinage, c'est qu'il y a une raison pour que tant de femmes soient célibataires.

Eh bien, voilà une déclaration qui s'est toujours mal terminée.

— Non, mais regardez-moi cette pluie, dis-je.

Les gouttes étaient énormes, pleines, et éclataient contre le pare-brise, déclenchant d'impressionnantes cascades d'eau sur la vitre.

— Un temps pour les baisers, murmurai-je.

Il toussa bruyamment.

— Quoi donc ?

— Rien.

C'était de la pluie de cinéma. Du genre qui vous trempait jusqu'aux os. Quand c'est inutile de se protéger sous un parapluie, parce qu'il n'y a pas un centimètre de votre corps qui ne soit pas mouillé. *Quatre mariages et un enterrement* me vint à l'esprit, ainsi que la réplique tristement célèbre d'Andie MacDowell.

Graeme secoua sa bouteille à présent vide et la laissa tomber sur ses cuisses en soupirant.

— Qu'est-ce que c'est que ça ? cria-t-il soudain en se projetant en avant, tendant sa ceinture.

— Quoi ? demandai-je, alarmée, en scrutant la circulation devant nous.

Il se recala au fond de son siège.

— C'était un *oiseau*, déclara-t-il, comme une évidence.

— Ça va ? m'enquis-je en l'observant avec méfiance.

Il avait les cheveux dans tous les sens, et je commençais à penser que la rougeur de ses joues n'était pas entièrement due aux lueurs des voitures.

Il écarquilla les yeux et jeta la bouteille vide à l'arrière.

— Ça va bien, pourquoi ? (Il réfléchit un instant.) J'ai hyper besoin de faire un pissou. *(Désolée, mais qu'est-ce que vient de dire cet adulte ?)* Arrêtons-nous à la prochaine station-service. Aha ! s'exclama-t-il en bondissant sur place. Celle qui arrive est ma préférée.

J'eus un petit hoquet lorsqu'une odeur me remplit les narines.

— Est-ce que vous mangez encore de ce poisson ? demandai-je en jetant un coup d'œil à la recherche du sac.

Il toussa.

— Vous m'avez obligé à le bazarder, vous vous souvenez ?

— Alors qu'est-ce que… ?

Un gros bruit détona dans la voiture, suivi, juste une seconde trop tard, par un toussotement.

Je fermai les yeux brièvement en comprenant. Ce cycle continua quelques minutes, Graeme se révélant chaque fois de moins en moins doué pour synchroniser sa toux, jusqu'au moment où il aurait mieux fait d'abandonner complètement.

Je baissai ma vitre. Le GPS avait corrigé l'heure à laquelle il avait estimé que nous arriverions. Notre destination se trouvait désormais à cinq heures devant nous. D'ici là : l'enfer.

Maria : Comment ça se passe ? !
Evie : Nous sommes à sa station-service préférée.
Maria : Donc c'est un original.
Evie : On est à Milton Keynes, le berceau des vaches en béton.
Sarah : Donne-lui une chance, Evie.
Evie : C'est aussi un connard misogyne.
Maria : Oh, Seigneur ! Je suis tellement désolée, Evie. Je pensais que c'était un type bien. Je lui ai même dit que tu étais célibataire.
Evie : Pour être honnête, je pense que le romantisme est la dernière chose qu'il ait à l'esprit. Il vient d'annoncer qu'il allait se « vidanger la tuyauterie ».

Il ne fallait pas que j'en veuille à Maria de m'avoir arrangé ce plan avec Graeme. Seulement, ce n'était pas elle qui était coincée dans une voiture avec un homme qui croyait sincèrement que ses toussotements avaient réussi à masquer ses pets. J'envoyai à ma mère ma nouvelle heure d'arrivée, en songeant avec nostalgie au moment où j'emprunterais mon ancienne rue. Nous n'arriverions pas arrivés 21 heures. Je frissonnai en remontant le chauffage.

Ratatata.

Un Graeme très humide me fit signe à travers la vitre. Pensant que nous échangions de nouveau nos places, je sortis et me reculai pour le laisser passer.

Ce fut alors que Graeme me saisit par les épaules et me roula une pelle comme si sa bouche était une ventouse s'efforçant de déboucher un siphon.

Ma réaction fut du pur réflexe, et entièrement justifiable.

Graeme se dégagea brusquement.

— Vous m'avez mordu ! dit-il, stupéfié. (Il tira la langue.) Est-ce que ça saigne ? Pourquoi faire ça ?

— Vous avez fourré votre langue dans ma bouche !

Était-ce… du poisson mort ? Beurk !

— Je me montrais romantique. C'est vous qui n'arrêtiez pas de dire que c'était un temps à baisers !

Génial, à présent, c'était gâché pour moi.

— Le consentement est romantique, Graeme.

J'essuyai la bruine dans mes yeux, respirant difficilement et envisageant sérieusement de le planter là.

— Montez juste dans la voiture, finis-je par dire.

Je repris place sur le siège conducteur. Une minute plus tard, il rentra à côté de moi.

Il sortit une nouvelle bouteille d'eau, qu'il sirota en gémissant. Je mis la musique plus fort. Il approcha ses doigts de la radio.

— Non, dis-je sèchement.

Il baissa la main. Se tortillant pour se détourner de moi, il se pelotonna dans son siège en serrant son eau comme un ours en peluche. Aussi incroyable que cela pût paraître, il commença à ronfler.

Je profitai de presque une heure de paix relative avant son réveil.

— Le problème avec les femmes comme vous, déclara-t-il en me faisant sursauter, ch'est que vous ne choijichez jamais les mecs bien. Toujours les trous du cul. Enchuite, ch'est auprès de nous que vous vous plaignez quand ils vous traitent mal.

Sa langue devait vraiment être gonflée. Cool.

Je consultai encore le GPS. Quatre heures de route.

Une personne sensée aurait entretenu la paix. Je n'étais pas d'humeur particulièrement sensée.

— Le problème avec les mecs bien, Graeme, dis-je, c'est qu'ils ne se rendent pas compte que ce sont eux, les trous du cul.

— Le problème avec…

— On arrête là.

Il me regarda d'un œil noir en buvant son eau comme s'il s'agissait d'un acte de défi. Devant nous, les embouteillages commençaient enfin à se désagréger. J'accélérai, avec l'impression que, par bonheur, la liberté était à l'horizon, lorsque le moteur laissa échapper un bruit de ferraille.

Qu'est-ce que c'était ?

La voiture tout entière trembla. Est-ce que quelque chose brûlait ?

— Graeme, quand avez-vous vérifié votre huile pour la dernière fois ?

— Déjolé, maman. « Graeme, est-ce que tu as vérifié ton huile ? » « Graeme, pourquoi est-che que tu mets tes collègues féminines mal à l'aije ? » Les femmes pojent des quechtions tellement irritantes.

De la fumée noire s'éleva en volutes de sous le capot, et tous les voyants s'éteignirent sur le tableau de bord.

— Oups ! dit Graeme.

La voiture vibra, ce qui secoua sa main, renversant sa boisson sur moi. Je m'aperçus alors que l'eau était, en fait, de la vodka.

15

Le Trou du cul

EXT. : BANDE D'ARRÊT D'URGENCE, M1 - DIMANCHE, 23 DÉCEMBRE, 17 H 42

Le gyrophare d'un camion de pompiers teinte la nuit d'un orange artificiel tandis que des officiers de police font signe à une lente procession de voitures de dépasser la bande d'arrêt d'urgence. Une ambulance s'éloigne de la scène au moment même où une dépanneuse arrive. EVIE est enveloppée dans une couverture de survie argentée et parle à une policière. GRAEME est également dans une couverture, en pleine dispute avec un pompier.

— Vous allez bien, mademoiselle ? s'inquiéta la policière, les yeux sur Graeme. Votre conjoint semble agité.

— Ça va, merci, dis-je, en frissonnant dans la bruine. Et ce n'est pas mon conjoint.

Je ne lui avais pas dit que nous étions en réalité de parfaits étrangers et que j'avais orchestré le road trip dans le but d'inciter un scénariste à écrire une rom-com. Elle suspectait déjà que j'étais ivre.

Je rendis l'éthylotest. Elle le vérifia.

— Merci, mademoiselle. Tout paraît en ordre. Nous devions juste nous en assurer.

— Je comprends complètement, dis-je.

J'avais, après tout, été couverte de vodka.

Elle me laissa pour aller sauver les pompiers de Graeme. Je m'assis lourdement sur la glissière, épuisée et ne souhaitant rien plus que d'être auprès de ma maman à manger des tourtes à la viande maison, avec du vin chaud fumant. Cela paraissait fort improbable que je rentre chez moi maintenant, et, le lendemain, c'était le réveillon de Noël.

Mes doigts transis pouvaient à peine taper les lettres.

Rouquine : Vous aviez raison.

ANU : Je sais. Attendez. Avez-vous essayé de simuler un orgasme ?

ANU : La Rouquine ?

Rouquine : Je suis sur la bande d'arrêt d'urgence sur la M1, pendant que Graeme – qui est bourré, au fait – hurle contre un pompier pour avoir arrosé son moteur parce qu'il était en feu. Alors en bref : non.

ANU : Vous n'êtes pas ceux qui conduisent cette poubelle bleue, si ?

Mon cœur s'emballa quand je relevai les yeux vers la Skoda bleue, sur laquelle Graeme était actuellement étalé, pour la plus grande contrariété des gens de l'assistance routière. « Si, pourquoi ? », tapai-je. Pas de réponse.

La Skoda avait été attachée avec succès à la dépanneuse, et Graeme se décolla de son capot quand la voiture de sport rouge fit halte sur l'accotement.

Je plissai les yeux vers les vitres teintées en me demandant quel genre de personne conduisait son véhicule sur la scène d'une urgence.

La vitre du passager commença à se baisser, révélant des cheveux blonds coiffés de manière à avoir l'air naturels, des yeux bleus à pleurer, et un visage d'une beauté exaspérante et extrêmement bienvenu.

—Salut, la Rouquine.

Suis-je vraiment en train de voir ça?

ANU. Sur le bas-côté de la M1. Mon cœur était un colibri dans ma cage thoracique.

Il sourit et se pencha sur le siège vide pour ouvrir la portière passager.

—Quelles étaient les probabilités que ce soit vous, ma casse-couilles, dans tous ces embouteillages, la Rouquine? dit-il, les yeux brillants d'amusement. Montez, bon Dieu.

—Vous êtes vraiment là pour m'emmener?

Ma voix chevrotait tandis que je pénétrais dans le chaleureux habitacle.

—À votre avis? Dépêchez-vous, vous dégoulinez sur le cuir.

—Est-ce qu'il y a assez de place pour une personne de plus? demandai-je en désignant Graeme, qui était assis un peu plus loin, serrant son bagage dans ses bras.

Les dépanneurs avaient refusé de le prendre avec eux. C'était un trou du cul, mais il était tard, et sa mère l'attendait pour Noël.

—Ça dépend, dit-il en haussant les sourcils de façon suggestive. Est-ce que je le dépose chez vous?

—Deux rues plus loin.

Cinq au plus.

—Très bien. Si ça ne dérange pas mon ami à poils.

ANU indiqua la banquette arrière. Si on pouvait même appeler cela ainsi. C'était une toute petite tablette en cuir rendue d'autant plus petite par le gigantesque chien qui l'occupait.

—Qu'est-ce que c'est que ça?

Mon cerveau givré n'arrivait pas à suivre. Ce n'était clairement pas Monica.

— La Rouquine, je vous présente Ziggy. Ziggy, la Rouquine.

ANU me sourit.

Attendez.

C'était donc ça, sa « brune sexy » ? Savait-il ce que j'avais imaginé ?

Le rictus moqueur laissa deviner que oui.

Il avait fallu si longtemps pour loger l'homme d'âge moyen ivre et deux bagages trempés dans la voiture élégante quoique minuscule d'ANU que, quand nous nous mîmes enfin en route, la circulation était presque fluide.

— Merci, dis-je en me demandant si ce seul mot pouvait se révéler assez long pour contenir ma reconnaissance.

Les fêtes de Noël semblaient reprendre leur cours, et c'était entièrement grâce à ANU.

— Ça me touche vr…

— Alors ça doit être vous, le trou du cul, dit Graeme d'une voix flûtée à l'arrière.

ANU haussa les sourcils.

— Quoi ?

J'inclinai la tête pour adresser un regard furieux à Graeme. Il poussait Ziggy pour revendiquer un peu plus de place. Le chien le remarqua à peine.

— Les femmes choisissent toujours le trou du cul. Vous, dit-il en agitant son doigt pointé vers moi, ne vous avisez pas de venir me voir en pleurant quand il vous larguera.

— Ziggy, dit calmement ANU. Couché.

Dans un gros soupir, le chien géant s'avachit à plat, étouffant Graeme, qui glapit et se redressa précipitamment, en manque d'air.

Je ne pouvais regarder ANU.

—Il est bourré, expliquai-je.

—J'ai vu.

—Et encore une chose !

Silence. Je me retournai pour voir Graeme profondément endormi, la tête reposant sur la masse du dos de Ziggy.

—Je vous ai déjà dit merci, n'est-ce pas ?

—Remerciez-moi avec votre compte rendu, répondit-il.

Je levai les yeux au ciel.

Toujours ANU.

Une fois que je pus de nouveau sentir mes mains, j'envoyai un message à ma mère, puis aux JEMS, pour les informer que j'étais en retard mais que j'allais bien.

Maria : Evie, je suis tellement désolée. J'ai du mal à y croire. Je viens de faire parler sa mère. Elle m'a dit qu'il avait été viré. Une histoire de mauvais comportement en état d'ivresse sur son lieu de travail et un coup de gueule sur Twitter.

Jeremy : Sarah, ne t'avise pas de le dire.

Sarah : Evie a vécu l'enfer. Je ne vais quand même pas mentionner maintenant que Paul était clairement le meilleur choix, si ?

Jeremy : C'est bon. Plus d'EVJF. Je pense que nous nous accorderons tous à trouver ça juste.

Maria : Comment rentres-tu chez toi ?

Evie : Vous ne me croirez jamais.

—Ne le prenez pas mal, dis-je à ANU. Mais pourquoi être venu me secourir ?

—Nous avons un deal, non ?

—Il n'inclut pas l'assistance routière, à ce que je sache.

—La Rouquine, vous aviez besoin d'aide. J'étais dans le coin. (Une pause.) Je ne suis vraiment pas un trou du cul à ce point-là.

— Graeme ne vous rejoindrait pas là-dessus.

Il s'esclaffa. Je m'occupai en libérant mes cheveux de leur tresse afin qu'ils puissent sécher dans des bouclettes frisottées, en m'étonnant de ces nouvelles facettes de lui. ANU, le propriétaire de chien. ANU, le sauveur.

— Quoi ? demandai-je, quand il jeta un coup d'œil vers moi.

— Rien. (Cette fois, ses yeux s'attardèrent un peu plus longtemps.) Ça vous va bien, les cheveux défaits.

— Merci, dis-je, surprise.

Qu'est-ce qui se passe ?

Cela ne signifiait rien. ANU draguait comme il respirait. S'il s'agissait même de cela.

Le volume de la musique baissa tandis que son téléphone se connectait par Bluetooth. « Appel de Bébé » s'afficha sur le tableau de bord. Le sourire d'ANU disparut, et la ligne parfaite de sa mâchoire se durcit. Il rejeta l'appel.

Je m'étonnai de sa réaction en tapotant Ziggy.

— Il est à Monica ?

Le chien n'était pas dans la maison d'ANU quand je lui avais rendu visite.

Il étouffa un petit rire.

— Monica ne le supporte pas. Il était en quarantaine depuis L.A., et elle n'est pas spécialement ravie qu'il en soit sorti. Je l'amène dans un chenil, où au moins, il passera un meilleur Noël que moi.

ANU tendit la main derrière lui pour gratter les oreilles de Ziggy. « Appel de Bébé », nous informa de nouveau le tableau de bord. Un autre coup de doigt pour y mettre fin.

— Est-ce que tout va bien ? m'enquis-je.

— Un rêve éveillé, dit-il d'un ton sec. (Je laissai le silence s'étirer.) Vous êtes insupportable, vous savez ça ? Très bien. Les enfants de Monica passent Noël avec nous. Elle m'a balancé l'info ce matin.

— Et ils ont… quel âge ? ne pus-je m'empêcher de demander.

Il me regarda en arquant un sourcil.

— L'âge de penser que leur mère pourrait faire mieux que sortir avec « une étoile filante ».

— Ils auront largement de quoi être impressionnés bientôt, dis-je. Les producteurs ont adoré votre idée. Attendez juste d'avoir le scénario à leur montrer.

Ses beaux traits dessinaient une expression qui ressemblait affreusement à du doute.

— Nous devrions parler du rendez-vous de janvier, ajoutai-je.

— J'ai reçu votre jolie rencontre, ce matin, dit-il en esquivant. J'ai tout de suite su que vous perdiez votre temps avec Papa Triste.

Après tout ce qui s'était produit, j'avais presque oublié que je l'avais envoyée.

— Il s'appelle Ben, et vous pouvez simplement laisser tomber celle-ci, dis-je, rouge de culpabilité.

La playlist était nichée en sécurité dans ma poche.

— Ne vous inquiétez pas. Le type était assez oubliable. Alors, quand est-ce que je reçois votre rapport sur le road trip ?

— Dès que vous aurez envoyé quelques feuillets à Monty, dis-je d'un ton plus irrité que je ne l'avais voulu.

Silence. Il garda les yeux rivés sur la route.

— Cette idée que j'ai envoyée à Monts, finit-il par dire. En vérité, la Rouquine, je n'aurais jamais pu la trouver sans vous. (Il secoua la tête.) Ce sont ces foutues jolies rencontres. Elles ont été plus utiles que vous ne l'imaginez.

Il avait déjà déclaré quelque chose de similaire. Et pourtant, si c'était vrai, alors où étaient ces feuillets ?

— Mais…, poursuivit-il en regardant vers moi, j'ai juste la sensation…

— Quoi ?

— Que vous vous contenez quand vous les rédigez, acheva-t-il en haussant les épaules. Ne le faites pas. Vous écrivez bien, la Rouquine. Si vous voulez avoir le moindre espoir que je termine ce truc, vous devez vous impliquer à fond.

J'observai son profil ciselé en m'étonnant de ses propos. Jusque-là, je me disais que j'étais la seule à prendre notre marché au sérieux, et ANU avait lu en moi.

Parce qu'il avait raison. Même si j'avais senti que je me détendais un peu plus avec chaque compte rendu, il subsistait une voix dans ma tête qui me répétait que je n'étais pas une véritable auteure, qui me refrénait. J'avais passé cet accord avec ANU pour l'amener à écrire. S'il disait la vérité, et que les rapports l'inspiraient sincèrement, alors de quoi avais-je donc si peur ? De découvrir qu'ANU se moquait de moi en évoquant la qualité de mon écriture ?

Ou de prendre peut-être véritablement plaisir à écrire de nouveau ?

— OK, dis-je, et son sourire parut étrangement soulagé. Mais il faut que vous fournissiez des pages d'abord.

— Marché conclu.

Ziggy cala sa tête entre nos sièges, gémissant pour réclamer de l'attention.

— Désolé, mon pote, dit ANU en le tapotant. On rattrapera le temps perdu après Noël.

J'enfouis mes doigts dans la fourrure du chien, triste de l'imaginer seul pendant les fêtes, si tôt après avoir été en quarantaine.

— Vous savez, je pourrais m'occuper de Ziggy pour la semaine, dis-je. C'est le moins que je puisse faire, après le secours que vous m'avez apporté. À Noël, la règle de ma mère, c'est plus on est de fous, plus on rit.

Même si Ziggy dépassait sans doute d'un poil ce à quoi elle s'attendrait.

Que Dieu garde ANU de se montrer reconnaissant.

— Chez votre *mère* ? demanda-t-il, clairement sceptique.

— Eh bien, ce n'est pas le *Four Seasons*, mais ce n'est pas Alcatraz non plus, dis-je sèchement.

Il lâcha un rire.

— Vous devez savoir ce que vous prenez en charge, c'est tout. Ziggy est un chien qui a besoin de beaucoup d'espace. Et il est vegan, précisa-t-il avec un espoir timide dans la voix.

— N'importe quoi pour mon sauveur, dis-je en papouillant le chien.

— Sauveur ! J'aime bien.

— Je parlais du chien.

Je me retrouvai à réprimer des larmes en voyant la petite maison mitoyenne de ma mère au bout de la rue, tout illuminée de guirlandes de Noël. « Bienvenue chez nous », proclamaient-elles à chaque clignotement. ANU coupa le moteur, et la chute de température donna l'impression qu'une bulle avait éclaté.

— Vous êtes sûr que ça va aller avec… ?

Graeme lâcha un énorme pet au milieu d'un ronflement. Aucun toussotement à suivre, cette fois.

— Je vais ramener la Belle au bois dormant chez elle.

— Vous avez l'adresse de sa mère.

Je m'aperçus que je faisais traîner l'instant. Nous paraissions avoir établi une sorte de trêve au fil de ces dernières heures, et qui prendrait fin, me disais-je, dès que je sortirais de sa voiture.

— Les affaires de Ziggy sont dans le sac à l'arrière.

Nous n'évoquâmes guère le fait qu'il aurait pu déplacer ce sac pour laisser plus d'espace à Graeme.

— Envoyez-moi des photos pour me rassurer sur le fait qu'il est en vie.

— Tous les jours, promis-je. Bon, je crois que je ferais mieux de…

ANU se pencha devant moi. Je saisis brièvement une odeur de miel et de crème avant qu'il ouvre la porte.

Juste ses produits capillaires hors de prix.

— C'était marrant, dit-il.

Alors que je sortais ma valise du coffre, elle cogna contre l'arrière de la banquette.

— Evie ! s'exclama Graeme, émergeant au-dessus des repose-tête, me faisant sursauter. Attendez. Je… Je suis désolé. C'était un mauvais moment. Je suis un bon gars, vraiment, je vous promets. Est-ce que je peux vous aider avec votre valise ?

— Graeme. Vous êtes sur le point de constater par vous-même que les femmes ne choisissent pas toujours le trou du cul.

Ses yeux injectés de sang se remplirent d'espoir. Je claquai le coffre.

Alors que je me tournais vers la maison de ma mère, je trouvai ANU debout sur mon chemin. Des flocons de neige virevoltants commençaient à tomber de nuages argentés.

— On oublie quelque chose ? demanda-t-il.

— Vraiment ?

Il me tendit la laisse de Ziggy et m'accabla d'un large sac noir sur l'épaule. Je vacillai en avant sous le poids soudain, m'agrippant au torse d'ANU. Il m'attrapa les avant-bras et se pencha de telle sorte que ses lèvres furent à côté de mon oreille.

— Est-ce que vous flanchez pour moi, la Rouquine ?

Il sourit. La neige tombait sur mon visage tourné vers le ciel, fondant sur mes lèvres. Tandis que ses yeux cherchaient les miens, son expression insolente s'évanouit. C'était la première fois que je le voyais afficher un air sous la barre de l'assurance.

Il cligna des yeux, se dégageant le premier.

—N'oubliez pas d'envoyer votre rapport, dit-il avec un sourire forcé.

—Pas de problème, répliquai-je, bizarrement secouée. Vous savez exactement quoi faire pour l'obtenir. (Je relevai violemment la poignée de ma valise.) Merci encore de m'avoir secourue. Ne vous inquiétez pas pour Ziggy, il se portera bien. Il va grossir, probablement, mais ça ira.

Je tournai les talons, puis partis.

En ouvrant la porte, je pénétrai dans la chaleur et les odeurs familières de la maison de ma mère et allumai l'entrée.

Maria, Sarah et Jeremy se tenaient tous là avec de grands sourires.

—Mary, elle est arrivée! lança Jeremy en direction du salon. Et elle a apporté une espèce de bête poilue.

Avant que je puisse réagir, ils se précipitèrent tous vers moi.

Ça, me dis-je en les étreignant férocement, toutes pensées concernant ANU balayées de mon esprit, *c'est Noël*.

16

Une brune sexy

De : Evelyn.Summers@WJM.co.uk
À : TheEzraChester@ezrachester.com
Objet : HAUTEMENT CONFIDENTIEL : Joyeux Noël
25 décembre, 19 h 39

Cher Ezra,

Vous remarquerez sur la photo ci-jointe que Ziggy a vraiment apprécié notre dîner de Noël. Nous l'avons quitté des yeux une minute, et, l'instant d'après, il sautait sur la dinde.

Je croyais que vous aviez dit qu'il était vegan ?

Joyeux Noël. J'espère que les enfants ne vous maltraitent pas trop. Et, le cas échéant, songez que dans moins de deux mois, vous aurez un scénario à leur montrer.

Je dois y aller avant que Jeremy ne finisse par tuer Sarah. Ils jouent au Pictionary, malgré notre règle stricte Plus-de-Pictionary, établie après le

Nichongate en 2015, quand Sarah, ivre, avait mal lu la carte et dessiné « sein » au lieu de « rein ». Jeremy célèbre toujours l'anniversaire de ce moment où elle a crié « c'est un NICHOOOON ! » à la fin de sa minute.

Evie

De : Evelyn.Summers@WJM.co.uk
À : TheEzraChester@ezrachester.com
Objet : HAUTEMENT CONFIDENTIEL : Ziggy Stardust (Est-ce que vous lisez ces mails au moins ?)
26 décembre, 15 h 02

Cher Ezra,

Toutes mes excuses pour le mail d'hier. J'accuse les bucks fizz.

Ci-joint la photo d'aujourd'hui de Ziggy. Oui, ma mère l'a en effet habillé comme son homonyme, David Bowie. Vous serez heureux d'apprendre qu'il a tout accepté sans sourciller.

Meilleurs vœux,

Evie

De : Evelyn.Summers@WJM.co.uk
À : TheEzraChester@ezrachester.com
Objet : HAUTEMENT CONFIDENTIEL : Monstre à fourrure (Souvenez-vous : 2 janvier)
27 décembre, 14 h 56

Cher Ezra,

Nous sommes officiellement en mode compte-à-rebours-jusqu'à-la-deadline. Je sais que je n'ai pas besoin de vous rappeler quand Monty et les producteurs ont rendez-vous (c'est le 2 janvier). Et je n'ai surtout pas besoin de vous rappeler que je n'enverrai pas mon rapport du road trip avant que vous ayez fourni ces feuillets. Je ne plaisante pas, Ezra.

Avant que je vous écrive ce qui va suivre, je vous assure, à la demande de ma mère, que nous avons adoré avoir Ziggy ici.

Vous remarquerez que la photo d'aujourd'hui de Ziggy fait figurer un panneau disant : LES CHOSES QUE J'AI MANGÉES.

Voici une liste de travail :
– Jambon
– Une basket toute neuve (la gauche)
– Une dinde
– Deux paires de chaussons
– *Les Repas en 15 minutes* de Jamie Oliver
– Un sponge cake Victoria
– Encore du jambon
– Les ¾ d'un coussin décoratif
– Le nain de jardin des voisins
– La lettre de réclamation des voisins
– Encore du jambon

Les choses que Ziggy n'a pas mangées :
– Tout ce qui était vegan

Tous mes vœux,

Evie (et Mary) Summers

P.-S. : 2 janvier

De : Evelyn.Summers@WJM.co.uk

À : TheEzraChester@ezrachester.com

Objet : HAUTEMENT CONFIDENTIEL : Limbo de Noël (ENVOYEZ CES FOUTUES FEUILLETS MAINTENANT)

28 décembre, 20 h 04

Ezra,

J'ALLAIS vous écrire pour vous raconter comment ma mère a initié Ziggy à notre tradition du « limbo de Noël », qu'elle applique chaque année entre Noël et le nouvel an. Elle fait venir des gens, prépare une cargaison de margaritas et défie tout le monde de faire un concours de limbo. Comme vous le verrez sur les photos, Ziggy a apprécié son tour et s'est enfui avec la barre !

AU LIEU DE ÇA, je vais dire ceci, parce que c'est Noël, et parce que TEQUILA.

Je sais EXACTEMENT ce que vous faites, Monsieur le Scénariste oscarisé. Vous vous servez du fait que je sois super cool et que je vous cache mes derniers rapports comme EXCUSE POUR NE PAS ÉCRIRE.

Voici donc mon cadeau de Noël avec un peu de retard : c'est la jolie rencontre Road Trip. Je l'ai écrite le jour du réveillon parce que la version sobre d'Evie est une demeurée. Vous êtes un écrivain brillant, alors ÉCRIVEZ MAINTENANT. Pas besoin de pondre du feuillet à la chaîne, envoyez juste quelque chose à Monty.

Plus d'excuses.
Ciao,
Evie

De : Evelyn.Summers@WJM.co.uk
À : TheEzraChester@ezrachester.com
Objet : HAUTEMENT CONFIDENTIEL : Excuses
29 décembre, 10 h 02

Cher Ezra,

Je voulais juste vous présenter mes excuses pour mon mail d'hier. Ce n'était pas professionnel et, si ça peut vous consoler, je suis absolument mortifiée et je me sens terriblement mal – en raison du contenu de mon mail, mais aussi du volume considérable de tequila.

Je vous serais très reconnaissante d'en faire totalement abstraction, s'il vous plaît. En dehors du passage sur vos feuillets.

Vous devez vraiment les envoyer.
Tous mes vœux,

Evie

De : TheEzraChester@ezrachester.com
À : Evelyn.Summers@WJM.co.uk
Objet : Vous êtes absurde, vous le savez, n'est-ce pas ?
30 décembre, 3 h 20

J'ai envoyé l'acte I à Monts.

Disons que c'est mon cadeau de Noël avec un peu de retard.

E.

17

Nuits blanches à Sheffield

INT. : CHAMBRE D'ENFANT D'EVIE - LUNDI 31 DÉCEMBRE, 19 H 34

EVIE porte une robe de chambre et a déjà bouclé la moitié de ses cheveux avec un fer. Les murs sont couverts d'affiches de films qui se décollent - *Waitress*, *Les hommes préfèrent les blondes*, *Vous avez un message*, *Brick Park*, *Chantons sous la pluie*, *Tootsie*, *Nuits blanches à Seattle*. La vieille cheminée désaffectée est chargée de hautes piles de DVD.

Ma mère ouvrit la porte en la poussant d'un pied en chausson, deux verres de vin pétillant dans les mains. Elle m'en donna un. Ziggy entra à sa suite d'un pas feutré, souffla sur mes cuisses et s'affaissa à mes pieds.

— Bon réveillon, mon chou. (Nous trinquâmes.) Est-ce que tu as tout réservé pour l'EVJF de Sarah ?

— Quasiment.

Je devais encore confirmer la réservation du manoir, mais cela ne nécessitait qu'un mail rapide.

— Parfait, dit ma mère en sirotant son prosecco. Nous pouvons donc discuter de ta prochaine jolie rencontre.

Je grognai.

— Je suis en retard, maman. Le taxi sera bientôt là.

Mes amis et moi passions notre soirée de nouvel an au *Wick*, en hommage à nos années d'étudiants. Maria avait insisté pour que nous nous habillions exactement comme nous l'aurions fait à l'université. Je portais une vieille robe années 1950 bleue à pois blancs, avec d'énormes jupons. Je n'avais pas modelé mes cheveux depuis des années, mais, à l'époque, j'avais le look complet de la pin-up, en mode fan de Dorothy Taylor.

— Peut-être que je peux t'aider à l'organiser.

Avant que je ne puisse protester, ma mère prit mon fer à friser et commença à séparer l'arrière de mes cheveux en sections, exactement comme elle le faisait autrefois. Elle croisa mon regard dans le miroir et sourit.

Quand je fus déposée avant Noël par ANU en personne, la bête noire de la vie professionnelle de sa fille, ma mère m'avait avidement soutiré tous les détails sur les jolies rencontres et le marché que j'avais passé avec lui. Toute mère normale se concentrerait sans doute sur le fait que sa fille unique, pour une raison très discutable, essaie de rencontrer un homme. La seule chose que ma mère avait dite fut : « Je me moque du genre d'homme que tu rencontres, mon chou, tant qu'il a un gentil regard. » Puis elle me demanda quand je retournerais au groupe de lecture érotique. Lorsque j'avais expliqué que j'y étais allée seulement pour la jolie rencontre, elle avait dit : « Evie, mon chou, certains des amis les plus précieux que je me suis faits après la mort de ton père étaient dans mon groupe de lecture. Ils se régalaient d'une pointe d'obscénité aussi. C'est le cas de tous les meilleurs. »

Tandis qu'elle tentait de convaincre mes boucles à devenir plus lisses, mon téléphone s'alluma avec sa propre touche d'obscénité.

NUMÉRO INCONNU : Slt j trouvé ton numéro dans un John Grisham, j'adorerais t connaître mieux. Veux-tu être mon ho ho ho de Noël ?

Cette semaine-là, j'avais reçu presque quotidiennement des messages de la part d'inconnus qui avaient trouvé mes cartes. Apparemment, Noël mettait beaucoup de gens en rut. Ce qui, je suppose, expliquait *Love Actually*.

J'effaçai le message avant que ma mère ne puisse le lire et me dire que je devrais donner une chance à son auteur. Nous avions des approches très différentes de la vie en général. Elle essayait toujours de nouvelles choses et évitait la routine autant que possible. De mon côté, j'accordais de l'importance à ma sécurité et mon bon sens. Ou, du moins, j'en avais accordé. Dès que ces trois mois seraient passés, ma vie pourrait reprendre son cours. Cent pour cent Netflix et zéro frisson.

Est-ce vraiment ça que tu veux ? demanda une petite voix.

— C'était censé être la jolie rencontre Amour de vacances, lui dis-je en essayant de ne pas prêter trop d'attention à cette pensée.

— Oooh.

— Mais je n'ai pas les moyens de partir.

— Ah.

J'avais réellement espéré réserver un beau cottage quelque part. Un congé doublé d'une jolie rencontre. Mais j'avais injecté toutes mes économies dans l'enterrement de vie de jeune fille de Sarah.

— Pourquoi ne pas séjourner dans la campagne du Yorkshire ? suggéra ma mère.

— Mon budget couvrirait sans doute juste une tente, et ce n'est pas vraiment un ingrédient de comédie romantique.

— Savais-tu que le cottage dans *The Holiday* était un décor ? Essentiellement du carton ! déclara ma mère.

— Eh bien, je ne pourrais pas me permettre de séjourner là-dedans non plus.

Mon téléphone vibra. Bien que redoutant d'autres messages provenant des rats de bibliothèque pervers de Londres, je le retournai.

NUMÉRO INCONNU : Salut Evie. J'ai trouvé l'une de vos cartes dans un livre.

Aucune allusion à ce qu'il voulait que je fasse à son sucre d'orge. Je l'examinai un instant avant de décider de répondre. J'avais vraiment besoin d'une autre jolie rencontre.

Evie : Merci de me contacter.

Je me mordis la lèvre, puis écrivis :

Evie : Si je peux me permettre de poser la question, dans quel livre l'avez-vous trouvée ?

Il aurait été impoli de demander directement si c'était un taré. « Numéro inconnu » écrit clignotait.

NUMÉRO INCONNU : *Peter Pan*.

Je ne me rappelais pas avoir mis une carte dans le livre avant de le restituer, mais j'avais été troublée après l'avoir accidentellement volé quand ANU et moi…

Ne pense pas à ANU.

Il avait envoyé ses feuillets à Monty – voilà ce qui comptait. La réunion prévue deux jours plus tard se passerait bien. Mes amis et moi allions célébrer cette soirée au champagne.

Ne pense simplement pas à ton mail. Ne pense PAS à ce mail…

Evie : Puis-je vous demander votre prénom ?

— J'ai séjourné dans un cottage exactement comme celui de ce film avec des amies, il y a longtemps, raconta ma mère d'un air songeur, tout en tirant sur une boucle récalcitrante. Absolument parfait pour un amour de vacances, dit-elle avec un clin d'œil. *Et* pour une bouchée de pain.

— Un cottage ? répétai-je distraitement.

NUMÉRO INCONNU : C'est Ben.

Quoi ? Ben ? Sûrement pas ce Ben-là.

Bien sûr que non. C'était une coïncidence, rien de plus.

Evie : Salut, Ben. Ravie de vous rencontrer.

— Comment il s'appelait, déjà ? *Le Cottage aux chèvrefeuilles*, dit-elle en répondant à sa propre question. C'était exactement comme tu t'imagines un cottage idéal, si tu vois ce que je veux dire.

Ma mère prit mon téléphone et regarda par-dessus ses lunettes tandis qu'elle faisait une recherche rapide sur cet endroit.

— Oh, dit-elle en l'écartant d'elle. Ben est désolé de la manière dont il s'est comporté à la pièce de sa fille. Était-il déçu de son costume ?

— Quoi ?

Je lus le message.

Ben : Je voulais vous dire combien je vous appréciais et que je suis désolé d'avoir été super grossier à la pièce de ma fille.

Je retins mon souffle. C'était bel et bien lui. Que se passait-il ? Était-il saoul ? Non que je fusse bien placée pour juger après mes récentes frasques…

Evie : Ça va, Ben ?
Ben : Ça va super ! Quand on se reverra je ne dirai peut-être pas que nous avons parlé. Je suis très mystérieux.

— Mon chou ?

Ma mère m'extirpa de ma confusion. Ben m'appréciait ? Je ne savais pas vraiment comment me sentir vis-à-vis de ça. Soulagée ?

Plutôt perplexe. Il avait peut-être fait une playlist, mais cela n'expliquait pas son envie soudaine que nous devenions amis.

— Le costume d'Anette était parfait, dis-je à ma mère tout en essayant de le déchiffrer.

Ma mère émit un bruit intéressé, et je lui jetai un coup d'œil.

— Il évoquait le fait de veiller à ce que je sache qu'il n'était pas l'homme que je cherchais avec mes jolies rencontres.

— Vraiment ? Alors pourquoi envoie-t-il des messages maintenant ?

Excellente question.

Evie : Est-ce que vous êtes sûr que ça va ?

Ben: Un bon gros oui.

— Eh bien, il t'a sans aucun doute accroché un sourire au visage.

— Ce n'est pas lui, lui dis-je, toujours en souriant.

Ben: Anette, est-ce que tu te sers de la messagerie sur ma tablette ?
Ben: *Merde**.

Je pouvais les imaginer tous les deux chez eux : Anette emportant en douce la tablette dans sa chambre, Ben probablement en train de lire quelque part, voyant l'appli s'allumer sur son téléphone.

Ben: Je suis navré de vous avoir dérangée. Ne vous inquiétez pas, ma fille sera punie comme il se doit. Anette, pas d'usurpation d'identité pendant une semaine.
Evie: Ben, c'est moi. Evie.

Quelques secondes s'écoulèrent. Soit il essayait d'arracher la tablette des mains d'Anette, soit il ne voulait pas répondre.

Ben: Anette dit qu'elle est désolée de vous avoir Nuits-blanches-à-Seattlée.

Voilà ce qu'elle fabriquait. Le père veuf. L'enfant. Anette essayait encore de nous mettre ensemble, son père et moi. C'était adorable, quoique purement et simplement malavisé.

Ben: Elle a trouvé l'une de vos cartes dans le livre que vous lui avez offert. Je voulais vous en parler.

Mon sourire s'évanouit. Ma peau s'embrasa. Pensait-il sérieusement que j'avais de quelque façon orchestré tout cela après ce qu'il m'avait dit à la pièce d'Anette ?

—Argh ! grommelai-je en tapant vigoureusement une réponse pendant que ma mère apportait les finitions à mes cheveux en fredonnant pour elle-même.

Evie : C'était un accident, Ben. Je peux vous promettre que je ne vais pas vous embarquer de force dans une jolie rencontre avec moi de sitôt.
Ben : Je voulais juste vous remercier pour le livre. Ça représentait beaucoup pour Anette.

Oh. *Merde**. Dehors, mon taxi klaxonna. Ma mère m'embrassa la joue.

—Je vais juste prévenir le chauffeur qu'il te faut encore quelques minutes, dit-elle en emmenant Ziggy pour me laisser tranquille.

Evie : Je vous en prie. Je suis très contente qu'elle ait aimé.
Ben : Était-ce le vôtre ?

Après un bref moment d'hésitation, je finis par répondre.

Evie : Oui.

J'enfilai ma robe en me tortillant, essayant d'imaginer ce que Ben pensait à cet instant. Que c'était idiot ? J'adorais ce livre. Il comptait plus pour moi que tout ce que je possédais, et pourtant le donner à Anette m'avait paru naturel. Je regardai la photo encadrée sur ma coiffeuse. Mon père avec son bras autour de mes épaules, arborant un fier sourire. Elle avait été prise à mes quatorze ans, et j'y agrippe un ordinateur portable dans une boîte, les joues enflammées à la fois de joie et de réticence à devoir poser.

Ben: Vous avez fait son Noël.

Je rayonnai.

Ben: Et je suis vraiment désolé d'avoir été si grossier à la pièce d'Anette.

Evie: Excuses acceptées. Avez-vous passé un bon Noël, Ben?

Ben: Nous avons bien trop mangé et regardé tous les films que vous avez recommandés.

Ben: C'était le meilleur Noël depuis longtemps.

Mon souffle se coupa. Il y avait quelque chose dans le fait de les imaginer tous les deux étendus sur le canapé devant la télé, à regarder tous mes films préférés le jour de Noël, qui me serrait le cœur. Un autre message surgit alors que j'avais à moitié enfilé mon manteau. C'était un lien vers « You Were Meant for Me » dans *Chantons sous la pluie*, l'un des films sur la liste. Je secouai la tête.

Evie: Salut, Anette.

Ben: Salut, Evie!

Ben: Dis au revoir, Anette.

Ben: Nous serons de retour au *Gil's* à partir de la semaine prochaine!

Evie: Alors je vous y verrai tous les deux.

Ben: À bientôt, Evie.

Alors que je montais dans le taxi, mon téléphone vibra dans ma main. Était-ce encore Ben ? Non, il s'agissait juste d'un message de Monty.

Monty : J'aurais juré que tu avais dit avoir tout sous contrôle, Evelyn. Alors où diable sont les feuillets d'Ezra ?

18

Le Réveillon rêvé d'Evie

INT. : LE *WICK*, DES DEUX CÔTÉS - LUNDI 31 DÉCEMBRE, 23 H 45

EVIE et MARIA sont assises à une table jonchée de verres vides dans le bar plein à craquer. Il y a un DJ qui mixe. Des lumières vertes flashent sur les têtes des gens pendant qu'ils dansent. Evie agrippe son téléphone. Maria, toute vêtue de noir avec les yeux chargés de khôl et les lèvres foncées, repose sa tête dans ses mains.

— Est-ce que tu as vu ça ? criai-je par-dessus la musique. Je parcourais du pouce la page Instagram d'ANU.

— Depuis combien de temps ces deux-là sont au bar ? demanda Maria, d'une voix fatiguée.

Je fis défiler les photos d'un sapin de Noël impeccablement décoré. Des montagnes de cadeaux parfaitement emballés avec du papier métallique et de l'élégant ruban transparent. ANU dans une pose de yoga, en équilibre sur la tête, torse nu, les muscles tendus et luisants…

— Ce ne sont que quatre shots de tequila, marmonna-t-elle.

Je m'arrêtai sur le cliché légèrement flou d'une femme au visage partiellement caché par une tasse blanche. De souples ondulations de cheveux blond vénitien lui retombant sur les épaules, de longues chaussettes en laine remontées jusqu'aux genoux, un pull en cachemire gris sur sa fine silhouette. Monica. L'image était taguée #amourdemavie #bienheureux #meilleurdesnoels

Je la collai sous le nez de Maria.

— S'il a eu assez de temps pour des publications quotidiennes, il pourrait au moins écrire une page – une *misérable* petite page – du scénario. Au lieu de ça, il mène une vie hashtag bienheureuse pendant que je suis coincée à recevoir des messages de pervers. Tu sais, ce n'est même pas qu'il n'ait rien écrit.

— C'est qu'il ait menti, psalmodia Maria, appuyant ses ongles noirs dans sa joue en se frottant le visage avec lassitude.

— Exactement ! dis-je en prenant mon verre avant de me rappeler qu'il était vide.

— Ne le laisse pas t'empêcher de t'amuser ce soir.

Le ton de mon amie était teinté d'une note d'avertissement.

— Comment en serais-je capable alors qu'il se pavane dans le Yorkshire à faire du yoga avec hashtag jambes de gazelle ?

— Oh, mon Dieu, *Evie*, dit Maria, exaspérée.

Je la regardai.

— Quelque chose ne va pas ? demandai-je.

— Est-ce qu'elle est encore en boucle sur l'autre tête de nœud ?

Jeremy apparut avec un plateau, dominant Sarah, qui le tenait d'un bras autour de la taille. Les paillettes roses et jaunes qui étaient sur ses paupières en début de soirée avaient à présent migré vers ses épais cheveux blonds.

— Mes héros, dit Maria en tendant la main. C'est à votre tour de la subir.

— Non, pas toi, dit Sarah en lui claquant la main pour l'éloigner.

Elle nous distribua un shot et une tranche de citron vert chacun, en plaçant le sel en plein milieu de la table.

— Je ne suis pas si pénible, si ?

— Evie, nous sommes à quelques instants de minuit. Tous ensemble. Tu es *I Love Lucy*. Maria est Mercredi Addams. Sarah est habillée en fée – tu portais vraiment ça avant ?

— Au moins, je ne suis pas en lycra ! s'exclama Sarah en tirant sur ses ailes.

La silhouette mince de Jeremy était enveloppée de fluo de la tête aux pieds, comme un cycliste qui serait allé en boîte.

— C'était une phase. Maintenant, *profitons* de tout ça, insista-t-il.

Le DJ baissa la musique et entama le décompte. *Dix.*

S'ensuivit un grondement tandis que tout le monde criait à l'unisson avec lui.

— Est-ce que je vous gonfle tous à mort ? demandai-je en regardant mes amis.

— Pas *toi*, dit Maria en enroulant son bras autour du mien. Mais j'en ai hashtag ras le bol de décortiquer le dernier post d'ANU sur Instagram.

Mes amis étaient en position avec leurs shots. À cet instant, nous aurions pu être nous dix ans plus tôt.

Neuf.

Jeremy avait raison. Je perdais un temps précieux.

Huit.

— Léchez, ordonna Jeremy.

Nous tendîmes tous scrupuleusement les dos de nos mains, et il esquissa un cercle de sel par-dessus.

Sept.

— À notre jeunesse conservée. Plus ou moins.

Jeremy leva son shot.

Six.

—Aux meilleurs des amis qui me concoctent le parfait enterrement de vie de jeune fille *et* à l'organisation en solo du mariage de l'année. (Sarah marqua une pause.) Et au fait de devenir belle-mère.

Cinq.

—À…

Je réfléchis à ce que je voulais vraiment. Jeremy fit papillonner ses doigts pour m'inciter à me dépêcher.

—À ce que je convainque ANU d'écrire ce foutu scénario.

Quatre.

—Au coup de foudre, dit Maria en levant haut son shot. Exactement comme dans les films.

—Trois. Deux. Un, conclut Jeremy avant que je ne puisse protester.

Nous descendîmes tous notre tequila.

—Bonne année, dis-je en me demandant ce qu'elle apporterait.

—Eh ! Eh, vous, vous savez ce que vous êtes ?

J'étais dans un cabinet, assise sur la lunette des toilettes, les jupes remontées en paquet autour de moi, le plastique froid collant à l'arrière de mes cuisses.

J'avais un certain nombre de shots de tequila dans le ventre, tous en compétition pour être celui qui me persuadait que ceci serait une bonne idée.

—Est-ce que vous savez quelle heure il est ?

ANU avait la voix fatiguée.

—Il est clairement plus de minuit, dis-je. (Il n'allait pas changer si facilement de sujet.) Et vous êtes une tête de n… une tête de mule.

Je m'interrompis juste à temps.

—Vous êtes… saoule, n'est-ce pas ? dit-il en se ranimant. À quel point ?

—Suffisamment ! beuglai-je.

On tira la chasse dans le cabinet voisin du mien.

— Est-ce que vous êtes aux toilettes ?

— Non.

Le sèche-mains se mit en route.

— Vraiment, la Rouquine… (Sa voix devint étouffée.) Ce n'est rien, juste Eddy, tu sais comment il est. J'arrive tout de suite, bébé. (Une porte se ferma.) M'avez-vous seulement appelé pour me dire que j'étais une tête de mule ? demanda-t-il. Je viens chercher Ziggy demain. Ça n'aurait pas pu attendre ?

— Non ! (J'avais oublié ça.) J'appelle aussi parce que vous n'avez pas tenu votre engagement… (Je tins ma bouche près du haut-parleur.) COMME VOUS L'AVEZ PROMIS. Vous m'avez menti.

— Vous ne me laissiez pas tranquille. Qu'est-ce que j'étais censé faire d'autre ?

— Fournir les feuillets !

— Personne ne bosse à Noël.

J'entendis des filles glousser et baissai le ton.

— Moi si !

Il soupira.

— Si ça peut vous soulager, j'ai passé des fêtes bien pourries.

— Menteur.

Ça me soulageait, un peu.

ANU ne répondit pas tout de suite. Il y eut un bruit râpeux, comme s'il se passait les mains sur sa barbe naissante.

— Vous croyez être la seule à me rendre dingue au sujet de mon écriture ?

Je plissai le nez.

— Monty ?

— Lui aussi.

Rien de tout cela n'avait d'importance.

— J'ai recommencé à écrire, convenablement, pour vous, et vous avez promis de rédiger les feuillets, insistai-je. Alors quel est le problème ?

Il émit un bruit étranglé du fond de sa gorge.

— Vous devriez concentrer vos efforts à faire craquer quelqu'un pour vous, plutôt que me harceler.

— Pourquoi est-ce que tout le monde est tellement bloqué là-dessus ?

J'agrippai le siège des toilettes. Je me sentais comme une gamine dans une piscine à vagues, sauf qu'à la place de l'eau, c'était de la tequila.

— N'est-ce pas tout l'intérêt ? me rappela-t-il. (Je soupirai tristement.) Écoutez, votre dernier compte rendu était le meilleur. Je savais qu'il y avait une grande auteure qui sommeillait quelque part en vous. Est-ce cela que vous avez besoin d'entendre ?

— Ce que j'ai besoin d'entendre, c'est que vous n'avez pas fait que m'embobiner pendant tout ce temps. Parce que… (J'appuyai la tête contre la cabine couverte de graffitis, ma combativité s'échappant de moi dans un souffle.) Parce que je vais perdre mon travail si vous ne tenez pas votre promesse.

Une pause.

— C'est vrai ?

— Oui, répondis-je, chatouillée par la certitude que je n'étais pas supposée le lui révéler. Surprise ! M. Centre de l'univers découvre qu'il est précisément aussi important qu'il le pense. Sans vous, l'agence coule. Il est temps de sortir vos bouées. Monty rencontre les producteurs le…

Je plissai les yeux.

— Le 2, me remémora-t-il.

— Envoyez-lui des pages d'ici-là.

— C'est le nouvel an, la Rouquine, quand suis-je censé…

— Ça suffit !

Je me redressai, refusant d'entendre une autre excuse. Il me l'avait promis. Si j'écrivais davantage, il écrirait aussi. La seule raison pour laquelle je faisais même les jolies rencontres, c'était de l'inciter à écrire. Quel intérêt de continuer à me ridiculiser sinon ? Soudain, tout parut limpide. Je faisais les jolies rencontres pour l'amener à écrire. Il n'écrivait pas. Par conséquent : plus de jolies rencontres.

Logique brillante, Evie, me félicitai-je en essayant d'ignorer la sensation que je passais à côté de quelque chose d'essentiel.

— Plus de jolies rencontres ! déclarai-je haut et fort – et je me sentis bien. Je suis sérieuse.

— Sérieusement bourrée, vous voulez dire, répliqua-t-il en écartant mes propos.

— Les deux à la fois, l'assurai-je. Si vous ne comptez pas écrire, quel est l'intérêt ? Pas d'écriture, pas de jolies rencontres.

— Nous avons toujours un accord, la Rouquine, dit-il avec une intonation aiguë dans la voix. Vous êtes encore loin de gagner. Et votre job ?

Ah. Ça.

— Quel job ? demandai-je, un peu sur ma lancée. Pas de scénario, pas de job.

L'inquiétude papillonna en zigzag dans ma poitrine, comme si elle était ivre, elle aussi.

Ça se déroule bien, non ?

Je mettais une claque à ANU en lui montrant qu'il ne pouvait plus me trimballer.

— Que diraient les producteurs s'ils découvraient que vous m'avez amené à signer sous de faux motifs ?

— Si vous ne tenez pas votre engagement, vous pouvez tout leur raconter, pour ce que j'en ai à faire. Y compris que leur auteur est un briseur de contrat irritant, égocentrique, égoïste, un authentique trou du cul !

Sur ce, je raccrochai, tremblante d'adrénaline. Je l'avais fait. J'avais fini par dire à ANU exactement ce que je pensais de lui. Et je m'en sentais incontestablement mieux.

— Evie ? (C'était Jeremy.) Il est temps d'y aller ! Maria a commencé à chanter, et nous savons tous ce que ça veut dire.

J'ouvris la porte, toujours tremblante. Mes amis se tenaient devant les lavabos, se soutenant tous les uns les autres. Ils me sourirent, l'œil vaseux.

— *Un maca, deux maca, trois macarena.*

— Je ne pense pas que ce soient les paroles, chérie.

Maria s'arrêta de chanter.

— Swevie, ça va ?

Le triomphe s'écoulait de moi comme une vague qui se retirait, progressivement, avant de complètement disparaître.

Je m'agrippai à l'encadrement de la porte.

— Je pense… que je viens de perdre mon travail.

Je m'assis brusquement dans mon lit.

— Merde. Merde. Merde. Merde.

Je me précipitai sur mon téléphone pour vérifier, juste au cas où ce n'aurait été qu'un rêve, mais la preuve se trouvait dans le journal d'appels. J'avais appelé ANU dix fois – dix – avant qu'il finisse par décrocher peu après 3 heures. La conversation me revint par bribes. Je l'avais traité de trou du cul. J'avais dit que je perdrais mon travail s'il n'écrivait pas. Je lui avais quasiment demandé de veiller à ce que cela arrive.

Il y avait une tonne de messages non lus. Certains de la part de mes amis. Le reste de Monty.

Monty : Tu as promis de faire en sorte qu'il envoie ses feuillets à temps, Evelyn. Où sont-ils ?

Monty : Je n'aurais jamais dû te laisser endosser cette responsabilité. Si nous n'avons rien d'ici demain, c'est complètement plié.

Je me jetai le visage en premier sur mes draps. Puis je relevai la tête en me souvenant. ANU passait ce jour-là pour récupérer Ziggy.

Je vais devoir l'affronter.

C'était une bonne chose, en quelque sorte. Je pourrais lui parler, peut-être même rattraper ce cafouillage.

La sonnette retentit.

— Evie, ton ami est là ! cria ma mère.

— Merde ! Merde, merde, merde !

J'enfilai en vitesse un jean et un pull, puis dévalai l'escalier, l'estomac retourné.

Ma mère attendait devant la porte avec Ziggy. Je serrai le gros chien dans mes bras en enfouissant mon visage dans son pelage.

— Il va me manquer.

— À moi aussi, dit-elle.

— Promets que tu vas bien te tenir, lui dis-je en me relevant.

— Pourquoi ne le ferais-je pas ?

J'avais une étrange sensation dans l'estomac, constituée d'un tiers de gueule de bois et de deux tiers d'effroi.

Ma mère demeurait avec impatience derrière moi. Je comptai jusqu'à trois avant d'ouvrir le verrou.

Ce n'était pas ANU.

Sur notre palier, dans un gilet en fourrure par-dessus une veste violet foncé, se tenait Monica Reed, grande et régalienne, telle une tête couronnée qui se serait égarée. Elle portait des lunettes de soleil, probablement au cas où quiconque s'attendrait à repérer l'actrice oscarisée à Crosspool le jour de l'an.

— Oh, Seigneur ! lâcha ma mère en se penchant en avant. C'est un honneur.

Oh, non. Elle ne faisait pas ça, si ?

Si. Mary Summers faisait la révérence. Je me tournai vers Monica et souris.

— Je suis ici pour le chien, dit-elle en tendant sa paume.

Je lui donnai la laisse de Ziggy avant que ma mère ne puisse tenter de lui embrasser le dos de la main.

— Qu'est-ce que c'est que ça ? dit-elle en grimaçant.

Ma mère était retournée à l'intérieur et se dandinait maintenant vers nous avec l'énorme sac noir. Je m'empressai de le lui prendre.

— Ce sont toutes ses affaires. J'ai prévu un encas. Des saucisses, précisa ma mère obligeamment en tendant le sac en plastique.

Monica fit la moue.

— Je suis vegan.

— Elles sont pour le chien, précisa ma mère, déconcertée.

— Il est deux fois plus gros qu'avant Noël. Ezzie va être furieux.

C'était difficile à dire avec les lunettes, mais l'idée semblait lui procurer beaucoup de plaisir.

— Je vais vous aider, dis-je à Monica en mettant le sac sur mon épaule.

— Fabuleux.

Elle me redonna la laisse de Ziggy et pivota sur ses talons bottés.

— C'était un tel plaisir de vous rencontrer, mon chou, lança ma mère derrière elle.

Je suivis Monica, espérant toujours toucher deux mots à Ezra. Une Land Rover d'un blanc luisant était garée au bord du trottoir.

— Où est Ezra ? m'enquis-je, un nœud désagréable dans l'estomac qui n'avait rien à voir avec ma gueule de bois.

— Ezzie est déjà reparti à Londres, dit Monica.

Ezzie *quoi* ? Elle ouvrit la portière passager. Je caressai Ziggy une dernière fois avant qu'il grimpe dans l'espace pour les jambes.

— N'est-ce pas vous, l'assistante ? demanda-t-elle. (Je la vis lui glisser l'une des saucisses.) Ne devriez-vous pas savoir ça ?

— Savoir quoi ?

— Ezzie voulait s'entretenir avec Monty avant de voir les producteurs demain.

Monty m'aurait forcément prévenue si je devais organiser une réunion pour ce jour-là ? Je sortis mon téléphone de ma poche.

Il y avait un nouveau message de lui, envoyé juste quelques minutes plus tôt. Ça disait simplement : « Alerte rouge ».

Il existait peu de choses qui amèneraient ANU à organiser délibérément son rendez-vous.

Primo. Une assistante lui avait raconté que s'il ne tenait pas son engagement, il pouvait dire à Monty qu'il n'avait jamais voulu signer l'avenant au départ.

Secundo. Notre conversation de la veille l'avait finalement convaincu d'écrire quelques feuillets.

Tertio.

Oh, Seigneur. ANU va tout révéler à Monty.

Les contours du monde devinrent flous. Ma vision se rétrécit en un point, comme si j'étais un vieux poste de télé qui s'éteignait. Si Monty découvrait que le scénario – et l'agence – dépendait de ma vie amoureuse, je pouvais oublier toute promotion ; j'aurais déjà de la chance de retravailler dans le secteur des agents.

— Est-ce que ça va ? me demanda Monica, avec une certaine réticence.

Le monde reprit soudain sa netteté. Elle montait dans la voiture. Qu'avait dit ANU la nuit précédente ?

« Vous croyez être la seule à me rendre dingue au sujet de mon écriture ? »

Peut-être Monica voulait-elle qu'ANU achève le scénario tout autant que moi.

— J'espère que le temps qu'Ezra a consacré à l'écriture ne vous a pas empêchés de profiter de Noël, lâchai-je en espérant qu'elle me dirait quelque chose.

Elle baissa ses lunettes, révélant des yeux vert clair de la couleur de bijoux vintage.

— L'écriture de quoi ? demanda-t-elle.

— Du scénario.

Les mots se coincèrent dans ma gorge, la panique papillonnant dans ma poitrine.

— Pour Intrepid Productions.

— Vous ne vous doutez vraiment de rien, n'est-ce pas ?

Il y avait de la pitié dans sa voix. Elle remit ses lunettes en place.

— Bien, dit-elle, comme pour elle-même. Ça suffit.

La portière se referma en claquant avant que je puisse répondre.

Eh bien, ce n'est pas rassurant.

19

UN RESTO POUR ÉPONGER

EXT. : CHINATOWN, LONDRES -MARDI, 1er JANVIER, 19H30

EVIE tire violemment sa valise sur la rue pavée, passant devant des restaurants fermés, avec ses mitaines qui pendent de ses manchettes. Au-dessus de sa tête, des lanternes se balancent dans la brise. Il y a quelques personnes dans les environs, mais les rues sont principalement désertes. Elle a les yeux collés à son téléphone. Elle parvient tout juste à éviter de percuter quelqu'un.

Je tournai à un angle dans un dérapage, glissant un peu sur le verglas.

Bon, Evie, il est probablement temps de se calmer.

ANU n'avait répondu à aucun des messages que j'avais envoyés durant mon trajet en train jusqu'ici. Le seul que j'avais reçu était une autre Alerte rouge provenant de Monty, me disant que je devais me rendre directement au bureau.

Il y avait une multitude de scénarios qui expliqueraient pourquoi Monty pouvait bien souhaiter me voir à cette heure-ci. Ils finissaient tous avec Monty qui voulait me virer.

Mon téléphone se ralluma.

C'était ANU.

Oh, Dieu merci.

ANU : Qu'est-ce qui presse, la Rouquine ?

Rouquine : Vous n'avez pas eu mes messages ?

ANU : Si, chacun des 300.

Rouquine : Alors vous savez que notre deal est toujours en cours.

ANU : Ce n'est pas ce que vous avez dit hier soir.

Merde.

J'insérai mes clés dans la serrure, mais la porte refusait de bouger. Monty avait glissé le verrou de l'intérieur.

Qu'est-ce qui se passe ?

Evelyn : Salut, Monty, je suis là, mais je ne peux pas rentrer.

Evelyn : Il fait très froid dehors ! Tu es toujours là ?

Evelyn : Allô ?

Monty : J'AI BESOIN QUE TU AILLES CHERCHER DES CHOSES CHEZ TESCO.

Evelyn : Ne voulais-tu pas me parler avant ? Tu as dit Alerte rouge.

Monty : DE L'EAU DE JAVEL. ET DU NETTOYANT POUR TAPIS.

Monty : ET DE L'ESSUIE-TOUT. ET DES GANTS.

Monty : ET DU DÉSODORISANT.

Il allait me virer. Ou pire.

Evie: Les amis, je crois que mon patron va me liquider.

Maria: Tu es au travail ?!

Evie: Chez Tesco, pour acheter à Monty les trucs dont il a besoin pour nettoyer la scène du crime quand il en aura fini avec moi. La caissière me regarde bizarrement.

Jeremy: Demande-lui une bâche.

Evie: ANU avait rendez-vous avec Monty aujourd'hui. Je pense qu'il lui a raconté notre arrangement. Mon cœur pourrait bien exploser.

Maria: Essaie de ne pas t'inquiéter. Ça pourrait être absolument n'importe quoi.

Evie: OK. Je suis de retour à l'agence maintenant. Souhaitez-moi bonne chance.

Sarah: Est-ce que tout le monde peut juste prendre une seconde pour apprécier le fait que je ME MARIE CETTE ANNÉE.

Jeremy: Evie, envoie-nous des preuves que tu es en vie dès que tu as fini.

Monty avait tiré le verrou, cette fois. Je poussai la lourde porte d'entrée en lançant un prudent: « Bonjour ? »

Pas de réponse.

Je laissai ma valise dans le hall et montai lentement les marches avec le sac de produits d'entretien, foulant à pas feutrés la moquette marron élimée. D'habitude, le vieil escalier grinçant me procurait une sensation de réconfort et de familiarité, mais, ce soir-là, il me remplissait de terreur.

Craaac.

Tu vas te faire virer.

Craaac.

Monty t'attend à l'étage et il est furieux parce qu'ANU n'a pas tenu parole et tout est ta faute.

Craaac.

Tu portes le matériel dont il va se servir pour faire disparaître les preuves et on ne retrouvera jamais ton corps.

Le couloir principal était sombre, seulement éclairé par la lumière du bureau de Monty. Il avait une fenêtre qui donnait sur le corridor où se trouvait mon bureau, mais les stores étaient fermés.

Il régnait une odeur qui n'était pas là avant Noël. Une odeur qui m'atteignit au fond de la gorge et me piqua les narines. Elle s'accentuait à chaque pas qui me menait vers l'antre de Monty.

— Monty ?

Mon estomac contrarié post-gueule de bois le supportait à peine.

Je retins ma respiration et ouvris la porte.

Monty était assis par terre, les mains jointes, les yeux rivés sur un sac du restaurant *Nando's* retourné entre ses jambes écartées. Il y avait deux bouteilles de champagne ouvertes sur son bureau. L'une d'elles avait du rouge à lèvres sur le goulot.

Il leva vers moi un regard vague.

— EVELYN, DIEU MERCI. JE CRAINS D'ÊTRE UN PEU DANS LE PÉTRIN.

Eh bien, cela expliquait les messages. Le Monty bourré s'exprimait toujours en lettres capitales.

— Qu'est-ce qui s'est passé ? demandai-je en m'efforçant de ne pas respirer par le nez.

— MON RENCARD.

Il me vit grimacer et baissa la voix jusqu'à chuchoter.

— Mon rencard. Je voulais… frimer en lui montrant le bureau, mais il s'avère qu'elle avait – *hic* – d'autres projets.

À part le rouge à lèvres sur la bouteille, je ne voyais aucun signe d'elle.

— Pourquoi voulais-tu me voir ? demandai-je.

Il se mit soudain debout en titubant.

— J'avais rendez-vous avec Ezra. Il m'a annoncé la nouvelle.

— La nouvelle ?

— Et ensuite nous sommes allés chez *Nando's* pour éponger.

— Ezra et toi ? m'enquis-je, perplexe.

— Mon rencard et moi.

— Et que s'est-il passé avant cela, Monty ?

— Eh bien, nous nous entendions vraiment à merveille. Elle ne cessait de vérifier que j'étais partant pour qu'on s'amuse un peu. (Je fermai brièvement les yeux.) Elle m'aidait à célébrer les bonnes nouvelles.

Attendez.

— Quelles bonnes nouvelles ? demandai-je, osant à peine espérer.

— Tu n'écoutes donc pas ? Ezra a écrit le premier acte. Et les feuillets…

Monty leva la voix et tendit brusquement le bras comme s'il s'adressait à une foule.

— Les feuillets, reprit-il, sont REMARQUABLES. Il s'est surpassé.

Durant un instant, je ne pus répondre. Était-ce *vrai* ? Je m'affaissai sur le tapis en laissant Monty debout.

— Je ne m'assiérais pas là.

— Mais… l'Alerte rouge.

— C'est TRÈS difficile de trouver un restaurant convenable qui soit ouvert le jour de l'an.

C'était tout ? C'était *ça*, l'urgence qui m'avait angoissée toute la journée ?

Le point positif, c'était que je ne perdais pas mon boulot. ANU écrivait. Notre accord fonctionnait.

— Puis-je lire ces feuillets ?

L'expression de Monty esquissa plusieurs acrobaties avant de retomber sur un froncement de sourcils. Il agita un doigt vers moi.

— Toi, tu dois attendre. Il a dit qu'il se trouvait à un… carrefour délicat. Un regard de premier rang uniquement, jusqu'à ce qu'il ait fini. *(Monty me verra-t-il un jour comme davantage que sa simple assistante ?)* Pour l'heure, tu as un travail important à faire.

— Je sais, l'amener à aller au bout, dis-je. (À cela, Monty fronça les sourcils.) Attends, si tout va bien, pourquoi la seconde Alerte rouge ?

— C'est ce que j'ai essayé de te raconter, dit-il en soufflant.

Il se pencha au-dessus du sac de chez *Nando's*, les mains sur les hanches.

— Mon rencard.

Je craignis soudain de découvrir ce qui se cachait sous ce sac.

— Si qui que ce soit demande s'il peut te « peloter », réponds non, conseilla Monty avec gravité. Bien sûr, moi j'ai répondu : « Pourquoi pas ? » Ensuite nous avons commencé à…

Il agita les doigts. Je blêmis.

Ne t'imagine surtout pas Monty à poil.

— Juste au moment où je pensais que nous allions nous y mettre, elle m'a poussé et…

Il se pencha et, à la manière d'un serveur soulevant un couvercle pour révéler un plat chaud, retira le sac d'un coup sec.

— S'y est mise.

Il y avait une crotte lovée dans le tapis de fourrure blanche.

— Drôle de monde, hein ? dit-il. Tu sais, ajouta-t-il d'un air songeur, peut-être qu'elle ne disait pas « peloter » après tout.

Le sac de produits d'entretien m'aida à deviner où ses pensées avaient ensuite dérivé.

Est-ce là tout ce à quoi il m'estime utile ?

Je m'étais toujours demandé quelle serait ma limite quand il était question de faire exactement ce que Monty exigeait de moi. En observant le tapis, je pensai : *On y est.*

— Toi, dit-il brusquement. (Il vacilla, et je lui vins en aide pour lui éviter de tomber à la renverse.) Tu es tellement bonne. Je ne le dis jamais, si ?

Est-ce qu'il… me complimentait ? Maintenant ? Sa voix se percha très haut.

— Pourquooooi ne le dis-je pas ? Tu es tellement bonne pour nettoyer la merde derrière moi.

Il acquiesça, fermant les yeux tandis qu'il s'inclinait contre moi, et je le redressai avec un gros soupir.

— C'est bon de savoir, dit-il d'une voix endormie, que je peux toujours compter sur toi. Ce qui est drôle, c'est que… Je n'avais personne d'autre à appeler.

Oh, Monty.

Je regardai sa tête qui dodelinait, cette bedaine qui n'était pas là quelques années plus tôt, ses cheveux grisonnants, et je sus que j'allais faire ce que je faisais toujours.

J'allais littéralement ramasser la merde de Monty.

— Allez, dis-je. On va te ramener chez toi.

Maria : Eh, ma jolie, tout va bien ?

Evie : Oui, tout roule. Mon job est hors de danger pour l'instant. ANU écrit et Monty a un peu trop fait la fête, c'est tout.

Sarah : Donc tu n'es pas morte ?

Evie : Seigneur non, désolée ! Pas de victimes – sauf si tu comptes le tapis. Une question rapide. Connaissiez-vous le terme pour désigner un fétichiste du caca ? C'est « coprophile ». Jane me l'a gentiment confirmé.

Maria : OK. Tout d'abord, TU AS FAIT ÉCRIRE ANU ! J'espère que tu es fière de toi, ma chérie. Deuxièmement, je sais que tu n'aimes pas que je dise ça, mais tu bosses pour de véritables sacs à merde.

20

N'importe où, ou à Shrewksbury

INT. : CAFÉ *GIL'S* – DIMANCHE 6 JANVIER, 10 heures

EVIE est assise à sa table habituelle avec son ordinateur portable ouvert et des feuilles étalées autour d'elle – la présentation PowerPoint imprimée de l'enterrement de vie de jeune fille de SARAH. Elle en prend pour les consulter tout en envoyant des messages sur son téléphone.

Jeremy : Est-ce que Linda a confirmé sa présence ?

Sarah : Pour la dernière fois, Jeremy, tous ceux qui travaillent aux RH ne s'appellent pas Linda.

Evie : Beth vient, ne t'inquiète pas !

Sarah : Bien. C'est ma plus grosse rivale de travail, et elle est toujours célibataire. Je l'adore, mais si elle ne passe pas tout le week-end malade de jalousie, quel intérêt ? Et je ne m'inquiète pas ! Je sais que vous aurez fait tout ce que vous pouvez, les amis, pour veiller à ce que mon EVJF soit absolument parfait.

Jeremy : Je pense parler au nom de tous en disant combien nous avons hâte d'être à ce week-end.

Tout était arrangé – largement grâce à Jeremy et Maria. J'avais budgétisé pour leur payer de nombreux verres de remerciement durant le week-end. Avec un peu de chance, le restaurant étoilé par le Michelin avait des options de vin de table raisonnables. La seule chose que je devais faire à présent était de m'assurer que je ne travaillais pas pendant l'enterrement de vie de jeune fille. Ce qui signifiait : pas de jolie rencontre cette semaine-là.

Malheureusement, ANU n'avait pas reçu « je suis occupée » comme une excuse valable pour en sauter une. Maintenant qu'il accomplissait enfin sa part du contrat, il prenait un immense plaisir à me rappeler que j'étais désormais celle qui le retenait. « Pas de jolies rencontres, pas d'écriture », avait-il dit, faisant écho à ma déclaration alcoolisée. Il avait exigé la suivante depuis la réunion avec les producteurs la semaine précédente, à laquelle je n'étais pas assez qualifiée pour assister. (« La prochaine fois », m'avait dit Monty avec un clin d'œil.) Par chance, j'en avais eu des comptes rendus en direct.

ANU : Pour votre information, Monty s'attribue le mérite de m'avoir fait accoucher de ces feuillets. Vous serez soulagée d'apprendre que je ne le corrige pas.

ANU : La Rouquine ? Êtes-vous toujours en colère contre moi ? Je vous aurais bien dit que je les avais écrits, mais c'était plus marrant comme ça

ANU : Êtes-vous sûre de ne pas vouloir que Monts soit au courant de notre marché avant que les choses ne deviennent vraiment gênantes pour lui ?

Rouquine : Ne vous en avisez pas.

ANU : Vous voilà. Où est ma prochaine jolie rencontre ? Les producteurs veulent l'acte II avant la fin du mois. Qu'est-ce que je devrais leur raconter, la Rouquine ?

Je me dis que c'était très bien que Monty se soit attribué tout le mérite. Ça signifiait pour le moins qu'il pensait que je faisais du bon travail. Si bon, en vérité, qu'il le faisait joyeusement passer pour le sien. Son humeur s'était considérablement améliorée depuis qu'ANU avait envoyé ce qu'il devait. Non seulement il écrivait en fournissant très peu d'efforts, mais en plus Monty avait découvert un jeune talent brillant, Alessandro Russo, sur la pile des rejetés. Ou, comme il est plus communément appelé, son bureau. Où j'avais posé son scénario avec le reste de mes suggestions.

Cela n'arrivera plus une fois que tu auras eu ta promotion.

Il me fallait juste attendre encore un peu.

J'envoyai un message en vitesse à Maria et Jeremy.

Evie : Merci infiniment d'avoir tout arrangé.
Maria : Tu nous as eu le manoir de Shrewksbury avec une ristourne, tout est pardonné.
Jeremy : Le vin aide aussi au pardon.

J'affichai le site du manoir pour revoir nos chambres. Malgré le coût, j'avais hâte de passer un week-end de luxe avec mes amis. Et Linda.

Beth.

Bon Dieu, Jeremy.

Je n'avais peut-être pas du tout contribué à l'organisation autant que j'aurais dû, mais, au moins, j'avais négocié une réduction d'un tiers quand j'avais réservé…

Quand j'avais réservé.

Mon cœur bondit dans ma poitrine. Frénétiquement, j'ouvris ma messagerie et la parcourus.

S'il vous plaît, s'il vous plaît, s'il vous plaît.

Aha ! Il y avait un mail de la gérante qui se demandait si je n'avais pas voulu dire champagne plutôt que prosecco à l'arrivée. Je savais que j'avais répondu. Non ?

L'effroi me submergea.

Lentement, je déplaçai le curseur vers le dossier Brouillons et cliquai.

Chère Marjorie,

Je vous écris pour confirmer notre réservation avec l'acompte. Et, oui, je voulais bien dire prosecco. Si vous vous souvenez, j'ai demandé si nous pouvions avoir le cocktail préféré de la mariée, des Pornstar Martini, mais vous n'y teniez pas trop…

Oh non. Oh, non, oh, non, oh, non, oh, non.

Je devais rester calme. Il y avait toutes les chances que les chambres soient encore réservées. Je me précipitai dehors pour appeler le manoir, me faufilant pour passer devant Ben et Anette alors qu'ils arrivaient. Anette était accompagnée d'une amie – une petite fille qui portait un bonnet en laine avec des cache-oreilles.

— C'est notre amie Evie, entendis-je Anette expliquer à sa copine alors que je détalais. Est-ce qu'elle va bien ? demanda-t-elle à son père.

Je ne saisis pas la réponse de Ben, mais il me fallut peu de temps pour le découvrir.

Ça n'allait clairement pas bien pour moi.

Je me rassis à mon ordinateur, regardant sans le voir le site du manoir de Shrewksbury avec son opulence inaccessible. La gérante m'avait informée que quelqu'un d'autre avait réservé notre suite – et payé plein tarif, avait-elle lourdement souligné. Il n'y avait plus rien de disponible.

Mais qu'est-ce que j'ai fait?

Ben leva les yeux de son livre. Il haussa ses sourcils bruns, me demandant silencieusement si ça allait. J'acquiesçai, sachant que je devais avoir l'air sur le point de vomir. Anette tira sur le pull tricoté main de son amie lorsqu'elle me vit. Malgré moi, j'étais soudain heureuse qu'elles soient là toutes les deux.

— Bonne année, Evie! Voici Bea. Elle vient de commencer le club de théâtre avec moi. Bea, voici notre amie, Evie.

Je me plaquai un grand sourire sur le visage.

— Salut, Bea, c'est un plaisir de te rencontrer.

— *Enchantée**, dit Bea.

Elle avait les cheveux pleins de pinces multicolores.

— Comment s'est passée votre jolie rencontre Road Trip? Est-ce que la playlist a été utile? demanda Anette en s'interrompant à peine entre deux questions.

— La pire jusque-là, malheureusement. Dieu merci, j'avais ta playlist. Je ne sais pas ce que j'aurais fait sans elle. Merci, Anette.

Elle parut soulagée.

— Papa m'a aidée, précisa-t-elle gracieusement.

— Alors vous avez tous les deux sauvé ma journée.

Un coin de la bouche de Ben se releva, et j'éprouvai un déferlement inattendu de chaleur.

Jusqu'à ce que je me rappelle ce que j'avais fait.

Oh, Sarah. Je suis tellement désolée.

— Anette, pourquoi n'apprends-tu pas Mauvaise Laitue sur le lièvre à Bea? suggéra Ben.

Je lui lançai un regard reconnaissant et ouvris la présentation de Sarah, parcourant à toute vitesse les plans B pour remplacer le manoir. Même si je réservais ailleurs, mes amis avaient passé plus d'un mois à organiser les activités de la présentation, et elles se déroulaient toutes dans le village de Shrewksbury. Comment allais-je leur annoncer ? Et comment allais-je affronter Sarah ? Ses Crises Mathers™ avaient été tristement célèbres à l'université, mais cela faisait des années que personne n'en avait vu une.

C'est parce que tous les témoins sont morts.

J'enfouis mon visage dans mes mains, fermant les yeux et respirant profondément.

— Evie, dit Ben.

— Oui ?

— Tout va bien ?

— Ça va, dis-je d'une voix étouffée.

Sarah allait me tuer. Maria serait furieuse. Jeremy... Bon, Jeremy organiserait sans doute une parade en mon honneur.

Mon téléphone vibra. Je me tournai pour le consulter.

ANU : Plus d'excuses. Où est ma jolie rencontre ?

Je jetai le téléphone, l'envoyant déraper à l'autre bout de la table. Il y eut du mouvement dans ma périphérie. Anette et Ben avaient une conversation rapide et silencieuse. Anette esquissa la forme d'une aile avec ses bras. Ben acquiesça – « OK, OK » –, signa-t-il, et elle s'arrêta, se retournant vers son amie.

— Qu'est-ce qu'il y a, Evie ? demanda-t-il.

À son ton d'une gentillesse inattendue, le fond de ma gorge picota.

— Ça va, vraiment, lui dis-je. Je viens juste de torpiller l'enterrement de vie de jeune fille de ma meilleure amie et je suis la pire amie du monde, c'est tout. Je vous en prie, reprenez votre lecture.

— Peut-être que je peux aider.

Je levai les yeux vers les siens.

— Vous ne savez même pas ce que j'ai fait.

—Dans ce cas, racontez-moi.

Alors je le fis, puis j'attendis l'inévitable jugement.

—Quand est-ce?

—Le week-end prochain.

—Où ça?

—Shrewksbury.

—C'est au milieu de nulle part, dit Ben.

—Oui, confirmai-je péniblement.

Ben ferma son livre.

—Je voulais dire que vous pouviez faire l'enterrement de vie de jeune fille n'importe où, tant que c'est similaire à Shrewksbury. Exact?

—Avec Sarah, rien n'est jamais vraiment aussi simple que ça.

Je poussai les pages de présentation sur la table vers lui. Il commença à feuilleter celles du dessus. Il marqua une pause, puis les parcourut jusqu'à la fin, où se trouvait la check-list des activités. Je ne pouvais pas la regarder.

—Bon, dit-il.

Puis il se contenta de se lever et s'éloigna. «Je promets d'être une andouille moins géante…»

Tu parles.

J'enfouis de nouveau ma tête dans mes mains.

—Est-ce que vous voulez un chocolat chaud, Evie? me demanda Anette quelques minutes plus tard.

—Ça ira, je te remercie, marmonnai-je dans ma manche.

—Trop tard, dit Ben.

S'ensuivit un petit bruit sourd, et je relevai les yeux. Il en avait acheté pour nous tous.

—Est-ce que vous avez toutes les coordonnées pour les réservations? demanda-t-il.

J'acquiesçai, les yeux toujours sur ma boisson, puis ouvris le tableur de Maria.

—Elles sont toutes là.

— Et il n'y a absolument aucun autre lieu de substitution à proximité ?

— J'ai regardé. Le seul moyen que nous puissions encore faire toutes les activités que nous avons prévues, c'est si je louais un camping-car, et mon amie Sarah a banni toute forme de camping en 2006 après que nous avons failli nous noyer tous les quatre dans un champ en Écosse. Longue histoire.

Ben se pencha en avant pour récupérer mon téléphone et me le rendre.

— Alors armez-vous de courage, me dit-il. Prête ? Tenez, prenez ceci.

Il me colla le chocolat chaud dans les mains.

— Vous allez tout annuler, le plus tôt sera le mieux.

Je grognai bruyamment en serrant toutefois mes doigts avec reconnaissance autour de la chaleur du mug.

— Il y a de bonnes nouvelles, déclara-t-il.

— Ça me paraît peu probable.

— Vous avez ceci, dit-il simplement. (Je le regardai.) D'après ce que j'ai vu, vous pouvez faire tout ce à quoi vous attelez votre esprit. Vous allez trouver un autre endroit et tout réserver de nouveau. Et si vous avez besoin d'aide, je suis là. J'ai déjà fait ça.

— Organiser des enterrements de vie de jeune fille ? m'étonnai-je, brièvement bloquée sur l'idée que Ben me pense capable de quoi que ce soit.

Mais tu penses que je suis ridicule. Il est certain que tout ceci devrait juste aggraver sa vision de moi.

— Des groupes de photo, surtout. Leur trouver des lieux. Les divertir. Ça ressemblait beaucoup à être moniteur de colo.

(Mais qui *était* cet homme ?)

— Faites-moi confiance, reprit-il. « Programme » est mon deuxième prénom.

Je lui adressai un petit sourire, et il haussa une épaule.

—Alors, demanda-t-il, cst-ce que je peux donner un coup de main ?

Avant ce jour-là, Ben aurait été la dernière personne devant laquelle j'aurais voulu être en démonstration de catastrophe complète. Cependant, à l'entendre, ça paraissait si faisable. Avoir un week-end de remplacement déjà planifié aiderait certainement quand j'annoncerais la nouvelle à mes amis de ce que j'avais fait à l'original. Et je ne sauverais pas l'enterrement de vie de jeune fille de Sarah en m'apitoyant sur mon sort.

—OK, dis-je. Faisons ça.

—Alors mettons-nous aux annulations.

Moins d'une heure plus tard, l'enterrement de vie de jeune fille parfait que Jeremy et Maria avaient passé des mois à organiser n'existait plus. Seuls les soins en institut prévus le dimanche à Shrewksbury avaient posé un problème. Ils avaient été payés d'avance et étaient non remboursables. Ben avait lui aussi essayé – et je l'avais entendu au téléphone, sec, poli, et à qui il était incroyablement difficile de dire non. Shrewksbury était ferme. Ce qui signifiait que je devrais économiser les prochains mois pour rembourser Jeremy et Maria, mais c'était le moins que je pusse faire.

—Maintenant, la partie marrante, dit Ben avec légèreté. (Je dus sembler dubitative.) Nous trouvons un nouveau lieu. Puis nous prenons chacun la moitié des activités et réservons l'équivalent. Où votre amie Sarah aurait-elle envie de séjourner ?

Pour elle, tout ce qui n'était pas le manoir de Shrewksbury ferait pâle figure en comparaison.

—Elle est un peu particulière, minimisai-je. Il faudrait que ce soit absolument parfait, comme quelque chose tout droit sorti d'un conte de fées. (Je haussai les épaules pour m'excuser.) C'est le thème de son mariage, précisai-je.

Des points de bonus si ça porte un nom du genre *L'Auberge des mûres.*

— Ou *Le Pavillon des digitales pourprées*, proposa Ben.

— Le *Cottage aux chèvrefeuilles*, souris-je.

Attendez.

J'avais entendu ça quelque part. Je me creusai la cervelle. Ma mère m'en avait parlé au nouvel an. J'avais été trop distraite par Anette qui me Nuits-blanches-à-Seattlait, je n'étais même pas allée voir ce que c'était.

Qu'avait-elle dit ? Que c'était exactement comme vous vous imaginez un cottage idéal. Il n'y avait que nous cinq, en comptant Beth. Nous n'avions pas forcément besoin d'un manoir...

Ben était à présent absorbé dans la répartition des pages de présentation. Une boucle de cheveux bruns était retombée sur son front. Ils étaient plus longs que je ne les avais vus auparavant. Mes doigts tressautèrent, comme s'ils me pressaient de les repousser en arrière pour dégager ses yeux.

Ohé, Evie.

Ça venait d'où, ça ?

Cet homme pense que tu es une sombre idiote, tu te souviens ? Il t'aide probablement par pitié pour Sarah.

Pour me distraire, je recherchai le cottage que ma mère avait évoqué. Ce devait être quelque part dans le Yorkshire... Aha !

Les photos sur le site étaient un peu floues, mais le cottage en lui-même était exactement comme ma mère l'avait décrit. Impeccable.

Construit en pierres grises grossièrement taillées, il avait un toit de chaume chaleureux, de belles fenêtres à guillotine et une porte de bois peinte dans un joyeux bleu canard. Il y avait des roses d'un rose pâle sur tout un côté de la maison, comme si celle-ci rougissait délicatement. Elle était petite – deux pièces en haut, deux pièces en bas –, mais comprenait toutefois assez de chambres pour tous nous loger, et coûtait vraiment « une bouchée de pain », comme ma mère l'avait promis. Ce n'aurait pu s'avérer plus idéal pour une jolie rencontre Amour de vacances.

Enterrement de vie de jeune fille, me repris-je. C'est pour un enterrement de vie de jeune fille. Il n'était pas question de moi. Il était question de sauver le week-end de Sarah.

Et ce serait idéal pour son EVJF.

L'espoir germa prudemment en moi. Le cottage se trouvait à Little Thrumpton, un village exactement comme Shrewksbury. Nous pourrions y emporter le luxe. Sarah serait déçue pour le manoir, et je devrais quand même affronter Maria et Jeremy, mais c'était ça ou un champ. Ça pourrait très bien marcher.

De plus, disait une petite voix, *tu peux faire d'une pierre deux coups et alimenter l'écriture d'ANU.*

Avant de pouvoir changer d'avis, j'annonçai :

— J'ai trouvé.

— Vous voyez ? dit Ben d'un ton un peu distrait.

Je remarquai que le transparent qu'il lisait était la règle du « zéro pénis ».

— Vous avez géré, déclara-t-il.

Pendant que je réglais la réservation, Ben fit deux piles à partir des documents de présentation. Il désigna celui qui se trouvait le plus près de moi :

— Les activités du samedi. (Puis celui près de lui.) Et du dimanche.

Je fis une troisième pile avec le transparent concernant l'hébergement.

— Réservé, dis-je.

Nous partageâmes alors un instant de satisfaction commune pour un système efficace.

Dix minutes plus tard, Ben avait trouvé un substitut à l'entraîneur olympique que Sarah avait requis pour notre cours de gym matinal – *Le Camp d'entraînement de Barbara*, m'avait-il annoncé en plaçant la page sur la pile du milieu –, et une femme qui viendrait au cottage nous faire les ongles et des massages – *Les Laques de Lacey*. Manifestement, Little Thrumpton s'enorgueillissait d'être cucul.

Je prévoyais malgré tout une nouvelle chasse au trésor. Par chance, le village se glorifiait d'une vaste parcelle de terrain qu'on utilisait pour un labyrinthe de maïs (*Maïgnifique !*) Ce n'était pas la saison, mais il restait ouvert. Beth pourrait simplement donner un trophée à Sarah quand elle atteindrait le milieu. Cela n'avait rien d'un jardin de manoir, mais ça les occuperait pendant que nous préparions le cottage.

Ben jeta un coup d'œil à mon téléphone, qui avait vibré sans relâche pendant que nous travaillions. Je m'en saisis brusquement.

ANU : Je n'arrive pas à croire que vous renonciez à votre part du marché.
ANU : Vous ne prenez clairement pas tout cela autant au sérieux que moi.

Pas au sérieux ? Peut-être que j'en accomplirais davantage si je n'avais pas affaire au plus gros ego de l'univers, qui avait besoin d'attention toutes les cinq secondes.

Ça suffit les interruptions.

Rouquine : Je fais la jolie rencontre Amour de vacances ce week-end à l'EVJF de mon amie. Vous pouvez retourner à votre écriture.
ANU : Vous vous servez de l'EVJF de votre amie pour faire votre jolie rencontre ? Plutôt sans scrupules, la Rouquine.
ANU : J'aime ça.

Je retournai mon téléphone pour ne pas être obligée de voir l'écran. ANU avait-il raison ? J'avais l'intention de tout ramener à Sarah durant ce week-end – sauf que, lorsque nous sortirions boire des verres le soir, il se pourrait que je croise des gens du coin.

— Comment allez-vous ? demanda Ben.

Je sursautai en m'efforçant de ne pas trop penser à la culpabilité que j'éprouvais.

— Je crois que j'ai trouvé un restaurant, dis-je en lui montrant le site Web.

— *La Fille du bourreau* ? Est-ce qu'il a une étoile dans le Michelin ?

Il se pencha pour regarder mon ordinateur. Il sentait l'air frais et la cannelle.

— Il a été récompensé, dis-je.

Ben consulta sa tablette.

— C'est aussi le seul du village qui serve à manger.

— Alors c'est parfait, déclarai-je en balançant la page de présentation sur la pile grandissante des « Réservés ».

Ensuite, je trouvai un cours de dessin local. Sarah avait choisi le manoir de Shrewksbury non seulement parce qu'il était luxueux, mais aussi parce qu'une artiste de la région, Martine (pas de nom de famille), y donnait des cours de peinture sur une base extrêmement sélective. Sarah n'avait pas du tout la fibre artistique, mais Martine avait un jour donné une leçon à Kim Kardashian. L'artiste de Little Thrumpton ne pouvait revendiquer cet honneur, mais il était très détendu quand il était question d'alcool, étant saoul durant ses propres cours.

— Terminé ! dit Ben en lâchant sa dernière page sur la pile. Quelle est la suite, pour vous ?

— Le cours de cocktails, répondis-je. Je pensais demander au restaurant s'ils pourraient nous aider.

Tandis que je passais l'appel, il ouvrit le site du restaurant – est-ce que ça ressemblait plus à un pub ? – sur sa tablette. La carte des boissons était une simple photo du tableau noir au-dessus du bar.

— Il fait tout, du Slippery Nipple au… (Il marqua une pause, et quelqu'un décrocha à l'autre bout.)… Sex on the Beach.

— Pardon ? demanda la personne en ligne.

Je fis signe à Ben de se taire afin que je puisse poser la question pour le cours de cocktail privé.

— Je pense qu'il est encore temps d'aller voir ailleurs ? s'interrogea-t-il.

— Absolument, dis-je en ajoutant la page à la pile.

Je revérifiai pour être sûre. C'était ma dernière.

— Je n'y crois pas…, repris-je. Nous y sommes vraiment arrivés !

Je levai la main, et Ben m'avait déjà fait un high-five avant que je ne puisse m'arrêter pour réfléchir à la personne à qui je la tendais.

Qui l'eût cru ? songeai-je en reportant mon attention vers le nouveau programme.

Avoir ceci à présenter à Jeremy et Maria allait, espérais-je, amortir le choc. Peut-être qu'alors ils ne me parleraient plus pendant seulement cinq à dix ans, environ…

— Ne vous inquiétez pas, dit Ben, comme s'il sentait que je commençais à partir en toupie. Ça va bien se passer.

— Grâce à vous, dis-je.

— C'est vous qui êtes *maïgnifique*.

Il sourit quand je grognai, ses yeux marron mi-clos s'illuminant. Je lui rendis son sourire, et quelques secondes s'écoulèrent dans un agréable silence.

Puis je repérai quelque chose par-dessus son épaule. Anette, qui nous souriait. Je me hâtai de rassembler les documents. Mieux valait ne pas l'encourager. Ben se détourna aussi en se frottant la nuque.

Lorsque j'ouvris ma sacoche bombée pour ranger les feuilles à l'intérieur, je vis la boîte que j'avais mise dedans. J'avais complètement oublié que j'avais prévu de passer une partie de cette matinée à élaborer une surprise pour Sarah.

Eh bien, j'y étais clairement parvenue.

Je sortis la boîte, le couvercle se défit, et une photo tomba par terre.

— Attendez ! m'exclamai-je.

Mais c'était trop tard. Ben l'avait ramassée. C'était une photo de mes amis et moi, à dix-huit ans, à une fête costumée.

Bien sûr, il fallait que ce soit celle-là.

Nous y étions allés en *Pretty Woman*. Sarah était habillée en Julia Roberts avant qu'elle retire la perruque blonde. J'étais l'« après », en robe de chambre avec des boucles rousses et un sourire timide. Jeremy était notre Richard Gere, arborant une épaisse perruque grisonnante. La bouche de Ben tressauta.

— J'allais faire un collage pour Sarah, expliquai-je, en ôtant le couvercle de la boîte pour y glisser la photo.

Je le surpris tandis qu'il jetait un coup d'œil aux autres, une expression curieuse sur le visage. Anette et son amie se penchèrent aussi. Il y avait d'autres soirées. Une série de moi recourbée sur mon ordinateur, en pleine écriture, complètement indifférente à celui de mes amis qui faisait une grimace dans mon dos. Des vacances où nous avions l'habitude de partir tous ensemble.

— Bien que je sois à court de temps.

J'avais du travail cet après-midi-là. L'un de nos auteurs, Simon, avait supplié qu'on lui accorde un appel afin de passer en revue toutes les raisons pour lesquelles son projet actuel était à la fois la meilleure chose qu'il eût jamais écrite et parfaitement irrécupérable (c'était un client cinquante-cinquante : cinquante pour cent d'ego, cinquante pour cent de névrose).

Anette agita les mains comme pour tenter de signaler quelque chose à Ben, mais il ne la vit pas.

— En fait…, dit-il.

Elle se figea, le dévisageant d'un air implorant.

— Je serais peut-être capable d'aider pour ça aussi.

Sa fille rayonna.

21

Couvrez-le de paillettes

EXT. : UNE MAISON INDIVIDUELLE, UNE IMPASSE, SHEFFIELD - SAMEDI 12 JANVIER, 7 H 30

SARAH passe la porte en courant, tirant derrière elle une valise rose vif. Son fiancé, JIM, vêtu de sa robe de chambre, se penche dehors pour qu'elle l'embrasse. Elle se dresse sur la pointe des pieds et lui dépose un baiser sur la joue, puis, repérant son ami BETH qui arrive dans une Audi TT rose flamboyant, elle jette ses bras autour du cou de Jim et lui roule une pelle. JEREMY se gare à côté de Beth dans sa Vauxhall Corsa cubique et reste assis, laissant à MARIA et EVIE le soin de sortir de la voiture pour dire bonjour à Sarah.

— Joyeux enterrement de vie de jeune fille, Sarah ! lança Maria, tandis que nous nous regroupions pour étreindre notre minuscule amie.

— On y est enfin !

L'excitation lui donnait une poigne de fer. Avec Sarah, c'est comme si quelqu'un prenait une très large personne et la condensait pour en faire une plus que costaude. Cette femme était une étoile à neutrons.

Sarah nous présenta Beth, qui avait le genre de cheveux blonds à reflets qui vendaient des produits capillaires. Elles portaient toutes les deux des survêtements identiques en velours rose.

— Pour le trajet, dit Sarah, en réponse à nos expressions.

Elle fit signe à Jeremy, qui baissa la vitre.

— En route ! Je *meurs* d'envie de découvrir où nous allons.

— Oui, où que cela puisse être, psalmodia Jeremy.

Mon estomac fit un désagréable plongeon. J'avais décidé de dire la vérité à mes amis après que nous aurions déposé Sarah et Beth pour ma version de la chasse au trésor, et je suais déjà à cette idée. Beth n'avait jamais vu le programme d'origine, mais il paraissait peu probable que Sarah ne lui ait pas parlé de Shrewksbury comme étant une possibilité – après tout, pourquoi ses meilleurs amis la décevraient-ils ?

Je m'inquiéterais de la réaction de Beth plus tard.

Bip-biiip.

— Ne faites pas attendre la Grosse Bertha ! lança Jeremy par la vitre en tapotant amoureusement son volant. Les ceintures sont bouclées ? demanda-t-il une fois que nous fûmes toutes à l'intérieur. Alors prochain arrêt : mon enfer personnel.

— Est-ce qu'il est sérieux ? s'enquit Beth depuis l'arrière.

— On s'habitue à lui, dit Sarah.

— Je gère les directions, dis-je en prenant le GPS du tableau de bord.

Jeremy me jeta un coup d'œil – normalement, j'étais la dernière personne à me porter volontaire pour le guidage. Le problème, c'est que j'étais la seule à savoir où nous allions.

— Est-ce que quelqu'un va m'expliquer pourquoi nous venons de déposer Sarah et Linda dans un champ ? Non pas que je n'aie pris aucun plaisir à voir leurs têtes, mais la chasse au trésor était censée se dérouler dans les jardins du manoir, non ?

J'avais pris les commandes lorsque nous étions arrivés au labyrinthe de maïs – donnant à Beth le champagne pour que Sarah et elle le boivent en atteignant le centre, ainsi qu'une carte avec l'itinéraire pour se rendre à pied aux studios de l'artiste, où nous les rejoindrions une heure après. Beth avait paru hésitante, mais, en surface, il s'agissait exactement du même plan que nous avions eu depuis le début : elle était censée accompagner Sarah pendant que nous décorions la suite. Sauf qu'il n'y avait aucune suite.

— Evie, m'encouragea Maria depuis l'arrière.

— OK, dis-je en prenant une grande inspiration pour me préparer. Ne soyez pas fâchés…

— Je ne suis pas fâché. Est-ce que tu es fâchée, Maria ? (Jeremy fut le premier à parler lorsque j'eus fini d'expliquer.) Je suis vraiment content d'avoir passé un mois de ma vie à organiser un week-end conçu pour me torturer, seulement pour découvrir que mon amie l'a remplacé par quelque chose d'encore moins attrayant.

— Je suis tellement désolée. C'était une stupide erreur, et je ne pourrais pas m'en vouloir plus pour ça. Nous avons fait de notre mieux pour veiller à ce que le week-end soit toujours à la hauteur de celui que Sarah a demandé. Maria ?

Je me tournai dans mon siège pour la regarder.

— Je ne suis pas fâchée, m'assura-t-elle, même si elle avait la voix tendue.

— « Nous » ? releva Jeremy.

— Cet homme que j'ai rencontré, celui avec la fille. Ben.

— M. Veuf sexy, dit Jeremy.

— Oui. Non. Enfin, tu ne peux pas l'appeler comme ça.

— Je pensais que tu ne l'aimais pas, dit Maria.

— Eh bien, si. Je crois. Je ne sais pas. C'est grâce à lui que j'ai réussi à mettre tout ça en place aussi rapidement. Non pas que ça n'ait pas été bien pensé, évidemment, m'empressai-je d'ajouter. Je viens de vous envoyer par mail le nouveau programme afin que vous puissiez juger par vous-mêmes.

Maria consulta son téléphone.

— Tout est là, confirma-t-elle pour Jeremy. Nous faisons toujours les mêmes activités.

— C'est au moins ça, dit-il. (Puis il secoua la tête.) Qu'est-ce que je raconte ?

— C'est tout ce que Sarah nous a demandé, promis ! dis-je avec enthousiasme. À peu près à deux heures à l'ouest de là où elle s'y attend.

Dans le rétroviseur, le regard gris de Maria se détendit légèrement.

— Tu as fait de ton mieux. Elle doit comprendre ça.

Je ne savais pas vraiment qui Maria essayait de convaincre.

— Où est le lien vers l'hébergement ?

— Il est vraiment beau, attendez juste de le voir, dis-je en le leur envoyant.

C'était un soulagement que tout soit à découvert.

Plus ou moins.

Après quelques secondes de silence, je demandai :

— Vous l'avez reçu ?

— Evie, lâcha Maria d'une voix sinistrement calme. Dis-moi que tu n'as pas fait ça.

Jeremy garda les mains sur le volant à deux heures moins dix en m'adressant un coup d'œil interrogateur.

— Pas fait quoi ? demandai-je.

Qu'est-ce que j'ai raté ?

— Le cottage, Evie. Il ressemble exactement à celui dans *The Holiday*. Ne me dis pas que tu as transformé l'enterrement de vie de jeune fille de Sarah en l'une de tes jolies rencontres.

Oups. Était-ce vraiment si évident ? Cela m'incita à m'interroger sur l'obsession que je faisais sur les jolies rencontres dernièrement pour que ce soit la conclusion immédiate de Maria. Embarras stellaire, Evie.

— Croyez-moi, implorai-je, l'estomac tourbillonnant de culpabilité. Je ne l'aurais pas choisi s'il n'était pas parfait pour Sarah.

— Evie, dit Jeremy. Tu as détourné l'enterrement de vie de jeune fille de Sarah pour piéger Jude Law. Si ces deux prochains jours ne sont pas absolument parfaits, c'était sympa de t'avoir connue, adieu.

Blottis sous le parapluie de Jeremy, nous rivâmes tous les yeux sur ce qui aurait dû être mon cottage romantique idéal pour des vacances-conte de fées.

— Evie, chérie, dit Jeremy. De quand datent les photos que tu nous as montrées ?

La peinture des charpentes en bois éclatées et de la porte d'entrée était craquelée et écaillée, plus gris cadavre que bleu canard. Le toit de chaume s'affaissait. L'une des fenêtres à l'étage était barricadée et l'autre était brisée, le bord déchiré d'un rideau en dentelle flottant dans la fissure. Même les roses qui avaient un jour grimpé sur le côté de la maison étaient à présent une toile de tiges cassantes.

— C'est peut-être mieux à l'intérieur ? dis-je.

Tout un perchoir d'une nuée sombre et rapide émergea d'un trou béant dans le chaume et prit son envol vers le ciel.

— Chauves-souris, précisa faiblement Maria. L'intérieur est infesté de chauves-souris.

— Plus maintenant, dit Jeremy d'un ton pince-sans-rire. Comment as-tu trouvé ça ?

— Ma mère, répondis-je timidement.

— Vous vous êtes embrouillées récemment ?

Evie: Maman, ça fait combien de temps que tu as dormi au Cottage aux chèvrefeuilles ?

Maman: Oooh, environ vingt ans ! Pourquoi ?

Oh, Maman.

Je pris une photo du cottage dans l'espoir de récupérer notre argent plus tard.

—Allons. Voyons à quoi nous avons affaire.

Je parcourus en vitesse l'allée envahie de mauvaises herbes qui menait à la porte, nous faisant entrer avec la clé que le propriétaire avait laissée sous le paillasson. Le cottage était d'un froid mordant. Je tendis la main vers la lumière, sentant des échardes de stratifié sous mes doigts avant de pousser l'interrupteur. L'ampoule dans l'abat-jour à franges clignota mais tint bon, projetant des bandes d'ombre sur le salon.

Nous séjournions dans une capsule temporelle des années 1970. Une épaisse poussière grise d'au moins deux ans d'âge recouvrait les meubles, et les deux canapés à fleurs ainsi que la bergère à oreilles vert foncé semblaient spongieux d'humidité.

—La cuisine, dit Maria.

Nous passâmes d'un bloc l'encadrement bas de la porte pour pénétrer dans la seconde pièce. Il s'y trouvait une table ronde en pin et quatre chaises – dont l'une était calée contre le mur, avec un pied manquant. La cuisinière à gaz tout comme le four étaient clairement cassés. Une collection de théières en forme de visages nous regardait depuis le haut des placards.

—Vous avez entendu ça ? demanda Jeremy en inclinant la tête.

Maria et moi nous figeâmes en songeant aux chauves-souris. C'était juste la pluie qui martelait une canalisation dehors.

—Jetons un coup d'œil au frigo, dis-je.

Tant que cela fonctionnait, nous serions au moins en mesure de garder le vin au frais. Sinon… Il valait mieux ne pas y penser.

—Alors ?

Personne ne bougea.

—Jeremy, l'empressa Maria.

Il voûta plusieurs fois les épaules, pour se préparer. Se précipitant en avant, il ouvrit brusquement la porte et recula d'un bond.

L'odeur qui s'en dégagea ne ressemblait à rien de ce que j'avais connu.

—Ferme la porte ! Ferme-la ! Maria et moi criâmes en chœur, laissant à Jeremy le soin de la claquer.

—Dis-moi que c'était du fromage, gémit Maria.

—Ai-je dit combien j'étais désolée ? demandai-je.

—Ce n'est pas grave, répondit généreusement Jeremy en me tapotant la tête. C'est Sarah dont tu devrais vraiment t'inquiéter.

—Ce n'est *pas* grave, confirma Maria d'une voix résolument enjouée. Nous sommes là, maintenant. Je dirai à Sarah que nous les rejoindrons un peu plus tard, après leur cours d'arts plastiques. Pas du tout idéal, mais c'est inévitable. Nous mettrons le vin dehors, il fait assez froid. Jeremy, tu vérifies le couchage. Je vais nettoyer. Evie peut accrocher les décorations. Sarah ne saura même pas que le cottage a ressemblé à ça un jour. Tout va bien se passer.

Après à peine plus d'une heure, nous avions mis la vieille chaudière en route. Les surfaces étaient pour la plupart dépoussiérées. Dans le placard-séchoir, Jeremy avait trouvé du linge de lit qui sentait le renfermé mais s'avérait propre, et confirma que les chauves-souris vivant dans le grenier ne pouvaient s'introduire dans le reste de la maison.

Je fis un pas en arrière après avoir suspendu le drap devant le projecteur. Ben m'avait prêté le matériel pour le diaporama qu'il avait élaboré à partir de mes photos. Il m'avait dit en avoir déjà fait et que ça lui prendrait « deux minutes » de s'occuper du mien. Étant donné l'amas de poussière sur le projecteur, j'avais l'impression que c'était la première fois qu'il faisait quelque chose de ce genre depuis un bout de temps. Et pourtant, il l'avait fait pour moi.

Mes amis se rassemblèrent dans la pièce derrière moi. Nous inspectâmes notre travail. Avec les bougies à présent parsemées un peu partout, l'endroit paraissait presque…

— Eh bien, dit Jeremy. On ne peut pas astiquer un étron.

— Mais on peut le couvrir de paillettes, dis-je en éteignant la lumière.

Les bougies vacillantes lui donnaient presque l'air… Eh non, toujours affreux.

— Bon. Il nous reste juste une dernière chose à faire avant de partir. (S'ensuivirent des grognements.) Boire, dis-je. (Ils m'acclamèrent et me suivirent dans la cuisine.) Jem, est-ce que tu peux regarder s'il y a des verres dans les placards ?

Maria avait sorti le programme.

— OK, donc elles devraient quitter le cours de dessin pour se diriger vers l'atelier de cocktails.

— Est-ce que l'un de vous deux a eu de leurs nouvelles ?

— Rien.

— Moi non plus, dis-je.

Je me permis de me détendre un peu. Cela paraissait être bon signe.

— Ce bruit recommence, dit Jeremy.

Il renifla un paquet de biscuits à moitié entamé provenant de la première série de placards.

— Pensez-vous que Kate Winslet était aussi cradingue ?

— Le vin, lui rappelai-je.

La dernière chose dont j'avais besoin était de penser aux rom-coms.

— Rien, dit Jeremy en ouvrant et refermant la série de placards suivante. Rien. Rien. Rien.

Il alla vers les deux derniers.

— Prions en chœur, dit-il en les ouvrant brusquement.

Un rat de la taille d'un yorkshire lui sauta à la figure.

22

La Crise Mathers™

INT. : *LA FILLE DU BOURREAU* - SAMEDI 12 JANVIER, 16 H 32

Le pub peut seulement être décrit comme étant local. Il y a des centaines de fers à cheval cloués à un mur ; les autres sont couverts d'une vaste collection de panneaux métalliques arborant des blagues et slogans allant du mièvre au douteux. BETH et SARAH sont assises autour d'une table tachée. SARAH porte une écharpe portant l'inscription *Future mariée* en lettres argentées. Son expression est fermée tandis qu'elle contemple le pub sombre, son feu crépitant et les gens du coin, pour la plupart des hommes, qui dévisagent les deux blondes en survêtements roses assortis. La petite porte d'entrée s'ouvre, et JEREMY, MARIA et EVIE apparaissent, l'air nerveux.

Jeremy jeta un coup d'œil vers les villageois bordant les tables alignées aux murs.

— Je serai au bar, annonça-t-il en secouant son parapluie.

Il ne s'était pas encore complètement remis du rat.

— Demande pour le cours de cocktail, lançai-je dans son dos.

Les lieux étaient presque vides. Trois hommes étaient installés à des tables séparées le long du mur le plus éloigné, chacun doté du nez rougeaud des buveurs chevronnés. Deux femmes nous observaient avec méfiance, leurs cheveux semblant confiés aux soins du même coiffeur, dont le manuel de styles, comme notre cottage, datait des années 1970 : permanentes bouffantes avec des mèches d'un blond saisissant.

C'était très clairement un pub, pas un restaurant. Où nous avais-je amenés ?

— Evie, dit Maria avec urgence en me retenant.

Elle sourit pour Sarah et me montra son téléphone.

VOUS AVEZ 21 APPELS MANQUÉS DE SARAH MATHERS.

Je consultai le mien. J'en avais quinze, tous étalés sur les dernières heures. Nous ne devions pas avoir de réseau au cottage. Et elle n'était pas la seule personne à avoir essayé de me contacter.

Ben : Bonne chance pour l'enterrement de vie de jeune fille ! Dites-moi comment ça se passe.

ANU : Trop hâte d'avoir des nouvelles de ma jolie rencontre, la Rouquine.

J'envoyai à ANU la photo du cottage.

Rouquine : Je vous tiens responsable de ceci. J'espère que vous êtes content. L'EVJF de mon amie est foutu.

— Allons, dit Maria en prenant une inspiration. Il est temps d'affronter l'orage.

Sarah et Beth avaient étendu leurs vestes roses trempées sur les tabourets libres, ne laissant à Maria et moi d'autre choix que rester debout. Beth avait les bras fermement croisés. Ses cheveux, joliment coiffés en début de journée, prenaient maintenant du volume en séchant, comme si on les lui avait crêpés pour danser sur « Still Loving You ». Elle avait une brindille emmêlée dans ses mèches épaisses. Sarah avait tenté de dompter les siens dans une queue sur le côté, mais la majeure partie refusait de rester dans l'élastique. Elle ne releva pas tout de suite les yeux. Au lieu de cela, elle remua son gin-to avec une cuillère en plastique.

Je déglutis, la gorge serrée.

— Comment s'est passée votre journée ?

— Nous sommes désolés de ne pas avoir pu vous joindre plus tôt, ajouta Maria.

Sarah essaya de lisser sa frange, mais celle-ci rebondit aussitôt.

— Savez-vous ce que c'est, dit-elle, un labyrinthe de maïs en hors saison ? (Beth souffla.) C'est un champ.

— Oh, Sarah, dis-je, me sentant affreusement mal. Comment était le cours d'arts plastiques, au moins ?

Beth tendit une main compatissante vers Sarah.

— Ce n'est pas grave, ma chérie. Je ne voulais rien dire, parce que tu étais tellement persuadée qu'ils la réservaient, mais je t'avais bien prévenue. Martine ne donne pas de cours à tout le monde comme ça. Même Kim a dû tirer quelques ficelles.

— Montre-leur, Beth, dit sèchement Sarah.

Beth prit un rouleau de papier et commença à le dévoiler.

— Bon, alors, je ne suis pas excessive, dit Sarah. (Je m'appliquai de mon mieux à ne pas réagir.) Mais vous vous rappelez ce que j'avais précisé ne surtout pas vouloir pour mon enterrement de vie de jeune fille.

L'image apparut progressivement, tandis que Beth tirait sur le papier. C'était comme regarder une image se charger sur l'ancien Internet par réseau commuté.

— Qu'est-ce que…

— Oh.

Beth continuait de dérouler.

— Mais quelle taille *fait* ce truc, au juste ? demanda mollement Maria.

— L'artiste nous a donné un cours d'après modèle vivant, expliqua Sarah.

Je n'arrivais pas à la regarder.

— Ça peut être de très bon goût.

— C'était lui, le modèle.

— Je viens avec des boissons ! lança Jeremy. La vache, en voilà, une grosse bite.

Les autres clients comblèrent les écarts entre leurs tables en échangeant des regards. Ils ne paraissaient pas contents.

— *Range-le*, Beth, lui dit Sarah. (Beth commença à le remettre en cylindre tant bien que mal.) Pourrions-nous juste aller nous enregistrer au manoir ? demanda Sarah avec fatigue en faisant rouler ses épaules. J'ai besoin d'un sauna et de nager un peu pour me sentir de nouveau humaine.

Beth esquissait un demi-sourire moqueur en nous regardant, ses sourcils légèrement haussés dans un défi. Sarah ne s'était pas rendu compte que nous n'étions pas à Shrewksbury, et Beth ne l'avait pas corrigée.

— Qu'est-ce qui ne va pas ? demanda Sarah avec circonspection.

— Je crois que c'est à toi qu'elle parle, Evie, dit Jeremy.

Il se percha sur la veste de Beth, qui la retira violemment de sous ses fesses.

— Bon sang, mais qu'est-ce que c'est que *ça* ? demanda Sarah.

Il avait placé sur la table un plateau à repas contenant des bouteilles de vodka, de gin et de tequila, une brique de jus d'orange et cinq verres. L'un d'eux était garni d'un parasol en papier aplati.

— Oh, ça ? C'est notre cours de fabrication de cocktails sur mesure, annonça Jeremy en inclinant la tête vers moi. C'est du DIY. Ils ne font pas traiteur pour les enterrements de vie de jeune fille, apparemment.

Mon estomac se plomba alors que nous regardions tous vers le bar. Derrière, se tenait une femme dans la quarantaine, avec des cheveux gris et raides tirés dans un chignon flou. Sa bouche était pincée en une ligne mince, ses yeux remplis d'une désapprobation totale.

— Qu'est-ce qui se passe ici, exactement ? demanda Sarah d'un ton neutre.

— Je peux expliquer…, commençai-je.

— Nous le pouvons tous, dit Maria.

Elle donna un coup de coude à Jeremy.

Il versa de la vodka dans l'un des verres maculés de traces d'eau.

— Bien sûr, pourquoi pas. Le rat n'était clairement pas une punition suffisante.

— Non, dis-je avant que Sarah ne puisse rebondir sur son commentaire. Ceci est entièrement ma faute.

— Evie, ce n'est pas grave, dit Maria, sans toutefois pouvoir cacher son soulagement.

— Pour l'amour du ciel, que l'un de vous me le dise, exigea Sarah.

Je me préparai.

— Le truc, Sarah, c'est que…

— Nous ne sommes pas à Shrewksbury, annonça Beth, triomphale. Ils ont bousillé ton enterrement de vie de jeune fille.

— Merci, Linda, dit Jeremy.

— Qui diable est Linda ?

Le problème, avec les Crises Mathers™, c'était qu'elles ne se produisaient jamais précisément quand vous vous y attendiez. Une fois que le compte à rebours était déclenché, Dieu seul pouvait savoir.

Et à l'expression qu'affichait le visage blême de Sarah alors qu'elle sirotait son gin, il avait assurément été déclenché. Elle se teinterait bientôt d'un violent pourpre foncé, ensuite il y aurait des poings serrés, des flots de larmes furieuses, et, enfin, une véritable colère à vous fendre les tympans, dont la durée et le motif étaient imprévisibles.

— Tu as perdu, dit lentement Sarah, la réservation du manoir ?

— Je vais nous chercher d'autres mélangeurs, dit Jeremy en se levant.

— Tu vas rester ici, dit Sarah.

Beth écarquilla les yeux.

— J'ai exactement ce dont a besoin cet enterrement de vie de jeune fille.

Elle se mit à fourrager dans son sac à main.

— Alors aide-moi, Beth, si c'est ce que je pense…

L'expression de Beth se fit boudeuse. Je crus la voir mettre quelque chose dans sa poche en se levant, chancelant un peu sur ses talons. Le seul mélangeur qu'elle avait dans son gin était le parasol à cocktail.

— Je vais juste me renseigner sur les options végétariennes pour le dîner.

— Nous mangeons ici ? Vous avez remplacé le *Jorden's*, un restaurant étoilé au Michelin, par un pub qui ne sert que des tourtes ?! s'exclama Sarah en désignant un panneau portant l'inscription : « DEMANDEZ-NOUS NOS TOURTES MÉDAILLÉES ! »

— Elles sont médaillées, souligna Jeremy.

Dans le silence qui suivit, il ouvrit la tequila et commença à remplir chacun de nos verres.

— Est-ce que mon enterrement de vie de jeune fille est une plaisanterie pour vous ? demanda calmement Sarah.

Maria et moi nous mîmes immédiatement à protester. Sarah leva la main.

Ça y est, pensai-je.

Nous nous armâmes tous les trois de courage.

Mais Sarah demeura étonnamment tranquille.

— Je n'aurais pu être plus claire sur ce que je voulais. Est-ce que vous avez trouvé ça drôle de prendre tout ce que j'avais demandé pour bricoler une version bidon ? Vous décampez toujours ensemble tous les trois. J'imagine que je ne me serais jamais attendue à ce que vous m'excluiez de mon propre enterrement de vie de jeune fille !

— Sarah, ce n'est pas ça du tout, dit Maria, horrifiée.

— Tout est ma faute, insistai-je. Maria et Jeremy ont fait exactement ce que tu as demandé. J'ai laissé passer la réservation, et j'ai pris un cottage ici parce qu'il ressemblait à celui dans *The Holiday*. Tu n'imagines pas à quel point je suis désolée.

Sarah reposa son verre.

— C'est incroyable, oui.

Mes amis et moi échangeâmes des regards par-dessus sa tête. Il y eut un frisson dans l'air, comme le calme avant la tempête. Crise Mathers™ imminente.

— Je ne voulais pas que ça finisse ainsi, dis-je désespérément. C'est parce qu'ANU…

— Evie, dit-elle avec la force d'une gifle.

C'est parti.

Sarah prit une énorme inspiration et… la relâcha lentement.

— Ne t'avise pas de coller ça sur le dos de cet homme. C'est tout toi. Tu aurais pu faire ça n'importe quel autre week-end – pourquoi a-t-il fallu que tu te serves de *mon* enterrement de vie de jeune fille ?

Maria lui prit la main.

— Bravo, dit-elle doucement.

— C'est la thérapie, dit Sarah.

Je crois que j'aurais préféré une crise de colère.

— Je n'aurais pas eu les moyens autrement !

Tous mes amis bondirent, et je baissai la voix, honteuse.

— Je suis désolée, poursuivis-je. Je voulais vraiment que tu aies l'enterrement de vie de jeune fille parfait, mais tu en as tellement demandé, Sarah. Je ne pouvais pas faire les deux.

— Maria et David arrivent quand même à partir en mai. Jeremy est à New York cet été. Je ne peux pas vous avoir tous mis sur la paille.

Jeremy me regarda l'air de dire : « Tu te débrouilles. »

Je croisai les bras. Il m'avait fallu des mois d'économies pour le week-end de Sarah. Mon salaire n'était pas si mal à l'agence, mais il n'avait pas non plus enflé au fil des années.

— Vous ne comprenez pas toujours ce que c'est de devoir faire attention avec l'argent, dis-je d'une voix tendue. Tout est tellement bien huilé pour vous. Chaque fois que j'observe vos vies, elles me donnent l'impression d'être quelques pas en arrière.

— Nos vies ? répéta Sarah. (Maria et Jeremy tournèrent aussi leurs regards ébahis sur moi.) N'as-tu jamais envisagé que j'avais peut-être voulu un enterrement de vie de jeune fille correct pour une raison ? Je savais ce que j'aurais en acceptant d'épouser Jim. Je l'aime, mais il est à prendre en offre globale. Il a deux chiens, un prêt immobilier avec son ex-femme, un goût vestimentaire effrayant, et deux enfants.

Alors excuse-moi si, avant de devenir une belle-mère – et je vais m'impliquer *à fond* pour ces garçons, notre lune de miel est à *Center Parcs* –, je désirais un week-end luxueux et que tout se rapporte à moi une dernière fois. Est-ce que c'était trop demander ?

Je ne trouvais pas mes mots. J'avais supposé qu'elle était simplement la Sarah exigeante habituelle concernant l'enterrement de vie de jeune fille. Je savais qu'en choisissant d'être avec Jim, sa vie ne serait pas la simplicité même, mais j'avais toujours pensé qu'elle pourrait s'accommoder de tout. Pas une fois je ne lui avais demandé comment elle s'en sortait avec les préparatifs du mariage.

— Sarah n'est pas la seule, déclara Maria, ayant à son tour notre attention. De l'extérieur, on dirait peut-être que tout roule pour David et moi, mais quand je vois ta vie, Evie, ta liberté me fait vraiment envie. Quand David parle de mariage et de bébés, c'est comme si notre vie entière s'étirait devant nous, et sur une voie unique. Tu sembles avoir tant d'options à l'horizon.

— Mais tu me répètes toujours que j'ai besoin de changer des choses.

— Parce que tu le peux, dit-elle simplement.

— Je croyais que David et toi étiez heureux, dis-je à voix basse.

Je n'avais jamais pensé, pas une seule fois, que mon amie pouvait être moins que comblée dans sa relation.

Maria sourit.

— Nous le sommes, autant que n'importe qui. Et en partie parce que nous sommes là l'un pour l'autre, mais, dans l'ensemble, ça nous demande beaucoup d'efforts pour donner le sentiment que tout roule.

Jeremy acquiesça dans son verre.

— Sans vouloir te vexer, Evie, si je dois être jalouse de quelqu'un, c'est de Jeremy, déclara Sarah.

Il s'étrangla.

— Pardon, quoi ?

Sarah agita la main.

— Parfois, je me dis que tu es le seul d'entre nous qui a tout bon. Un job génial, cet appart de rêve, pas pressé de se mettre en couple.

— Tu crois ça ? Essaie de rencontrer quelqu'un quand tu passes tous tes samedis soir au bureau. (Au tour de Jeremy d'avoir notre attention.) Evie, quand tu te plains que ta vie se résume à métro-boulot-Netflix, je te regarde quelquefois avec envie en me disant : « J'aimerais bien avoir le temps pour Netflix. »

J'étais abasourdie. Mais Jeremy ne voulait pas trouver de compagnon, si ? Ou, du moins, pas lorsque nous étions plus jeunes.

— J'aurais dû te demander comment tu allais, déplorai-je.

— Moi aussi, dit Maria.

— Oh, fit Jeremy en haussant les épaules. Qui suis-je pour me lamenter ? Au moins, mon immense appartement me tient chaud la nuit. Evie n'a que son lieu de perdition.

Nous nous regardâmes, mes amis et moi, et il m'apparut que pendant que j'étais partie à Londres, ils avaient été occupés à grandir.

— Evie, dit enfin Sarah. S'il te plaît, ne prends pas ça comme si tu étais tirée d'affaire, mais je suis prête à accepter que, parfois, je puisse être un tout petit peu exigeante. (Aucun de nous ne réagit.) Au sujet du mariage.

Nous intervînmes aussitôt.

— C'est totalement compréhensible, dit Maria d'un ton apaisant.

— Il y a tellement de pression, renchéris-je.

Nous attendîmes que Jeremy prenne son tour. Il se reversa de la tequila dessus.

— Quoi ? demanda-t-il, avant de soupirer. Très bien. Sarah, tu sais que nous t'aimons.

Sarah rayonna, les yeux un peu embués.

— Venez, alors, faites-moi un câlin. C'est moi qui ai un enterrement de vie de jeune fille raté.

Maria et moi la prîmes dans nos bras, attirant Jeremy avec nous.

— Maria, tu peux venir séjourner chez moi dès que tu en as envie, dis-je.

— Je sais.

— Jeremy, maintenant que je sais que tu essaies de rencontrer quelqu'un, je vais t'arranger le coup avec l'homme absolument parfait, promit Sarah.

— Concentrons-nous sur Evie. Vous savez, l'amie responsable de ce désastre ?

— C'est vrai que c'est affreux, non ? dis-je.

— Complètement, répondit Maria.

Sarah se cala dans son siège.

— Alors, qu'est-ce que tu comptes faire, Evie ?

— Arrêter de tout ramener à moi ? hasardai-je.

— C'est un début, mais je parlais de la jolie rencontre, précisa Sarah. (Nous la dévisageâmes tous.) Comment as-tu prévu de rencontrer quelqu'un ?

— Sarah, je te le promets, je laisse tomber. Il s'agit de ton week-end.

— Tu as raison. Et tu n'as pas le droit de l'avoir saccagé pour rien. Il doit bien y avoir un célibataire dans ce foutu village. (Elle se leva en arrangeant son haut.) Je vais le trouver.

Nous remarquâmes alors que le bar était devenu complètement silencieux. Au départ, je me dis que c'était peut-être parce que nous étions trop bruyants, mais ce n'étaient pas nous que les gens du coin dévisageaient.

— Oh, super, vous avez fini. Amusons-nous ! cria Beth.

La responsable des RH se tenait au milieu de la salle, un gin dans une main, et un pénis gonflable géant dans l'autre.

23

La Girl Alien

INT. : *LA TANIÈRE DU RENARD* -SAMEDI 12 JANVIER, 19H23

Le pub est un bâtiment d'un étage, sans fenêtres et bas de plafond. La salle est carrée, avec une table de billard à une extrémité et un petit bar à l'autre. Il est plus animé que *La Fille du bourreau*, mais tout de même à moitié vide. Un bouledogue est allongé au milieu de la pièce, occupé à mâcher une oreille de cochon. Comme un clin d'œil sans enthousiasme au nom de l'établissement, une tête de renard mal empaillée montre les crocs sur le mur au-dessus d'une rangée de tables pour la plupart inoccupées. À part cela, la boule disco qui pend du centre du plafond est l'unique décoration.

— Savez-vous où est Lawrence ? demanda Sarah au barman en se focalisant sur lui à l'instant où nous fûmes entrés dans le pub.

Je me surpris à admirer la forme parfaite de ses sourcils.

Sarah avait promis à la serveuse de *La Fille du bourreau* que nous partirions en emmenant Beth si elle pouvait nous orienter vers le moindre célibataire dans le village. La femme nous avait dit que nous pourrions trouver « ce traître » à *La Tanière du renard* – apparemment le moins recommandable des deux pubs du coin –, et elle avait ensuite craché. Je n'avais pas pris ça pour un bon signe, mais rien ne pouvait décourager Sarah.

Le barman nous observa, contemplant l'écharpe de future mariée de Sarah et le pénis gonflable de Beth.

— Lawrence ne sera là qu'après 21 heures.

Son ton n'invitait pas à d'autres questions.

Néanmoins, Sarah persista.

— Et quel âge a Lawrence ?

La question fit hausser un sourcil parfaitement arqué.

— Un âge assez avancé, répondit le barman.

— Qu'avez-vous comme gins ? s'enquit Beth, poursuivant sur sa lancée. Je ne bois que du Bombay Sapphire.

— Nous prendrons un double de ce que vous avez, lui dit Jeremy, au plus grand dégoût de Beth.

Sarah regarda avec insistance le pénis, et sa collègue devint dûment soumise.

— Nous avons pour règle d'interdire les enterrements de vie de jeune fille, nous avertit le serveur, les yeux sur le membre de notre groupe qui se dégonflait lentement.

Sarah retira brutalement son écharpe et comprima le pénis dans les mains de Beth.

— Quel enterrement de vie de jeune fille ?

Un triste sifflement s'échappa de son bout tandis qu'il s'affaissait. Le barman soupira et alla chercher les verres.

— OK, voilà le plan. (Nous nous resserrâmes autour de Sarah.) Nous allons nous séparer et nous renseigner sur Lawrence. Trouvons ce que nous pouvons avant qu'il arrive ici. Des questions ?

Je levai la main.

— Est-ce que j'ai le choix dans tout ça ?

— Eh non.

— J'ai une question, dit Beth. Qu'est-ce que j'y gagne, moi ? Je ne la connais pas. Je croyais avoir payé pour un luxueux week-end de spa, pas pour traquer un participant de *Danse avec les ploucs*. Quoi ?

Les narines de Sarah se dilatèrent.

— Nous trouvons un plus-un à Evie pour mon mariage, répondit-elle au lieu de l'explication dans une version plus longue, et plus douteuse.

— Pourquoi cela devrait-il m'intéresser ?

— Parce que, répondit Sarah en plissant les yeux avec un gentil sourire, si tu nous aides, je te prends comme demoiselle d'honneur.

— Tiens ça.

Beth tendit le pénis à Jeremy, prit son verre au bar et fila dans le pub.

— Tu n'es pas sérieuse pour cette histoire de demoiselle d'honneur, si ? demanda Maria à voix basse.

— Je lui avais dit : pas de pénis, répondit Sarah en sirotant son gin.

— Je prendrai ma robe en 36-38, annonça Beth en se jetant sur une chaise.

Jeremy était le seul d'entre nous à ne pas être revenu.

— Qu'as-tu découvert ? demanda Sarah avec suspicion.

Tous ceux que nous avions interrogés s'étaient montrés évasifs. Ils ne semblaient pas apprécier les étrangers, surtout ceux qui posaient des questions.

Beth, visiblement, avait eu plus de succès. Elle commença à décompter les points sur ses doigts.

— Il est français, petit, et à une époque il a travaillé au zoo de Londres en tant que redresseur de pingouins. (Nous la dévisageâmes toutes.) Vous savez, quand les pingouins essaient de regarder les avions et qu'ils perdent l'équilibre ?

— Combien de gins as-tu bus exactement, Beth ? demanda Sarah.

— Tu veux dire que ce n'est pas vrai ?

Maria dissimula son sourire tandis que je transformais mon rire en toux.

Sarah soupira.

— Au moins, il sera bientôt là.

— Alors peut-être qu'elle ne devrait pas du tout le rencontrer, marmonna Beth. Qui voudrait entamer une relation basée sur des mensonges ?

— Est-ce que ça n'a pas l'air de se remplir ? demanda Maria.

Elle avait raison ; il n'allait bientôt plus rester de places assises.

— Poussez-vous, poussez-vous ! lança Jeremy en regrimpant sur sa chaise, son manteau bombé. Tenez. (Il baissa la fermeture pour révéler un sac en papier volumineux et transparent de taches de graisse.) Avec l'aimable contribution de *La Fille du bourreau*.

— Non mais qu'est-ce que… ? dit Maria.

— Des tourtes ! dit Jeremy avec un large sourire.

Nous regardâmes Sarah, guettant sa réaction. Après la plus infime des pauses, elle fut la première à plonger dans le sac. Nous la suivîmes tous. Beth fronça le nez jusqu'à ce que Jeremy lui tende une tourte au fromage emballée individuellement. Elle la prit, légèrement radoucie.

— Evie, est-ce que tu as vu ça ?

Maria avait sorti son téléphone. Elle essuya les miettes de pâte sur l'écran et me montra. C'était le site Web de *Ça balance.*

« Monica Reed jette son jeune amant ».

— C'est partout, dit-elle. Ils ont eu une énorme prise de bec en public. (Elle marqua une pause pour l'effet dramatique.) Il a dit qu'il ne cherchait pas de seconde mère, et elle lui a rétorqué qu'elle n'avait pas besoin d'un troisième enfant. Qu'elle avait besoin d'un compagnon qui ne soit pas intimidé par le succès d'une femme.

Je hochai la tête en souriant pour elle, mais je ne pouvais m'empêcher d'être un peu désolée pour ANU. C'était un trou du cul, mais une rupture était déjà assez pénible sans que les médias nationaux s'en mêlent. Maria m'adressa un gentil regard en reprenant son portable.

Il y eut de l'agitation de l'autre côté de la salle. Tandis que mes amis étiraient tous le cou pour voir, je sortis mon téléphone. Il y avait un message de Ben, mais j'ouvris d'abord le fil de discussion avec ANU.

Rouquine : Ça va ? J'ai vu les nouvelles.
ANU : Pourquoi ça n'irait pas ?
Rouquine : Vous êtes sûr ? Parce que j'ai un marathon de films pour cœur brisé, testé et approuvé, à vous recommander. Réconfort garanti.
ANU : Merci, la Rouquine. Mais il n'est pas brisé. Parlez-moi de la jolie rencontre.

Très bien. S'il ne souhaitait pas en discuter, je n'allais pas insister. Par ailleurs, je pourrais lui remonter le moral rien qu'en lui racontant ma tentative la plus récente de rencontrer quelqu'un.

Rouquine : Tout d'abord, le cottage abritait un rat géant.

— Que fabriquent ces gens, maintenant ? demanda Jeremy en léchant de la pâte sur son doigt.

Je suivis son regard. Un chauve baraqué avait rapproché deux tables de billard sur lesquelles il avait posé des planches. Les gens commençaient à dégager un espace comme s'il s'agissait d'un événement normal. Tandis qu'il ramenait un marchepied qui était jusque-là contre le mur du fond et couvert d'un drap noir, Beth se leva subitement.

— Juste un coup de fil à passer ! dit-elle en passant avec difficulté devant ma chaise. Je vais être la *meilleure* des demoiselles d'honneur.

ANU : Quel cottage ?

Je fis remonter le fil afin de sélectionner la photo que je lui avais envoyée.

Elle n'était pas là.

Une sensation semblable à de l'eau glacée se diffusa dans mon cou. Je vérifiai mes éléments envoyés.

Ben. J'avais envoyé à *Ben* un message disant que l'enterrement de vie de jeune fille ruiné était entièrement sa faute, et il avait répondu.

Ben : Que puis-je faire ?

Oh, non.

Il était temps de limiter les dégâts. Je lui expliquerais juste que c'était une simple erreur.

— Ho-ho, dit Jeremy, m'incitant à relever les yeux.

Il se fourra le restant de sa tourte dans la bouche. Je suivis son regard pour voir l'homme baraqué se diriger vers nous.

Maria tenta de rassembler en hâte toutes nos miettes avec le tranchant de la main.

— Laquelle d'entre vous cherche Lawrence ? grogna-t-il.

— Il va s'agir d'Evie, ici présente, s'empressa de répondre Sarah.

Les yeux de l'homme, guère impressionnés, croisèrent les miens.

— Alors venez.

Je regardai mes amis pour réclamer leur aide.

— Tu ne restes pas au dernier rang de ton propre film, dit Jeremy.

— Ça va aller, me dit Maria. (Elle prit mon téléphone de mes doigts serrés et me donna un petit coup de coude.) Nous sommes juste là.

Sarah leva son portable.

— À nous assurer qu'il reste une trace de ce moment, quoi qu'il arrive.

Peut-être ne m'avaient-ils pas entièrement pardonné.

Avec une certaine réticence, je suivis le chemin que l'homme nous frayait à travers le bar – était-ce *lui*, Lawrence ? Il avait les bras ballants, soutenus par des muscles larges comme des brassards de natation. Il n'était pas mon type habituel, mais, pour faire plaisir à Sarah, il fallait vraiment que je sois positive. De plus, j'avais bu beaucoup de gin.

L'homme me conduisit aux tables de billard recouvertes. Sur celles-ci, il y avait à présent une table et une chaise en équilibre. Il tendit la main et je la pris machinalement. Il l'agita pour se débarrasser de moi, avec irritation. Apparemment, il m'avait juste fait signe de grimper sur le marchepied. Tandis que je m'exécutais, je vis que quelqu'un avait placé une bougie allumée et une unique rose rouge sur la table. Allait-il s'agir d'un premier rendez-vous très public ? Je jetai un coup d'œil à mes amis, qui m'encouragèrent à poursuivre d'un geste de la main.

Lorsque je fus assise, un spot s'alluma directement au-dessus de nos têtes. Tous les yeux se tournèrent vers moi tandis que la musique martelait dans tout le pub. La boule disco au plafond commença à tourner, et le drap noir fut violemment retiré des marches pour révéler qu'elles étaient rose pailleté.

J'étais sur une scène.

Le chauve tenait à présent un micro.

— Mesdames et messieurs, *La Tanière du renard* est fière de vous présenter, de retour pour de bon cette fois, notre drag-queen en résidence, l'indétrônable Lawrence de Clitorie et son fameux numéro de Karaoké Chorale.

Quoi ?

Un silence s'abattit sur la salle et la foule se divisa.

Une femme stupéfiante en justaucorps noir scintillant et basse résille, avec une énorme chevelure blonde et d'imposantes chaussures à semelles compensées, se dirigea d'un pas résolu vers la scène en chantant « Big Spender » de Shirley Bassey. Elle regarda dans ma direction, une épaisse rangée de cils se fermant dans un clin d'œil.

C'était le barman avec les beaux sourcils, sur son trente et un.

La musique se baissa et Lawrence annonça :

— D'abord, une confession. (Elle inclina la tête au-dessus du micro, les ongles brillants.) C'est vrai. J'ai été brièvement séduite par *La Fille du bourreau*. (Elle prit une voix plus grave.) Je n'ai pas pu résister à ses tourtes. (Encore plus de rires.) Bon, il paraît que cette pisseuse rousse m'a réclamée toute la soirée. Alors, ma chère…

Lawrence plaça l'une de ses longues jambes effilées sur la table dans un demi-grand écart et demanda :

— Que voulez-vous donc bien faire avec moi ?

Je suis assez certaine d'avoir couiné.

— Et si vous me disiez quelle chanson vous souhaiteriez chanter ?

Je dévisageai mes amis d'un air suppliant, mais ils étaient bien trop occupés à se délecter du spectacle.

— Eh bien ? me pressa Lawrence en penchant le micro vers ma bouche.

Je proposai la première chanson qui me vint à l'esprit.

— « Love Machine », par les Girls Aloud.

Elle me regarda de haut en bas en haussant une épaule ornée de glands.

— D'accord. (La musique changea de morceau.) Allez, tout le monde, de chaleureux applaudissements pour « Love Machine »... par la Girl Alien.

Une vague d'hilarité se répandit dans tout le pub et mes joues s'embrasèrent.

Il y eut un mouvement précipité, et avant que je m'en rende compte, mes amis se ruaient en haut des marches pour me rejoindre.

— L'alien est avec nous ! cria Maria, à bout de souffle.

Sarah prit le micro à Lawrence, amusée, et Jeremy m'incita à me lever.

— Allons, Nicola, montrons-leur comment faire.

Mais avant que nous puissions aller au bout de cette menace, un cri retentit depuis l'autre côté de la salle.

— *Mais enfin qu'est-ce qui se passe, ici ?*

Le pub entier devint muet, la musique s'interrompant brusquement alors qu'un officier de police se frayait un chemin en bousculant les gens pour examiner avec sa torche la « scène » d'une installation discutable.

— Monsieur l'agent, dit Lawrence de Clitorie, la dignité incarnée. Comment pouvons-nous bien vous aider ?

— Je ne suis pas là pour vous, répondit l'homme.

À côté de moi, Jeremy émit un curieux son.

Je vis alors que la torche dépassait du pantalon de l'officier.

— Sarah Mathers ! hurla-t-il en arrachant son pantalon d'un coup sec. Vous avez été une très vilaine fille. On se met contre le mur et on écarte tout ça !

Mes amis se rassemblèrent derrière moi pendant que j'ouvris la porte du cottage. Nous pénétrâmes dans le couloir sombre.

— Maintenant, Sarah, dit Jeremy en titubant un peu. Tu es sur le point de voir que c'est Linda qui a eu la bonne idée, en restant au pub.

— *Linda* n'avait pas le choix, rétorqua sinistrement Sarah. Elle connaissait ma règle Zéro pénis.

— Prête ?

Maria et moi lui prîmes chacune une main.

— Prête, dit-elle courageusement.

J'inspirai profondément et allumai.

Sarah prit brusquement son souffle.

— Oh, les amis.

Le salon avait été rempli de ballons roses à reflets dorés gonflés à l'hélium, dissimulant le plafond humide et créant une forêt de rubans bouclés.

Nous entrâmes tous lentement dans la pièce.

L'émerveillement se lisait sur le visage de Maria.

— Qu'est-ce que c'est que ça ? me demanda-t-elle à voix basse.

Des rubans me chatouillèrent la joue.

— Aucune idée.

Je mis le projecteur en route en écartant les ballons qui avaient dérivé devant l'écran. La première photo nous représentait dans nos belles tenues de *Pretty Woman*. Jeremy tamisa les lumières. Les ballons émirent tous une lueur feutrée.

Qui aurait pu faire ça ?

Les seules autres personnes ayant connaissance de ce cottage étaient ANU et Ben.

Evie : c'était vous ?

Maria couvrit l'un des canapés avec un drap, et tous mes amis s'y réunirent face à l'écran.

— Viens, Evie. Nous avons du vin.

Ils firent des « oh » et des « ah » devant les photos, et je sortis mon téléphone.

Ben : Le propriétaire a accusé réception. Vous devriez être remboursés pour le cottage.

— C'était Ben, dis-je.

Il n'avait rien dit au sujet des ballons quand j'étais venue chercher le projecteur chez *Gil's* la veille.

Pourquoi aurait-il…

Avec un sursaut nauséeux, je m'aperçus qu'il croyait toujours que je le tenais pour responsable de l'enterrement de vie de jeune fille gâché. Avec tout ce qui s'était déroulé, j'avais oublié de m'expliquer. Les ballons étaient une excuse.

Oh, Seigneur.

— Je savais que je l'aimais bien, déclara Jeremy.

— Ne te fais pas d'idées, l'avertis-je, tandis qu'il me tirait la main pour que je m'asseye à côté de lui. Tout ce que cela prouve, c'est que je suis ridicule.

J'allais devoir donner des explications à Ben. L'effroi me vrilla l'estomac, en se mêlant à l'alcool.

Evie : Je ne sais pas quoi dire. Merci, Ben. Désolée que vous vous soyez senti obligé de faire ça. Je destinais ce message à cet idiot d'ANU, pas à vous. Rien de tout ça n'est votre faute. Si ça peut vous réconforter, vous avez illuminé le week-end de Sarah !

Ben écrit reparut et disparut plusieurs fois.

Ben : ANU ? Alors le week-end était une jolie rencontre ?

Ma première réaction fut de la honte, puis je me sentis immédiatement contrariée. C'était un pas en avant, deux pas en arrière avec lui. Pourquoi cela le dérangeait-il tant que je fasse mes jolies rencontres ?

Evie : Je vous suis reconnaissante pour les ballons. Et les photos. Et pour votre aide… Mais pas besoin de devenir M. le Juge.

Sur ce, je balançai mon téléphone sur le tapis et retournai à mes amis et aux photos. Ben n'avait pas rangé celles-ci par ordre chronologique. Tandis que nous regardions en nous tenant toujours légèrement plus serrés à chaque image qui défilait, des thèmes commencèrent à émerger. Vacances, célébrations, diplômes, captures d'éclats de rire, moi avec mon ordi… Quelque part dans un coin de mon cerveau qui demeurait à deux ou trois millimètres au-dessus du niveau de l'alcool, planait l'idée que ce diaporama ne ressemblait guère à quelque chose n'ayant pris à Ben que « deux minutes »…

Toc, toc, toc.

Nous remuâmes tous sous la literie recouvrant le canapé.

— Qu'est-ce que c'est ? demanda Maria en se tenant la tête. Est-ce qu'on bouge ?

Jeremy était sur le fauteuil, enveloppé dans un drap comme une chrysalide. Il cligna les yeux vers nous d'un air endormi.

— Evie, de quelle partie odieuse de ton plan s'agit-il ?

— Tu as intérêt à ce qu'elle implique l'arrivée par Deliveroo d'un sandwich à la saucisse, dit Sarah.

Toc, toc, toc.

Je fronçai les sourcils, m'échinant à me rappeler le programme.

— Oh, Seigneur, non ! pris-je conscience. C'est le *Camp d'entraînement de Barbara*.

— Non. Certainement pas, dit Jeremy.

En repoussant la couette sur le côté, je me levai précipitamment, puis m'accrochai, tandis que la pièce tanguait.

— Evie, dit Sarah. Je ne peux plus affronter une seconde de plus de cet enterrement de vie de jeune fille. Dis-leur de partir.

— Tu voulais un cours de gym ! me défendis-je en démantelant la barricade d'oreillers que nous avions construite la veille pour couvrir l'espace sous la porte afin d'éviter toute visite de l'ami rongeur de Jeremy. Peu importe, tu te feras dorloter après. Nous avons les *Laques de Lacey* qui viennent à 11 heures.

Jeremy inclina la tête.

— Est-ce que l'un de ces trucs a l'air réel ?

Je lui décochai un regard exaspéré en retirant le verrou de la porte d'entrée.

— Evie, dit Sarah en se blottissant dans la couette. Pour ce que j'en ai à faire, tu peux dire à Barbara de se foutre son camp d'entraînement au cul.

Un homme dans un élégant manteau se tenait sur le pas de la porte. Derrière lui, une voiture noire l'attendait sur la route. Il sourit, le nez rose de froid.

— Est-ce que je peux vous aider ? demandai-je, songeant, durant un stupide instant, à ce moment dans *The Holiday* où Jude Law apparaît sur le seuil.

— Je suis là pour vous emmener au manoir de Shrewksbury. (Son sourire s'élargit.) Nous devrions partir maintenant, si vous voulez prendre rendez-vous pour vos soins au spa. À moins que vous préfériez que je me les foute au cul ? ajouta-t-il d'un air interrogateur.

Sarah se précipita à côté de moi.

— Spa ? suffoqua-t-elle. Le spa de Shrewksbury ? Je me moque de la façon dont tu as fait ça, Evie, mais tu as enfin accompli quelque chose correctement. Tout le monde, allez poser vos culs dans cette voiture !

Mon cerveau cotonneux prit son temps pour faire le lien. Ceci était l'œuvre de Ben. Au lieu de fixer d'autres rendez-vous en remplacement, il avait loué un chauffeur. *Les Laques de Lacey*, en effet. Ce qui signifiait que le dimanche tout entier de Sarah était exactement ce qu'elle avait espéré.

— Le Veuf sexy, siffla Jeremy derrière nous.

Oui. Le Veuf sexy. Et comment l'avais-je remercié la veille ? En l'appelant M. le Juge.

Oh, Evie.

24

Des tortues tout le long du chemin

INT. : AGENCE POUR SCÉNARISTES WILLIAM JONATHAN MONTGOMERY & SONS – MARDI 15 JANVIER, 7H24

EVIE est devant son ordinateur et tape, loin de ce monde. La seule lumière provient de sa lampe de bureau. Au bout du couloir, les quartiers de MONTY sont encore dans le noir. Elle prend son café et va boire une gorgée, pour seulement s'apercevoir que la tasse est vide.

Je soupirai et reposai ma tasse tout en faisant défiler ma boîte de réception. Il me restait plus de cent mails non lus, sans compter les centaines de nouvelles demandes en provenance de scénaristes espérant que Monty les représenterait. Ou la pile de contrats sur mon bureau qui me montait à présent jusqu'au nez. J'avais passé la journée précédente à rédiger la jolie rencontre Amour de vacances, et, même si la majorité de ce week-end s'était révélée parfaitement désastreuse, écrire à ce sujet m'avait donné l'impression de faire pénitence. J'avais promis à ANU de ne plus me retenir dans mon écriture. Je n'avais plus mon père pour vérifier mes scénarios, le seul moyen que j'avais de me lâcher était donc de faire comme si personne d'autre n'allait les voir, que j'écrivais uniquement pour moi. À un moment donné, il avait dû se produire un déclic. Avant de m'en rendre compte, j'avais consacré toute une journée à l'écriture. Aussi étrange et merveilleux que cela pût être, ça voulait dire que je rattrapais le temps perdu avec mon travail. Cela prendrait une semaine de soirées tardives pour revenir quelque peu à la normale. J'aurais juste aimé qu'ANU comprenne. Pour lui, mon boulot à plein temps était un inconvénient. À la seconde où je lui avais envoyé la jolie rencontre Amour de vacances, il m'avait réclamé la suivante.

ANU : C'est à vous de jouer la Rouquine.
Rouquine : Ce n'est pas un jeu.
ANU : Alors comment se fait-il que je gagne ?

Aussi énervant qu'il puisse être, il n'avait pas complètement tort. Les producteurs voulaient qu'il fournisse l'acte II pour fin janvier. Il me fallait faire tout mon possible pour veiller à ce qu'ANU le leur envoie. Surtout si je désirais qu'un jour mon job aille au-delà de répondre à tous les mails que Monty préférait éviter.

Ma boîte de réception retentit. Sarah. Sur le trajet du retour, mes amis avaient tous proposé de nouvelles idées de jolies rencontres, j'étais donc à peu près certaine que tout allait bien entre nous. Toutefois, j'ouvris son mail avec prudence.

Evie, je veux que tu saches que j'ai beaucoup réfléchi à ce qui s'était passé ce week-end. J'ai décidé de te pardonner d'avoir ruiné mon EVJF. C'est ton ami Ben que tu dois remercier pour ma générosité, bien sûr. Et les fleurs que tu as envoyées. Je sais qu'elles viennent probablement de l'argent que tu as économisé sur mon week-end, mais j'apprécie tout autant le geste, vu que tu n'as pas un rond.

— De rien, Sarah, murmurai-je.

J'avais envoyé un message à Ben pour le remercier de tout ce qu'il avait fait pour Sarah, en offrant de le rembourser pour les ballons et le chauffeur de Shrewksbury. Mais pour toute réponse, j'avais reçu ce message :

« Ne vous inquiétez pas pour ça. »

J'avais beau essayer, je ne pouvais le déchiffrer. Il m'avait semblé que nous arrivions juste à quelque chose l'un avec l'autre, et que je devais ensuite aller lui prouver que l'opinion qu'il avait de moi était la bonne. Son mail se poursuivait ainsi :

Par ailleurs, j'ai trouvé un autre album sur la clé USB avec mon montage photo. Je suppose que c'est à Ben, puisque c'est sa clé. Tu n'avais pas dit qu'il était photographe. D'après le peu que tu as raconté, il semble accorder de l'importance à son intimité. Alors pour t'éviter de devoir te prendre la tête sur le sujet, j'ai déjà regardé toutes les photos. Tu as un ami très talentueux !

Il y avait un lien vers un partage de fichiers à la fin du message.

Je fis planer mon curseur dessus. Malgré la *gentillesse* de Sarah, j'avais tout de même la sensation de fouiner en ouvrant ce dossier. Il pouvait être personnel – il pourrait s'y trouver des photos de sa femme… Je devais respecter sa vie privée.

Je me mordis la lèvre.

L'idée de découvrir quelque chose – quoi que ce soit – sur Ben était simplement trop tentante.

Je cliquai. Le fichier était très lourd. Je le mis à télécharger en tâche de fond, remuant les genoux tandis que j'attendais.

— *Enfin.*

Il contenait plus d'une centaine de photos.

La première représentait un lac gelé. Je me détendis un peu. Aucune raison de me sentir coupable de regarder la photo d'un lac. Ce n'était guère personnel. À mesure que je cliquais vers la suivante, puis celle d'après, mon soulagement s'aiguisa dans une forme de déception. Ben n'apparaissait sur aucune des images. Elles semblaient avoir été prises en Islande, depuis les geysers, les fjords glacés et des terrains rocheux, sombres. Alors que je continuais de cliquer, je calai mon menton dans ma paume, m'attardant un peu plus sur chaque image. À travers l'objectif de Ben, le paysage avait une vie qui lui était propre.

— Oh, Ben ! murmurai-je.

Chaque photo était imprégnée d'un amour féroce pour la vie sauvage ainsi que le cadre qu'il avait capturés. Il y avait du courage dans le cliché d'une cascade se déversant sur une falaise en demi-lune dans des eaux écumantes. De l'émerveillement pour les icebergs bleus jetés le long d'une plage de sable noir. Je m'étais trompée en pensant qu'il s'agissait juste de clichés professionnels ; toutes ces photos étaient personnelles pour Ben.

Pourquoi avait-il renoncé à cet incroyable don ? En regardant ces photos, j'avais l'impression de connaître enfin le vrai Ben. Même si, après la manière dont j'avais tout fait foirer ce week-end-là, il y avait des chances que je n'aie jamais l'occasion d'en découvrir davantage. Cette pensée me rendit inexplicablement triste.

Le son de la porte d'entrée qui s'ouvrait m'extirpa de mes réflexions. Des voix s'élevèrent dans l'escalier. Je retournai à l'album photo en me disant qu'il s'agissait des comptables qui partageaient notre cuisine. Puis j'entendis cet inimitable ton maniéré. Monty.

Je regardai si j'avais perdu la notion du temps. Il n'était même pas 8 heures.

Quoi?

En sept ans, la seule fois où Monty s'était pointé au bureau avant 10 heures, c'était le jour où il avait oublié le passage à l'heure d'hiver. Quelle raison pouvait-il avoir d'être déjà là? Il était tôt, même pour moi.

Monty arriva en haut des marches.

—Bonjour, dis-je, un peu trop tard.

—Vraiment, Evelyn, tu pourrais essayer d'avoir l'air un peu moins étonnée, dit sèchement Monty en bousculant mon fauteuil pour passer.

Puis apparut celui qui l'accompagnait, et le choc me laissa bouche bée.

—AN… Ezra, dis-je, troublée d'avoir frôlé le lapsus.

Je me surpris à le dévisager. Avec ses cheveux décoiffés à grands frais, ses pommettes ridiculement hautes et son sourire hollywoodien, il paraissait si décalé dans notre bureau miteux. Je consacrais tellement de temps à être énervée contre lui qu'il était parfois facile d'oublier combien il était absurdement beau.

ANU ne me regarda même pas en passant devant moi. C'était comme si nos rapports étaient revenus au stade où ils se trouvaient avant notre marché. Je fus frappée de constater à quel point ils avaient changé au cours des derniers mois pour que son attitude me blesse à ce point. Avant, je pensais qu'ANU n'était rien d'autre qu'un connard. À présent, je comprenais qu'il était lui-même, sans aucune compromission, avec tout le monde. Bien entendu, cela signifiait qu'il n'était souvent qu'un connard, mais il avait prouvé qu'il y avait plus que cela chez lui. Alors à quoi jouait-il?

Je m'enfonçai dans mon siège, tapant furieusement mon crayon sur mon bloc, rivant un regard noir sur son dos qui s'éloignait, comme s'il pouvait d'une certaine manière me donner les réponses. À quel sujet ces deux-là pouvaient-ils bien se rencontrer à cette heure-ci ? Et pourquoi n'en savais-je rien ?

Juste avant de fermer la porte du bureau de Monty, ANU se retourna furtivement vers moi et me fit un clin d'œil.

Je feignis de m'affairer sur mon clavier, sans lâcher du regard la fenêtre de Monty. ANU apparut, arpentant le bureau et ponctuant de gestes ses propos. J'entendais occasionnellement un mot à travers les murs fins. Je crus saisir mon prénom.

Après ma frayeur au nouvel an, j'avais fait promettre une fois de plus à ANU de ne pas révéler notre marché à Monty. Puisque l'Evie bourrée avait déjà laissé échapper jusqu'aux oreilles d'ANU que mon job était en danger, je lui avais dit que Monty me virerait très certainement s'il l'apprenait. Il avait juré de ne jamais rien dire.

Alors que faisait-il, bon Dieu ?

ANU sortit de mon champ de vision, et je me penchai un peu plus en arrière dans mon fauteuil. Si j'avais pu juste voir la réaction de Monty à ce qu'il était en train de dire, j'aurais peut-être un indice sur ce qui se déroulait. J'appuyai mon orteil contre le mur en m'inclinant un peu en arrière. Juste un peu plus en arrière… Encore un peu plus. Voilà. Je voyais de nouveau ANU. Il avait quelque chose à la main.

Mon fauteuil oscilla dangereusement. Je basculai, juste une seconde, avant que la gravité prenne le dessus. L'attention d'ANU se porta vers la fenêtre et il me regarda partir en arrière, mon appui-tête retombant contre le mur derrière moi et me laissant coincée à un angle de quatre-vingt-dix degrés avec les jambes en l'air.

Monty apparut et se renfrogna, comme si je l'avais fait exprès. Il tira le cordon de son store. Celui-ci descendit et s'arrêta à mi-course. Monty le remonta violemment et réessaya. ANU se tenait dans son dos, de l'amusement dans ses yeux bleus tandis que le store faisait du tape-cul et que je restais coincée comme une tortue renversée. Pendant que Monty était distrait, je croisai le regard d'ANU, souris et levai discrètement le majeur. ANU haussa les sourcils, et j'agrippai les accoudoirs de mon fauteuil avant que Monty ne puisse surprendre son assistante en train de faire un doigt d'honneur à son client numéro un. Cela valait-il vraiment le risque, Evie ? Il était parvenu à ne baisser le store qu'à moitié lorsqu'il abandonna et s'éloigna en furie.

J'étais redressée et répondais à des mails quand ANU émergea du bureau de Monty. Cette fois encore, il ne me regarda même pas en passant devant moi. Je l'observai de dos, la paume glacée de l'appréhension sur mon cou.

— Evelyn ? lança Monty. Mon bureau. Maintenant.

Lorsque j'entrai, Monty paraissait hypnotisé par un petit tas de papiers sur son bureau.

— Est-ce que tout va bien ?

Il releva les yeux, les doigts papillonnant sur les bords des documents, comme pour vérifier qu'ils étaient toujours là.

— C'est Ezra, dit-il. Il a rendu l'acte II.

Durant un instant, je fus incapable de parler. Puis je m'entendis dire :

— Mais… il est en avance.

— Eh bien, ce n'est pas encore achevé.

Ah. Cependant, il avait au moins rendu quelque chose.

— Comment est-ce ?

— Excellent, répondit-il d'un ton étrangement rêveur.

Je lâchai l'air que je retenais. J'aurais dû être contente, et je l'étais, mais pourquoi ANU devait-il se montrer aussi exaspérant avec ça ? Il aurait pu ne fût-ce que me prévenir qu'il écrivait. Au lieu de cela, il m'avait une fois de plus évincée.

— Je dois avouer que je n'avais pas tout à fait mesuré combien tu l'aidais.

J'avais l'attention si détournée par l'idée de frapper ANU sur la tête avec son propre Oscar que je faillis rater ça. Monty. Me félicitant. Son visage s'illumina.

— C'est entièrement différent d'*Un cœur saigne*, bien sûr, mais là, je pense qu'il tient vraiment quelque chose, Evelyn.

En voyant Monty comme ça, il était facile de l'imaginer dans le même fauteuil quinze ans plus tôt, avant que les années de permission s'installent et qu'il perde de son éclat.

— J'aimerais sincèrement le lire, dis-je.

Il reporta subitement son attention vers moi, et je jure qu'il y avait une pointe de culpabilité dans son expression.

— Il ne te l'a pas montré ?

Je secouai la tête.

Monty resserra les doigts sur les bords du scénario d'ANU.

— Chaque chose en son temps, dit-il en rapprochant les documents de lui. Il faut… Il faut qu'on parle, Evelyn. Ezra a exprimé de sérieuses inquiétudes te concernant.

J'étais trop sidérée pour répondre.

— Sur ta charge de travail.

— Ma… charge de travail ?

Monty se racla la gorge.

— Ezra se soucie du fait que tu puisses être distraite.

Par « distraite », je supposai qu'ANU voulait dire « distraite par d'autres auteurs », ainsi que par le peu de vie personnelle qu'il me restait. Quel gamin insupportable et arrogant.

— Il avance bien avec son écriture, et il souhaite préserver ton temps afin que tu puisses en passer plus avec lui à l'assister. Voilà pourquoi j'ai pris une décision.

Il marqua une pause. Je retins mon souffle, me préparant à la suite, quoi que ce fût.

— Inutile de te rappeler tout ce qui repose sur ce scénario. Je compte sur toi pour veiller à ce qu'il fournisse le reste. Sans distractions, dit-il en remettant un stylo droit sur son bureau.

Je vais donc m'assurer que tu puisses te concentrer sur ton client.

— Mon quoi ?

Il se servit de sa manche pour dépoussiérer une photo encadrée de lui avec Richard Attenborough.

— Est-ce que j'ai vraiment besoin de te l'épeler ? À sa demande, je te délègue la responsabilité temporaire d'Ezra. Ce qui signifie évidemment que tu dois libérer davantage de ton temps pour le passer à l'aider. Comme je suis persuadé de ne pas avoir à le souligner, il lui faut une certaine dose d'attention. Jusqu'à sa deadline, je garderai un œil sur ta charge de travail, et je vais même…

Il marmonna quelque chose.

— Je n'ai pas bien entendu…

— Je vais m'occuper d'une partie de ton travail, dit-il dans un râle, comme si je lui avais soutiré ses propos. Nous devons vraiment le maintenir dans l'écriture, Evelyn. Il est tout ce que nous avons. Avec Alessandro hors du tableau…

Sa voix s'évanouit.

— Je croyais que ça se passait bien ?

J'avais été soulagée de voir Monty pourchasser un nouvel auteur, même si j'étais celle qui l'avait découvert. Signer Alessandro aurait pu nous enlever un peu de pression. J'avais vu ses courts-métrages – c'était un talent sur lequel compter.

— Il a été courtisé par un autre agent, dit Monty en fermant les yeux.

Ce genre de chose se produisait tout le temps dans le milieu – s'il y avait du buzz autour d'un nouveau talent, les agents rivalisaient pour le représenter. Toutefois, je voyais bien que celui-ci avait rudement touché Monty. Une part de moi se demandait si les choses auraient été différentes si j'avais pu parler moi-même à Alessandro. La prochaine fois.

— Il s'avère qu'il ne se souciait pas assez de sa carrière. Il a signé avec Geoffrey & Turner.

Ce qui expliquait tout.

— Je suis désolée, Monty, dis-je doucement.

Notre mépris mutuel pour Geoffrey & Turner était toujours un point sur lequel nous pouvions nous accorder.

— Il a choisi ce qui brillait. Il en retiendra bientôt la leçon. (Il sembla chasser tout cela de son esprit.) Passe-moi le contrat Miller et ta liste de tâches.

Qu'il me dise qu'il allait se charger de mon travail était une chose ; c'en était une autre de le voir y donner suite.

— Ne reste pas plantée là à bayer aux corneilles, reprit-il, Ezra a besoin de toi.

J'essayai de ne pas paraître trop heureuse en déposant le gros paquet de contrats sur son bureau. Il riva les yeux sur la pile vacillante avec une horreur à peine dissimulée. Puis il me prit mon bloc et regarda fixement ma liste.

— Ça fait un bout de temps que je n'ai pas fait ça. Mais bon, ce n'est pas non plus une science exacte.

— C'est juste la première page, précisai-je, penchée par-dessus le bureau en feuilletant le carnet pour lui.

Il blêmit, puis se retroussa les manches.

— Tu as sous les yeux un véritable agent au travail. Maintenant, allez, va-t'en d'ici.

— Juste une chose. Si je travaille avec Ezra, il faudra que j'aie accès aux notes de frais.

Un message m'attendait lorsque je revins à mon bureau.

ANU : De rien.

Rouquine : Vous me parlez maintenant ? Vous auriez dû me demander avant.

ANU : Je sauvais les apparences pour Monts. Je n'ai pas oublié ce que vous avez dit sur votre job en danger. Plus qu'un mois. Vous devez vous bouger les fesses si vous voulez que je finisse le scénario. Sinon, comment allez-vous rencontrer quelqu'un à temps ?

Je résistai à l'envie pressante de jeter mon téléphone contre le mur. Il avait reçu tant de compliments pour le scénario – il devrait forcément vouloir le terminer sans que j'aie à me ridiculiser, pour commencer !

ANU : Vous devez savoir à présent combien vos comptes rendus m'aident. À partir de maintenant, j'ai besoin que vous fassiez au moins deux jolies rencontres par semaine pour pouvoir finir. Vous devriez être reconnaissante. Je double vos chances de tomber amoureuse… et il vous faut toute l'aide possible.

Je m'assis lourdement. Deux par semaine ? Une était déjà plus qu'assez. Je n'étais pas certaine de pouvoir supporter de doubler l'humiliation. J'attendis que l'effroi familier me saisisse, d'avoir aussi à doubler l'écriture, mais ne trouvai à la place qu'un picotement d'impatience. *Tiens, c'est nouveau.*

Je m'étonnai qu'ANU insiste encore sur mon obligation de tomber amoureuse. Lorsque j'avais accepté ce marché, je m'étais dit que si je pouvais simplement faire en sorte qu'il se mette à écrire, il finirait en oubliant le reste. Mais voilà qu'il écrivait pour la première fois depuis des années et continuait de tenir cette part du marché au-dessus de ma tête. Il était clairement sorti de sa panne d'inspiration, alors pourquoi devais-je encore faire cette pirouette-là ? Cependant, sans tenir compte de l'éventualité que je tombe amoureuse de M. Fin heureuse, je n'avais plus qu'un mois pour le rencontrer – ou ANU n'achèverait pas le scénario. Au moins, j'avais plus de temps à présent. Mes amis avaient toujours dit que je rencontrerais quelqu'un si je bossais moins. J'imagine que je pouvais désormais découvrir si c'était vrai.

Rouquine : D'accord… SI vous m'envoyez vos feuillets en hebdomadaire à partir de maintenant.
ANU : Combien de fois ??? Je les enverrai à mon agent, la Rouquine.
Rouquine : Corrigez-moi si je me trompe... mais n'est-ce pas moi ?

Les points de suspension apparurent et disparurent à plusieurs reprises, comme si ANU avait commencé sa réponse puis changé d'avis. Jusqu'à ce qu'enfin :

ANU : Quand tout ça sera terminé, nous devrions aller prendre un verre et résoudre toute cette tension sexuelle entre nous.

Je levai les yeux au ciel. Il essayait clairement d'esquiver. Et pourtant, je ne pus m'empêcher de repenser à ce moment que nous avions partagé juste avant Noël, quand ANU m'avait déposée chez ma mère. J'avais dérapé et il m'avait rattrapée, et, durant une seconde, il avait presque semblé se passer quelque chose entre nous. Je chassai ce souvenir. *Je suis visiblement épuisée.*

Rouquine : Deux jolies rencontres par semaine en échange de vos feuillets envoyés en hebdomadaire.
ANU : Très bien. Je les enverrai en hebdo. À Monty.

Il promettait des envois hebdomadaires. Je n'attendrais plus fébrilement qu'il daigne partager ses feuillets avec qui que ce soit. J'avais là ce que je désirais. À terme, pour décrocher ma promotion, j'avais juste besoin qu'il tienne son engagement.

Rouquine : Nous avons un marché.

TAP, TAP, TAP.

Monty était à la fenêtre, regardant par le store oblique avec deux doigts. Il me fit signe, puis désigna la porte.

— Vas-y, pars, dit-il, la voix étouffée par la vitre.

Je ne savais pas trop ce qu'il attendait que je fasse pour ANU à 9 heures un mardi, mais je rassemblai quand même mes affaires. Je repensai à la liste que mes amis et moi avions concoctée. Si j'étais capable d'affronter deux jolies rencontres par semaine, pouvais-je repousser mes limites ? Si je voulais avoir le moindre espoir de remplir la stupide clause d'ANU stipulant que je devais rencontrer M. Fin heureuse, alors plus j'enchaînais les jolies rencontres, mieux ce serait. Il était temps que je reprenne le contrôle.

Et, me dis-je, en glissant la carte American Express de Monty dans mon sac à main, *je ferais aussi bien d'en profiter.*

25

Absente du bureau

De : Evelyn.Summers@WJM.co.uk
À : TheEzraChester@ezrachester.com
Objet : HAUTEMENT CONFIDENTIEL : La jolie rencontre Resquillage
16 janvier, 19 h 03

Veuillez trouver ci-joint ma tentative de recréer la jolie rencontre dans *Coups de foudre et conséquences*.

En bref : j'ai passé toute la journée à demander à des hommes si je pouvais passer devant eux dans la queue et à essayer d'entamer la conversation. Il y a clairement des queues pour lesquelles cela fonctionne mieux que d'autres. Par exemple, la queue pour les toilettes des hommes. Vous, au moins, vous avez une bonne excuse. Avez-vous vu les queues devant les toilettes des dames ?

J'ai essayé de resquiller à la poste. Malheureusement, le type qui m'a laissée passer essayait de savoir s'il était possible de poster un animal vivant en recommandé. Il est très difficile de flirter avec un homme qui porte un serpent dans une boîte qu'il est déterminé à expédier en Australie.

Juste au cas où vous vous poseriez la question : oui, il est possible d'envoyer des animaux vivants *via* le Royal Mail. Mais c'est tellement dommage que les durées d'attente soient si longues à la poste qu'ils ont peu de chance de survivre à la queue.

Bien à vous,
Evie

De : Monty@WJM.co.uk
À : Evelyn.Summers@WJM.co.uk
Objet : Question sur pitch – URGENT
17 janvier, 13 h 45

Chère Evelyn,

Je présente les grandes lignes du dernier Michael Mayhew à des producteurs cet après-midi, et je n'ai pas le temps de le lire. Je vais partir sur *La Servante écarlate* pour fans d'émissions automobiles. Je suis très motivé pour repousser les frontières avec celui-ci.

Est-ce que ça te semble correct ? Tiens-moi au courant avant 14 heures si ce n'est pas le cas.

Amitiés,
Monty

De : TheEzraChester@ezrachester.com
À : Evelyn.Summers@WJM.co.uk
Objet : Doit faire des efforts
17 janvier, 17 h 43

Ce n'est pas la quantité au détriment de la qualité, la Rouquine. Vous faites encore de la rétention avec moi. Vous aviez promis d'arrêter ça, vous vous souvenez ? Vous n'êtes vraiment pas mauvaise. Vous devriez prendre confiance en vous. Alors laissez tomber toutes les descriptions et lâchez-vous sur les dialogues, maintenant.

Je vais avoir besoin d'une autre jolie rencontre sur mon bureau pour la fin de la semaine.

E

De : Monty@WJM.co.uk
À : Evelyn.Summers@WJM.co.uk
Objet : Simon – URGENT
18 janvier, 11 h 32

Chère Evelyn,

Je suis au téléphone avec Simon depuis maintenant deux heures. Je suis littéralement en train de taper ce mail pendant qu'il continue de parler. Il ne lui reste qu'une scène à écrire et il a une espèce de crise existentielle.

Qu'est-ce que je fais, Evelyn ?

Il répertorie chaque commentaire négatif qu'il a pu recevoir, et il n'est pas encore sorti de ses années de lycée.

Au secours.

Amitiés,
Monty

De : Evelyn.Summers@WJM.co.uk
À : TheEzraChester@ezrachester.com
Objet : HAUTEMENT CONFIDENTIEL : Le croche-pied
19 janvier, 17 h 15

Vous est-il vraiment trop pénible de dire « s'il vous plaît », Ezra ?

S'il vous plaît, veuillez trouver ci-joint la jolie rencontre d'*Un cœur pris au piège*. Pas une rom-com, mais il comporte une jolie rencontre qui exigeait d'être honorée. Même si je ne suis pas certaine qu'honorer soit exactement ce que j'ai fait. Par contre, cela m'a permis de tester quelques-uns des restaurants les plus raffinés de Londres. Quel dommage que je n'aie plus le droit de retourner dans la plupart d'entre eux.

Il s'avère que si vous voulez essayer de faire un croche-pied à quelqu'un dans un restaurant, vous devez faire dépasser votre pied assez loin. J'ai dû étendre la jambe entière dans l'allée pour qu'un homme trébuche dessus. Ça rend les choses beaucoup plus difficiles à expliquer ensuite, je vous assure.

Avec du recul, je regrette de ne pas avoir choisi un restaurant sans nappes. Car lorsque les gens tombent, ils ont tendance à s'agripper à tout ce qu'ils peuvent dans leur chute. C'était comme dans l'un de ces tours de magie, sauf que plutôt que toute la nourriture reste à sa place, elle finit sur le magicien, qui vient d'atterrir la tête la première dans un risotto de fruits de mer.

J'ai décrit chaque tentative que j'ai faite de cette jolie rencontre. Le compte rendu est essentiellement du dialogue. J'espère que ce sera plus à votre convenance.

Bien à vous,
Evie

De : TheEzraChester@ezrachester.com
À : Evelyn.Summers@WJM.co.uk
Objet : S'IL VOUS PLAÎT
20 janvier, 1 h 12

Oui, c'est mieux. Plus comme ça, s'il vous plaît. Et tout de suite, s'il vous plaît.

Bises,
E.

De : Evelyn.Summers@WJM.co.uk
À : TheEzraChester@ezrachester.com
Objet : HAUTEMENT CONFIDENTIEL : L'Ascenseur (c.-à-d. la jolie rencontre bonus)
22 janvier, 18 h 34

S'il vous plaît, veuillez trouver ci-joint la jolie rencontre *(500) jours ensemble*.

Il m'a fallu quasiment la journée, trois centres commerciaux, et approximativement cinquante-sept trajets en ascenseur.

C'est très compliqué de trouver quelqu'un qui écoute les Smiths assez fort pour chanter en chœur, et (spoiler) je n'ai pas trouvé.

J'ai simplement dû faire avec ce que j'avais.

Voici un résumé :

Moi : *(Tape homme sur épaule.)* Oh, mon Dieu, est-ce que c'est… Gloria Estefan ?

Lui : *(Rougit furieusement.)* C'est un mix Spotify. *(Regarde autres gens dans ascenseur.)* C'est complètement aléatoire.

Moi : *(Insistante.)* J'ADORE cette chanson.

Devinez quoi ? Il se trouve que la femme idéale pour lui n'est *pas* celle qui connaît toutes les paroles de « Rhythm Is Gonna Get You ».

Vous l'ignorez peut-être, mais certains ascenseurs anciens ont encore des boutons d'arrêt d'urgence. Et si un vieillard embarqué avec vous dans ledit ascenseur est, par exemple, enclin à la panique, il ne lui en faut pas beaucoup pour appuyer dessus. Une femme qui se met d'un coup à chanter suffira amplement.

Ça fait maintenant une semaine. Vous avez eu trois jolies rencontres de ma part.

Il est temps d'envoyer vos feuillets.

Bises,
Evie

De: TheEzraChester@ezrachester.com
À: Evelyn.Summers@WJM.co.uk
Objet: Re: HAUTEMENT CONFIDENTIEL: L'Ascenseur (c.-à-d. la jolie rencontre bonus)
24 janvier, 2h20

Votre écriture est vraiment pittoresque, la Rouquine. Sincèrement. C'était comme si je me trouvais avec vous dans l'ascenseur. Surtout le passage où le type a éteint sa musique et que vous avez quand même décidé de terminer la chanson.

J'ai vraiment ressenti avec précision le temps qu'il a fallu au technicien pour vous sortir de là.

E.

P.-S. : Les feuillets seront envoyés quand ils seront convenables et prêts.

De: Monty@WJM.co.uk
À: Evelyn.Summers@WJM.co.uk
Objet: Boîte de réception pleine??? URGENT
24 janvier, 11h32

Je crois qu'il y a un problème avec ma boîte de réception. Ça n'arrête de me dire que c'est plein. J'ai dû jeter des mails rien que pour envoyer celui-ci. Pourquoi y en a-t-il tant?

Par ailleurs, je ne sais pas trop quel est ton système de classement, donc j'ai rangé des contrats dans tous les endroits libres que j'ai pu trouver.

De : Evelyn.Summers@WJM.co.uk
À : TheEzraChester@ezrachester.com
Objet : HAUTEMENT CONFIDENTIEL : Nous avions un accord
24 janvier, 13 h 22

Envoyez-les maintenant, Ezra. Plus de jolies rencontres jusqu'à ce que vous l'ayez fait.

Bien que je vous joigne la jolie rencontre Centre commercial tirée d'*Un amour à New York*, parce que quand vous avez passé toute une journée plantée derrière des hommes qui font du shopping de vêtements en déclarant que vous voulez acheter ce qu'ils achètent, vous avez envie que l'humiliation vaille le coup.

Je sais que vous pouvez le faire.

Evie

De : TheEzraChester@ezrachester.com
À : Evelyn.Summers@WJM.co.uk
Objet : ABSENT DU BUREAU
24 janvier, 13 h 22

Salut, je suis actuellement en train de boire des margaritas dans une piscine à débordement et je ne répondrai certainement pas à votre mail.

E.

De : Evelyn.Summers@WJM.co.uk
À : TheEzraChester@ezrachester.com

Objet: Re: ABSENT DU BUREAU
24 janvier, 19h45

Il vaudrait mieux que cet absent-du-bureau soit une blague, Ezra! Notre deal, c'est que vous envoyiez ces pages. Je me suis ridiculisée dans tout Londres, alors le MOINS que vous puissiez faire, c'est envoyer quelque chose à Monty.

Ne vous avisez pas de m'ignorer.

Evie

De: Monty@WJM.co.uk
À: Evelyn.Summers@WJM.co.uk
Objet: URGENT
25 janvier, 12h42

Chère Evelyn,

Tu n'as pas besoin que je te rappelle, j'en suis sûr, que la deadline d'Ezra pour soumettre le restant de l'acte II aux producteurs est jeudi.

J'ai remarqué que tu t'étais servie des notes de frais, j'en déduis donc que tout se passe bien.

Normalement je te proposerais d'intervenir, puisque j'ai un peu plus d'expérience dans ce domaine. Toutefois, je dois dire que tu m'as beaucoup impressionné ces derniers mois. Je commence à croire que tu pourrais bien être capable d'y arriver après tout.

Je vois de grandes choses se profiler devant toi, Evelyn.

Amitiés,
Monty

P.-S. : À moins que les gants à 100 livres n'aient été achetés pour protéger les mains d'Ezra pendant qu'il tapait son texte, il serait prudent de les rendre.

De : Evelyn.Summers@WJM.co.uk
À : TheEzraChester@ezrachester.com
Objet : Non distribuable : Re : Re : ABSENT DU BUREAU
25 janvier, 20 h 45

Votre message à TheEzraChester@ezrachester.com a été bloqué par les paramètres de filtrage de grossièretés de l'utilisateur.

26

M. le Juge

INT. : LE PUB *MONSEIGNEUR*, EAST DULWICH -SAMEDI 26 JANVIER, 22 H 30

Le pub est plein à craquer. EVIE et STEPH sont au bar bondé, à attendre d'être servies. Elles s'extirpent en se tortillant de leurs manteaux trempés dans l'espace noir de monde et se parlent en criant par-dessus le bruit. Elles sont presque arrivées au comptoir.

— Est-ce que c'est toujours aussi animé ? me lança Steph. Je fus bousculée par l'arrière, et Steph et moi nous élançâmes plus près du bar, comme des débris à la surface d'une vague.

Je haussai joyeusement les épaules.

— Je n'étais jamais venue ici. D'habitude, le samedi soir est un moment privilégié Netflix, dis-je en rougissant.

Le vin que nous avions bu avec notre repas m'avait clairement plus attaquée que je ne l'avais réalisé.

Steph m'adressa un grand sourire, en calant ses cheveux bruns et raides derrière son oreille.

— Oh, chérie, Dieu merci nous t'avons sortie ce soir.

C'était étrange, d'être dehors le week-end, et plus encore avec une nouvelle personne. Après avoir écouté les conseils généralement avisés de ma mère au sujet du groupe de lecture, j'y étais retournée, en ayant lu le livre cette fois (*Le Seigneur des anaux*). Steph avait encore fourni le vin et m'avait mise à l'aise. Il m'avait fallu une bonne partie de la semaine passée pour prendre mon courage à deux mains et lui demander si elle voulait sortir ce soir-là. J'étais déterminée à profiter pleinement d'avoir le temps, pour une fois. Se faire de nouveaux amis adultes est aussi angoissant que proposer un rencard à quelqu'un. Obtenir le numéro de la personne est déjà assez difficile. Puis vous envoyez ce premier message, en espérant l'appâter avec un peu d'humour et, quand elle vous répond, vous vous étreignez de joie, en vous abstenant de répondre l'heure suivante afin de ne pas paraître trop en manque affectif.

— Alors, si tu rencontrais quelqu'un dans ce bar, cela compterait-il comme une jolie rencontre ? demanda Steph.

Je lui avais tout raconté sur ANU et le défi, y compris la façon dont il avait déserté. Je n'avais toujours aucune idée d'où il était, ni du moment où il reviendrait. L'acte II devait être rendu le jeudi, et il continuait de ne répondre à aucun de mes mails ni messages. Je réprimai mon inquiétude.

La bonne – géniale, stupéfiante, *incroyable* – chose dans tout cela, c'était qu'après avoir passé deux semaines d'affilée à rédiger une jolie rencontre après l'autre, je n'avais pas eu le temps de m'attarder sur le fait que je me remettais à écrire. J'avais juste écrit. Et cela s'était révélé vraiment agréable. Je ne réfléchissais pas encore à ce que cela pouvait signifier. Je ne mettais pas trop de pression sur cette sensation optimiste, nouvelle et fragile.

— Il faudrait un rebondissement de plus, dis-je. Comme dans *Trop loin pour toi*, quand Justin Long et Drew Barrymore découvrent que chacun essayait de battre les meilleurs scores de l'autre au jeu d'arcade du bar. (Un espace se dégagea devant nous et nous nous imposâmes avec avidité.) Même si, pour honnête, je commence à redouter de ne jamais rencontrer personne.

— Crois-moi, je connais ce sentiment, dit Steph en décochant un sourire au barman. Mon rendez-vous Tinder de la semaine dernière m'a demandé si ça m'intéressait d'allaiter.

Quelqu'un nous heurta lourdement.

— Désolé, entendis-je un homme dire avec un accent irlandais. En général, je suis bien plus coordonné. Pendant que je suis là, ce ne sont vraiment pas mes affaires, mais je n'ai pas pu m'empêcher d'entendre que vous fréquentiez toutes les deux le mauvais type d'hommes.

Il se tenait derrière nous, tenant à la main deux pintes débordantes, la moitié de ses cheveux blonds noués en chignon.

— Dieu merci, vous étiez là pour nous le dire, dit Steph en le congédiant avec un clin d'œil. Une bouteille de rosé, s'il vous plaît, demanda-t-elle au barman. De la maison.

Nous nous frayâmes un chemin à travers le pub. Moi avec le vin serré contre ma poitrine, Steph tenant les verres en l'air comme s'il s'agissait de fanaux guidant notre parcours dans la foule.

— Je vois une table !

Mais, lorsque nous l'atteignîmes, il y avait déjà quelqu'un assis sur l'un des quatre tabourets. M. Vous-fréquentez-le-mauvais-type-d'hommes.

Ses yeux s'illuminèrent quand il nous vit – ou, plus précisément, Steph, qui pivota aussitôt sur les talons de ses bottes rouges.

— Attendez, lança-t-il. Nous avons deux sièges de libres. Vous êtes les bienvenues. Honnêtement, c'était une mauvaise première impression. Vous devriez vraiment essayer la seconde.

Steph me consulta.

— C'est ça ou rester debout, dis-je.

Elle se retourna et plaça le vin sur la table de l'inconnu.

— Très bien, alors voyons ça, lui dit-elle en s'asseyant à côté de lui.

Il sourit et se redressa.

— Marc. Récemment célibataire. Photographe. Un mec hors pair en état de sobriété. Qui ne rêverait jamais de vous demander d'allaiter. Ce tabouret-là est pour mon ami. L'un de ces mecs énervants du genre boyscout-magnifique-et-qui-l'ignore. (Il m'adressa un regard éloquent.) Il vient de m'aider à déménager de chez mon ex.

Cette dernière partie était uniquement destinée à Steph, et pourtant, par pur réflexe, je commençai à évaluer la situation pour son potentiel en jolie rencontre.

Peut-être que si je renversais mon verre sur le boyscout d'un âge présumé approprié…

Bien sûr, il faudrait qu'ANU lise ses mails pour que cela en vaille la peine.

— Maintenant, à votre tour. Dites-moi vos prénoms et la chose la plus intéressante chez vous.

Steph remplit mon verre de vin à ras bord en réprimant un sourire.

— Je suis Steph, dit-elle. Je fais une thèse en littérature féministe, que je finance en écrivant de la fiction érotique. (Marc parut aussi impressionné que moi quand elle me l'avait dit un peu plus tôt dans la soirée.) Voici mon amie Evie.

J'essayais de penser à la meilleure manière de formuler « Je regarde beaucoup Netflix », lorsque Steph poursuivit avec :

— Elle travaille dans une agence de cinéma. Elle tente de tomber amoureuse comme on le fait dans les rom-coms, pour amener un connard de scénariste à en écrire une.

— Je ne cherche pas vraiment l'amour, dis-je, comme si Marc avait besoin ou se souciait même d'avoir des explications. Je le fais juste pour mon travail.

Je pris une bonne gorgée de vin, un peu mortifiée, mais, en même temps, légèrement satisfaite que ma vie ait l'air beaucoup plus intéressante que je n'en avais l'habitude.

Marc plongea le regard dans sa pinte.

— Il se peut que j'aie trop bu, ou pas assez, pour comprendre ce que vous venez de dire. Ah ! (Il fit signe à quelqu'un derrière nous.) Le voilà. (Il regarda de nouveau vers moi.) Sincèrement, un être humain merveilleux, et le meilleur ami qu'un homme puisse avoir.

Ma première pensée fut :

Grand, cheveux noirs et bouclés, yeux bruns et doux, sourcils bruns expressifs, très belle mâchoire…

Puis je finis par comprendre qui je décrivais.

— Ben ?

— Evie ?

Ben me dévisagea en glissant son téléphone dans sa poche. Je rougis violemment, heureuse qu'il ne puisse pas savoir ce que je venais de penser.

Potentiel en jolie rencontre, en effet.

Steph le regardait aussi, intriguée. Nous n'avions pas trouvé le temps de parler de Ben.

Marc désigna le tabouret à côté de moi, et, après une pause manifeste, Ben s'assit, les yeux toujours sur moi.

— Vous vous connaissez déjà ? Je croyais que tu ne sortais plus, mec. Est-ce que tu me caches des choses ?

— Nous nous sommes rencontrés chez *Gil's*, dit calmement Ben.

L'expression de Marc se radoucit.

— Ah, mec. (Il sembla me regarder d'un œil neuf.) Chez *Gil's*, de tous les endroits possibles.

S'ensuivit un instant de silence, et je tentai de le remplir.

— Steph, voici mon Ben ami – mon Ben – mon ami Ben, bafouillai-je, incitant Ben à hausser ses « sourcils bruns expressifs ».

Nous ne nous étions pas parlé depuis le dimanche précédent, quand j'avais déposé son projecteur chez *Gil's*. C'était une visite éclair parce que, dans un geste moins que courtois, j'avais déguerpi de là pour faire une jolie rencontre, incapable de l'affronter si tôt après l'avoir traité de « M. le Juge ». Anette avait dû par quelque moyen le convaincre de poser pour un selfie, car, une heure plus tard, j'avais reçu une photo d'eux en train de boire des chocolats chauds, avec le message :

Bonne chance pour trouver M. Fin heureuse, Evie !

Je m'étais sentie affreusement mal de l'avoir évité.

Et à présent il était là, à portée de contact.

— Vous avez déjà rencontré mon Marc, dit Ben en tendant la main vers Steph.

Elle la serra avec un lent sourire en lui adressant un coup d'œil appréciatif. J'étouffai une étrange montée de possessivité.

Ce n'est pas comme s'il était vraiment ton Ben.

— On se connaît depuis un bail, dit Marc en descendant la moitié de sa bière. Evie ici présente était sur le point de nous raconter comment elle n'essaie absolument pas de tomber amoureuse.

Ben n'eut aucune réaction. Je l'étudiai, tentant de deviner s'il était fâché contre moi.

Steph parut sentir que quelque chose n'allait pas.

— Marc allait nous raconter quel type de photographe il est.

— Ah bon ? fit l'intéressé. (Elle acquiesça de façon encourageante.) Écoutez, je ne suis pas du genre à exhiber mon matériel au premier rendez-vous, mais…

Il sortit un gros appareil photo de la sacoche suspendue à son siège et le donna à Steph.

— Ce sont surtout des paysages et la nature. Des trucs genre *National Geographic*. J'ai travaillé avec Attenborough. Enfin, dit-il en rougissant. Il a écrit l'intro d'un livre qui contenait l'une de mes publications.

Tandis qu'il lui parlait au fil des photos, je ne pus m'empêcher de regarder Ben, seulement pour m'apercevoir qu'il avait les yeux rivés sur l'appareil. Avait-il un jour travaillé avec Marc ?

— Sissy Lately, dit Steph en rendant l'appareil. C'est mon pseudo, si ça vous intéresse. Vous m'avez montré votre travail, c'est juste normal que je vous montre le mien. Vous avez un talent considérable, Marc.

— Vous devriez le voir en action.

Le tonnerre gronda dehors, suscitant un chœur alcoolisé satisfait de la part de la clientèle du pub.

— Ce qui me rappelle, reprit-il, que les commandes s'arrêtent dans vingt minutes et que ces gars-là font les meilleurs Dark and Stormy du sud-est de Londres.

Steph vida prestement les dernières gouttes de la bouteille dans mon verre.

— Les dieux de la météo ont parlé. Allons-y.

Ils bondirent de leurs tabourets.

— Tiens, mon pote, dit Marc en collant l'appareil dans les mains de Ben. Jill a failli s'en débarrasser avec le reste de mes affaires. Mon ex, précisa-t-il pour Steph. C'est un signe. (Il ouvrit grand les bras en marchant à reculons dans un groupe de buveurs.) Tu m'accompagnes à ma prochaine mission – on a besoin que notre boyscout revienne !

— Je te l'ai donné, lança Ben derrière lui. Et j'ai un boulot.

Mais il était déjà parti.

En nous laissant seuls tous les deux.

Détends-toi, Evie.

Peut-être ne s'en souvenait-il même pas.

— Alors, dit-il. M. le Juge.

— J'avais bu, m'empressai-je de dire, puis grimaçai à mon intonation défensive.

Il était possible que je me sois comportée avec une lâcheté totale le dimanche précédent, mais je m'étais efforcée de réfléchir à un moyen de remercier Ben convenablement pour tout depuis l'enterrement de vie de jeune fille. De sincères excuses semblaient constituer un bon point de départ.

— Je n'aurais vraiment pas dû vous dire ça, et surtout pas après tout ce que vous avez fait. Je suis désolée. La vérité, c'est que ces ballons, le diaporama, Shrewksbury – vous en avez fait un week-end dont Sarah se souviendra toute sa vie. (Je souris d'un air piteux.) Et pas seulement parce qu'il y avait beaucoup de pénis.

Le coin de sa bouche se releva, juste un peu.

— Ce n'était vraiment rien, dit-il.

Je me détendis. Peut-être n'avais-je pas tout gâché entre nous.

— J'espère que ça valait le coup, poursuivit-il.

L'espace d'un instant, je ne sus ce qu'il voulait dire.

— Ce qui s'est passé avec l'enterrement de vie de jeune fille, insista-t-il. La jolie rencontre que vous avez faite pour le scénariste.

M. le Juge, en effet, me dit une petite voix, d'un ton plutôt suffisant. Mais j'étais censée présenter des excuses, et ce n'était pas comme si je ne l'avais pas mérité.

— Si ça peut vous réconforter, je ne suis même pas certaine de faire d'autres jolies rencontres. ANU est parti.

— Parti ?

— Disparu de la circulation. Évaporé. Juste au moment où il devait rendre la fin de l'acte II.

— D'après ce que vous disiez, c'est un miracle qu'il ait déjà écrit quoi que ce soit.

— Vous êtes quoi, son plus grand fan ? dis-je sèchement.

Maîtrise-toi, Evie.

À ce rythme-là, j'allais devoir présenter des excuses pour ces excuses.

— Ce que je veux dire, s'obstina Ben, c'est que vous l'avez remis à l'écriture. Il a clairement besoin de vous. Alors rappelez-le-lui. (Il y avait du défi dans son expression.) Refusez de faire d'autres jolies rencontres.

Pourquoi avait-il un tel problème avec ça ?

— Ne croyez-vous pas que j'aie déjà essayé ? *(Quoique bourrée.)* Il ne me prend pas au sérieux. En vérité, il m'a fait croire que les jolies rencontres l'aidaient à écrire. Ça doit vous paraître ridicule.

— Pas du tout.

Je relevai les yeux vers les siens, surprise.

Des yeux gentils, me dis-je bêtement.

— Evie ! lança Steph en accourant vers notre table. Est-ce que tu as de la monnaie ? Marc et moi sommes en plein duel sur la machine arcade.

Elle m'adressa un regard entendu. Ben avait déjà sorti son portefeuille et lui tendait ce qui semblait être un nombre considérable de livres.

— Bonne chance, Drew, dis-je.

Steph me fit un clin d'œil et s'éloigna en vitesse.

— Anette a commencé de nouvelles choses, annonça Ben lorsqu'elle fut partie. Prendre des cours de théâtre. Se faire de nouveaux amis. Elle a vraiment pris confiance en elle après la pièce.

— C'est merveilleux, répondis-je en me demandant où il allait voulait en venir.

— Et c'est entièrement grâce à vous. Voir tout ce que vous avez fait jusque-là lui a donné envie d'être courageuse aussi.

On ne m'avait jamais qualifiée de courageuse avant. Après l'avoir fui le dimanche précédent, je n'avais pas l'impression de le mériter. Et si les jolies rencontres requéraient généralement de prendre plus que quelques risques avec ma dignité, je m'étais considérée comme motivée par la peur de perdre mon job.

— Elle m'a dit qu'elle voulait « être plus Evie ».

— Vraiment ? demandai-je.

— Elle m'a dit que je devrais être plus Evie, moi aussi, ajouta-t-il en baissant très brièvement les yeux sur l'appareil avant de les reporter vers les miens. Ce scénariste serait perdu sans vous, et il le sait. Il a besoin de vous. Croyez-moi. S'il pense que vous en avez vraiment fini avec le marché, il rappliquera en courant.

Je laissai les propos de Ben faire effet. Il paraissait si sûr de lui. ANU avait tout arrangé pour que je puisse faire plus de jolies rencontres. En aurait-il pris la peine s'il n'en avait pas eu besoin ?

Auquel cas, comment allait-il pouvoir réagir s'il pensait sincèrement ne plus recevoir d'aide de ma part ? Serait-ce suffisant pour qu'il respecte la deadline ? Qu'il envoie peut-être même ces feuillets à moi, pour changer ? Il faudrait plus qu'une vague menace que j'avais lâchée au nouvel an. Je devais laisser tomber le deal.

Pour cela, je devrais être aussi courageuse qu'Anette m'imaginait. Ça, ou bourrée.

— OK, dis-je à Ben. Plus de jolies rencontres.

Son sourire illumina son visage.

— Alors je crois que cela exige de reprendre à boire.

Il partit vers le bar, sa grande silhouette se frayant un chemin parmi la foule qui se dispersait.

Je sortis mon téléphone et écrivis un message à ANU que j'espérais profondément ne pas regretter quand je me réveillerais, sobre, le lendemain.

Rouquine : Vous aviez raison au sujet des rom-coms. Elles ne sont pas réalistes. Je ne trouverai jamais quelqu'un pour tomber amoureux de moi. Je vais tout raconter à Monty. J'arrête. Le marché est rompu.

Ben était encore au bar quand mon téléphone s'alluma. Je le pris.

NUMÉRO INCONNU : Salut. Je viens de trouver votre carte. Une fille qui fait un truc pareil, je tiens à la rencontrer.

Je me laissai retomber sur mon siège, déçue. J'avais quasiment renoncé à la jolie rencontre du Destin, après mes messages de Noël classés X. Se pouvait-il que quelqu'un de normal ait fini par trouver l'une de mes cartes glissées dans un livre ? Je rangeai mon portable sans répondre. Il fallait que je m'en tienne à ma décision : plus de jolies rencontres jusqu'à ce qu'ANU rende son travail. Pendant ce temps, je devais juste prier pour qu'il ne parle pas de notre deal à Monty, parce que je n'en avais certainement pas l'intention. C'était un risque calculé, et que j'étais prête à courir si ça poussait ANU à penser que j'étais sérieuse. Il savait que mon job était en jeu si Monty découvrait tout. Il me fallait espérer que cela suffise pour qu'il me croie.

Ben se faufila dans le bar vers moi. Il avait le bout des oreilles rose. Je me demandai s'il était allé prendre des nouvelles de nos amis absents. Il posa nos verres – des Dark and Stormy, devinai-je d'après leur aspect – à une distance prudente de son appareil, et je songeai à l'offre de travail que Marc lui avait faite. Une fois encore, Ben m'avait tirée d'embarras, et jusque-là j'étais seulement parvenue à des excuses maladroites en retour. Peut-être qu'il y *avait* quelque chose que je pouvais faire pour lui.

Parfois, les gens avaient juste besoin d'un petit coup de pouce pour se remettre sur le droit chemin.

Je plongeai la main dans mon sac et en ressortis la clé USB que j'avais emportée.

— Vous avez laissé des photos là-dessus, dis-je.

Il marqua une pause, la paille à mi-chemin de sa bouche, le visage traversé d'émotions presque trop rapidement pour les saisir. De l'inquiétude, peut-être, comme si mon avis lui importait. Et peut-être même du soulagement.

— Elles sont incroyables, Ben.

— Merci.

Son ton était circonspect.

Il y avait tant de questions que je voulais lui poser depuis que j'avais vu ces photos. Je commençai avec ce qui pourrait être, pensai-je, le plus simple.

— Quand avez-vous arrêté ? demandai-je doucement.

— Ça fait environ trois ans.

La même durée qui s'était écoulée depuis la mort de sa femme. Je doutais que ce soit une coïncidence.

Ding, ding, ding.

— Dernières commandes dans cinq minutes ! cria un barman.

C'était maintenant ou jamais.

Peut-être que si je n'avais pas vu ses photos, ni la façon dont ses yeux s'étaient attardés sur l'appareil, j'aurais cessé d'insister à ce moment-là. Mais cela m'était impossible. Pas avant de lui avoir raconté une chose que je confiais très rarement à qui que ce soit. Je lui devais cela.

— Avant, je voulais être auteure.

À mes mots précipités, il s'immobilisa, m'accordant toute son attention.

— Mon père et moi regardions des films ensemble – nous n'étions pas difficiles. Films d'amour. Comédies musicales. Westerns. Thrillers. *Brick Park* de Dorothy Taylor était notre favori. Je voulais à tout prix être comme elle. J'écrivais tout le temps. J'ai même étudié l'écriture de scénario à l'université. Papa était en route pour la projection de l'un de mes courts-métrages quand c'est arrivé.

Je déglutis, me souvenant d'avoir été contrariée par son retard et m'être demandé où il était, puis d'avoir reçu l'appel de maman, et du monde qui s'écroulait. « Ton père est à l'hôpital. »

— Ils ont dit qu'il s'agissait d'une crise cardiaque foudroyante. Ça aurait pu avoir lieu n'importe quand.

Mais cela s'était produit alors qu'il se dépêchait de venir voir mon film.

— Ce n'était pas votre faute, dit Ben, et je pris conscience que je m'étais tue. Je sais que c'est ce que les gens vous disent, et que c'est difficile de les croire, mais c'est vrai.

Quelque chose dans la manière dont Ben dit cela me révéla combien il comprenait parfaitement ce que je ressentais. Ce qui m'amena à m'interroger, une fois de plus, sur ce qui était arrivé à sa femme.

— Merci, je sais, dis-je doucement. Par chance, j'ai des amis géniaux qui ont refusé de me laisser penser autrement. Ils ont même essayé de me faire continuer d'écrire. J'y suis parvenue un moment, mais je roulais à vide, seulement je l'ignorais. Mes amis étaient tout ce qui me faisait persévérer. Quand j'ai déménagé à Londres, il ne m'a pas fallu grand-chose pour arrêter complètement.

Je fis une pause, rassemblant mes esprits pour la suite.

— Finalement, il a suffi d'un seul agent pour me dire que je n'étais pas assez bonne. Ces jolies rencontres…

Elles peuvent sembler anecdotiques vues de l'extérieur, mais les écrire pour ANU, c'est comme si enfin j'avançais après avoir passé une période vraiment longue à stagner. (Je m'interrompis, ne souhaitant pas aller trop loin.) Parfois, vous ne pouvez parvenir à l'endroit où vous avez besoin d'aller qu'à petits pas. Vous devez juste être prêt à saisir votre chance.

Je scrutai ses yeux marron en me demandant si j'avais fait le bon choix en lui disant tout cela.

— Evie. Les jolies rencontres. Je n'avais pas compris que…

Un cri jaillissant des environs du bar lui coupa la parole.

— On ferme ! Merci, messieurs, dames !

— Eh, les amis !

Marc et Steph zigzaguaient vers nous, bras dessus bras dessous. Marc se jeta vers Ben, le plaqua contre son flanc dans une étreinte et enfouit sa tête contre son torse.

— Steph vient de me dire que nous avons fait une « jolie rencontre ». Est-ce que ça vous est arrivé aussi ?

Le silence s'était-il abattu sur la salle ? Car les paroles de Marc bourdonnèrent comme des acouphènes dans mes oreilles.

— Il est temps de mettre ton manteau, Marc, dit Ben d'un ton posé en se dégageant.

Je vérifiai comment se portait Steph. Elle avait la démarche étonnamment stable en rassemblant ses affaires.

— Tu es un ami fabuleux, tu le sais, hein ? dit Marc, tandis que Ben lui faisait enfiler son manteau. Ben ! Le type qui rapplique toujours. (Marc était vert.) Même si tu ne vas peut-être pas vouloir rester pour ce qui suit.

— Attends qu'on soit dehors, mon pote, dit Ben en le déplaçant avec douceur mais fermeté vers la porte. Je te tiendrai même les cheveux en arrière.

— Juste une seconde. (Steph glissa une carte dans la poche du manteau de Marc et la tapota.) Mon numéro. Apprenons vraiment à nous connaître.

Puis elle m'embrassa sur la joue ; elle sentait les fraises et le rhum.

— On devrait refaire ça. Ça va aller pour rentrer ? s'enquit-elle.

Je lui dis que j'habitais juste au coin de la rue, et elle sortit du pub avec désinvolture en se drapant de son écharpe rouge. Je la regardai s'éloigner, un peu admirative.

Ben reconduisit Marc, marquant une brève pause à la porte.

— Juste pour info, nous ne serons pas au *Gil's* demain. Je vais chercher Anette chez ses grands-parents, dit-il.

Il arborait une expression fermée.

— Alors je vous verrai la semaine prochaine, dis-je, avec une pointe inattendue de déception que je réprimai avant qu'il ne puisse la voir sur mon visage.

Il acquiesça au moment où la porte se ferma derrière lui.

Qu'est-ce qui vient de changer ?

Mais j'avais la réponse. À l'instant où Marc avait évoqué le fait que ceci était une jolie rencontre, Ben s'était replié sur lui-même. De nouveau. J'enfilai brusquement mes mitaines. Ce n'était pas comme si j'essayais de faire une jolie rencontre avec lui, alors quel était son problème ?

En retirant mon duffle-coat du dossier de ma chaise, je vis l'appareil calé sur le siège de Ben.

Oh non, certainement pas.

Faute de mieux, je réunirais Ben avec son appareil. Je m'en emparai et me précipitai dehors. Il pleuvait des cordes. Je secouai mon parapluie rouge et m'engageai dans la rue en plissant les yeux pour scruter l'averse. Là. Ben avait hélé un taxi et essayait d'y faire entrer Marc. La pluie avait balayé ses cheveux noirs dans ses yeux.

— Ben.

Je me hâtai vers lui, lui mis l'appareil entre les mains, puis me détournai avant qu'il ne puisse protester.

Je n'avais fait que quelques pas lorsque je l'entendis m'appeler.

—Evie.

Je me retournai, tremblante sous un lampadaire tandis que j'agrippais mon parapluie, en me demandant ce qu'il pouvait bien vouloir.

Flash. La rue entière s'alluma, la pluie huileuse et brillante. Tandis que je clignais les yeux pour atténuer l'éclat, je vis Ben baisser l'appareil. Il l'observa un instant avant de relever la tête pour croiser mon regard.

—À petits pas, dit-il.

27

Mes meilleures amies revisité

INT. : LA CHAMBRE D'EVIE, MERCREDI, 30 JANVIER, 17H34

EVIE porte des collants et une robe de chambre. Elle sort une housse à vêtements d'un carton de livraison et la suspend à la porte de son armoire. Sa chambre est minuscule, mais rangée. Il y a des affiches de films encadrées sur les murs : *Brick Park*. *Quand Harry rencontre Sally*. *Lost in Translation*. *Le Champion*. *Chambre avec vue*. *Thelma et Louise*. *Birdcage*. *Juno*.

La robe de demoiselle d'honneur était plus lourde qu'elle en avait l'air. Sarah les avait choisies avant Noël, mais j'étais alors à Londres, et, plutôt que de m'envoyer une photo, elle avait voulu que je la découvre en personne pour « réellement en profiter ». Elle me l'avait postée afin que nous puissions essayer nos robes en même temps ce jour-là, malgré les trois cents kilomètres qui nous séparaient.

— Est-ce que ça te paraît bien ?

La voix de Sarah était métallique dans le haut-parleur de mon ordinateur portable en équilibre sur mon lit. La qualité d'image sur la tablette que Jeremy avait calée était un peu floue, mais je pouvais le voir assis avec Maria sur le petit canapé en forme de cœur dans la boutique nuptiale à Sheffield, un verre de prosecco à la main pendant qu'ils attendaient que nous nous préparions toutes les deux. J'aurais aimé avoir les moyens d'être physiquement auprès d'eux. Toutefois, j'avais au moins mon propre verre – en plastique – de prosecco pour m'aider à aller au bout de tout cela.

— Je suis toujours en train de dézipper.

— C'est tellement bizarre de te voir hors du bureau à cette heure de la journée, dit Jeremy, les bras sur les genoux tandis qu'il regardait dans la caméra.

— Toi aussi, lui dis-je.

Maintenant que nous savions tous à quel point ses horaires étaient devenus dingues, nous prenions davantage de ses nouvelles.

— Monty me soulage encore d'une partie du travail. Presque tout à part mes révisions.

C'était comme le job de mes rêves, sauf que je vivais un cauchemar dans lequel je n'avais pas prévenu Monty qu'ANU était toujours injoignable. Ni que j'avais refusé de continuer à faire la seule chose qui l'avait apparemment remis à l'écriture.

Je chassai résolument mes inquiétudes et pris la flûte en plastique sur mon bureau. Il était question de Sarah, pas de moi. Je sirotai du prosecco avant d'approcher la housse. Les allusions de Jeremy et le stoïcisme de Maria induisaient qu'il fallait voir la robe de la demoiselle d'honneur pour y croire.

— Alors tu as dit à ANU que tu arrêtais ? demanda Maria, tandis que je baissais brusquement la fermeture pour jeter un coup d'œil à l'intérieur. Juste comme ça ?

— Ouaip. Oh, mon Dieu, dis-je.

C'était très… *pêche*. Pas exactement l'or rosé de bon goût que Sarah avait promis. Au départ, je ne distinguais pas bien la robe en raison des ruches. Puis je m'aperçus que la robe, c'était les ruches. Je la sortis méthodiquement de la housse et reculai.

Peut-être rendrait-elle mieux portée.

— Ça doit être agréable d'avoir du temps libre.

— J'apprécie la pause, en vérité. J'avais oublié toutes les choses qu'il y a à faire à Londres. Et, ajoutai-je, un peu timidement, j'ai eu du temps pour méditer combien j'apprécie de recommencer à écrire. Même s'il ne s'agit que des jolies rencontres.

— Oh, Evie!

Cela venait de Jeremy; Maria s'agrippait à son bras en affichant un optimisme prudent.

— La robe, tu comptes l'essayer à un moment? lança Sarah, invisible à l'écran.

Docile, j'allai hors du champ de la caméra et me débarrassai de ma robe de chambre.

— Je suis tellement, tellement contente pour toi, Evie, dit Maria.

— Pareil, mais peut-on revenir à la partie où le Veuf sexy a pris ta photo? demanda Jeremy.

Je me penchai vers l'écran pour qu'il puisse voir le regard que je lui adressais.

— Est-ce qu'elle l'a enfilée? demanda Sarah.

— Juste une minute, grommelai-je en essayant de localiser la fermeture.

Je me sentais comme Katherine Heigl dans *27 robes*, sauf que je les portais toutes en même temps.

— Qu'est-ce qui se passe? entendis-je Sarah dire en haussant la voix. Si elle ne convient pas maintenant, c'est trop tard, et je ne veux pas l'entendre.

— Si tu la tortilles vers le devant, que tu la remontes à moitié et que tu la refais pivoter à l'arrière, c'est plus facile.

Le visage de Maria était plissé de compassion. Je fis comme elle m'avait dit, contorsionnée et haletante, puis bondis sur place pour convaincre la fermeture de remonter.

— Nous pouvons te voir, dit Jeremy. Tout comme notre adorable assistante, Shannon.

Je repérai une femme brune qui marqua une pause tandis qu'elle remplissait leurs verres.

— Merde !

Je me dandinai hors de vue en me serrant contre mon bureau.

— Alors qu'est-ce qui s'est passé une fois qu'il t'a prise en photo ? m'empressa Maria.

Je grimaçai en me rappelant comment Marc était ressorti du taxi en trébuchant, plié en deux avec les joues qui se gonflaient.

— Son ami a gerbé sur ses chaussures.

— Charmant, assena Jeremy. Et ensuite ?

— Ensuite, Ben a dit : « Nous devrions vraiment arrêter de nous rencontrer comme ça. »

Maria soupira.

— Le Veuf sexy, dit Jeremy avec admiration.

— Ai-je besoin de vous rappeler qu'il pense que je suis un être humain ridicule ? Et à raison, marmonnai-je.

— Ai-je besoin de vous rappeler que ce moment tourne autour de moi ?

— Bien sûr que non ! chantonnai-je.

La fermeture monta encore de quelques pouces et j'effectuai une danse de la victoire légèrement étriquée. Juste encore un peu et j'y étais. Elle se bloqua.

Je n'y étais clairement pas.

De la sueur perla sur mon front. En quoi était faite cette robe ? De l'isolant ?

— As-tu envisagé la possibilité que le Veuf sexy soit peut-être intimidé par le scénariste canon sur lequel tu fais une fixation ? demanda Jeremy.

À ses propos, je marquai une pause.

— Je ne fais pas de fixation sur lui, si ? (Silence sur mon ordi.) Dans trois semaines, je ne prononcerai plus jamais son prénom, c'est promis. (J'expirai quand la fermeture glissa enfin jusqu'en haut.) Par ailleurs, vous imaginez que Ben m'apprécie, et ce n'est pas le cas. Pas comme ça. Nous en sommes à peine arrivés au stade de l'amitié.

Toujours le silence. Je me penchai pour vérifier que nous étions encore connectés. Mes amis me regardaient, l'air sceptique. Ils étaient trop obnubilés par le fait qu'il avait quasiment sauvé l'enterrement de vie de jeune fille de Sarah. Seulement ils ne le connaissaient pas comme je le connaissais. C'était comme Marc disait : Ben était le mec qui rappliquait. Il l'aurait fait pour n'importe qui.

— Concentrons-nous juste sur ANU, leur dis-je.

— Concentrons-nous sur la robe, cria Sarah. Non, Shannon, je ne veux pas porter de serre-tête le jour de mon mariage.

— Bienvenue dans notre enfer, dit Jeremy à la caméra.

— Ça pourrait être une bonne idée de montrer ta robe à Sarah maintenant, proposa Maria.

Mon téléphone vibra.

— Juste un instant.

Je repoussai quelques mèches humides de mon front en les lissant et lus le message.

Monty : Regarde tes mails, Evelyn.

Oh, Seigneur. Oh, Seigneur, oh, Seigneur, oh, Seigneur.

Un éclair d'absolue certitude me traversa : j'avais tout foiré en disant à ANU que j'arrêtais. Il avait parlé de notre deal à Monty. Il n'irait pas au bout.

J'ouvris le mail.

De: Monty@WJM.co.uk
À: Evelyn.Summers@WJM.co.uk
Objet: Fw: Re: VVR
30 janvier, 17 h 04

Plus que la fin sur laquelle travailler maintenant, Evelyn.

Bien joué.

M.

De: samandmax@intrepidproductions.com
À: Monty@WJM.com
Objet: Re: VVR
30 janvier, 10 h 42

C'est du GÉNIE !* De notre part à tous ici chez Intrepid Productions, un grand bravo à M. Ezra Chester pour avoir illuminé nos vies avec un tel bond en avant dans le scénario.

L'équipe a un sondage en cours pour deviner avec qui le personnage principal va finir.

Dans l'attente impatiente de la *fin heureuse*.

Cdt,
Sam et Max
Intrepid Productions

* Petite suggestion : est-ce qu'on est sûrs du titre ?
** Une autre suggestion : a-t-il reconsidéré cette scène d'ouverture ? Un peu tirée par les cheveux ?

— La vache.

— Ça va, poulette ? me lança Jeremy.

— Est-ce que c'est la robe ? demanda Sarah.

— C'est ANU, dis-je, étourdie. Il vient d'envoyer d'autres feuillets à Monty. Il a presque fini le scénario.

Je relus le mail. Cela signifiait-il que feindre de lâcher le deal avait fonctionné ? Secouant la tête avec stupeur, j'envoyai un message rapide.

Evie : Vous aviez raison. Il a envoyé les feuillets ! Merci.

— Félicitations ! se réjouit Maria. Alors est-ce que c'est reparti avec les jolies rencontres ?

Mon euphorie s'étiola.

— J'imagine, dis-je.

Même si ANU ne m'avait pas contactée. Je supposais que je devais juste être contente qu'il écrive. Il me vint à l'esprit que je devrais répondre au message VVR du samedi. Par ailleurs, allez savoir ? Cet inconnu pourrait être mon M. Fin heureuse. J'essayais de ne pas tenir compte de mon rire intérieur de cynique quand mon téléphone s'alluma.

Ben : C'était entièrement grâce à vous. Je savais que vous pouviez le faire.

Je souris. Était-il possible que, malgré toutes nos incompréhensions, Ben et moi ayons finalement atteint le stade de l'amitié ? Prends ça, Harry ; Sally avait raison.

— Es-tu vraiment en train de consulter ton téléphone maintenant ? Serait-ce un message de ta robe qui te dit si elle te va ?

La voix de Sarah chevrotait d'hystérie. C'était un simple rappel de ce que Jeremy et Maria avaient supporté en mon absence. Je reposai mon portable. Après l'enterrement de vie de jeune fille, j'étais encore en probation quant au pardon de Sarah. C'était l'heure de lui montrer que j'étais entièrement impliquée.

Je bondis du lit.

Craaac.

Je me figeai, à moitié penchée en avant, le pied toujours sur les ruches de la traîne. Je fermai vigoureusement les yeux, l'adjurant d'être intacte.

Merde !

La totalité du dos de la robe était partie comme une pelure d'orange.

À l'écran, Jeremy avait les yeux écarquillés, son verre à mi-chemin de sa bouche.

— Oh, tu es trop mal barrée, dit-il.

— Quoi, qu'est-ce qui se passe ? demanda Sarah.

— Rien ! criâmes Maria et moi.

Je me rapprochai de la caméra.

— Jeremy, si tu oses en souffler un mot…, pestai-je.

Je le voyais y réfléchir.

— Non, pas ce voile-là. J'avais dit un peu bling-bling, pas visible depuis l'espace. Maria !

Mon amie se leva du canapé d'un bond pour aller aider Sarah.

Jeremy sourit.

— Evie est prête, dit-il d'une voix forte. Et n'est-elle pas absolument éblouissante ?

Il se pouvait qu'il me tienne encore pour responsable du rat.

— Je passe la première, dit Sarah. Tourne la caméra vers moi.

Je jetai en hâte la traîne derrière moi. Ma mère me l'arrangerait avant le grand jour, me dis-je. Sarah ne le saurait jamais. J'espère. Car je ne pouvais pas la laisser tomber une fois de plus.

Jeremy prit la tablette et Sarah apparut, d'abord floue, puis très nette. Ses cheveux blonds et lisses étaient remontés en chignon, avec quelques mèches qui s'échappaient esthétiquement. Par chance, les robes des demoiselles d'honneur étaient les principales victimes de la thématique conte de fées de Sarah. Sa robe était aussi élégante que je l'avais imaginé. Ivoire, avec des lignes simples, sans bretelles, épousant sa silhouette compacte et s'évasant en bas dans une traîne en queue de poisson, rehaussée par un bandeau de cristaux scintillants autour de la taille.

S'ensuivit un instant de silence total.

— Alors, que pensez-vous de moi ? demanda Sarah. Ce n'est pas le moment pour l'une de tes remarques spirituelles, Jeremy.

— En vérité, entendis-je Jeremy dire d'une voix douce, j'allais dire que tu es absolument stupéfiante.

J'entendais Maria renifler, puis un bruissement, comme si Jeremy était allé la prendre par les épaules.

— Oh, Sarah, soupirai-je, la chair de poule me hérissant les bras.

Sarah avait toujours dit qu'elle serait la première d'entre nous à se marier. En la regardant à présent, je n'aurais pu être plus heureuse que ce soit vrai.

— Tu es magnifique.

Elle se pavana.

— Je sais.

Il y eut du mouvement, et la caméra fut brièvement comprimée entre les corps de mes amis tandis qu'ils s'étreignaient. Je bus un peu de prosecco, avec l'impression d'être à des années-lumière d'eux.

Je pus seulement discerner que Sarah s'essuyait rapidement les yeux avant de congédier les autres.

— Bon, tu as fini de t'amuser, Evie ? Laisse-moi te voir.

Mes trois amis apparurent en se serrant pour m'examiner.

— Pourquoi ne nous fais-tu pas un petit tour ? suggéra innocemment Jeremy.

Un bord effiloché de tissu avait dérivé vers ma hanche. J'exécutai une petite danse sur place, comme si je ne pouvais être plus heureuse, me servant de mes bras qui se balançaient pour le repousser dans mon dos.

— Je l'aime trop ! m'exclamai-je.

— Oh, Evie, dit Sarah, les yeux luisants. Je suis tellement contente. Tu sais, j'ai pensé toute la semaine à mes autres options de robes de demoiselles d'honneur, mais tu as décidé pour moi. En plus, ce modèle-là va mieux avec le gâteau. Tu es *adorable*.

J'arrêtai de danser. Maria avala son prosecco et Jeremy rayonna.

— En parlant d'options, dis-je, as-tu déjà pris ta décision pour la tenue de Jeremy ?

28

LE GARÇON QUI NE GRANDIT JAMAIS

```
INT. : LE ASH - SAMEDI 2 FÉVRIER, 19H30

EVIE se tient dans le vestibule du Ash.
Il y a une statuette géante du style Oscar
qui se prélasse dans l'un des fauteuils
de cinéma à dossier flexible vert fluo
dans l'aire d'attente. La réception est une
boîte de dépôt pour tickets de cinéma. Une
fille au maquillage impeccable est plantée
derrière, arborant une approximation
d'uniforme de placeuse et un sourire bien
entraîné.
```

Je plaçai mon exemplaire récemment acheté de *Peter Pan* sur le guichet de la réception pendant que je récupérais ma carte de membre flambant neuve. Monty me l'avait cérémonieusement accordée la semaine passée, après qu'ANU avait rendu son texte, en me disant que je m'en servirais très vite pour mes propres rendez-vous. J'aurais dû m'en réjouir, sauf que c'était là un rappel onéreux à l'esprit qu'ANU ne m'avait toujours pas recontactée. Et pourtant j'étais là, à faire une jolie rencontre de plus, parce que c'était mon seul moyen de le maintenir dans l'écriture.

Lorsque l'employée vit le nom sur la carte, ses yeux s'illuminèrent.

— Votre invité attend déjà à l'étage.

Voilà qui était inattendu. D'habitude, ils faisaient patienter les invités dans le petit salon. J'étudiai ma carte en la remettant dans mon sac à main. Était-ce là une sorte de forfait platine ? La carte me paraissait assez ordinaire. Je remerciai la fille et m'éloignai en vitesse avant qu'elle ne puisse se rendre compte qu'elle avait fait une erreur.

Je rencontrais Peter au *Ash* parce que la majorité du personnel me connaissait là-bas. Aucun endroit n'était plus sûr à Londres, ni – plus important – moins susceptible de vous juger. Nous utilisions un symbole pour nous distinguer mutuellement. Exactement comme Tom Hanks et Meg Ryan dans *Vous avez un message*. Étant donné qu'il se prénommait Peter, le choix s'était révélé évident.

Peter s'était montré gentil mais bref dans les messages échangés les quelques jours précédents, soutenant qu'il faisait meilleure impression en personne. Il m'avait dit qu'il avait trente-deux ans (bon début), et qu'il avait trouvé ma carte dans un *Beano* annuel de 1999 (léger signal d'alarme) qu'il avait acheté pour son neveu (soulagement). Somme toute, je pouvais me permettre d'être optimiste.

Je fis le point sur le groupe de discussion des JEMS comme je l'avais promis.

Maria : Tu es arrivée là-bas sans problème ?

Evie : Je monte tout juste l'escalier. Il est déjà là.

Jeremy : Qui crois-tu que ce soit ?

Evie : Peter ?

Sarah : N'es-tu pas allée voir la fille du Veuf sexy dans *Peter Pan* avant Noël ?

Evie : Quel rapport ?

Sarah : Je ne sais pas. Peter. Peter Pan. Drôle de coïncidence.

Je marquai une pause à l'angle de la cage d'escalier. Insinuait-elle sérieusement qu'il puisse s'agir de Ben ?

C'est vrai qu'il a ton numéro.

Et Ben n'était-il pas au bar quand j'avais reçu le message ?

Je me retrouvai à méditer combien ses oreilles étaient roses à son retour, presque comme si quelque chose l'avait agité…

Je chassai ces pensées. Bien sûr que ce ne serait pas Ben qui m'attendrait là. Nous venions juste de franchir la ligne pour nous aventurer dans l'amitié, un miracle en soi. Parfois, je devais me rappeler que je ne vivais pas réellement dans une comédie romantique.

Evie : Ce n'est pas Ben. Nous sommes juste amis. Par ailleurs, je n'aurais même pas envie que ce soit lui.
Maria : Donc vous êtes amis, maintenant. Ne me dis pas que tu n'y as jamais pensé, même un peu.

J'entrai dans le bar du troisième étage. Quelques membres du personnel étaient regroupés au rideau, par lequel ils regardaient dans le restaurant en gloussant. Vous ne saviez jamais quand il pourrait y avoir une célébrité au *Ash*. D'habitude, toutefois, le personnel avait tendance à rester plutôt zen à ce sujet. Tandis que j'approchais, je m'aperçus que l'un d'eux était le serveur blond qui avait vu Monty sortir du cabinet de toilette des dames en glissant comme un phoque.

Oh, non.

Il écarquilla les yeux en me repérant et donna un coup de coude à la fille avec qui il discutait. Elle fut moins rapide à cacher son intérêt.

Oh, Seigneur, est-ce que tout le monde est au courant de ce qui s'est passé dans les toilettes ?

Le serveur s'avança, les mains derrière le dos.

— Mademoiselle Summers, dit-il. Quel plaisir de vous revoir. Nous vous avons mise dans le box du Réalisateur.

Le box du Réalisateur ?

C'était seulement l'un des lieux les plus sélects du club, après le carré VIP. Tout cela était-il dû à mon rendez-vous ? J'éprouvai une montée d'excitation.

Qui pourrait bien justifier cette réaction ? Et si Peter était une grosse pointure et que c'était pour ça qu'on l'avait fait monter là ? J'essayai de réfléchir à des Peter célèbres tandis que je suivais le serveur blond dans le restaurant bondé. Je doutais que Peter Capaldi envoie un texto à une étrangère et mente sur son âge.

Peter Andre ? Possible.

Les box étaient alignés de part et d'autre du restaurant ; le serveur me conduisit vers le seul doté d'un rideau d'intimité. Mieux valait ne pas songer à quoi pouvait servir cette intimité, si l'on prenait en considération qu'il s'agissait d'un club dont les toilettes mettaient à disposition de l'huile pour le corps.

D'abord, je ne vis que le menu grand format tenu devant le visage de l'homme.

— Mlle Summers est arrivée, monsieur, annonça le serveur.

Durant une seconde, déconcertante et folle, je pensai : *Et si c'était vraiment Ben ?*

Mon cœur convulsa quand le menu fut baissé.

Quoi. Le véritable…

— Vous…, lui dis-je.

— La Rouquine, dit ANU dans un grand sourire.

Il replia le menu avec des mains bronzées. C'était *lui*, la raison pour laquelle tout le monde s'était excité ? Il était peut-être le *grand* Ezra Chester, mais il n'était pas si excitant que *ça*. Pas une fois que vous le connaissiez, du moins. Mon cœur battait toujours la chamade.

C'est le choc.

Rien à voir avec ce que je pensais un instant plus tôt.

— Oh, attendez.

ANU tapota l'écran de son téléphone pour l'allumer, puis le mit en équilibre contre une boîte de pop-corn rayée au centre de la table.

— Voilà, c'est mieux.

L'écran affichait une page de titre : ***Peter Pan***

— Je suis John, dit le serveur à ANU. (Zéro réponse.) Bien, dans ce cas, je vais juste…

Il commença à faire glisser le rideau, s'aperçut que je me tenais dans le passage et le tira autour de moi.

— Je vais vous laisser, alors, dit-il.

Avec un dernier regard persistant pour ANU, il s'évapora comme l'exigeait sa profession.

Je m'en pris à ANU.

— Mais où étiez-vous passé ? Vous avez ignoré tous les messages que je vous ai envoyés. Vous me dites de bosser plus dur, ensuite vous me faites croire que vous ne prenez pas la peine d'écrire. Quand finalement vous rendez votre travail, vous ne me prévenez même pas !

— Pas tous les messages, dit ANU, avec ses yeux ridiculement bleus qui scintillaient.

Est-ce qu'il s'est fait blanchir les dents ?

Il portait un costume gris si bien coupé qu'il se repliait sur ses contours ciselés comme une enveloppe aux dimensions prévues pour la carte qu'il était.

— Vous êtes éblouissante, au fait.

— Je…

Il avait une capacité à me désarmer parfaitement irritante.

— Asseyez-vous, la Rouquine.

Mes genoux flageolèrent, et j'agrippai la table en m'efforçant de prendre place dans le box en face de lui.

— Est-ce que c'est une blague ?

— J'ai eu votre SMS, dit-il calmement. « J'arrête » ?

Avait-il fait ça pour me punir de ce message ? Il m'avait piégée ?

— Est-ce que vous m'avez amenée ici dans le seul but de m'humilier ?

— Je n'étais même pas certain que vous viendriez.

— Eh bien, je ne savais pas que c'était vous, donc…

Je désignai ma robe. C'était la plus belle que je possédais. Vert sapin, avec une superposition en dentelle. Et je l'avais gâchée pour un connard.

— Vous avez dit que vous lâchiez notre deal, la Rouquine. Bien que, puisque vous êtes là, je suppose que ce n'était pas tout à fait vrai.

— Vous ne m'avez pas vraiment laissé le choix, dis-je, refusant de culpabiliser pour mon bobard. Je vois votre bronzage, Ezra. Vous êtes parti en vacances en me laissant affronter Monty et les producteurs en solo. J'ai fait la seule chose à laquelle j'aie pensé.

— C'était une retraite d'écrivain, insista ANU. Après Monica et la rupture, j'avais besoin d'un break. Je voulais sincèrement terminer ces pages pour vous. Plus je prolongeais mon absence, plus je comprenais pourquoi. J'ai su alors que je devais vous le dire. Tout cela semblait être la manière appropriée de procéder. Peter. *Peter Pan*. Le livre que vous avez pris sur le stand, vous vous souvenez ?

Donc le prénom avait bien une signification.

— Me dire quoi, Ezra ?

Une retraite d'écrivain ? Pouvais-je croire cela ? Il avait rendu les feuillets.

Il tripota son verre.

— Vous…, commença-t-il, avant de s'interrompre.

— Quoi ? demandai-je avec irritation.

Il remua sur son siège, son front lisse luisant très légèrement. Attendez… ANU était-il nerveux ?

Il prit une inspiration apaisante.

— Vous n'avez pas tort au sujet des comédies romantiques, la Rouquine. Parce que, si c'était le cas, je n'aurais pas craqué pour vous.

Il me fallut un instant pour me souvenir de respirer.

— Ne soyez pas cruel, Ezra.

— Vous ne me croyez pas, affirma-t-il, comme incapable d'y croire lui-même. OK, commençons modeste. « Je suis juste un garçon, debout devant une… »

— Arrêtez.

— La Rouquine, je suis sérieux. Evie, dit-il quand je me levai et tirai violemment le rideau.

J'étais à quelques pas de lui quand il lança :

— S'il vous plaît.

Il y avait quelque chose de si plaintif, si contraire à ANU dans ces mots, que je restai clouée sur place. Des clients nous dévisageaient. Je me retournai pour découvrir qu'ANU m'avait suivie hors du box.

— Vous me plaisez vraiment. Avez-vous besoin que je le crie ? Parce que je vais le faire. (Il ouvrit grand les bras et haussa la voix.) Vous me plaisez, Evie Summers. J'ai craqué pour vous. En vérité, poursuivit-il en baissant d'un ton, ça fait un bout de temps.

Je vis John le serveur nous observer depuis l'autre côté du restaurant, un air de « Et c'est reparti… » résigné sur la figure. La même serveuse qui nous avait fait passer un peu plus tôt était auprès de lui. Elle avait les mains sur la bouche, des yeux de biche écarquillés, comme si elle n'avait jamais rien vu d'aussi romantique.

— Oh, pour l'amour du ciel !

Je repoussai ANU dans le box et sur son siège, refermant les rideaux d'un coup sec avant de me glisser à ses côtés.

— C'était mortifiant.

— C'était de la pure comédie romantique, déclara-t-il avec un grand sourire, qui se dissipa lorsqu'il vit mon regard foudroyant. Pourquoi est-ce aussi difficile de croire que je vous apprécie ?

— Parce que vous êtes *Ezra Chester*. Vous fréquentez les Monica Reed de ce monde, pas Evie Summers de Sheffield, dis-je.

Ce n'était pas que je me trouvais particulièrement hideuse, mais il s'agissait d'*ANU*. Pour lui, tout était question de statut et d'apparences. Il refusait même de me laisser lire le scénario parce que je n'étais qu'une assistante.

Et pourtant, il avait les yeux rivés sur moi comme s'il ne comprenait pas ce que je racontais.

— Je ne suis pas avec Monica. Je suis ici avec vous. En train de vous dire que vous me plaisez. Laissez-moi une chance. Un seul rencard. C'est tout ce dont j'aurai besoin pour vous convaincre.

Il semblait sincère et ne renonçait pas. Jusqu'où exactement comptait-il aller avec ça ?

— Juste un verre, acceptai-je de mauvaise grâce. Et nous allons faire ça tout de suite.

— C'est un début.

Alors qu'ANU m'adressait ce sourire hollywoodien *Tout va bien ici-bas*, John passa la tête par le rideau. Il ne paraissait pas content, mais déclencha le sourire automatique pour ANU.

— Juste au bon moment – nous prendrons simplement une bouteille de votre merlot, lui dit ANU.

— OK, je vous écoute, le défiai-je quand John se fut retiré.

— Vous êtes adorable. Vous me faites rire. Et vous êtes à peu près la seule personne à ne pas me laisser vous marcher sur les pieds, énuméra-t-il, un peu plus facilement que je ne m'y étais attendue. Et puis, vous m'aimez bien. Admettez-le.

Je le trouvais séduisant, mais je n'étais pas vraiment la seule dans ce cas. Cela ne signifiait pas que je l'aimais bien.

Même si, je devais le concéder, il était plus consistant que je ne le pensais au départ. Le sauvetage en voiture. Ziggy. Si l'on me poussait, je pouvais peut-être même admettre que ses messages n'étaient pas tout à fait exaspérants.

— Non, rétorquai-je malgré tout. Vraiment pas, Ezra.

Il tressaillit, et j'éprouvai une pointe de culpabilité.

— Ne me dites pas que vous n'avez pas aimé ces derniers mois. Moi, si. Vous parler a été le seul moment marquant d'un début d'année pourri. Vous *m'aimez bien*, la Rouquine.

J'avais envie de le nier, mais, en vérité, une part infime de moi l'appréciait. Aussi rageant qu'il pût être, il y avait quelque chose de très franc chez Ezra Chester. Ce que vous voyiez était très proche de ce que vous obteniez, et c'était agréable.

Il se rapprocha légèrement de moi le long du box, comme s'il sentait une faiblesse, de l'avidité dans ses yeux bleus.

— J'ai l'impression que nous avons un truc, là, Evie. Dites-moi que vous ne le ressentez pas, vous aussi.

Je me rappelai ce moment dans sa cuisine, le jour où nous avions conclu notre marché ; il m'avait regardée comme s'il me voyait réellement pour la première fois. C'était comme m'être retrouvée sous un projecteur. En comparaison, le regard qu'il m'adressait à présent était un rayon tracteur, qui m'aspirait.

Quelqu'un ouvrit une brèche rapide dans le rideau. John. Il posa un plateau avec des verres et du vin sur notre table dans un geste ample, et commença à déboucher le merlot.

— Nous avons besoin d'être tranquilles, là, lui dit ANU.

— Oh, ce ne sera pas long, monsieur.

John versa une goutte de vin dans le verre d'ANU, clairement parti pour le grand jeu, mais se vit arracher la bouteille de la main.

— Merci, John, dis-je, tandis qu'ANU le congédiait d'un geste impatient.

Le serveur reprit brusquement son tire-bouchon et ne se donna pas la peine de refermer les rideaux derrière lui.

— Vous disiez ? me dit ANU.

Je me détournai de lui pour jeter un coup d'œil dans le restaurant, ayant besoin d'un instant. Une nouvelle arrivée attira mon attention.

— Oh, Seigneur ! m'exclamai-je. Ricky.

— Ce n'est pas mon prénom.

— Non, dis-je en me tassant dans le siège. Ricky… Mon ex. Il est là.

29

Dicky

INT. : LE BOX DU RÉALISATEUR, AU *ASH* -SAMEDI 2 FÉVRIER, 20H13

ANU est confortablement installé sur le cuir violet du box, éclairé par un projecteur miniature. À côté de lui, Evie se tasse de telle manière qu'elle a le menton au niveau de la table pendant qu'ANU la regarde avec amusement.

— Il y a une histoire, là. Racontez-moi, dit ANU en commençant à se mettre debout. Ou je pourrais juste demander à votre ex.

Je l'obligeai à se rasseoir.

— OK, OK.

En jetant un nouveau coup d'œil vers Ricky, j'aperçus avec qui il était. Jodi.

— Oh, merde.

Si elle me voyait seule avec ANU, elle pourrait convaincre tout le milieu que nous sortions vraiment ensemble. Maintenant que j'y pensais, pourquoi Ricky et elle étaient là tout seuls… ?

— J'attends toujours.

— Très bien. (Je fis court.) Ricky est mon ex. Nous sommes restés ensemble deux ans. Il a décroché un poste d'assistant chez nos concurrents et m'a quittée. Il m'a dit…

Je m'interrompis.

— Quoi, la Rouquine ? Tenez.

Il glissa mon verre vers moi et je le pris dans mes paumes moites. J'étais parvenue à éviter Ricky pendant plus de douze mois. Mon job était tout pour moi, et pourtant j'avais volontairement raté certains événements auxquels je savais qu'il avait de fortes chances d'assister. Cependant, dans une si petite industrie, nous étions amenés à nous croiser à un moment donné, et le *Ash* était le point de convergence de cette industrie. Surtout pour quelqu'un comme Ricky, qui souhaitait être vu.

— Respirez, dit ANU.

Je suivis son conseil et inhalai le vin.

— Il vous a dit… ? m'encouragea ANU.

S'en souciait-il sincèrement ?

— Il m'a dit qu'il voulait une vie de plus grande envergure. Plus excitante. (J'avalai une autre gorgée de vin, les joues en feu.) Et qu'il ne pouvait pas avoir ça avec moi. Que je ne suffisais pas. Alors il m'a quittée.

Il ne me fallut que quelques secondes pour prononcer les paroles qui m'avaient hantée pendant un an. « Je veux simplement plus », m'avait-il dit, et à cet instant-là le garçon que j'adorais devint juste une autre personne m'annonçant que je n'étais pas assez bonne.

ANU me regarda en inclinant la tête.

— Ricky est un sale con.

J'émis un rire étranglé.

— Mes amis l'appellent Ricon.

— Eh bien, ne regardez pas maintenant, mais Ricon nous a repérés. Il arrive. Levez-vous.

Je me redressai.

Oh, non, oh, non…

ANU remplit mon verre juste à temps pour l'apparition de Ricky et Jodi au bord de notre table.

— Evie ! Je me disais bien que c'était toi. Ritchie n'était pas sûr, mais c'est difficile de ne pas te remarquer, n'est-ce pas ?

J'adressai un sourire contraint à Jodi et m'appliquai à regarder mon ex-petit ami. Il avait abandonné ses lunettes rondes en écaille pour une monture de créateur, et ses cheveux étaient coiffés différemment, avec une raie sur le côté et bouclés.

Est-ce une permanente ?

Il me sourit, dévoilant ses petites dents écartées, qu'il avait toujours affirmé détester, mais qui lui conféraient de façon parfaitement exaspérante un air espiègle et drôle.

— Evie, dit-il, comme si j'étais une vieille connaissance. Où est Monty ? Ne me dis rien : il t'a chargée de lui chauffer sa place pendant qu'il se rend ici.

Les petits yeux de Ricky étaient joyeux, comme si nous partagions une *private joke*.

— Je suis ici avec un client, Ricky, répliquai-je, satisfaite de voir que le nom le faisait tressauter.

Il reporta son attention vers ANU, et sa curiosité était évidente, même à travers sa nonchalance étudiée. Jodi fut moins subtile, se rapprochant de la table, les yeux sur le trophée.

— C'est Ritchie, précisa-t-il en tendant la main à ANU. Et, évidemment, je sais qui vous êtes. Pas besoin de présentations. (Ceci m'était destiné.) C'est un *tel* plaisir de vous rencontrer enfin, Ezra.

Une fois qu'il était devenu assistant, il avait cessé d'utiliser le surnom d'ANU, déclarant que ça ne lui semblait pas correct.

— Bien sûr, dit ANU en prenant son verre.

Ricky baissa rapidement la main, ne s'avouant pas encore vaincu.

— Est-ce que je peux être carrément niais et vous dire combien j'ai adoré *Un cœur saigne* ? Je sais qu'on ne devrait pas confier son nombre à quelqu'un que l'on vient de rencontrer. OK, moi, c'est quinze. Je l'ai vu quinze fois.

Son petit numéro de « vous devez me trouver tellement niais » fonctionnait comme un charme, d'habitude. Même si je savais qu'il regardait rarement un film plus d'une fois.

— Vraiment, Ricky ? ne puis-je m'empêcher de dire. Quinze fois ?

Il plissa les yeux mais resta concentré sur ANU, attendant sa réaction.

— Je ne serais pas surpris que votre véritable nombre se réduise à un chiffre, rétorqua ANU.

Les sirènes du « Bats-toi ou tire-toi » s'estompèrent dans mon crâne tandis que Ricky essayait de décider de la manière dont il allait répondre à cela. Avant notre accord, ANU m'avait fait ce genre de chose à d'innombrables occasions. Il était expert dans l'art de vous donner l'impression que vous deviez gagner *son* attention, et pas l'inverse. Le voir l'infliger à Ricky était, je devais l'admettre, plutôt jouissif.

— Jodi, FTD, intervint Jodi.

Elle utilisait les initiales de son agence, s'attendant à ce qu'ANU ait connaissance de son prestige. Si c'était le cas, il n'avait assurément pas l'air de s'en préoccuper. Elle se rapprocha de Ricky et lui pressa le bras, ses cheveux blonds flottant autour de ses épaules.

Attendez, est-ce que Ricky et Jodi avaient en fait une histoire ? Est-ce que cette situation pouvait encore empirer ?

— En vérité, nous sortons fêter la promotion de Ricky au poste d'agent, annonça Jodi.

Ricky croisa mon regard.

— Félicitations ! lui dis-je, avec l'impression que, d'une certaine manière, je m'étais piégée moi-même sur ce coup-là.

Ça n'aurait pas dû faire aussi mal. Sa promotion avait toujours été inévitable. Dès qu'il attelait son esprit sur quelque chose, il était impossible de l'arrêter. Quand nous nous étions rencontrés, c'était un barman que l'on appelait Ricky. Il avait adoré assister à des événements professionnels avec moi, pour me soutenir, pensais-je. Puis il se mit à parler à plus de monde que moi là-bas, paraissant toujours connaître le nom de tous les invités. Six mois avant de rompre avec moi, il décrocha son premier job chez nos concurrents et devint Ritchie. Ricky me dit que c'étaient juste les affaires, rien de personnel. Que cela ne devait pas affecter notre relation. Il savait toujours, prenais-je conscience, exactement quoi dire.

— Oh, ce n'est pas si excitant que ça, déclara-t-il avec détachement. Pour être honnête, je fais le travail depuis un bout de temps. (Il haussa les épaules, savourant l'instant.) Une fois que vous avez sauvé quelques contrats, fait plus ample connaissance avec quelques producteurs, les gens déduisent que vous êtes déjà agent. Maintenant, j'ai la carte de visite, j'imagine que ça rend les choses officielles.

Il sortit une carte et la tendit à ANU, qui l'ignora et prit son téléphone. C'était tellement grossier que je l'adorai presque pour ça.

— Ritchie a déjà signé son premier client, dit Jodi.

ANU réprima un bâillement.

— Je suis tellement grisé par cet auteur. Alessandro. Un talent fou.

Ricky, l'agent qui m'avait piqué Alessandro ? Jusque-là, j'essayais de me persuader qu'Alessandro était la perte de Monty, mais cette fois ça ne fonctionnait pas. Je l'avais découvert, et Ricky m'avait devancée.

Comment ose-t-il ?

— Il est le genre de talent de haut niveau que je vais représenter. Bien entendu, dit-il directement à ANU, j'en recherche toujours plus.

Est-il réellement en train de tenter de débaucher ANU sous mon nez ? Tandis que la rage s'embrasait dans ma poitrine, je relevai un petit sourire qui faisait frémir les lèvres d'ANU, comme s'il trouvait Ricky amusant.

— Vous savez, c'est drôle que nous tombions sur vous, déclara Jodi. Il y a une pâle imitation hilarante d'un scénario d'Ezra Chester qui circule en ce moment. Quelqu'un a ouvertement essayé de voler votre style.

L'amusement s'évanouit tandis que la bouche d'ANU se pinçait. Quand il garda le silence, elle parut irritée.

— Si je n'étais pas aussi avisée… (Elle me reluqua en premier, puis ANU, son insinuation limpide.)… je dirais que nous arrivons au mauvais moment.

— C'est le cas, en effet, dit ANU, la laissant ébahie. *(Insultant.)* Nous nous apprêtions à passer au carré VIP pour célébrer l'aide inestimable d'Evie sur mon dernier scénario. Je n'aurais vraiment pas pu en venir à bout sans son aide précieuse.

Je rougis un peu à ces propos, ravie. Ricky était vert.

— Vous devriez vous joindre à nous, poursuivit ANU. Nous avons tous de bonnes nouvelles à fêter.

— Les bons assistants peuvent mettre des années à se former, s'empressa de placer Ricky. Alors rien d'étonnant à ce qu'Evie soit la meilleure.

Je flanchai.

Venait-il vraiment de dire ça ?

Il s'agissait du garçon qui me parlait pour me calmer dès que j'étais nerveuse. Avant, j'adorais sa façon de manier les mots. En l'écoutant, j'avais toujours l'impression que nous étions faits l'un pour l'autre. Alors quand il m'avait annoncé que je ne lui suffisais plus, j'avais été terrassée.

Comme il savait que je le serais.

Je réprimai des larmes, mais je n'étais pas bouleversée, je fulminais.

Avant même que je puisse riposter, ANU jeta quelque chose à Ricky.

— Tenez.

Malheureusement, c'était sa carte VIP, par conséquent pas assez volumineuse pour causer d'importants dégâts.

— On vous retrouve plus tard, reprit-il. Vous devriez commander une bouteille de… (Il jeta un coup d'œil au menu.)… Dom Pérignon cuvée spéciale *Ash*.

— Bien sûr, dit Ricky en laissant apparaître ses dents écartées. Et nous pourrons alors parler de vos options de carrière.

« Demande le pardon, pas la permission » : c'était la devise de Ricky.

— J'ai hâte, rétorqua ANU d'un ton pince-sans-rire.

Lorsqu'ils furent hors de vue, je m'en pris à lui.

— Vous feriez mieux d'avoir un plan, dis-je.

— C'était juste l'étape 1.

Il claqua des doigts pour interpeller le serveur le plus proche. John, qui cherchait désespérément autour de lui un autre collègue pour prendre sa place. Lorsqu'il fut évident qu'il était tout seul, il se dirigea lentement vers nous et déclencha un sourire.

— Oui, monsieur ?

ANU commença à tapoter ses poches.

— Ma carte VIP a disparu. Je l'avais en entrant, mais je me demande si je ne l'ai pas laissée aux toilettes… Il y avait un type là-bas avec une permanente. Peut-être qu'il sait où elle est.

John pâlit en me jetant un coup d'œil. Je haussai les épaules, me demandant où ANU voulait en venir avec ce stratagème.

—Je vais… je vais en parler au maître d'hôtel, dit-il d'un ton démoralisé. Mes plus profondes excuses, monsieur Chester.

Le rideau émit un bruissement dans son sillage.

—Mais qu'est-ce que vous manigancez, exactement ?

—Allons, la Rouquine. N'avez-vous pas envie de vous venger de Ricon, juste un peu ?

Ses yeux s'illuminèrent furtivement.

Les mots d'adieu de Ricky m'avaient hantée pendant un an. Je commençais juste à m'en défaire, et maintenant il reparaissait dans ma vie en se servant joyeusement de moi pour établir une autre connexion.

Aimerais-je le voir récolter un peu ce qu'il mérite ?

—Allons-y.

Le deuxième étage du *Ash* se divisait en deux parties, le bar de la Cabine de projection et la Salle de projection, l'impénétrable carré VIP. L'épaisse porte métallique de cette salle avait commencé sa vie dans la chambre forte d'une banque. Elle était encadrée par des membres du personnel qui remplissaient leurs costumes comme si le combat en cage était leur activité non déclarée.

Nous attendions dans le box quand John entra à la suite du maître d'hôtel.

—Un endroit sélect, faites-moi rire ! lança ANU en désignant les portes.

—Je puis vous l'assurer, monsieur Chester, dit le maître d'hôtel avec un fort accent de Huddersfield. Si qui que ce soit se trouvait là à utiliser votre carte, j'en serais informé.

À point nommé, une serveuse passa parmi notre groupe pour atteindre les portes, en apportant le champagne et la carte d'ANU. Nous le regardâmes tous récupérer la carte noire sur son plateau. Le maître d'hôtel devint blanc comme un linge. John se replia discrètement vers l'escalier.

— Eh bien, je ne suis certainement pas à l'intérieur, déclara ANU. Étape 2, me marmonna-t-il tandis que le maître d'hôtel sortait son talkie-walkie.

— Nous avons un Code noir. Tous les membres du personnel formés au protocole de sécurité en cas d'intrusion doivent se rendre *immédiatement* à la Salle de projection.

Une minute plus tard, on nous avait fait reculer à « prudente distance » et ANU avait demandé qu'on lui offre le champagne pour compenser « l'angoisse subie ».

Environ dix membres du personnel s'étaient rassemblés devant la porte de chambre forte, le dos droit. Le maître d'hôtel leur indiqua d'allumer leurs torches, puis se posa le doigt sur la bouche. Il leva le bras bien haut, puis le fit basculer en direction du carré VIP.

Les videurs tirèrent sur la porte métallique pour l'ouvrir.

— Allez, allez, allez ! hurla le maître d'hôtel, et ils entrèrent tous en file indienne derrière lui en balançant leurs torches.

Nous épiâmes Jodi et Ricky à l'intérieur de la salle faiblement éclairée, se recroquevillant tandis que les lumières les ciblaient et que le personnel formait une mêlée autour d'eux.

Ricky cria de soulagement lorsqu'il nous aperçut à la porte. ANU lui fit signe de la main.

— Vous voyez, entendis-je Ricky dire. Nous sommes avec lui.

Quand le personnel attroupé se tourna vers nous, ANU passa du signe de main à un haussement d'épaules exagéré, comme s'il n'avait aucune idée de ce dont parlait Ricky.

Jodi s'écarta d'un pas de mon ex pour prendre ses distances. Voir l'assurance s'évaporer du visage de Ricky était inestimable.

— Et maintenant ? dis-je à ANU.

— Maintenant, étape 3, répondit-il avec un large sourire.

Il but une gorgée de champagne, m'attira contre lui et m'embrassa.

30

Ezra

INT. : CAFÉ *GIL'S* - DIMANCHE 3 FÉVRIER, 11 H 30

BEN et ANETTE sont assis à leur table habituelle, à lire. La porte du *Gil's* s'ouvre. Ils relèvent tous les deux les yeux, voient qu'il s'agit d'un étranger et les rebaissent. Il y a deux tasses vides de chocolat chaud devant eux. Ben jette un coup d'œil à la troisième tasse devant la chaise à côté de la sienne. Elle est encore pleine, bien que la crème fouettée forme à présent une flaque sur la table. Il reporte son attention sur son numéro de *National Geographic*. Anette relève brièvement la tête de son livre, observant son père avec une expression entendue. La porte du *Gil's* s'ouvre. Le père et la fille relèvent les yeux.

Je me détendis en voyant que Ben et Anette étaient encore là. Je m'assurai qu'ils m'avaient aperçue, puis envoyai un message aux JEMS. Je ne m'étais pas réveillée ce matin-là.

C'était comme si tous les événements des derniers mois – l'agence en danger, les jolies rencontres, puis croiser Ricky – avaient fini par me rattraper. Après que l'excitation d'avoir assisté au châtiment de mon ex se fut émoussée, la soirée de la veille n'était devenue qu'une jolie rencontre ratée de plus – malgré ce qu'ANU avait soutenu, je n'avais pas été convaincue par notre verre ensemble.

Ni par ce baiser.

Et à seulement deux semaines de la deadline, mes chances de trouver M. Fin heureuse étaient assez minces. Je m'étais écroulée au lit complètement lessivée, me réveillant tard pour trouver le groupe JEMS rempli de messages non lus concernant mon rendez-vous avec Peter, deux appels manqués de Maria et une photo provenant du téléphone de Ben : trois chocolats chauds, envoyée juste après 10 heures. J'avais fait tout le trajet avec précipitation.

Evie : Désolée, les amis ! Grasse mat'.

Sarah : Enfin ! Tu nous as inquiétés. J'ai une orga nuptiale à faire avancer, tu sais.

Jeremy : Quand tu commences par « orga », je m'emballe pour rien.

Maria : Je suis contente que tu ailles bien, mais à l'avenir un petit « je ne suis pas morte » après une blind date serait apprécié. Alors… était-ce M. Fin heureuse ?

Evie : C'était ANU.

Maria : QUOI ?

Evie : Il m'a dit que je pouvais arrêter de chercher. Il a dit qu'il avait craqué pour moi.

Jeremy : Quel connard.

Maria : Ce type. Il fera tout pour t'empêcher de trouver quelqu'un, juste pour ne pas avoir à finir son foutu scénario !

Sarah: Combien de fois dois-je te le dire, Evie ? Tu peux arrêter de chercher. Je t'ai déjà trouvé le plus-un parfait pour mon mariage !

Il aurait dû être rassurant de voir que mes amis arrivaient instantanément à la même conclusion que moi la veille – celle qui m'avait incitée à rentrer direct chez moi après le *Ash*. Évidemment qu'ANU mentait pour détourner mon attention d'une éventuelle rencontre. Il traînait des pieds pour finir le scénario, et mon manque de succès avec les jolies rencontres était la parfaite excuse. Le scénariste super sexy ne tombe pas amoureux de l'assistante dans la vraie vie. Et pourtant, une part de moi regrettait que mes amis l'en croient incapable avec une telle certitude.

Assez d'auto-apitoiement.

Je devais me concentrer sur le fait de trouver mon véritable M. Fin heureuse, afin de prouver à ANU qu'il avait tort au sujet des rom-coms, et ensuite remuer le couteau dans la plaie. Plus de distractions, plus d'excuses. Je ferais deux jolies rencontres par jour si nécessaire.

Alors pourquoi penses-tu encore à ce baiser ?

Tandis que j'arrivais à la table, Ben se mit debout. Il me fit signe, et je levai la main – avant de voir Xan rendre son geste à Ben depuis l'autre bout de la salle.

Je baissai vite le bras.

— Je suis navrée pour mon retard ! Vous ne partez pas, si ?

— Nous vous avons attendue, dit Anette en désignant la tasse, maintenant froide, de chocolat chaud qui restait sur la table.

Une épaisse croûte de lait fripée stagnait à la surface de la tasse. Ben haussa ses sourcils ténébreux vers moi.

— Il est encore bon, dis-je en m'asseyant pour boire le liquide froid et sucré.

Miam, commentai-je en réprimant un haut-le-cœur.

Je levai les yeux vers Ben. Il était vraiment grand.

— Pourriez-vous rester pour une deuxième tournée ?

— Je ne sais pas. Qu'en penses-tu, Anette ?

— Ça n'aurait pas grand-chose d'une fête sans nous.

Je les dévisageai tous les deux, perplexe, lorsque Xan apparut à notre table avec un gigantesque gâteau à glaçage couvert de vermicelles arc-en-ciel.

Anette se coiffa d'un chapeau pointu en carton aux couleurs vives.

— Félicitations, Evie !

— Mais pourquoi donc ? demandai-je, ébahie.

— Pour avoir amené ANU à finir le scénario ! répondit Anette avec un grand sourire. Nous savions que vous pourriez le faire.

Ben souffla dans un mirliton qu'il avait sorti de quelque part.

— C'est incroyable, merci.

J'avais dit à Ben la semaine précédente que refuser de faire les jolies rencontres avait fonctionné. Il avait dû penser que c'était entièrement terminé. J'étais si touchée que je n'avais presque pas envie de corriger leur méprise.

— Mais ANU n'a pas tout à fait fini.

Ben retira son mirliton.

— Vous devez toujours rencontrer quelqu'un ? demanda-t-il.

— Oui.

Pour un si petit mot, il me parut étrangement difficile à prononcer.

— Il reste encore du temps, intervint Anette.

J'espérais vivement que Ben n'avait pas remarqué le regard que lui lança sa fille en disant cela.

— Je vais juste laisser ça ici, alors, dit Xan en posant le gâteau. Puis-je tenter l'un de vous avec mon tout dernier *mash-up* de smoothie à l'orange ? Cette fois, j'ai utilisé de l'avocat et de la…

— Non, répondîmes-nous tous les trois en chœur.

— Café, donc.

Xan s'éloigna en esquissant un haussement d'épaules du genre « chacun son truc ».

— Faites un vœu, dit Ben en me tendant le couteau.

Il attira Anette plus près en lui posant son menton sur l'épaule, les yeux mi-clos sur moi. C'était plutôt adorable.

Je songeai à ce que je désirais. Rencontrer quelqu'un, sans aucun doute. S'il s'agissait d'une rom-com, deux semaines suffiraient amplement à deux personnes pour tomber amoureuses l'une de l'autre. *Un beau jour. L'Amour sans préavis. Éclair de lune.* Dans la vraie vie, ce délai semblait impossible. Et même si j'y parvenais, après Ricky, je ne voulais pas risquer de vraiment tomber…

Pourquoi est-ce que je raisonne encore comme ça ?

Connard de Ricon. J'avais passé un an à croire que je n'étais pas assez bien pour lui. Après son comportement au *Ash*, il était temps de commencer à accepter le fait qu'il n'était pas assez bien pour moi. Il me restait deux semaines. ANU était si près de la ligne d'arrivée. Ma promotion, le sauvetage de l'agence – tout était à portée de main. Tout ce que j'avais à faire était de rencontrer un seul célibataire et je pourrais avoir tout ce que j'avais toujours souhaité. Voilà quel aurait dû être mon vœu.

Mais est-ce tout ce que tu veux ?

— Je vieillis, là, gloussa Anette tandis que son père la chatouillait.

— OK, OK, j'en ai un, m'esclaffai-je en tranchant le gâteau pour découvrir qu'il avait des couches arc-en-ciel.

J'aimerais pouvoir redevenir auteure.

— La Rouquine ! Eh, la Rouquine !

Je levai les yeux, choquée. ANU me faisait signe depuis la porte.

Que se passait-il ? ANU ? Ici ? Au *Gil's* ? Ça paraissait juste… anormal, d'une certaine manière. Comment savait-il que j'étais là ? Puis je me souvins de mon excuse pour partir la veille au soir – que je devais me lever tôt pour rédiger la jolie rencontre, aussi mal qu'elle eût pu tourner. Il avait insisté pour me soutirer des détails – j'avais pensé que c'était pour s'assurer que j'écrirais bien mon rapport. Je n'avais pas imaginé une seconde qu'il ferait irruption.

Et pourtant il était là, nous dominant de sa hauteur, arborant son magnifique sourire trop blanc.

— Ah, le fameux *Gil's*. C'est ici que vous faites mes comptes rendus ? C'est si… *provincial*. Difficile de croire qu'on est encore à Londres.

— Qu'est-ce que vous voulez ? demandai-je, remarquant les mines renfrognées de Ben et Anette.

ANU tendit la main vers Ben.

— Je suis Ezra, c'est formidable de vous rencontrer. Et vous êtes ?

Après une pause, Ben lui serra la main. C'était comme ce moment dans *Ghostbusters* où les effluves se croisaient.

Anette regardait béatement Ezra avec une franche fascination.

— Je sais qui vous êtes, vous êtes AN…

— Ben, s'empressa de dire Ben, pour me sauver.

— Pourquoi êtes-vous ici, Ezra ? demandai-je. Je suis avec mes amis. Cela ne peut-il pas attendre ?

— Désolé d'interrompre votre… déjeuner ? dit ANU en contemplant le gâteau à moitié mangé. Je suis là au sujet de notre rencard, la Rouquine. Vous êtes partie hier soir avant que nous ayons quelque chose à noter dans notre journal intime.

Ben haussa brusquement les sourcils.

— Il n'y a pas de rencard, Ezra, lui dis-je, étonnée de la réaction de Ben.

Je m'étais fréquemment plainte d'ANU, c'était sans doute cela.

— C'est *vous* le scénariste, fit remarquer Anette, manifestement pas découragée.

— Ma réputation me précède, se gargarisa ANU, ravi.

— Celui qui n'arrive pas à écrire.

Ben s'étrangla sur son café.

Anette mangea une bouchée de gâteau en chantonnant pour elle-même tandis qu'ANU la regardait, perturbé. J'adressai un coup d'œil implorant à Ben. Après une minute de flottement, il acquiesça et sortit le livre d'Anette de son sac à dos, ainsi que ce qui semblait être l'autobiographie d'un photographe pour lui. ANU agita les sourcils en les regardant, puis il écarquilla les yeux. Il tourna la tête vers moi.

Oh, non, ne t'avise pas…

Silencieusement, il articula les mots « Papa triste ? ».

Oh, non.

Il se souvenait du compte rendu sur le spectacle d'Anette. Effluves bel et bien croisés. Il fallait qu'il parte.

— N'avez-vous pas un scénario à écrire ?

J'articulai « Tenez-vous bien » et vérifiai que Ben n'avait rien vu. Il étudiait son livre avec une intensité qu'il ne méritait probablement pas.

— C'est pour ça que je suis là.

Avant que je puisse protester, ANU se glissa dans l'une des chaises en face de nous, comme si l'endroit lui appartenait.

— Ah, parfait ! déclara-t-il en regardant le restant du gâteau. Puis-je ?

Il s'en servit une énorme tranche sans attendre de réponse. Quand Anette signa furieusement à l'intention de Ben, il lui tapota son livre, puis se concentra résolument sur le sien.

— Premièrement, ce n'était pas pour vous, dis-je en retirant l'assiette des mains d'ANU. Deuxièmement, vous êtes bien conscient que ce gâteau est un glucide géant, n'est-ce pas ?

— C'est un peu l'intérêt.

Il prit la tranche de l'assiette, inspira profondément et s'en fourra la moitié dans la bouche.

— Qu'est-ce que vous fabriquez ? dis-je, exaspérée.

On se racla la gorge. C'était Xan, avec un grand café. Il regarda entre ANU et Ben, puis vers moi. ANU eut un haut-le-cœur en avalant.

— Lait entier et caféiné, c'est bien ça ? demanda-t-il.

— C'est ce que vous avez commandé, répondit Xan, avant de se retirer en roulant les yeux.

— Qu'est-ce qui se passe, Ezra ?

ANU but une grosse gorgée, dont le goût le fit frissonner.

— Je vous montre que je suis sérieux au sujet de mes sentiments pour vous.

La page de Ben se déchira légèrement lorsqu'il la tourna.

— Vous n'êtes vraiment pas obligé, dis-je.

Cela ne le mènerait nulle part.

— Allons, il faudrait vraiment être le dernier des losers pour ne pas remarquer combien vous êtes géniale.

ANU regarda furtivement vers Ben et cligna de l'œil.

Pourquoi avait-il fallu que je lui envoie ce stupide compte rendu ?

Parce que j'étais en colère, et gênée, et que je ne savais pas à l'époque que Ben et moi pourrions devenir amis.

Et si ANU ne partait pas bientôt, il y avait des chances que cela ne se produise jamais.

— Il n'existe qu'un moyen pour que j'arrête, dit ANU en prenant une autre bouchée. Acceptez de sortir avec moi.

— J'ai dit non, Ezra.

Il leva un doigt, déglutit et tira sur la ceinture de son jean comme si ça le serrait déjà. Que cela lui permette de montrer ses abdos n'était qu'un hasard, j'en suis sûre. Je vis Ben remuer comme pour placer une main sur son propre estomac, puis secouer la tête avant de retourner à sa lecture.

ANU se donna un coup de poing sur la poitrine pour déloger le gâteau, en buvant du café et grognant comme s'il s'agissait de produit W.-C. À cela, Anette retira ses appareils auditifs et les posa, ostensiblement, sur la table, avant de se pencher de nouveau sur son livre. Comment notre charmante célébration en était-elle arrivée là ?

— S'il vous plaît, la Rouquine. Je sens mes artères s'obstruer. Oubliez vos doutes un instant et rappelez-vous que ce n'est que moi, Ezra, qui vous demande un seul petit rendez-vous.

Qu'avait dit Maria ? Qu'il me détournait juste de ma recherche de M. Fin heureuse ? Tout cela faisait énormément d'efforts à fournir, me semblait-il.

Bien entendu, dit une petite voix. *Si finalement ANU dit la vérité sur ses sentiments, cela signifiera que j'ai raison sur les comédies romantiques. Il devra finir le scénario.*

Et ça le ferait aussi partir.

— Vous me tuez, la Rouquine, dit-il en s'essuyant la bouche. Comme vous voulez.

Il se prépara pour une autre bouchée, et je levai la main. Anette nous jeta un coup d'œil.

— OK, dis-je.

Elle me vit prononcer le mot. Ben s'immobilisa, alors qu'il tournait une page. Anette parut sur le point de parler et Ben croisa son regard, en secouant la tête d'un air implorant vers elle.

— Vous êtes sérieuse ? demanda ANU, en avalant.

— Un rencard, lui dis-je en m'interrogeant sur l'échange de Ben avec sa fille.

Le sourire multicolore d'ANU se composait d'un tiers de triomphe et de deux tiers de soulagement.

— C'est tout ce dont j'ai besoin, dit-il. Maintenant, si vous voulez bien m'excuser, il faut que je me purge.

Rien n'échappait à Anette. Elle signa quelque chose à son père, et j'étais assez sûre qu'il s'agissait de « moi aussi ».

Alors que je le regardais traverser le café d'un pas vif, attirant l'attention d'un grand nombre de gens, une minuscule part de moi se sentait… curieuse.

Un mouvement m'attira l'œil. Ben aidait Anette à enfiler son manteau avant de mettre le sien.

— Vous partez ? demandai-je.

— Anette veut voir son amie Bea. (Elle signa ensuite avec brusquerie.) Elle vous remercie pour cette charmante matinée.

Vu l'expression qu'elle affichait, je doutais qu'il s'agisse d'une traduction littérale. J'eus l'impression de l'avoir déçue d'une certaine manière. J'essayai de la remercier en retour, mais elle refusait de croiser mon regard.

— S'il existe la possibilité même la plus mince qu'il dise la vérité, je pourrai l'amener à finir le scénario, dis-je, désirant ardemment m'expliquer mais sentant que je ne faisais qu'aggraver mon cas. S'il ne restait pas que deux semaines…

Anette ne me regardait toujours pas.

Ben lui prit la main.

— Bonne chance pour votre rendez-vous, dit-il. J'espère sincèrement que c'est ce que vous voulez.

Je me retrouvai seule à me creuser les méninges sur ce que cela pouvait bien signifier.

31

Montage relooking

INT. : LA CUISINE D'EVIE -MERCREDI 13 FÉVRIER, 9H55

EVIE est appuyée sur le meuble de cuisine, en regardant une boîte à gâteau en carton rose d'un air dubitatif. Il y a un bordereau de livraison scotché sur le côté. Elle le sort de l'enveloppe pour le lire.

La Rouquine. Je n'ai jamais été très fleurs. Vous m'avez fait subir ce qui passe pour votre « nourriture », je me suis dit que je vous ferais goûter la mienne. Acceptez, en l'honneur de notre rendez-vous aujourd'hui, ce gâteau aux dattes vegan sans gluten en provenance de la meilleure pâtisserie de Soho. C'est une révélation.
Une voiture vient vous chercher à 10 heures pile. Préparez-vous à ne plus toucher terre. Hâte de vous donner votre surprise plus tard.
Je vous embrasse,
E.

Je regardai à l'intérieur de la boîte et grimaçai. D'une certaine manière, c'était plutôt gentil de la part d'ANU de me l'avoir envoyé. Même s'il s'agissait d'une bûche marron et dense. Je vérifiai deux fois l'heure sur sa note. Dix heures – était-ce correct ? Nous étions censés nous rejoindre le soir. Au moins, on ne m'attendait pas au bureau. À seulement cinq jours de la deadline, Monty s'était terré au *Ash* où il accédait facilement à de l'alcool pour se calmer les nerfs et pouvait m'envoyer des messages réguliers pour me demander où était la fin. J'avais croisé les doigts en lui promettant que c'était entièrement sous contrôle. Et peut-être l'était-ce. L'enthousiasme d'ANU n'avait certainement pas tiédi.

La seule chose qu'il voulait bien me dire sur notre rendez-vous était qu'il avait une surprise pour moi. Dans une demi-plaisanterie, je lui avais demandé si c'était le scénario, et il avait répondu avec un émoji clin d'œil. À présent, je ne pouvais m'empêcher de me demander si c'était vraiment le scénario. Peut-être était-il déjà fini. Le rencard vaudrait le coup pour cela.

J'avais hâte de demander leur avis à mes amis, sauf qu'ils n'étaient pas au courant de cette soirée. Quoi qu'il se passe, je leur raconterais tout. Mais après. Ils m'avaient déjà informée avec précision de ce qu'ils pensaient des « sentiments » d'ANU pour moi. Ils n'y croyaient pas. Ce qui était parfaitement compréhensible. Je voulais juste appréhender le rendez-vous avec l'esprit clair. La semaine passée, je m'étais épuisée à faire des jolies rencontres quotidiennes, déterminée à ne pas laisser ANU me distraire, si c'était en effet son jeu, et aucune n'avait mené nulle part. Aussi vivement que j'avais pu me mettre moi-même en garde contre ce rendez-vous, une part de moi y plaçait mes espoirs. Je n'étais pas prête à laisser mes amis – avec les meilleures des intentions – me rappeler combien tout ceci était idiot. Ce n'était pas comme si je courais le moindre risque de tomber amoureuse d'ANU. Mais il serait idiot de ne pas au moins découvrir s'il était tombé amoureux de moi…

Par ailleurs, j'avais déjà assez de jugements avec lesquels composer. Le dernier dimanche chez *Gil's*, j'avais acheté des chocolats chauds et des brownies, en espérant remettre les choses sur les rails avec Ben et Anette après l'interruption d'ANU la semaine précédente. J'étais restée assise là presque deux heures, jusqu'à ce que les chocolats chauds ne le soient plus. Ben et Anette ne vinrent jamais.

J'entendis le cliquetis de talons sur le lino.

— Mais qu'est-ce que c'est que ça, mon canard ?

Je me décalai afin que Jane puisse accéder au tiroir.

— C'est censé être un gâteau.

— Teneur gravement réduite en joie. À ce sujet, tu n'as pas vu Belinda, par hasard ?

Belinda était l'Ourgasm 3000™ de Jane, un vibromasseur super classe qui était apparemment le meilleur qu'elle ait jamais eu.

— Tu as vérifié dans le lave-vaisselle ?

Elle fit une moue.

— Vide. J'espère qu'elle va rappliquer, elle me manque. Bon. Je trace. Bonne chance pour ce soir ! Je sors, donc tu as l'appart entièrement pour toi. J'ai même fait le ménage.

Je rabattis le couvercle sur le gâteau, l'appétit soudain en berne.

— Merci, Jane, mais ce n'est que le premier rendez-vous.

— Exactement !

Rouquine : Merci pour le gâteau.
Ezra : Je savais que vous adoreriez. Attendez juste votre surprise. À bientôt, la Rouquine. Je vous embrasse.

Je me tenais dans l'immeuble devant lequel m'avait déposée le taxi, pas plus avancée sur ce à quoi je devais m'attendre.

Était-ce cela, le rencard ? J'avais apporté ma robe, juste au cas où. Je n'étais même pas certaine de l'endroit où je me trouvais. Il n'y avait pas d'enseigne dehors. Dedans, toutes les surfaces rigides étaient blanches et scintillaient comme des diamants, parsemées de meubles moelleux rouge cerise. C'était comme être à l'intérieur d'une bouche dans une pub pour dentifrice.

— Bonjour, dis-je à l'impeccable garçon de vingt ans et quelques à la réception. Je suis censée avoir rendez-vous avec Ezra Chester, est-ce qu'il est là ?

Un homme sortit d'une ouverture dans le somptueux rideau rouge suspendu derrière le guichet. La cinquantaine, bronzé, chauve, totalement vêtu de noir, des mocassins jusqu'à la monture de ses lunettes. Il me regarda de la tête aux pieds, puis joignit les mains.

— Ezra ! Mon meilleur client. Vous devez être Evie, dit-il dans un léger grasseyement écossais avant de dégainer sa main. Gary. C'est un tel plaisir de vous rencontrer.

Je la serrai, perplexe.

— Vous n'avez aucune idée des gâteries que nous vous réservons.

— Non, vraiment pas, lui dis-je.

Gary me jeta un coup d'œil appréciateur.

— Venez, que nous vous débarrassions de ce manteau.

Mon duffle-coat chéri ne méritait pas ce ton. On me l'arracha avant que je ne puisse protester, et je fus enveloppée dans une éblouissante robe de chambre blanche.

— Où est Ezra ?

— Il passera vous prendre à 17 heures pile.

— Mais c'est… dans sept heures !

— Je sais, c'est court, mais nous devrons tout caser dans ce laps de temps d'une manière ou d'une autre.

— Caser tout quoi ? m'enquis-je.

— Allons, Evie.

Gary tira sur une corde pour ouvrir le rideau, révélant le genre de salon qui avait une « clientèle », et non de simples consommateurs.

— Votre relooking, bien sûr, annonça-t-il.

Il m'avait réservé un relooking ? C'était présomptueux, hautement insultant et tellement... ANU. Mes doigts tressautèrent, ma première pensée étant de le raconter à mes amis. Mais, évidemment, je ne pouvais pas. Alors je lui envoyai un message à la place.

Rouquine : C'est ça, ma surprise ?

Ezra : Toute comédie romantique digne de ce nom ne contient-elle pas le montage d'un relooking ?

Mais nous étions dans la vraie vie, et ce que je désirais, c'était le scénario, pas un relooking. Surtout pas d'une durée de sept heures. La chirurgie esthétique prenait moins longtemps. Quand Gary fut de retour avec un chariot, je fulminais.

— OK, ma petite sirène rousse. Voyons à quoi vous ressemblez.

— En fait, je vais juste partir. Il y a eu un gros malentendu.

Je pensais qu'ANU était un être humain correct.

Gary posa un coude sur sa hanche.

— Bien sûr. Ceci est l'un des salons les plus sélects de Londres, je suis absolument incroyable, et tout est payé d'avance. Pourquoi fuiriez-vous une telle occasion ? Vous n'êtes pas un tout petit peu curieuse de voir exactement ce qu'Ezra a prévu ?

Je plissai les yeux.

— Faites-moi voir la liste.

Il me tendit une brochure, et je manquai de la lâcher en voyant les prix.

— Il s'agit seulement de ceux qui sont entourés.

— La plupart sont entourés.

Gary sourit.

— Oui. Ai-je mentionné qu'il avait payé d'avance… ?

Un plan commençait à se dessiner.

— Puis-je avoir un stylo ?

Il m'en tendit un à contrecœur et se tint là en claquant de la langue tandis que je passais la liste en revue :

— Ah non. Pas question. Absolument pas. Pas de cire. « Enveloppement hydratant à l'huile d'olive » ? Vous ne badigeonnez pas une dinde. OK, celui-là me va.

Je la lui rendis, et lorsqu'il vit ce qui restait, son expression s'affaissa.

— Gary, lui dis-je, vous êtes le meilleur, n'est-ce pas ? Travaillez avec ce que vous avez.

Il retira mon élastique à cheveux et secoua mes boucles. Elles se déployèrent sur mes épaules dans une masse informe. Honnêtement, je ne parvenais pas à me rappeler la dernière fois que je les avais fait couper. Gary fit un pas en arrière, puis un autre, comme s'il était encore trop près pour toutes les voir. Il tapa dans ses mains pour attirer l'attention, haussant la voix :

— J'ai besoin de renfort !

La première chose qu'ils voulaient faire était de me teindre les cheveux.

— Je ne crois pas.

— Ça va paraître si naturel que vous ne le remarquerez même pas. Nous allons dompter et mettre en valeur.

— Donc mes cheveux sont à la fois trop et pas assez ?

— Maintenant vous comprenez.

J'y réfléchis. Normalement, je n'aurais même pas envisagé de me teindre les cheveux, parce qu'à Londres cela coûtait à peu près autant qu'une petite voiture. De plus, après des années de moqueries adolescentes sans pitié, il avait fallu beaucoup de temps et d'efforts pour arriver à l'amour que j'éprouvais désormais pour mes boucles rousses. Et pourtant, ceci était censé être un relooking, je voulais créer un impact, et c'était gratuit… Je demandai à Gary de me montrer les teintes précises qu'il utilisait avant d'accepter.

— Encore seulement sept heures de tout ça, dit-il en mélangeant la teinture. J'ai trop de chance.

Le truc avec les montages, c'est qu'ils sont accélérés. Je dus rester assise durant chacune de ces minutes qui vous engourdissent les fesses. Dans la version cinéma, il était peu probable que vous voyiez la demi-heure au téléphone avec ma mère au sujet de ma robe de demoiselle d'honneur, et le passage où je mangeai mon sandwich.

— Maintenant, le relooking ! aboya Gary quatre petites heures plus tard.

Une fille avec une coupe pixie et une peau de porcelaine traîna un énorme chariot argenté jusqu'à nous. Gary passa les deux heures suivantes à faire de mon visage une toile blanche en masquant toutes mes taches de rousseur. Il s'y appliqua jusqu'à mes épaules, et, lorsque je tendis le cou, je vis que ma peau était à présent d'une couleur crémeuse et lisse. Puis, avec habileté et grand soin, il peignit un nouveau visage par-dessus le mien.

Encore une heure plus tard, Gary s'essuya le front.

— OK, on a fini.

Son équipe se rapprocha pour regarder, leurs expressions ne me dévoilant rien. Gary avait couvert les miroirs « pour la grande révélation ». Il fit signe aux autres de s'éloigner.

— Evie, chérie ! dit-il. Je savais que je pouvais voir une coquine en vous, et, au nom du ciel, je pense que nous l'avons convaincue de sortir. Je crois que vous êtes prête pour la touche finale.

On me fit entrer par de lourds rideaux dans une cabine d'essayage. Sur un siège rembourré se trouvait une grosse boîte hexagonale avec un nœud en satin couleur caramel.

— Qu'est-ce que c'est que ça ? lançai-je à Gary, qui attendait de l'autre côté du rideau.

— Mettez-la, c'est tout !

Je tirai sur le ruban et ôtai le couvercle. Sur des couches de papier fin et crissant couleur crème, reposait comme une petite mare de tissu, d'un vert si foncé qu'il était presque noir. Je la caressai. Mes ongles étaient exactement de la même teinte. Le tissu était un frais murmure sur ma peau tandis que je sortis la robe de sa boîte, la jupe retombant au sol avec fluidité. En dessous se trouvait une paire de hauts talons vernis avec des semelles rouges et des nœuds en soie aux chevilles. Il y avait aussi des sous-vêtements. Des sous-vêtements d'un *soutien* extrême.

Retiens ton ventre, Evie. Retiens tout.

— Je suis prête, criai-je.

Gary poussa aussitôt le rideau sur le côté. Il marqua un temps d'arrêt en me voyant, les mains papillonnant vers sa bouche.

— Vous voilà, petite coquine. Maintenant, tenez-vous là et fermez les yeux.

Je le laissai me mettre en position.

— Trois, deux, un.

Je regardai. Il avait fait rouler un miroir en pied dans la cabine. Toute l'équipe s'était réunie derrière moi, ainsi que deux autres clientes. Pour la première fois de ma vie, personne n'aurait pu deviner que je rougissais.

— Oh, mon Dieu.

Gary était au bord des larmes.

— Ça vous plaît ?

La fille qui me renvoyait mon regard n'était pas Evie Summers. Cette Evie-là avait été versée dans une robe qui ondoyait sur chacune de ses courbes comme de la fumée. Ses cheveux lisses reposaient sur une épaule nue dans une torsade luisante, d'un beau brun-roux doré. La teinte exacte que l'ado que j'étais aurait espérée. Elle avait une peau pâle, presque translucide, d'immenses yeux saphir et une bouche cramoisie. Elle était, je devais l'admettre, belle.

Elle n'était simplement pas moi.

— Merci, dis-je, faute de mots plus adéquats.

Gary embrassa l'air du côté de chacune de mes joues.

— Vous ressemblez à un rêve, déclara-t-il.

Oui, celui où le beau prince dit à la fille qu'il est tombé amoureux d'elle, avant de la faire se métamorphoser en une personne radicalement différente.

Étrangement, je n'étais pas surprise de découvrir qu'ANU était arrivé en limousine.

— Attendez, ordonna-t-il depuis la banquette arrière avant que je ne puisse monter.

Il prit un instant pour me regarder. Ses lèvres s'incurvèrent dans un lent sourire satisfait.

— Evie Summers, vous voilà, dit-il.

— Qu'en pensez-vous ?

Je fis une virevolte sur mes hauts talons, sentant ma cheville droite menacer de céder.

— Absolument stupéfiante. C'est une toute nouvelle vous, la Rouquine.

J'expirai lentement, consciente que mes joues amidonnées de maquillage résistaient à mon sourire.

— Je voulais juste vous remercier.

— Je vous en prie, dit-il en servant deux coupes de champagne.

— J'ai passé toute ma vie à faire tapisserie, et vous avez fait éclore la fleur de papier peint que j'étais.

Il m'observa avec une légère méfiance.

— Content que vous le pensiez. Allez-vous grimper à bord, oui ou non ?

— C'est juste qu'il m'a fallu ce relooking pour réaliser combien j'étais belle.

Quelques secondes s'écoulèrent.

— Vous n'êtes pas vraiment contente, si ?

— Vous croyez ? De toutes les choses les plus arrogantes, misogynes et insultantes que vous pouviez faire, Ezra ! explosai-je, au point qu'il en lâcha presque les verres. Je suis là uniquement pour vous dire, en personne, que notre rendez-vous est annulé.

— Je voulais vous fournir matière à écrire ! éclata-t-il.

Je le dévisageai avec consternation. Il se glissa plus près de la portière en me regardant avec gravité.

— Pour votre jolie rencontre, ajouta-t-il.

— Quelle jolie rencontre ?

— Celle-ci. La nôtre. Appelez-la *L'Amour sans préavis. La Proposition*. Ce que vous voulez. C'est moi.

— Vous avez regardé des rom-coms ?

Lequel de nous est Sandra Bullock ?

Ce n'était pas important.

— Toutes celles que vous m'avez recommandées.

J'allais répondre quand quelque chose me vint à l'esprit. ANU offrait de m'aider à remplir la stipulation finale de notre contrat. Exactement comme je l'avais espéré.

— Vous vous rendez bien compte que, si vous êtes mon M. Fin heureuse, vous serez obligé de finir le scénario ?

Ses yeux bleus étaient cristallins et candides.

— Je me rends compte que je vous propose d'être la dernière jolie rencontre dont vous aurez jamais besoin. (Il se poussa pour faire de la place sur la banquette.) N'êtes-vous pas un tout petit peu curieuse ?

Je réfléchis à mes options.

Pars maintenant, la tête haute, en lui disant qu'il peut oublier le scénario.

Ou... Je soupirai, jetai d'abord ma volumineuse sacoche dans la voiture, puis remontai la robe au-dessus de mes genoux afin de monter sur le cuir réchauffé.

—Détendez-vous, dit-il en souriant de nouveau tandis qu'il me tendait une coupe de champagne. Le haut col de sa chemise sous son costume bleu foncé était presque sacerdotal. Jamais un homme n'avait paru moins saint.

—Si vous n'appréciez pas ce que je vais dire, je vous ramènerai directement chez vous. Le relooking n'était que l'étape 1 de ma surprise. Je voulais faire quelque chose pour vous, la femme qui m'a fait écrire une comédie romantique. Il fallait que ce soit quelque chose d'approprié.

L'espoir jaillit en moi.

Était-ce le scénario, finalement ?

—Je me suis dit... Qu'est-ce qui pourrait mieux convenir qu'une avant-première sur tapis rouge ? poursuivit-il.

—Quoi ?

J'oscillais entre déception et excitation. J'avais toujours désiré aller à l'avant-première d'un film, mais, de tout mon temps passé avec Monty, il me l'avait toujours refusé. Je désirais vraiment ce scénario, aussi.

Ezra éclusa son champagne.

—Je savais que vous adoreriez.

—Est-ce cela ma surprise ?

—C'en est une partie.

Je soufflai de soulagement. Le scénario restait une possibilité.

—Écoutez, dit-il, j'ai fait une stupide erreur avec ce relooking, j'ai pigé. Mais je vous en prie, ne me laissez pas encore tomber.

Sa voix était teintée d'une note d'urgence. Pour quelque raison que ce fût, Ezra semblait parfaitement sincère.

— J'ai besoin que vous sachiez, poursuivit-il, que les choses sont différentes. Avec vous. Je suis différent. (Frustration et gravité s'affrontaient sur son visage.) S'il vous plaît, croyez-moi sur ce point.

— Ezra, dites-moi que vous ne vous apprêtez pas à me servir le discours « vous êtes spéciale », parce que ça sort tout droit du manuel des rom-coms, et je ne me ferai pas avoir. Surtout pas si ça vient de vous.

— La Rouquine, dit-il d'une voix de velours. L'idée ne m'a même jamais traversé l'esprit.

32

Demoiselle d'Hollywood

EXT. : LE TAPIS ROUGE, ODEON, LEICESTER SQUARE -MERCREDI 13 FÉVRIER, 18 HEURES

EZRA tend la main à EVIE et la fait sortir de la voiture d'un seul mouvement fluide. Elle se tient à côté de lui et il passe le bras autour de sa taille. La sécurité les conduit vers le tapis rouge, qui est séparé du public. Ezra chuchote à l'oreille d'Evie quelque chose qui la fait sourire tandis qu'il la guide vers les objectifs. Le regard qu'elle lui adresse est prudent, mais prévenant.

Je clignai des yeux pour chasser l'éclat des flashs, afin de pouvoir absorber la scène au maximum. À l'instant où nous posâmes le pied sur le tapis rouge, nous nous heurtâmes à un mur de bruit. Il ne s'agissait pas d'un petit film. Une large affiche pendait de la façade de l'Odeon, mais de là où je me tenais, je ne pouvais pas la lire. D'immenses jarres de verre avec des cierges blancs se consumant à l'intérieur bordaient le tapis. Des foules de photographes se pressaient de tous les côtés. Je me retrouvai incapable de bouger, surprise par un autre flash et le volume même d'une telle quantité de gens dans un si petit espace. Ezra – ANU – me fit sursauter en plaçant un doigt sous mon menton, pour m'inciter à relever les yeux.

— Vous êtes éblouissante, dit-il. Laissez-les voir ça.

Je me dégageai.

— Je suis gelée.

Je claquais des dents, en partie à cause du froid, mais aussi de nervosité.

Je sursautai lorsqu'il glissa une main dans mon dos, posant pour les appareils photo avec une aisance qui évoquait des années de pratique.

Ezra Chester a son bras autour de moi.

Combien de fois avait-il fait ça ? Il avait dû y avoir les avant-premières mondiales pour son film, bien sûr, et cette soirée où il avait remporté l'Oscar, mais le reste… Il était sans doute avec Monica, qui avait sans doute foulé le tapis rouge comme s'il lui appartenait. Les flashs étaient si éclatants que j'y voyais à peine. *Flash.*

— Ezra.

Je voulais désespérément continuer d'avancer, mais il nous maintint là encore quelques secondes en jetant un coup d'œil derrière nous.

— Vous vous en sortez bien, la Rouquine.

Lorsque je tentai de reprendre la parole, ma gorge se serra sur son prénom. *Flash.* Je trébuchai sur ces stupides talons.

Et si mes amis voient ces photos ?

L'idée ne m'avait jamais effleurée avant que j'aperçoive les foules. Mais à quel point ce film était-il important ? *Flash.* J'étais incapable de faire ça. Ma place n'était pas là.

Tu n'as simplement pas ce qu'il faut.

— Vous maîtrisez, la Rouquine.

Le sourire d'ANU était facile et décontracté – pour les objectifs, m'aperçus-je –, mais il avait les yeux rivés sur moi.

— Ma première fois sur le tapis rouge, je me sentais exactement comme vous.

— Vraiment ? Vous étiez nerveux ?

— Complètement terrifié. Vous me croyez ?

Même pas un peu, eus-je envie de dire.

Mais ANU me tendait la main, de la gentillesse dans ses yeux bleus. Avec hésitation, je la pris.

— Faites comme je vous dis. Regardez par là, maintenant sur votre gauche, par terre, vers moi, de nouveau vers eux.

Je suivis ses indications, et ma respiration s'apaisa.

— Maintenant vers moi, poursuivit-il, encore par terre, et vers moi. Toujours vers moi. N'ayez d'yeux que pour moi.

Je lui tapai le bras. Son sourire s'élargit.

— Allons, dit-il.

L'intérêt n'était pas d'être vus. J'avais désiré assister à une avant-première depuis aussi longtemps que je pouvais m'en souvenir. Je n'aurais peut-être plus jamais une telle occasion.

Tu peux y arriver.

La vague de panique commença à se retirer – et c'était Ezra que je devais remercier pour ça.

Je me concentrai sur mes pieds. Combien d'incroyables auteurs avaient emprunté ce même chemin ? Des gens qui avaient aidé à rendre le monde un peu plus lumineux, un peu plus facile à comprendre. Avant, j'imaginais ce que ce serait d'assister à ma propre avant-première comme d'autres rêvent de leur mariage. D'être assise dans les sièges rouges. Sentir la réaction du public autour de vous, en sachant qu'elle était suscitée par votre histoire, vos mots. C'était tout ce que j'avais toujours voulu.

Une femme portant un blouson d'aviateur foncé et une oreillette nous dit d'avancer. Je me dégageai du poids du bras d'ANU sur ma taille. Il m'appela, mais je repérai quelqu'un que je connaissais d'une série HBO. Les acteurs arrivaient.

Je n'avais pas raté le scénariste, si ? J'espérais l'identifier, qui qu'il fût.

Je me hissai sur la pointe des pieds.

— Est-ce que vous le voyez quelque part ? demandai-je à ANU, qui s'était dépêché de me rejoindre.

— Qui ? demanda-t-il.

Il tourna brusquement la tête pour regarder derrière nous.

— Le scénariste !

— Il est juste là, dit-il en m'attirant près de lui. Et je ne vois que vous.

— Nous voilà encore sur une corde raide.

Il ébaucha un sourire.

— Mais je suis un si bon funambule.

— Avancez, s'il vous plaît, nous dit la même femme en passant.

J'essayai, mais le bras d'Ezra – d'ANU – était toujours autour de ma taille.

— Qu'y aurait-il de si mal à ce qu'on soit ensemble, la Rouquine ?

Elle revint vers nous.

— Monsieur, madame, il faut que vous avanciez, les acteurs arrivent.

— Juste un instant, lui dit ANU. J'essaie de comprendre pourquoi cette femme exaspérante et divine refuse encore de croire que je suis dingue d'elle.

— Je vois, dit-elle, déroutée. Madame, puis-je vous suggérer d'accepter que monsieur soit très épris, afin que nous puissions tous reprendre le cours de nos vies ?

De ses yeux bleus il sonda les miens, dans l'attente cruelle d'une réponse. Malgré moi, je sentis la chair de poule me hérisser. Cela pouvait-il être vrai ? Ezra Chester pouvait-il sincèrement m'apprécier ? Il ne fuyait pas à la perspective de faire une jolie rencontre avec moi. C'était lui qui *me* demandait d'arrêter de m'échapper.

— La Rouquine, je sais que Ricon vous a donné l'impression que vous ne seriez jamais assez bien pour qui que ce soit. Mais, franchement, qu'il aille se faire foutre, ce mec, dit-il en m'adressant un large sourire. C'est un idiot. Tout comme ce papa triste. Vous êtes plus que suffisante, la Rouquine. Vous êtes tout. Je me tiens là, à désirer être avec vous. Vous pouvez avoir tout ce que vous avez toujours voulu. Tout ce que vous avez à faire, c'est dire « oui ».

Il y avait beaucoup de choses que je n'avais pas anticipées en concluant notre marché. Que quelqu'un tombe réellement amoureux de moi. Qu'Ezra Chester tombe amoureux de moi.

Ou qu'il y ait un jour l'infime possibilité que moi, Evie Summers, je puisse même songer à tomber amoureuse de lui.

Le talkie-walkie de l'agent de sécurité bourdonna, et elle parla dedans avec urgence.

— Elle est là ? demanda-t-elle en nous regardant. Oui, pour nous, la voie est libre. N'est-ce pas ? nous décocha-t-elle.

— Oui, dis-je.

Ezra sourit – pas un rictus hollywoodien, mais un sourire honnête et ouvert, empli de soulagement.

— Êtes-vous prête pour votre surprise, maintenant ?

L'espoir dansa dans ma poitrine. C'était le scénario, forcément. « Vous pouvez avoir tout ce que vous avez toujours voulu. »

— Carrément.

Il m'attira plus près de lui, glissant la main le long du tissu soyeux dans mon dos. Sans préavis, il me fit plonger, dans le style d'Hollywood, et m'embrassa là, sur le tapis rouge. C'était – sous tant d'aspects – le baiser parfait.

Alors pourquoi, tandis que les lumières explosaient autour de moi, entendis-je la voix de Ben dire : « J'espère vraiment que c'est ce que vous voulez » ?

Étrangement, le bruit s'intensifia autour de nous. Je détachai ma bouche d'Ezra et inclinai la tête en arrière, pour voir le monde à l'envers. Un peu plus loin, un espace s'était dégagé pour l'acteur qui venait d'arriver.

Je fus incapable de respirer.

À seulement quelques mètres de là, vêtue d'une robe longue en dentelle rouge, posée et d'une beauté stupéfiante, comme toujours, se tenait Monica Reed.

Elle avait vu toute la scène.

ANU me redressa, et je m'écartai de lui, choquée.

— C'est son film, dis-je.

La virulence de cette prise de conscience aspira tout l'air de mes poumons. Je scrutai le visage d'ANU.

— Était-elle la raison de tout ceci ? demandai-je. Le relooking. Le baiser. Est-ce que c'était pour la rendre jalouse ? Dites-moi que ce n'est pas vrai.

— La Rouquine…

Un éclair traversa ses yeux. De la culpabilité.

Je réprimai de soudaines larmes, ignorant s'il s'agissait de peine, d'humiliation ou des deux à la fois.

— C'est juste ce que je vous ai promis, dit Ezra en se reprenant vite. Votre surprise, vous vous souvenez ?

— M'embrasser devant votre ex-petite amie ? demandai-je avec incrédulité.

Ce ne pouvait être plus éloigné de ce que je voulais.

— Elle avait raison, poursuivis-je. Vous êtes un gamin, Ezra. Grandissez.

Son regard se fit intransigeant.

— J'ai fait ça pour nous. Pour le scénario. Vous comprenez certainement… ? Je vous ai dit combien j'avais besoin de vos jolies rencontres pour continuer d'avancer. Il me fallait simplement la dernière pour pouvoir finir, et vous ne faisiez pas vraiment d'étincelles toute seule. Je n'ai jamais été qu'honnête avec vous. Je vous ai fourni de la matière sur laquelle écrire. C'était notre *deal*, la Rouquine. Ce n'est pas comme si vous n'obteniez pas exactement ce que vous vouliez, non plus. Je sauve votre job.

Chaque respiration était douloureuse, comme si j'avais quelque chose de pointu coincé dans les poumons.

Quelqu'un se racla la gorge. C'était l'agent de sécurité.

— On a fini, par ici ?

— Oh, on a fini, répondis-je.

Je regardai ANU une dernière fois, puis soulevai ma robe pour partir. Un mouvement qui avait tout le potentiel pour paraître fantastiquement dramatique, si ma cheville n'avait pas choisi ce moment précis pour céder, m'envoyant m'étaler sur le tapis.

J'envisageai de rester simplement là jusqu'à ce que tout le monde soit entré dans le cinéma, mais quelqu'un me prit la main pour me relever.

Monica.

Son regard était inflexible, presque provocant.

— Venez. Tomber est la partie facile. Montrez-leur comment vous vous relevez.

Je pris appui sur elle en retirant mes talons. Les flashs crépitaient autour de nous.

— Merci, dis-je. Et je suis désolée. Félicitations pour le film.

Puis, rassemblant le peu de dignité qu'il me restait, je m'enfuis.

ANU : Que voulez-vous que je dise, la Rouquine ? Je ne pensais pas que vous réagiriez de cette manière. C'était censé être une fin heureuse grandiose pour vous.
ANU : La Rouquine, quelle est la différence entre ce soir et ce que j'ai fait pour vous avec Ricon ?
ANU : Avez-vous besoin que j'admette avoir commis une erreur ? Très bien. J'ai commis une erreur.

ANU : Vous avez de la chance, la Rouquine. Même si vous n'avez rencontré personne, j'ai décidé de terminer le scénario. Ne me remerciez pas. Tout ce qu'il me faut, c'est que vous rédigiez notre jolie rencontre comme si elle avait connu la fin qu'elle devait. Autrement dit un « bonheur éternel », si vous doutez encore.
ANU : La Rouquine, donnez-moi juste cette foutue jolie rencontre.

APPEL MANQUÉ D'ANU AUJOURD'HUI À 20 H 03

APPEL MANQUÉ D'ANU AUJOURD'HUI À 21 H 45

APPEL MANQUÉ D'ANU AUJOURD'HUI À 23 H 03

Rouquine : Plus de jolies rencontres. J'arrête.

33

Du gâteau

INT. : LA CHAMBRE D'EVIE - JEUDI 14 FÉVRIER, 18 H 42

EVIE est avachie sur son lit, occupée à manger de la glace à même le pot, dans la même robe qu'elle portait à l'avant-première et qu'elle a grossièrement rentrée dans un bas de pyjama. Elle a les cheveux légèrement aplatis sur un côté. Elle a retiré la majorité de son maquillage, mais elle a des traces noires sous les yeux.

Je m'étais fait porter pâle au travail ce jour-là, pour la première fois depuis des années. Après tout ce qui s'était produit la veille – et les trois mois qui l'avaient précédée –, j'avais besoin d'une pause pour démêler tout ça.

J'avais reçu un appel de Monty un peu plus tôt, m'informant qu'ANU s'était plaint de mon manque d'implication. Ne savais-je pas que nous étions à quatre jours de la deadline ? Il lui fallait la fin pour la réunion avec Intrepid Productions le lundi. Celle à laquelle il ne m'avait pas conviée. N'étais-je donc pas consciente des conséquences s'il arrivait les mains vides ? Je confirmai qu'en effet je comprenais entièrement, puis reposai le téléphone.

Je vivais dans un état d'angoisse permanent depuis que j'avais appris que l'agence pouvait couler, chaque jour un peu plus tendue, et, la veille au soir, après ce qu'ANU avait fait, quelque chose avait craqué en moi. J'étais une ligne téléphonique coupée en ce qui concernait mes inquiétudes.

Renouvelez votre appel, cher correspondant. Evie est absente pour l'instant.

Je mangeai une autre cuillerée de glace au cookie et vis qu'un nouveau message était arrivé.

Maria : Je me disais que tu voudrais voir ça, ma chérie.

Même à presque trois cents kilomètres de distance, le sixième sens de son amitié était sans égal. Je cliquai sur le lien, mon sourire à demi formé faiblissant. C'était un article de *Ça balance* :

La taupe du tapis rouge

Il y a des choses qui ne se font pas. Vous fiancer au mariage d'une amie. Éclipser la star d'un film à sa propre avant-première. Oui, les filles, voilà ce que l'ex désespéré de Monica Reed, Ezra Chester, a tenté de faire hier soir en amenant une mystérieuse compagne à son avant-première. « Il s'agissait d'une tentative pathétique pour la récupérer, mais c'est tombé à plat – littéralement ! », a déclaré une source proche en faisant référence au moment où sa copine blonde a atterri la tête la première sur le tapis. Et qui l'a aidée à se relever ? Rien que Reed en personne. Quelle reine.

Le seul cliché de moi en était un, bien entendu, où je broutais le tapis aux pieds de Monica. Au moins, j'étais impossible à reconnaître dans cette robe vaporeuse avec mes cheveux fraîchement lissés. Et blonds, donc.

Maria : Tu vas croire que je suis folle de te demander ça, mais est-ce que c'est toi ?

Je regardai fixement le message. Je m'étais promis de dire la vérité à mes amis, et j'avais tellement envie d'aller chercher leur réconfort – si même je le méritais, après leur avoir tout caché. Mais, après ce qui s'était passé, je ne pouvais les affronter en sachant qu'en vérité je m'étais permis de croire, même une seconde, qu'ANU m'appréciait. Impossible, alors qu'ils ne m'auraient jamais laissée y aller au départ si je les avais consultés. J'avais été une telle idiote ! Une boulette de glace tomba sur ma robe, dessinant une traînée blanc laiteux sur la soie vert foncé. Je l'essuyai avant de répondre.

Evie : Quoi ??? Bien sûr que non ! J'étais chez moi à regarder Netflix, tu me connais.
Maria : Je voulais juste vérifier. Tu sais que tu peux vraiment tout me dire, pas vrai ?
Evie : Je sais.

Crise évitée.

Ma cuillère toucha le fond du pot. Je roulai de mon lit pour aller me chercher autre chose à manger.

Il ne restait plus rien d'intéressant dans le freezer. J'ouvris le frigo, désireuse de prendre quelque chose, n'importe quoi, du moment que c'était mauvais pour moi.

Mes yeux se posèrent sur le gâteau aux dattes qu'ANU avait fait livrer. Je le sortis et le posai violemment sur le comptoir. Un sanglot étouffé m'échappa. Je mis une main sur ma bouche, clignant des yeux pour chasser mes larmes.

Je ne pleurais pas pour ANU. C'était ce qu'il avait échafaudé, et le fait que j'y aie réagi. Je commençais enfin à baisser la défense que j'avais érigée après Ricky. ANU avait dit quelques mots gentils, et, pour la première fois depuis longtemps, je m'étais montrée ouverte. Il avait fallu un moment, mais j'avais été prête à le laisser entrer. Il ne fallait pas qu'ANU puisse être l'exemple de ce qui se passerait si j'abattais mes murs.

Ma respiration se stabilisa, et je me retrouvai les yeux rivés sur cette stupide chose qui n'était pas un vrai gâteau. Il n'avait même pas la décence d'être mauvais pour moi. Je le pris malgré tout et l'emportai dans ma chambre, arrachant un morceau en chemin pour le fourrer dans ma bouche.

Oh.

Oh, Seigneur.

C'était si… sec, et en même temps vaguement spongieux.

Avec un arrière-goût chimique. Comme essayer de manger de la mousse d'ameublement trempée dans de la colle à papier peint.

Je courus aux toilettes et le recrachai directement dans la cuvette, avec des haut-le-cœur. Tandis que je me redressais, je m'aperçus dans le miroir.

Le visage marbré de larmes. Les cheveux plats. Des traces de mascara. La moitié de mes taches de rousseur encore camouflées par le maquillage. Je me reconnus à peine. J'avais été si *fière* d'avoir incité ANU à écrire. Pour finir, il avait obtenu exactement ce qu'il voulait. Il était sorti de sa panne d'inspiration et, malgré ce qu'il prétendait, il n'avait pas réellement besoin de moi pour terminer le scénario. Bien assez tôt, les gens recommenceraient à chanter ses louanges dans tout Hollywood. Et qu'obtenais-je ? Mon boulot. Une promotion. J'aurais vraiment dû être contente.

Je tirai la chasse, éprouvant une bouffée de satisfaction tandis que le gâteau était aspiré dans le siphon.

À plus, ANU.

C'était… agréable. Je jetai un autre morceau. Il atterrit avec un lourd et charmant *chploc*. J'appuyai sur le bouton. *Pshhh.*

Adieu, connard arrogant

Chploc. Je devais être fière de moi. *Pshhh.* J'avais incité ANU à écrire. *Chploc.* Les jolies rencontres avaient mené à tellement plus que ce dont j'aurais pu rêver. *Pshhh.* Le groupe de lecture. *Chploc.* Steph. *Pshhh.* Écrire de nouveau. *Chploc.* Ben et Anette… *Pshhh.*

Un autre morceau atterrit. *Chploc.* Alors prends ça, sale petit coq arrogant. *Pshhh.* Numéro. *Chploc.* Un ! *Plic !*

J'appuyai une fois de plus sur le bouton. Pas de résistance, pas de chasse. Je refis quelques tentatives. Rien. Le dernier bout de gâteau était tapi au fond de la cuvette, refusant de bouger. En fermant les yeux, je réessayai. *Pshhh.*

Oh, Dieu merci.

Attendez…

Pourquoi avais-je les orteils mouillés ?

Je regardai. La cuvette s'était remplie jusqu'en haut, et de l'eau se déversait par-dessus bord, le dernier morceau de gâteau flottant maintenant à la surface comme une petite bûche marron.

Je bondis en arrière en tenant le plat comme un bouclier.

L'eau aurait forcément dû s'arrêter de couler à présent.

Le réservoir gémit de manière alarmante.

J'ôtai d'un coup de talon mes chaussons trempés et me tins pieds nus dans l'eau.

— Oh, beurk.

Attrapant les serviettes sur le radiateur, je les posai tout autour du siège. Elles avaient à peine tout absorbé avant qu'il s'en écoule plus encore.

— Arrête ! criai-je aux toilettes. S'il te plaît, arrête ! J'ai passé un mauvais moment et je n'ai vraiment, vraiment pas besoin de ça.

Elles ne répondaient pas aux supplications affectives.

Qu'est-ce que je fais ?

Je cherchai frénétiquement quelque chose autour de moi – quoi que ce soit – qui puisse servir. Le soulagement me gagna lorsque je repérai le manche de la brosse à récurer qui se dressait à côté des toilettes.

Je m'en saisis et fus tellement étonnée quand il se mit à vibrer que je le lâchai direct dans la cuvette.

Puis je regardai l'Ourgasm 3000™ disparaître dans le siphon.

J'arpentais le couloir. Les toilettes déversaient toujours de l'eau et j'avais fait tout ce que je pouvais pour extirper Belinda, y compris utiliser la véritable brosse, qui était au moins parvenue à l'éteindre. Il était temps d'appeler quelqu'un à l'aide. Un plombier serait le choix évident. « Salut, j'ai besoin d'un plombier parce que mes toilettes sont bloquées. Avec quoi, me demandez-vous ? »

Je frissonnai. Pas question. Après trois mois de jolies rencontres qui s'étaient finies avec un plongeon sur tapis rouge, j'en étais à l'humiliation maximale. Il restait donc Jane. Peut-être avait-elle des amis qui sauraient quoi faire. Même s'il me fallait expliquer que la prunelle de ses yeux était maintenant coincée dans le conduit des cabinets.

Chaque tentative m'envoya sur sa boîte vocale : « Si vous avez besoin de moi, je suis probablement ligotée quelque part. À plus tard, mon canard ! »

La liste des gens sur lesquels je pouvais compter à Londres me parut soudain très courte. Il y avait Steph, mais je doutais qu'elle veuille passer sa Saint-Valentin la main dans mon siphon. Et, hélas, Monty, qui avait deux points d'avance sur moi en matière de drames aux toilettes dont il avait fallu le secourir, ne verrait probablement pas cela comme une raison de me renvoyer l'ascenseur.

Ce qui ne me laissait qu'une option.

Evie : J'ai un souci.

Aussi mortifiant que cela puisse être, j'expliquai toute la situation, en disant même que le gâteau était un cadeau d'ANU. J'omis seulement de révéler précisément pourquoi.

Evie : Je suis tellement désolée d'interrompre votre Saint-Valentin avec ça.
Sarah : Nous sommes entre deux plats de notre dîner M & S pour deux. Jim a dit qu'il était juste content de ne pas avoir choisi le pudding au chocolat.
Evie : Tu lui as raconté ?!
Sarah : Je ne comprends toujours pas vraiment pourquoi ANU t'achèterait un gâteau.
Maria : David a dit que tu devais appeler un plombier.
Evie : Est-ce que tout le monde est au courant ? Je ne peux pas ! Qu'est-ce qu'on dira quand j'expliquerai que mes W.-C. sont bloqués avec un gâteau et un vibromasseur ?
Jeremy : Tu es une célibataire en rade le jour de la Saint-Valentin, ils reçoivent sûrement ce genre d'appels en permanence.
Evie : Des plans B viables, s'il vous plaît.
Jeremy : *Who ya gonna call? Goguebuster*, le Veuf sexy !
Evie : Ça ne m'aide pas, Jeremy.
Maria : Je pense qu'il n'a pas tort. Ne vit-il pas près de chez toi ?
Evie : Il ne veut pas me voir.
Sarah : Crois-moi, cet homme répondra à ton appel.

La flaque d'eau avait désormais atteint le couloir. Des boulettes de gâteau peu ragoûtantes s'étaient échouées sur la moquette couleur crème, ressemblant exactement à des choses susceptibles d'émerger de toilettes qui débordaient. Sarah se trompait sur Ben. Il m'avait laissée toute seule au *Gil's* la semaine précédente, et n'avait même pas répondu à la photo de chocolats chauds que j'avais envoyée. Je n'étais pas sûre de pouvoir supporter qu'il me lâche une fois de plus. Surtout quand il pensait déjà que tout ce que je faisais était un spectacle. Ceci lui prouverait juste qu'il avait raison. Je ne faisais littéralement rien sans débordements.

34

Dans le virage

```
INT. : LA PORTE D'ENTRÉE D'EVIE - JEUDI
14 FÉVRIER, 20H23
```

```
EVIE cale mieux sa robe dans son bas de
pyjama et arrange son gilet. Elle s'apprête
à se toucher les cheveux avant de secouer
la tête, estimant clairement qu'on ne peut
plus rien pour eux. En prenant quelques
profondes inspirations, elle ouvre la
porte. Un homme grand aux larges épaules
se tient sur le seuil, une boîte à outils
à la main, le visage tourné vers la rue.
```

— Merci d'être venu.

Ben se retourna, écarquillant les yeux en m'apercevant. Je ne m'étais pas attendue à ce qu'il arrive si vite, et je n'avais guère eu le temps de faire plus qu'enfiler un gilet. De quoi devais-je avoir l'air ?

— Pas de problème. Je suis sûr que cela ne prendra pas longtemps, dit-il en levant sa boîte à outils.

Je reculai pour le laisser passer.

— Vous feriez mieux d'ôter vos chaussettes aussi, l'avertis-je, alors qu'il se débarrassait de son épaisse veste bleu marine pour la suspendre à la patère-doigt « Viens par ici » dans le couloir.

Il retira son pull. Il ne portait pas sa chemise habituelle. Juste un simple tee-shirt bleu qui s'étirait sur ses larges épaules.

— On y va… ? dit Ben, et je sursautai.

— Oh, oui, désolée. C'est plus loin dans le couloir.

Je me tournai pour lui montrer le chemin, tentant en hâte de coincer davantage ma robe dans mon pyjama.

— Où est Anette ?

— Elle se sent assez bien pour passer la nuit chez ses grands-parents.

La voix de Ben était amicale, mais neutre. Comme si nous étions de simples connaissances.

— Elle était malade ? m'enquis-je en marchant en crabe autour des serviettes mouillées.

— N'avez-vous pas reçu le…

Il s'interrompit. Je me retournai. Il examinait une boulette marron échouée sur la moquette humide.

— C'est du gâteau, dis-je.

Ben parut profondément soulagé.

Il se dirigea d'abord dans la salle de bains, ses pieds nus éclaboussant le carrelage. Je restai à attendre derrière lui.

— Est-ce que je peux aider ?

En réponse, il me plaça sa boîte à outils dans les bras.

— Savez-vous quel est le problème ?

Pour augmenter mes probabilités de le voir vraiment débarquer, je ne lui avais parlé que de l'inondation, pas de la cause. Je donnai un coup sec dans la poignée de la boîte à outils.

— Si je devais lancer une hypothèse, dis-je nonchalamment, je dirais que c'est un refoulement de gâteau.

Le seul son audible était l'écoulement d'eau constant du bord de la cuvette.

— Bien, dit Ben d'une voix blanche.

Je décidai qu'il était préférable de ne pas lui parler de Belinda non plus. Elle avait peut-être été délogée par la brosse de toilettes, une probabilité à laquelle j'avais envie de croire.

Ben tendit l'oreille pour écouter les bruits étouffés que faisait le réservoir, l'air songeur. Il enfila des gants Mapa et je haussai les sourcils.

— Ne vous inquiétez pas, je peux réparer ça. Ce ne sera pas long.

— Laissez-moi deviner, plaisantai-je en décalant mon genou contre la boîte à outils pour l'empêcher de basculer de la baignoire. Vous avez déjà vu ce genre de chose.

Il ébaucha presque un sourire.

— Dites-moi n'importe quel objet, Anette l'aura probablement coincé dans des toilettes à un moment donné.

Nous avions tous deux un comportement extrêmement adulte face à cette situation. Je maintenais la boîte tandis que Ben cherchait la valve pour éteindre l'eau (il n'y en avait pas) et disait des phrases comme « je vais devoir bricoler le flotteur pour l'arrêter », et j'acquiesçais comme si je comprenais.

— Alors… ce gâteau, dit-il après un moment, une main plongée dans le réservoir.

Je soupirai en changeant de jambe pour soutenir la boîte. Tout cela aurait pu se dérouler sans que nous ayons jamais à l'aborder.

— C'était stupide, je sais.

— Qu'est-ce qui s'est passé ? demanda-t-il avec légèreté.

Cet homme avait la main dans mes toilettes, quel mal la vérité pouvait-elle encore faire à ce stade ?

— Je suis allée au rencard avec ANU. Il s'est révélé que c'était une erreur. Et pas seulement à cause de son goût déplorable en matière de cadeaux.

Ses yeux marron croisèrent les miens.

— Et le scénario ? dit-il doucement. Est-ce que votre job est hors de danger ?

C'était gentil à lui de demander, compte tenu de l'endroit où sa main était à présent fourrée.

— Je n'en suis pas certaine.

Peut-être qu'ANU écrirait quand même la fin. Peut-être que tout irait bien et que je deviendrais agent comme je l'avais toujours désiré. J'aurais juste aimé être plus heureuse à cette idée.

Ben hocha la tête et reporta son attention vers le réservoir.

— Et voilà.

Il recula. C'était un tel soulagement de voir que l'eau avait enfin arrêté de couler.

— Maintenant, il faut juste que je retire le bouchon, expliqua Ben.

Ah. Ça.

Il se mit au travail avec la ventouse qu'il avait emportée, le trop-plein envoyant de petites îles marron tournoyer partout sur le sol. Il fit un pas en arrière. Un gros morceau de gâteau aux dattes émergea du conduit, flottant à la surface.

— Nous avons un autre flotteur, dit-il. (Je fis une moue.) Désolé, humour de papa. C'est tenace.

Il le récupéra pour le déposer dans la baignoire.

— Il reste quelque chose, là-dedans.

Il inspecta le fond de la cuvette. Je grimaçai, agrippée à la boîte à outils, me préparant au pire.

— En êtes-vous absolument sûr ? demandai-je d'un ton plaintif.

Oh, s'il te plaît, casse-toi, Belinda.

Ben contempla les toilettes avec regret.

— Je vais devoir m'introduire.

Il se pencha assez bas, pour enfoncer sa main à l'intérieur. De l'eau se déversa sur le côté, détrempant son tee-shirt. Je me retrouvai à observer la manière intéressante dont le tissu collait à son torse, avant de me rappeler que c'était l'eau des W.-C.

Puis il se pencha trop et dérapa, son menton plongeant dangereusement près de la surface.

— Ben !

Sans réfléchir, je me jetai en avant pour l'aider, et une clé anglaise tomba de la boîte à outils sur mon orteil nu.

— Merde !

Je sautai sur un pied et glissai, sentant toute la pièce basculer et la boîte à outils quitter mes doigts.

Wouf!

Le souffle fut expulsé de mon corps. Dans mon dos, des mains fermes.

Ben m'avait rattrapée.

Il me baissa délicatement jusqu'au bord de la baignoire, sans tenir compte de la boîte à outils qui s'y était renversée.

— Aïïïe.

Des larmes me brûlaient les yeux.

— Laissez-moi regarder.

Avant que je puisse l'en empêcher, il s'était accroupi, un genou sur le sol mouillé, et retirait ses gants afin de me tenir le pied. Ma jambe s'élança par réflexe, cognant Ben en plein dans la mâchoire. Il recula, se raccrocha à ma cheville et m'emporta en dérapant sur le carrelage mouillé.

Nous étions allongés nez à nez, moi sur lui, tous deux légèrement hors d'haleine.

— Pourquoi avez-vous fait ça ? glapis-je.

— Vous m'avez donné un coup de pied !

— Vous m'avez chatouillé le pied !

De manière inattendue, Ben sourit, et son visage entier s'illumina. Et là, tremblante, alors que j'étais étalée sur lui, mon cœur se mit à me marteler si fort la poitrine que j'étais certaine qu'il pouvait en percevoir chaque battement. Mais il s'agissait de *Ben*. L'homme qui détalait chaque fois qu'il lui semblait être pris dans l'une de mes jolies rencontres. Qui m'avait laissée assise toute seule au *Gil's* le dimanche précédent.

— Ben, dis-je, soudain consciente de quelque chose.

— C'est la ventouse, s'empressa-t-il de dire en l'extrayant.

Bzzz.

Nous regardâmes tous les deux vers les toilettes.

— Evie, dit-il. Qu'est-ce que c'est que ça ?

Je rougis furieusement en poussant sur mes bras pour me relever. Fantastique. Comme si Ben avait besoin d'autres raisons pour me juger.

— Je parie que vous n'êtes même pas surpris par tout ceci, dis-je, haussant la voix par-dessus le bourdonnement.

— Que voulez-vous dire ? demanda-t-il en se levant aussi.

— J'ai entendu ce que vous avez dit sur moi à cette femme, Samantha, avant Noël. (*Bzzz.*) « Elle se donne toujours en spectacle », dis-je en imitant sa voix grave. Eh bien, voilà votre confirmation.

D'une pichenette, je retirai du gâteau mouillé de ma robe saccagée pour le projeter par terre.

— Je me rappelle ce que j'ai dit, répondit Ben en restant d'un calme agaçant.

Il remit les gants.

— Vous ne le niez même pas !

Il s'agenouilla, inclinant la tête et tendant l'oreille vers le bourdonnement.

Sa voix se tendit un peu quand il reprit ses fouilles dans le siphon.

— Cette femme essaie sans arrêt de me convaincre d'empêcher Anette de retirer ses appareils auditifs en public pour qu'elle ait une chance d'être « normale ». Dès le premier jour où vous avez rencontré Anette, vous l'avez traitée comme si elle était juste ce qu'elle devrait être. Et, grâce aux choses que vous faites, quand elle vous regarde, elle voit que ce n'est pas grave de se moquer de ce que les gens pensent. En votre présence, elle n'a pas besoin d'être « normale ». Elle est simplement elle-même. *Voilà* la conversation que vous entendiez. Tournevis.

Je redressai la boîte à outils avec précipitation et lui tendis la première chose qui y ressemblait.

— Mais… vous ne m'appréciez pas vraiment. Je fous toujours tout en l'air.

— Bon, alors…, dit Ben, les sourcils froncés, en utilisant l'extrémité du tournevis pour tenter de déloger le bouchon. D'où vous vient cette idée ?

Bzzzzzzzzz. Bzzz. Bzzzzz. Bzzzzz. Oh, Seigneur.

Il l'avait enclenchée sur une espèce de fonction turbo.

— Vous n'étiez pas au *Gil's*, la semaine dernière, dis-je, quelque peu faiblement.

— Nous vous avons envoyé un message. Qu'est-ce qu'il peut bien y avoir d'autre, là-dedans ? marmonna-t-il.

— Ah oui ?

— Nous vous avons envoyé des photos. (Il inclina la tête.) Aha !

Il sortit brusquement sa main et brandit triomphalement sa prise. Il lui fallut deux bonnes secondes pour prendre conscience qu'il m'agitait un vibromasseur sous le nez, réglé au maximum.

Pendant que Ben prenait une douche, je m'assis sur le lit pour tenir mes amis au courant du Waters-gate, comme il serait dorénavant nommé.

Ben est dans ma douche.

Je mis cette pensée de côté en voyant que j'avais plus de cinquante messages.

Sarah : TOUT EST ANÉANTI. J'ANNULE LE MARIAGE.
Evie : Qu'est-ce qui s'est passé ? Est-ce que tout va bien ?

Sarah : Ce stupide photographe s'est cassé sa stupide jambe en dansant au mariage de quelqu'un d'autre ! Il a annulé deux jours avant ! Jim menace de faire intervenir un de ses cousins !
Evie : Je suis tellement désolée, Sarah. N'y a-t-il personne d'autre ?

J'appuyai une main sur mon cœur tambourinant. J'étais soulagée de constater que Sarah faisait juste du Sarah, mais j'avais aussi envie de vivre vieille.

Sans regarder, je savais quelle serait sa réponse.

Sarah : Evie, tu dois demander à Ben.
Evie : Ça pourrait ne pas être aussi simple que ça.
Jeremy : Le Veuf sexy !
Sarah : Je t'en supplie. Tu te rappelles comment tu as ruiné mon EVJF ? Tu me dois une fière chandelle. Il a bien plus de talent qu'un véritable photographe de mariage.
Maria : Je te concède que ça semble l'option idéale, s'il est dispo, mais Evie n'a-t-elle pas dit qu'il avait l'objectif timide, ces temps-ci ?

J'enfilai un jean et un pull en réfléchissant à ce que je devais décider. Ben en avait déjà tellement fait pour moi.

Il avait peut-être dit qu'il n'était plus photographe, mais je savais qu'une part de lui adorait toujours ça. Par conséquent, il restait une chance qu'il puisse en retrouver le chemin, malgré les événements qui l'avaient incité à arrêter. Aussi anecdotique qu'il pût paraître, ce mariage pourrait éventuellement aider. Ce pourrait être mon moyen de lui retourner ses faveurs.

Je le ferais.

Je décidai que je serais là pour Ben.

Evie: OK, j'essaierai.

Sarah: Super ! Tout est réglé, dans ce cas. Une bonne chose que je n'aie pas réagi avec excès.

Jeremy: !

Evie: Je ne peux rien promettre.

Sarah: Ça va, à toi, il dira oui.

Maria: Bonne chance, ma chérie.

Je traînai devant la porte des toilettes, écoutant Ben chanter le titre phare de *Chantons sous la pluie*.

— Est-ce que vous voulez un chocolat chaud ? lançai-je, avant de m'apercevoir que je lui proposais encore plus de liquide marron.

Le chant s'interrompit.

— Oui. Merci, répondit-il.

Il avait clairement l'estomac solide.

— Je vous ai laissé un haut sur mon lit.

Quelques minutes plus tard, Ben entra dans la cuisine à pas feutrés derrière moi, ses cheveux noirs mouillés et ébouriffés de les avoir à moitié séchés avec une serviette. Il portait mon vieux sweat à capuche Sheffield University, qui rendait bien mieux sur lui.

— Est-ce une citation tirée de *Brick Park* sur votre mur ? demanda-t-il. « Fais en sorte que ça signifie quelque chose » ?

— Oui. Mon père l'a fait faire pour moi.

Ben pouvait donc citer mon film préféré, rien de renversant. Je rajoutai des chamallows dans son chocolat.

— Vos cheveux, dit Ben.

Je les touchai, gênée. Ils étaient entièrement revenus à leurs boucles naturelles dès que l'eau les avait touchés.

— Ils ne sont plus du tout coiffés, dis-je d'un ton piteux.

— Ça me plaît comme ça.

Je souris en lui tendant la tasse *Gil's*.

— Tenez. Joyeuse Saint-Valentin. Merci de la passer à déboucher mes toilettes.

Il s'esclaffa, puis échangea sa tasse contre la mienne.

— Ébréchée, précisa-t-il en désignant celle qu'il tenait à présent.

Une fois que nous nous fûmes installés ensemble sur le canapé, j'enfournai des cuillérées de chamallows pour me donner de la force avant de commencer.

C'est parti.

— Il y a quelque chose que je veux vous demander.

Ben souffla sur sa boisson tout en m'adressant un regard soutenu.

— Est-ce que vous êtes occupé ce week-end ?

Il cessa de souffler.

— Juste la routine. Pourquoi ?

— C'est le mariage de mon amie Sarah, dis-je en débitant mes paroles le plus vite possible. Je sais que ce n'est pas dans vos habitudes, et c'est juste un mariage, enfin, ce n'est pas « juste » un mariage pour mon amie, c'est pourquoi cela représenterait autant, et évidemment Anette est la bienvenue aussi.

Ben se redressa en affichant quelque chose comme de l'espoir. Je poursuivis, encouragée.

— Sarah remboursera tous les frais et vous paiera, bien entendu, et c'est déjà réglé pour le logement, puisque le photographe d'origine avait une chambre.

Je jetai un coup d'œil à mon téléphone. Sarah m'avait mitraillée de détails durant les quinze dernières minutes.

— Vous me demandez d'être le photographe, dit-il lentement en se renfonçant dans le fauteuil.

— Vous me rendriez un immense service, et je sais que vous avez déjà retiré un sex-toy de mes toilettes ce soir, mais cela signifierait beaucoup pour Sarah.

Et le truc, c'est que, l'adjurai-je intérieurement de comprendre, *je pense que ça pourrait être exactement ce qu'il vous faut.*

Ben demeura immobile.

Allez, Ben, saisis ta chance. S'il te plaît.

Il se leva.

— Je suis désolé. Je ne peux pas.

— Attendez, Ben…, lançai-je derrière lui.

Il sortait déjà de la pièce.

— Merci pour le chocolat.

Je restai blottie sur le canapé pendant qu'il rassemblait ses affaires, me demandant si j'avais eu la bonne démarche. Il passa devant le salon en partant et s'arrêta. Un instant, je crus qu'il s'apprêtait à prendre la parole.

— Ben ?

Mais la seule réponse fut la porte d'entrée qui se refermait.

Il était près de minuit lorsque je reçus son message.

Ben : J'ai parlé avec Marc. Voici ses coordonnées. Il appréciera le travail. Je suis navré, Evie.

35

Full Monty

INT. : LE *ASH* - VENDREDI 15 FÉVRIER, 18 H 23

EVIE est assise à une table dans le bar du troisième étage, l'air circonspect. Il y a une housse de robe suspendue sur une valise à côté d'elle. MONTY est au téléphone devant le bar, désignant à un serveur la table où se trouve Evie. C'est JOHN, qui ralentit en la voyant.

J'avais presque refusé quand Monty m'avait dit de le rejoindre au *Ash*. Je faisais le trajet jusqu'à Sheffield ce soir-là pour le mariage de Sarah le lendemain. Mais mon esprit commença à brasser les possibilités. Monty ne m'avait jamais emmenée boire un verre avant. Peut-être était-ce sa version d'un entretien de départ, après que je lui avais raccroché au nez la veille. Ou peut-être qu'ANU était si en colère contre moi qu'il avait tout raconté à Monty. Ou peut-être avait-il finalement refusé d'écrire la conclusion parce que je ne lui avais pas envoyé « notre » jolie rencontre. En somme, Monty avait de multiples raisons de me virer. Je ne pouvais pas partir au mariage de Sarah avec ça au-dessus de ma tête.

Quand John apparut et me présenta une bouteille de champagne avant de le verser, je me permis de me détendre. Il semblait peu probable que Monty fête mon renvoi, du moins pas en ma présence. Nous étions à trois jours de la deadline officielle. Était-ce trop espérer qu'ANU ait rendu son texte ? Si seulement Monty voulait bien terminer son appel pour me le dire.

John finit de servir en silence. Quelque chose me soufflait qu'il était encore fâché pour ce qui s'était passé lors de mon dernier passage.

— Je voulais juste vous remercier, dis-je. Vous gérez toujours les situations si magistralement, quoi qu'on vous balance. Je vous promets moins de drame à partir de maintenant.

Il sembla se radoucir un peu.

— Ne vous inquiétez pas, dit-il en se tournant pour partir. Dans cet endroit, vous n'êtes même pas la pire.

Monty n'avait toujours pas terminé ; je sortis donc mon téléphone et consultai une fois de plus les photos arrivées ce matin-là. La première était un selfie : Anette avec les joues enflammées, la morve au nez, et la main de Ben qui tenait un thermomètre à son front tandis qu'elle buvait dans une tasse fumante. La suivante représentait Ben sur un fauteuil blanc à côté du lit d'Anette, détendu et naturel avec la tête penchée, ses cheveux noirs lui retombant dans les yeux pendant qu'il lisait à voix haute l'exemplaire de *Peter Pan* que j'avais offert à la fillette pour Noël. L'image me vrilla un peu le cœur.

Apparemment, Anette avait été chargée de les envoyer le dimanche précédent, mais ne l'avait pas fait. Mon intuition me disait que mon rendez-vous avec ANU en était la cause. Anette s'était tant appliquée à nous mettre ensemble, Ben et moi, qu'elle avait probablement vu cela comme une trahison. Au moins, l'incident des toilettes s'était révélé bon pour quelque chose. Un message d'Anette avait accompagné les photos ce matin-là :

Je suis désolée qu'ANU vous ait offert un gâteau qui ressemblait à du caca.

Ce qui s'avéra mortifiant, puisque Ben avait dû lui raconter ce qui s'était passé, mais, dans l'ensemble, ça valait la peine si cela induisait qu'elle m'avait pardonné.

Monty se rassit, son ventre se relâchant par-dessus sa ceinture. Son front luisait quand il se saisit des flûtes de champagne pour m'en coller une dans la main.

— On relève le menton, dit-il. Nous avons quelque chose à fêter.

— Quoi ? demandai-je, mourant d'impatience de l'entendre le dire.

— Ton scénario, bien sûr, dit Monty.

Je me demandai si toute cette pression avec l'agence l'avait finalement atteint.

— Le scénario d'Ezra, tu veux dire.

Monty s'essuya la lèvre supérieure et bascula en avant dans son siège en m'adressant un clin d'œil.

— J'avoue ne pas l'avoir vu tout de suite. (J'avalai une gorgée de champagne.) Vous avez été très rusés, tous les deux, en le fournissant entièrement par le biais d'Ezra. Tu te mets vraiment en quatre pour ton boulot, Evelyn. C'est lorsqu'il a envoyé la partie sur l'enterrement de vie de jeune fille que j'ai finalement tilté. Je me suis rappelé que tu avais dit quelque chose sur tes raisons de ne pas être joignable ce week-end-là, et, l'instant suivant, je suis en train de lire l'histoire d'une fille à un enterrement de vie de jeune fille, et il s'agit clairement de toi. Ezra est un génie, mais créer des personnages n'a jamais été son point fort. (Les bulles éclataient comme les amorces d'un pistolet dans ma gorge.) Alors j'ai ressorti ce vieux scénario que tu as écrit de mon classeur à tiroirs, et les styles correspondaient. (Monty frappa la table de sa paume.) C'est alors que j'ai su.

— Je ne comprends pas.

— Tu lui as fourni les scènes, dit Monty, comme ravi de l'avoir deviné. Tu sais. L'enterrement de vie de jeune fille. Le verre renversé. Le groupe de lecture cochon.

Qu'entendait-il par là ? Les jolies rencontres ?

Non, non, non. Ce n'était pas vrai. J'avais servi à ANU pour l'inspiration. Il n'avait pas pris mes mots. Pourquoi l'aurait-il fait ? C'était un lauréat des Oscars. C'était...

C'était un homme qui avait feint de tomber amoureux de moi pour m'amener à lui écrire sa fin heureuse. Mon souffle sortit en courtes rafales, comme si j'étais incapable de prendre assez d'air.

Monty poursuivit, insouciant.

— Si je n'avais pas déjà pigé, la fin l'aurait révélé. Celle qu'il m'a donnée pour les producteurs est pitoyable. Il a clairement tenté de l'écrire lui-même. Il y manque une touche féminine, si tu vois ce que je veux dire. Il a besoin que tu la saupoudres de ta magie avant notre rendez-vous chez Intrepid lundi.

Il tendit la main vers son sac et en sortit le scénario, en le plaçant devant moi. Et voilà. La chose que j'avais quasiment supplié ANU de me montrer.

Celui que, apparemment, j'avais déjà lu.

Je le tins, sentant à peine le papier sous mes doigts alors que je soulevais la première page. « Le verre renversé ». C'était l'ouverture de ma jolie rencontre, complétée des petites modifications – largement insultantes – d'ANU.

FONDU D'OUVERTURE

INT. : CAFÉ, EAST DULWICH – DIMANCHE 2 DÉCEMBRE, HEURE INDUE (10 HEURES)

```
CHERYL - la vingtaine, cheveux blonds
jusqu'aux épaules, une robe longue, des
talons- se tient au comptoir en tapant du
pied, pleine d'une énergie nerveuse.
```

Toutes mes jolies rencontres étaient là. Le verre renversé au *Gil's*. La librairie. Le road trip. Chaque instant insoutenable de ces derniers mois. Absolument tout. On l'avait reformaté en un scénario, on avait pris quelques libertés avec l'apparence de la narratrice, mais ce dialogue, la description, c'était presque entièrement de moi. « Des feuillets seront envoyés quand ils seront bons et prêts », m'avait dit ANU, gagnant du temps pour effectuer tout changement nécessaire. Après les quelques premiers comptes rendus, ANU m'avait plutôt encouragée à décrire chaque jolie rencontre comme un scénario. En réclamant chaque fois plus de dialogues. La seconde partie du texte était presque mot pour mot ce que je lui avais envoyé, mais un nouveau personnage y avait été glissé : *lui*.

— Comment est-ce que ça finit ? m'entendis-je demander, même si une part de moi le savait déjà.

— Affreusement, dit Monty. Le scénariste dit à l'assistante qu'il est tombé amoureux d'elle. Il s'empare fougueusement d'elle pour l'embrasser sur un tapis rouge et elle lui brise le cœur. C'est comme s'il n'avait même jamais vu de comédie romantique. Étant donné les photos de l'avant-première de Monica Reed, je le soupçonne d'écrire en s'inspirant de son expérience.

Il m'adressa un regard entendu et je me crispai, attendant le blâme. Seulement, découvrir que son assistante fréquentait son client et causait un scandale n'était pas ce qui inquiétait Monty.

— Les producteurs détestent. Ils veulent une fin heureuse. Nous ne voudrions pas qu'une querelle d'amoureux nous dévie de notre cap, n'est-ce pas ?

La pièce tournoya, ma vision s'étrécit. Quelques pages glissèrent par terre. ANU s'était présenté comme le héros romantique, et moi j'étais la femme qui lui avait brisé le cœur. Et c'était pour *ça* que Monty supposait que je n'avais pas écrit la fin ?

— Les producteurs ont demandé un final plus satisfaisant avant de l'accepter, et l'ensemble a besoin d'un peu de peaufinage, dit-il.

Il m'observait, prenant conscience, peut-être, que son assistante ne réagissait pas tout à fait comme il s'y était attendu.

— Tu as mené le scénario si loin, Evelyn, il est temps d'y porter une conclusion. Ezra apprécie vraiment tout ce que tu as accompli. Si seulement les agents pouvaient être crédités pour l'écriture, hein ?

Tout redevint d'une netteté aiguisée.

— Mais je ne sais pas écrire, dis-je. Tu me l'as dit toi-même.

Sept ans s'étaient écoulés, et le souvenir de cet entretien restait douloureux. Fraîchement arrivée à Londres à vingt-deux ans, je m'étais assise devant William Jonathan Montgomery troisième du nom, avec l'impression de vaciller sur le bord d'un grand changement et sachant combien mon père serait fier. J'étais là, dans l'ancienne agence de Dorothy Taylor. Une affiche de *Brick Park* accrochée au mur.

Monty avait voulu me rencontrer pour discuter du scénario que je lui avais envoyé. Celui dans lequel j'avais versé mon cœur et mon âme, ainsi que mes économies pour le terminer. C'était un film pour toutes les filles qui, comme moi, avaient tiré leur éducation émotionnelle de l'école de

Nora Ephron ; il s'agissait d'un père qui savait à quel moment il allait mourir, et vivait sa vie comme si ce n'était pas le cas. C'était sentimental et avait encore besoin de travail, et peut-être que ce scénario n'aurait pas été celui qui se vendrait, mais c'était un premier pas. Un pas que j'aurais fait, si Monty n'avait pas prononcé les mots qui m'anéantirent. Neuf petits mots qui s'étaient infiltrés dans la fissure apparue à la mort de mon père et l'avaient ouverte en grand.

« Vous n'avez simplement pas ce qu'il faut. »

Il s'avéra qu'il m'avait juste convoquée pour me proposer le rôle de son assistante parce que la précédente venait de partir. Il déclara avoir admiré l'enthousiasme dont j'avais fait preuve dans ma lettre de motivation pour l'agence. J'étais désespérée et encore sous le choc en acceptant.

J'avais pensé aux paroles de Monty tant de fois au fil des années que c'était devenu un mantra. À cet instant, assise devant lui, je me demandai quel pouvoir ils avaient encore sur moi.

Il descendit son champagne et s'en servit de nouveau.

— Peut-être ai-je été un peu hâtif à l'époque.

Ses propos étaient désinvoltes, sans empressement, comme s'ils ne signifiaient rien pour lui.

J'avais envie de courber le temps. Rassembler ce moment-ci avec celui où il m'avait dépouillée de ma confiance, afin qu'ils se touchent.

N'abandonne pas, avais-je envie de dire à mon moi plus jeune. *Ne place pas ton amour-propre entre les mains de quelqu'un d'autre quand tu es le plus vulnérable. Écoute les gens qui t'aiment.*

— Tu devrais être fière de toi, dit Monty, qui allait me resservir du champagne mais vit que j'avais à peine touché mon verre. Les producteurs aiment tant ton scénario qu'ils veulent seulement ta fin, pas celle d'Ezra. Non pas qu'ils sauront que c'est la tienne, bien sûr. Tu y as veillé.

Professionnelle jusqu'au bout des ongles, nonobstant les mésaventures de tapis rouge. De l'eau au moulin, tout ça !

L'énormité des agissements d'ANU faisait pleinement effet. Il me manipulait depuis le début. Il avait volé mes mots et les avait fait passer pour les siens. Tandis que ma colère se formait, je ne cessais de revenir à la question « pourquoi ? ». Il n'aurait pu savoir, quand nous passâmes ce marché, que je finirais par lui envoyer la matière exploitable pour le scénario.

— Ne crois pas qu'il n'y aura aucun bénéfice, reprit Monty.

Je connaissais ce ton. Pour lui, mon silence signifiait que je lui cachais des choses, comme si cette conversation était une négociation.

— Bien entendu, une fois que l'agence se sera remise sur pied… (Il fit tinter son verre contre le mien.) Evelyn Summers : agent junior. Comment ça sonne ?

J'assimilai à peine ses propos.

— C'est mon scénario, dis-je calmement.

— Oui, eh bien, tu es mon assistante. Sur le point de faire le pas suivant, si tu continues de jouer les bonnes cartes. Ce que tu fais consiste à aider les auteurs.

— Non, en vérité, ce scénario est à moi, Monty, dis-je, la voix de plus en plus forte. Ezra l'a volé.

Sa main trembla lorsqu'il vida les dernières gouttes de champagne dans son verre, et il m'apparut que Monty savait exactement ce qu'ANU avait fait.

— Evelyn Summers : agent, alors. Qu'en penses-tu ? Et ce que les producteurs ne savent pas ne leur fera pas de mal.

Il croit vraiment que je vais faire précisément ce qu'il dit.

Et pourquoi ne le croirait-il pas ? Il en avait toujours été ainsi.

Je songeai à tout ce que j'avais traversé, tout le travail que j'avais injecté dans ma carrière durant les sept dernières années, à essayer constamment de faire mes preuves auprès d'un homme qui avait déclaré que je n'étais pas assez bonne. Et maintenant, après trois mois à négliger tous ceux que j'aimais, les humiliations, les tentatives constantes de « me jeter à l'eau » en croyant que tout ça valait la peine parce qu'ANU arrivait enfin quelque part, seulement pour qu'il fasse passer mes mots, ma vie, pour les siens…

Il était temps d'Être Plus Evie.

— J'arrête là, dis-je.

Dès que je m'entendis le prononcer, je sus que c'était vrai.

J'avais enfin terminé de ramasser la merde de Monty.

— Mais tu n'as même pas fini ton champagne ! s'exclama Monty en regardant mon verre.

— Non, je veux dire, j'arrête là, répétai-je calmement. Dis la vérité à Sam-et-Max ou je démissionne. Je trouverai un boulot ailleurs.

S'ensuivit un silence pesant. Lorsque Monty reprit la parole, toute trace de jovialité avait quitté sa voix.

— Cela n'a pas bien marché pour toi auparavant. C'est tellement dur de s'en sortir sans de bonnes références.

Je le dévisageai. Tous ces postes auxquels j'avais envoyé ma candidature, et personne n'avait voulu m'embaucher. J'avais pensé que c'était parce que je n'étais pas prête. Mais c'était à cause de Monty.

— Quoi ? dit-il en haussant les épaules. Tu étais une bonne assistante, Evelyn. Tu sais combien c'est difficile à trouver ? Je n'allais pas te laisser bêtement partir. Tu devrais être flattée.

Je sus alors que je ne serais jamais promue agent, quoi que je fasse. Monty ne souhaitait pas travailler avec son égale.

— Je mérite d'être créditée pour mon scénario, dis-je d'un ton catégorique. Donne-le-moi et je le finirai.

— Ce n'est simplement pas possible. Je suis sûr que nous pouvons demander que tu sois créditée pour la relecture. Ton nom pourrait quand même paraître sur grand écran.

Je me mis debout en relevant la poignée de ma valise.

— Monty, dis-je calmement. Tu sais ce que je veux. J'ai un train à prendre.

— Tu fais l'enfant, Evelyn.

John se tenait derrière le rideau. Il avait tout entendu.

— Attends, dit Monty dans mon dos.

Je pivotai. Il ajusta sa cravate et se passa les doigts dans ses cheveux gris, puis tira sur sa veste comme si elle allait cacher sa bedaine.

— Si tu pars maintenant, c'est terminé. Tu sais que je peux veiller à ce que personne ne t'engage. Tu n'es rien sans moi, Evelyn.

— Non, Monty. *Tu* n'es rien sans moi.

Je me retournai vers John, qui me regarda de la tête aux pieds.

— Mademoiselle Summers, dit-il solennellement en me drapant les épaules de mon duffle-coat comme si j'étais l'une des clientes célèbres du club.

Il se pencha, m'adressa un petit clin d'œil et ajouta :

— Bravo.

36

Plus-deux

```
INT. : MANOIR DE ROSEHILL, SHEFFIELD
-SAMEDI 16 FÉVRIER, 13H15

EVIE et MARIA se tiennent devant un grand
miroir en pied dans une pièce aux larges
fenêtres cintrées. Elles portent leurs
robes de demoiselle d'honneur et étudient
leurs reflets d'un air résigné.
```

Nous nous agitions sur nos ruches mutuelles, pour essayer de les aplatir, en vain.

— Est-ce que ma robe te paraît convenable ? demandai-je à Maria, tournant légèrement pour elle en traînant le pied dans un sens, puis dans l'autre.

Pour des robes avec une telle quantité de tissu, elles comprimaient affreusement.

Maria inclina la tête, en m'examinant.

— Je suppose, oui, finit-elle par dire. Tout dépend de ce que tu entends par « convenable ».

Je réprimai un petit rire. Ma mère avait donné la robe à Maria pour qu'elle me la remette ce matin-là, et elle avait clairement exercé sa magie. La robe avait exactement l'apparence qu'il fallait, mais était encore plus lourde qu'avant, et sa fermeture se révélait assurément plus facile à remonter.

Les yeux gris de Maria étaient perçants.

— Et toi, ça va, Evie ?

— Bien sûr.

À part confirmer qu'ANU avait rendu sa fin de scénario, je ne lui avais pas soufflé un mot ni à aucun de mes amis sur quelque autre événement que ce fût. Rien sur le rendez-vous avec ANU, ni sa trahison, le scénario volé, ma démission, ni le fait que je devrais revenir vivre dans mon ancienne chambre chez maman à la fin du mois…

Mais je le ferai le moment venu, me dis-je.

Ce week-end était celui de Sarah. Il y aurait largement assez de temps après pour aborder la façon dont j'avais foutu ma vie en l'air.

— Est-ce que c'est ANU ? insista-t-elle.

Il avait débarqué à mon appartement ce matin-là après mon silence à ses demandes répétées de lui envoyer la fin, refusant de partir jusqu'à ce que Jane lui dise que j'étais à un mariage hors de la ville.

— C'est cette robe, en vérité. J'ai peur de me vautrer la tête la première en parcourant l'allée.

Je glissai les yeux vers les siens, me remémorant l'article de *Ça balance* qu'elle m'avait envoyé, mais elle était occupée à retoucher sa coiffure.

— Je suis là si tu as besoin de parler de quoi que ce soit, dit-elle en coinçant une de ses mèches foncées derrière son oreille. Pas de jugement.

— Il a respecté les délais, dis-je en me forçant à sourire. Il n'y a honnêtement rien à ajouter.

Je fus épargnée d'autres questions par deux garçons qui dévalèrent le couloir en hurlant.

— S'il y a quelqu'un qui peut gérer ces deux terreurs, c'est Sarah, dit Maria.

Ils étaient mignons comme tout, avec leurs grands yeux marron et leurs cheveux bruns bouclés comme ceux de leur père, mais ils étaient carrément pénibles.

Nous repensâmes un instant toutes les deux à l'enterrement de vie de jeune fille.

— Et elle peut compter sur nous pour fournir le vin si ça devient difficile, dis-je.

Maria me tint par les épaules, nos ruches s'accrochant comme des Clipo.

— Evie Summers, dit-elle, ses yeux gris dans les miens. Tu vas très bien t'en sortir.

J'acquiesçai en chassant des larmes.

Nous sursautâmes tandis qu'une femme que je reconnaissais du côté de la famille de Jim fit irruption dans la pièce.

— C'est Sarah ! s'exclama-t-elle, et je n'étais que trop familière de ce regard effrayé. On a besoin de vous.

La femme agrippa ses perles et se retira, sans doute à la recherche d'un petit remontant.

— Prête pour une dernière Crise Mathers™ avant qu'elle devienne une Johnson ? demandai-je.

— Allons aider notre copine.

Nous retroussâmes nos ruches et nous précipitâmes aussi vite que les robes le permettaient.

— On avance, on avance, on avance, m'ordonna Maria. Sans traîner !

Je réprimai un rire en me mettant à transpirer dans le tissu étouffant.

— Remue-toi comme si ta vie en dépendait ! me lança Maria en me faisant taire d'un coup de coude.

Nous entrâmes brusquement par les doubles portes dans la pièce où Sarah se changeait.

— Qu'est-ce qui se passe ? demanda Maria en haletant.

Nous scrutâmes frénétiquement l'espace lumineux et aéré en quête du moindre signe de catastrophe.

Il n'y avait que Sarah, debout devant un long miroir, absolument éblouissante. Ses cheveux luisaient d'un or laiteux dans leur chignon. Sa robe effleurait le sol, la magnifique étendue d'ivoire uniquement rehaussée du fin bandeau scintillant à sa taille. Chaque centimètre de sa personne était élégant et raffiné, en dehors, peut-être, de la couronne de diamant.

— Je m'amuse un peu, c'est tout, dit-elle, rayonnante.

Elle ouvrit grand les bras. Maria et moi échangeâmes des regards avant de la rejoindre dans son étreinte.

— Merci de m'avoir supportée pendant tout ceci, dit-elle, gardant la tête en arrière pour protéger ses cheveux. Je sais que je peux être un chouïa obsessionnelle.

— Toi ? Jamais, dit Maria.

J'enfouis mon sourire dans une ruche.

Les garçons passèrent de nouveau en trombe en rugissant au plus haut de leurs voix.

— Oliver, Adam, qu'est-ce que je vous ai dit ? brailla Sarah.

Le bruit cessa immédiatement.

— Désolés, belle-mère diabolique ! lancèrent-ils en chœur.

Maria et moi étions toutes deux préparées à sa réaction.

— N'ayez pas l'air aussi inquiètes ! dit-elle. C'est moi qui leur ai demandé de m'appeler comme ça. Et je les ai menacés de les emmener à notre lune de miel s'ils ne se tenaient pas bien. (Son sourire s'élargit.) Jim m'a surprise avec une semaine luxueuse *très* romantique aux Maldives. Nous n'allons pas à Centre Parcs ! Enfin, pas avant l'été, en tout cas.

— Toc, toc, fit Jeremy en passant la tête par la porte.

— Jeremy, dit Maria, atterrée. Mais qu'est-ce que tu as sur la tête ?

Jeremy ajusta son chapeau sans un commentaire. Il avait terriblement l'air d'avoir été confectionné à partir de l'une des ruches de nos robes.

Sarah arborait un sourire béat.

— Je voulais qu'il soit aussi adorable que vous, les amies !

— Quoi ? dit Jeremy.

Il arrangea le chapeau sur ses boucles, et, contre toute attente, il lui allait.

— Considère que mon absence de plainte est mon cadeau de mariage.

— Il est là ? lui demanda Sarah, soudain sérieuse.

Il acquiesça, et elle se tourna vers moi, les yeux brillants d'excitation.

— Evie, tu te rappelles que je t'ai promis un plus-un ?

— Parfaitement, dis-je, le cœur lourd.

Sarah désigna la porte d'un signe de tête.

— Eh bien, vas-y, alors. Il t'attend dehors.

Je regardai vers mes amis pour solliciter leur aide, mais Maria et Jeremy évitèrent soigneusement tout contact visuel. Ils étaient donc au courant. En m'efforçant de cacher mon manque d'enthousiasme, je soulevai ma robe et me dirigeai lentement vers le hall.

Devant l'entrée, l'air un peu nerveux et vêtu d'une chemise grise avec une cravate assortie, se tenait Ben.

Il avait son vieil appareil photo dans une main ; agrippée à l'autre, rayonnante, se trouvait Anette. Elle portait une jolie robe rouge et blanc avec un gros ruban rouge autour de la taille coordonné à ses lunettes. Je ne pus m'empêcher de remarquer qu'elle portait également les ailes Union Jack de son spectacle scolaire.

Ben était mon plus-un ? J'aurais pu protester. Donner toutes les excuses habituelles. Il ne voudrait pas d'un rendez-vous avec moi. Mais, de les voir tous les deux, les mots se coincèrent dans ma gorge. Tout était sens dessus dessous à cet instant précis, mais la présence de Ben et Anette était bizarrement logique. Quand Ben releva les commissures de ses lèvres dans un sourire, mon cœur s'éleva lui aussi.

— Il m'a contactée ce matin, dit doucement Sarah derrière moi. (Mes amis s'étaient tous rassemblés à la porte afin de nous observer.) Marc lui a donné mon numéro.

— OK, mais qui était le vrai plus-un ? marmonna Jeremy.

— La ferme, répondit Sarah. Roger, le plus jeune cousin de Jim, chuchota-t-elle. Je l'ai recasé à la table des enfants.

— N'est-il pas marié ?

— Deux fois divorcé.

— Chut, les exhorta-t-elle doucement.

J'allai rejoindre Ben et Anette en faisant des efforts surhumains pour ne pas me dandiner.

— Vous êtes venu, dis-je.

— On m'a un peu aidé à changer d'avis, dit Ben.

Anette m'adressa un grand sourire et un clin d'œil.

Maria, Jeremy et moi attendîmes au début de l'allée tandis que le quatuor à cordes jouait le Canon de Pachelbel en ré. Anette s'engagea la première, en demoiselle d'honneur honoraire, jetant des pétales de rose dorés et se pavanant alors que les invités roucoulaient tous de ravissement à son intention.

— C'est parti, souffla Maria pendant que nous plaquions nos sourires.

Tous les yeux de l'assemblée se tournèrent vers nous et les « oooh » s'estompèrent à mesure que nos robes apparurent entièrement. J'aperçus un rictus sournois et suffisant dans la foule : Beth, dans une longue robe blanche (pour laquelle Sarah allait sans aucun doute la tuer).

— Allez, beautés tragiques, dit Jeremy qui se glissa entre nous en nous donnant le bras, afin que nous puissions nous soutenir les uns les autres. Finissons-en.

J'eus soudain la même image de nous à quatre-vingts ans, et, malgré tout ce qui se passait, ma vie me parut moins effroyable.

Un flash illumina l'allée. Ben. Nos regards se croisèrent brièvement. Même de là, je voyais la tension raidissant ses épaules. Je relevai qu'Anette gardait un œil sur lui pendant qu'elle dispersait les pétales de rose. *Ça va ?* lui demanda-t-elle. Le visage de Ben s'éclaira. *Ça va*, signa-t-il en réponse avant de poursuivre. Au fil des photos, je vis la tension commencer à se dissiper.

Ça va, me dis-je.

Lorsque nous atteignîmes enfin le bout de l'allée, Sarah était apparue. Contrairement à notre déplacement brouillon et maladroit, notre amie évolua avec fluidité dans l'allée comme sur une scène construite pour elle. Elle resplendissait de lumière, savourant l'attention de chacun, comme si elle s'en nourrissait. Puis elle arriva à hauteur de Jim, et il semblait qu'absolument personne ne les regardait.

— Sarah Mathers, dit Jim, les yeux baissés sur sa petite fiancée. Quand mes amis m'ont dit d'essayer de ressortir avec quelqu'un (quelques cris, surtout d'hommes qui tenaient des bébés), jamais de ma vie je n'aurais imaginé rencontrer une personne aussi incroyable que toi.

Les joues pâles de Sarah s'empourprèrent d'un rose doré coordonné au mariage.

— Tu as été celle sur laquelle j'ai pu compter quand j'en ai eu le plus besoin, et tu as apporté plus d'amour dans la vie de mes garçons que je ne le croyais possible.

Maria nous tendit des mouchoirs. Jeremy essaya de la chasser d'un geste de la main, puis en prit un quand même, pour se tamponner l'œil.

— Poussière, chuchota-t-il.

— Et je promets de passer le restant de ma vie à t'aimer, poursuivit Jim, contre vents, marées et toutes les présentations PowerPoint du monde.

Il y eut un rire entendu de la part d'au moins la moitié des invités. Mes amis et moi échangeâmes des sourires.

Sarah expira lentement.

— Jim, dit-elle. Tes garçons et toi êtes la meilleure chose qui me soit jamais arrivée. Je n'ai jamais pensé pouvoir aimer autant quelqu'un… qui a un si mauvais goût vestimentaire.

Jim s'esclaffa, s'essuyant les yeux et serrant les mains de Sarah. Avec discrétion, Ben captura l'instant.

— Quand je me représentais ma famille idéale, ce n'était pas cela, reprit-elle.

Ce fut au tour de Jeremy de me serrer le bras, tandis que nous nous demandions tous ce qu'elle s'apprêtait à déclarer.

— Parce que, poursuivit-elle, je n'avais jamais imaginé que je serais aussi heureuse.

— Mon cœur, lâcha Jeremy.

Et mes yeux se tournèrent, de manière complètement irréfléchie, vers Ben.

Ben prenait des photos de grands-parents qui dansaient le jive sur la piste. Son visage habituellement sérieux était animé pendant qu'il évoluait autour d'eux, souriant devant le spectacle qu'ils offraient à son appareil. Je sirotai mon verre, sans me rendre compte qu'il s'était coincé dans une ruche, jusqu'à ce que le tissu soit dans ma bouche. Il y eut des rires près de moi.

Jeremy et Maria reposaient tous deux le menton dans leurs mains avec un regard faussement rêveur. Anette me souriait. Nous étions assis à la table d'honneur, nous préparant à tenter de danser avec ces robes – et, dans le cas de Jeremy, avec ce chapeau –, la nappe parsemée des miettes de notre dîner, et de minuscules cristaux qui accrochaient la lueur des bougies.

— Quoi ? demandai-je.

Jeremy fit un signe avec ses mains, et Anette lui passa le vin.

— Jeremy, le réprimanda Maria.

Elle fut apaisée en voyant qu'Anette adorait clairement ça. Jeremy signa « merci » et entrechoqua son verre rempli avec le jus de fruits de la fillette.

— Montre-lui, petite, dit Jeremy.

Anette bondit de son siège et s'appuya à moi afin de me montrer la photo qu'elle avait prise.

C'était moi, regardant quelque chose à l'autre bout de la salle, l'expression ouverte, les joues enflammées et les yeux brillants.

— *Quoi?* demandai-je de nouveau, perplexe.

— Je n'arrive pas à croire que je dise ça, dit Jeremy. Mais Sarah avait raison. Elle t'a dégotté un plus-un du diable.

Je regardai Anette d'un air implorant.

— Jeremy ne veut pas dire ça dans ce sens-là.

Sarah avait avoué que Ben ignorait totalement qu'il était mon « plus-un ». S'il pensait que c'était un coup monté, il ne le prendrait pas bien.

— Je sais, dit Anette. Nous sommes votre plus-deux.

Avant que je puisse en dire davantage, les premiers accords de « Love Machine » des Girls Aloud explosèrent sur la piste de danse.

— Oh, Seigneur, dit Jeremy quand Sarah se matérialisa devant nous avec un sourire déterminé, toujours aussi élégante, étrangement, même avec la couronne de diamant.

— Allez, le groupe des soporifiques. C'est le moment de danser.

Courageusement, et non sans une légère ébriété, nous laissâmes Sarah nous décoller de nos chaises pour nous entraîner sur la piste de danse animée.

Maria et moi tentâmes une compétition de tourbillons, projetant le tissu de nos robes autour de nous, faute de pouvoir bouger les jambes. Sarah se tenait entre nous, soulevant ses jupons et tournoyant. Jeremy effectua une pirouette avec Anette, qui portait à présent son chapeau, et finit par percuter Sarah, faisant tomber le diadème qui partit rouler le long de la piste.

Jeremy courut après et le rendit d'un air penaud. Sarah le lui prit et se le fixa sur la tête, volontairement de travers.

— Quoi ? demanda-t-elle en voyant nos expressions surprises. Nous nous sommes mariés, non ? Cette partie-là du mariage est consacrée à la rigolade. Est-ce qu'il y en a un parmi vous qui a lu ma présentation ?

Il y eut un éclair de blanc dans la foule et Sarah le traqua comme un faucon sa proie.

— Beth ! cria-t-elle, à la poursuite de sa collègue de travail. Je veux te présenter quelqu'un. Il s'appelle Roger…

La chanson céda la place à un morceau plus doux.

— Allez.

Maria me prit la main et nous réussîmes à tournoyer dans nos robes jusqu'à ce que David lui tapote l'épaule, dominant tout le monde par sa taille sur la piste.

— Puis-je la voler ? me demanda-t-il.

— Elle est tout à toi.

Il l'emmena gentiment. Je cherchai Jeremy, mais Anette et lui se dandinaient vers le bar, où un barman mignon servait.

J'étais toute seule. Je me décalai au bord de la piste, me réjouissant de la manière dont Maria et David n'avaient d'yeux que l'un pour l'autre tandis qu'ils dansaient.

L'instant suivant, Ben était à côté de moi, en train de les prendre en photo.

— Ils ont l'air tellement heureux, non ? dis-je.

Si je pouvais trouver quelqu'un qui me regarde comme ils se regardaient après douze ans ensemble… Je n'avais pas oublié ce que Maria avait dit à l'enterrement de vie de jeune fille de Sarah, mais ce regard signifiait qu'ils faisaient quelque chose comme il fallait.

Ben accrocha son appareil autour de son cou, se tourna vers moi et tendit la main. Il me fallut une seconde pour comprendre ce qu'il voulait.

— Oh, dis-je. Oui.

Tandis que nous nous tenions sur le revêtement de sol à LED, la musique passa à « The Way You Look Tonight » de Frank Sinatra. Ben farfouilla les ruches dans mon dos en essayant de trouver un endroit où mettre la main. J'en ris un peu.

— Je ne suis pas sûre que Frank avait exactement cette robe en tête quand il chantait ça.

Il se rapprocha un peu et trébucha.

— Désolé !

— Ce n'est rien.

Je tirai violemment les ruches de sous nos chaussures.

David et Maria dansèrent jusqu'à nous ; Maria se tenait sur les orteils de David pour éviter de se prendre les pieds dans ses propres ruches.

— Ne faites pas attention à moi. Il faut juste que j'apporte une rapide modification à la robe d'Evie, dit-elle, tandis que David la penchait vers nous. Ta mère m'a dit que ça devrait marcher.

Ses doigts touchèrent un point au niveau de mon cou, de ma taille, et quelque part sur mon dos. Puis elle enfouit les mains sous mes bras.

— Maria ! suffoquai-je, tandis qu'elle tirait violemment et que David la reculait, emportant avec eux la totalité de la couche supérieure de ma robe.

Je baissai les yeux. Je portais à présent une robe trapèze or pâle qui épousait parfaitement ma taille, la jupe se balançant contre mes jambes.

— Voilà qui est mieux, dit Maria avec un grand sourire. Au bar ! ordonna-t-elle à David, qui l'éloigna de nous en dansant.

La musique passa à « Can't Help Falling in Love » d'Elvis Presley. Je plissai les yeux avec suspicion. Évidemment, Jeremy et Anette étaient à la cabine du DJ et nous souriaient. Je secouai la tête vers eux.

Lorsque je me retournai vers Ben, il tendait de nouveau la main. Il m'attira à lui en plaçant l'autre dans le bas de mon dos. Tous mes nerfs étaient concentrés sur le poids de cette main et ses doigts sur ma peau, comme s'il n'y avait là absolument aucun tissu.

— Vous aviez raison, dit-il. Au sujet d'aujourd'hui. Le fait d'être là. De prendre des photos. Merci. Je… Je ne pense pas que je l'aurais fait sans vous.

— Je vous en prie, dis-je. Même si je soupçonne qu'Anette a joué un grand rôle.

Il sourit.

— Elle a fait une remarque très persuasive.

— Qui était ?

Les doigts de Ben se resserrèrent sur les miens. Avec une extrême délicatesse, il m'attira plus près, l'espace entre nous se réduisant à un pouce, un centimètre, un souffle. Sa bouche commença à former un mot. Mais je n'eus jamais l'occasion de l'entendre.

— *La Rouquine.*

Le cri résonna d'un bout à l'autre de la piste. Il y eut de petites exclamations contrariées, et la foule se divisa pour faire place à quelqu'un qui se frayait brusquement un chemin.

Mon cœur se propulsa dans ma gorge.

— La Rouquine, lança ANU en s'approchant de nous.

Il portait un jean et une veste en cuir, ses cheveux étaient en bataille.

— Votre jolie rencontre est arrivée. Mieux vaut tard que jamais, hein ? DJ ! Ma chanson.

« Lady in Red » de Barry Manilow démarra. Absolument tout le monde sur la piste regardait ANU les bras grands ouverts, attendant mon étreinte.

Les mains de Ben me lâchèrent, m'abandonnant au froid.

— Ben…

Je l'exhortais intérieurement à voir que je n'avais pas prévu cela, mais son attention était fixée sur ANU, sa mâchoire crispée. Il ne dit rien, se contenta de hocher la tête, semblant penser qu'il n'aurait dû s'attendre à quoi que ce soit d'autre, et s'éloigna.

— *Ciao*, Ben, dit ANU dans son dos.

— Qu'est-ce que vous faites ici ? exigeai-je de savoir.

— Je fais les choses bien, cette fois. Je ne pouvais pas rester loin de vous, la Rouquine.

— Vous croyez pouvoir simplement débarquer au mariage de mon amie après ce que vous avez fait ?

Il se rapprocha de moi en baissant la voix.

— Je sais que je vous dois des excuses.

Comment pourrait-il bien s'expliquer sur le scénario ?

— Vous devez le savoir, poursuivit-il. Tout ce que je vous ai dit était vrai. Je suis désolé d'avoir tout fait de travers le soir de l'avant-première. J'aurais dû vous le dire à ce moment-là, mais je n'arrivais pas à gérer ce que je ressentais à propos de nous. (Il marqua une pause, scrutant mon visage.) La vérité, c'est que… (Il éleva la voix.) Je vous aime, la Rouquine.

Et je vis alors que mes amis s'étaient faufilés à l'avant de la foule, leurs expressions emplies d'incrédulité horrifiée.

37

Ploc

INT. : LE BAR, MANOIR DE ROSEHILL -SAMEDI 16 FÉVRIER, 21H03

EVIE emmène ANU franchir la double porte au fond de la salle. Une lourde paire de rideaux divise la pièce dans laquelle ils pénètrent. Elle les pousse pour pénétrer dans un coin bar qui est vide. Sur une table sont empilées des flûtes à champagne et des bouteilles de prosecco, et à côté d'elle se trouve un énorme gâteau. Il est posé sur un socle et fait presque deux mètres de haut. Entre ses vastes huit étages sont disposées de somptueuses et complexes couches de fleurs en glaçage qui redescendent sur les côtés. Le gâteau est couronné d'un château en glaçage avec des figurines -une princesse et un prince, qui s'embrassent. Evie et ANU sont tous les deux momentanément distraits par ce spectacle.

C'était plus calme là, à distance de la musique, même s'il semblait que les choses soient reparties en notre absence. Dieu merci. J'affronterais ANU, avant d'aller présenter des excuses à mes amis.

Et à Ben.

— Qu'est-ce que vous foutez ici ? Sérieusement ?

— Je vous ai…

Je levai la main.

— Arrêtez vos conneries, Ezra. Malgré le peu que vous soyez parvenu à écrire, vous n'êtes pas mon héros romantique.

Un muscle tressauta dans la mâchoire d'ANU tandis qu'il prenait la mesure de mes propos et réfléchissait à la meilleure façon de jouer ce coup.

— Vous savez, dans ce cas, dit-il en renonçant enfin aux faux-semblants, que je suis ici pour la conclusion. C'est Monty qui m'a envoyé. Il pense que nous avons eu une espèce de querelle d'amoureux et a suggéré que je vous surprenne.

— Parce que ça s'est tellement bien passé la dernière fois ?

— Je ne voulais pas vous voir virer, la Rouquine, insista-t-il, de manière presque convaincante.

— J'ai déjà démissionné, rétorquai-je en serrant les dents. Ne faites pas semblant d'agir par pure gentillesse. Vous avez piqué mon travail et prétendu être tombé amoureux de moi pour m'inciter à le finir. Vous êtes un connard. Je n'arrive pas à croire que j'aie un jour pensé que vous pourriez être différent.

ANU fit une moue et se saisit d'une bouteille de prosecco pour s'en servir un verre.

— Je veux la fin, la Rouquine.

— C'est *Evie*, crachai-je. (Il tressaillit.) Vous avez fait tout le chemin depuis Londres pour me dire ça ? Vous avez perdu votre temps. Je ne vous la donnerai pas.

— Ne vous flattez pas, la Rouquine… Evie, rectifia-t-il en brandissant la bouteille et la flûte à champagne avec une soumission feinte. Je suis d'abord allé chez Monica, mais elle a refusé de me voir, alors je suis venu ici.

Il termina son verre, puis le mit lourdement de côté et but à la bouteille. Il fit dériver ses yeux vers le gâteau à huit étages.

— Les mariages de mauvais goût ne sont pas vraiment mon truc.

Je serrai les poings. Il y avait quelque chose de différent chez lui. Les cheveux ébouriffés, les baskets.

— Est-ce que vous êtes ivre ?

ANU haussa les épaules.

— C'est un bar gratuit. Quel est votre problème, de toute façon ? (Un éclair de laideur traversa ses jolis traits.) Votre écriture est la raison pour laquelle les producteurs aiment tant le scénario. C'est une bonne chose, non ?

— Ils ne savent même pas que c'est le mien ! soufflai-je lentement en m'efforçant de garder la voix basse. Pourquoi l'avez-vous volé, Ezra ?

ANU but une rasade de prosecco, et s'essuya la bouche.

— Vous voulez vraiment savoir ?

— Oui.

— Le jour où vous êtes venue me voir avec l'avenant, je travaillais sur un autre scénario. Je l'écris depuis tout ce temps.

Il me fallut un moment pour assimiler entièrement l'information.

— Un autre scénario ? Mais… Mais vous aviez le blocage de l'écrivain. Je pensais vous aider avec les jolies rencontres. Alimenter votre inspiration.

— Vous pensiez que j'avais le blocage de l'écrivain ? dit-il d'un ton incrédule. Moi ? (Il but une autre lampée de prosecco.) OK, C'était vrai, un peu. Mais pas longtemps.

— Trois ans, précisai-je.

— Peu importe. C'est pourquoi j'ai signé pour cette rom-com. J'avais besoin de quelque chose. Je l'admets, j'étais désespéré. Et puis, c'était comme si je m'étais détendu ou je ne sais quoi. À l'instant où j'ai signé le contrat d'Intrepid, une idée de film m'est venue, et elle était si bonne, tellement plus mon style, j'ai su que je devais écrire celle-là à la place. Une fois que j'aurais vendu le scénario, je pourrais rembourser Intrepid pour la rom-com. Tout le monde serait content. Sauf que, dit-il en soupirant lourdement, Monty était trop obsédé par le contrat de la rom-com pour comprendre clairement ma vision.

Il agita la bouteille dans un geste ample.

— Et puis vous êtes arrivée en me proposant de me garantir les trois mois dont j'avais besoin pour finir de travailler sur mon scénario. Comme les producteurs n'arrêtaient pas de me déranger pour avoir mon idée de rom-com, je leur ai fourni la vôtre – une rom-com avec non pas *une* jolie rencontre, mais toutes à la fois. (Il s'esclaffa.) Je n'avais jamais pensé qu'ils accrocheraient réellement. Leur donner ce que vous écriviez sur les jolies rencontres avait pour seul but qu'ils me lâchent la grappe. Quand ils ont adoré les feuillets, je me suis contenté de leur en envoyer d'autres. Ça m'a fait gagner du temps pour boucler mon scénario et l'emporter à L.A.

— Votre retraite d'écrivain, dis-je sèchement tandis que les éléments s'assemblaient.

— Si ça peut vous réconforter…

ANU inclina sa bouteille, la trouva vide. Il en prit une autre.

— Personne n'a voulu de mon scénario. C'est la faute de Monty. J'ai dû publier le texte sous pseudo pour qu'il ne sache pas que j'essayais de le vendre dans son dos. Personne ne m'a pris au sérieux, moi, Ezra Chester.

Alors que je me massais le front avec lassitude, un souvenir me revint.

— L'autre soir au *Ash*. La pâle imitation de scénario d'Ezra Chester dont Jodi parlait… C'était le vôtre.

Puis je me rappelai le commentaire énigmatique de Monica sur le nouvel an. « Vous ne vous doutez vraiment de rien, n'est-ce pas ? » Elle était au courant de tout. Le plagiat. Son autre scénario. Je me demandai si c'était pour ça qu'elle avait rompu avec lui. Je lâchai un rire.

— Honnêtement, je ne pensais pas trouver quoi que ce soit de drôle dans tout ça.

Il ricana.

— Le rejet de cette *imitation* est la raison pour laquelle j'ai dû faire semblant de tomber amoureux de vous.

Je repris mon sérieux.

— Comment ça ?

— Quand je suis revenu de L.A., la rom-com était tout ce qui me restait. Ensuite, *vous* avez dit que vous abandonniez notre marché. Je savais que vous bluffiez, mais j'avais quand même besoin de la fin. Je devais vous faire croire que vous aviez déjà gagné, alors j'ai feint de craquer pour vous. Vous étiez tellement désespérée de rencontrer quelqu'un, je pensais que vous goberiez ça bien plus vite que vous ne l'avez fait. (Il se faufila près de moi.) On s'est bien marrés, tous les deux, non ? Il n'y avait pas *que* des mensonges. (Je lui adressai un regard cinglant.) Écoutez, Evie. Il vous faut ce scénario autant qu'à moi. Écrivez donc la fin.

— Seulement si vous me créditez.

— Bien sûr. Si vous écrivez la fin, je vous mentionnerai en tant que co-auteur.

— Crédit intégral, Ezra.

— Je ne peux pas, geignit-il, les yeux implorants. J'en ai trop besoin. Allez. Votre carrière est à la poubelle. Ça vous prendra *une* journée tout au plus. Mais écrivez ce foutu scénario !

Les mots résonnèrent dans toute la pièce, et je fus soudain frappée par le ridicule spectaculaire de toute l'affaire. Je me mis à rire, d'abord doucement, avant de me trouver incapable de m'arrêter.

— Qu'est-ce qu'il y a de si drôle ?

— Vous, suffoquai-je en me tenant les côtes. Vous qui *me* hurlez d'écrire le scénario. Maintenant vous savez ce que ça fait, au bout du compte.

ANU me regardait d'un air suggérant qu'il pensait m'avoir finalement brisée.

Je me ressaisis en arrangeant ma robe.

— Allons, Ezra. Il est temps pour vous de partir.

— Pas question.

— Vous l'avez entendue.

Je me retournai pour voir Ben debout près du rideau.

— Ça n'a foutrement rien à voir avec vous, Papa triste. Rentrez chez vous.

Les yeux de Ben s'assombrirent.

— Partez. Tout de suite.

— Pourquoi ça l'intéresse, d'abord ? me demanda ANU. Ne vous a-t-il pas rejetée ? Dans la jolie rencontre, expliqua-t-il à Ben.

— Ezra, non, dis-je, souhaitant à tout prix l'empêcher de poursuivre.

— Vous savez, celle avec la pièce de l'école.

Ses paroles remplirent la pièce garnie de rideaux, ce qui lui conférait une impression d'exiguïté étouffante.

Ben se tourna vers moi, les sourcils haussés, me demandant silencieusement si c'était vrai.

— J'étais furieuse contre vous, dis-je doucement. Je l'ai écrite avant…

Avant le cottage, avant la rescousse de la Saint-Valentin, avant que nous dansions.

— Et maintenant, ça fait partie de mon film, ajouta ANU.

— *Votre* film ? dit Ben calmement.

— Il a soumis ce que j'ai écrit sur les jolies rencontres pour le scénario, mais je *jure* que j'ignorais complètement que c'était ça qu'il faisait.

— J'ai entendu, dit Ben, l'expression impénétrable tandis qu'il reportait ses yeux vers ANU. Ça ne fait donc pas partie de « votre film », mais de celui d'Evie. Vous l'avez volé.

Je le dévisageai. Il ne m'en voulait pas ?

ANU se contenta de lever les yeux au ciel.

— C'est une assistante, n'est-ce pas ? Elle m'a *assisté*. C'est son boulot. (Il retourna à son prosecco.) Et elle déborde vraiment du cadre, si vous voyez ce que je…

— Espèce de trou du cul ! lâchai-je.

J'avançai vers lui, mais Ben me barra le chemin.

— Il n'en vaut pas la peine, Evie.

— Ça va, Ben, dis-je en regardant ANU d'un œil noir. Je peux m'occuper de lui.

ANU esquissa un rictus, enchanté.

— Oh que oui, elle peut, dit-il en reposant violemment la bouteille.

À présent, c'était au tour de Ben de faire un pas vers lui.

— Allez, Papa triste, montrez-nous que vous n'êtes pas juste un assommant connard.

Je m'interposai.

— Arrêtez ! ordonnai-je.

Mais ANU s'agita autour de moi et poussa l'épaule de Ben.

— Je n'ai pas l'intention de me battre avec vous, dit Ben d'un ton posé. Sortez. Maintenant.

ANU le bouscula de nouveau, plus fort, cette fois. Je lançai un cri d'avertissement quand Ben dérapa en arrière vers le gigantesque gâteau. Il y eut un bruit sourd lorsqu'il heurta le socle.

Les huit étages vacillèrent.

Les figurines qui s'embrassaient au sommet penchèrent légèrement d'un côté… et se stabilisèrent.

Je poussai un soupir de soulagement.

— OK, il s'en est fallu de trop peu. Ezra, vous devez vraiment partir.

ANU examinait Ben.

— Vous savez, c'est vrai ce qu'on raconte sur les rousses, dit-il d'un ton désinvolte. De vrais brasiers. Je suis juste triste de ne pas avoir pu découvrir si elle baise comme elle embrasse – *wouf.*

Ben le tacla sur le côté.

Oh, Seigneur, oh, non.

Je pus simplement regarder ANU s'envoler en arrière en moulinant des bras. Il tendit une main pour se rattraper, mais la seule chose derrière lui était le gâteau.

Je ne pus rien faire d'autre qu'être spectatrice quand le bras droit d'ANU s'enfonça jusqu'à l'omoplate dans l'étage du bas.

S'ensuivit un instant de stupéfaction – nous étions tous trois trop abasourdis pour réagir.

Puis le gâteau commença à trembler alors qu'ANU essayait de s'en extraire.

— Arrêtez de bouger ! Il est peut-être encore récupérable, dis-je désespérément. Peut-être que si nous retournons le gâteau, nous pourrons cacher le trou géant…

Ben tendit la main pour aider ANU à se relever.

— Allez, dit-il.

ANU feignit de lui prendre la main – seulement pour lui balancer un énorme morceau de génoise dans la figure.

— Très bien, dit Ben calmement en essuyant de la crème de ses yeux.

Puis il se jeta sur ANU, et ils basculèrent tous deux en arrière dans le gâteau, en délogeant l'ensemble du socle pour le projeter par terre dans un *ploc* sonore.

Oh mon Dieu comment cela peut-il se produire oh non non non.

Ils se relevèrent tous deux d'un bond, dérapant et glissant tandis qu'ils s'agrippaient aux épaules l'un de l'autre et se battaient dans les ruines pâtissières.

— Pour l'amour du ciel, arrêtez tous les deux !

ANU s'empara d'une tourelle d'un pied de long qui avait un jour fait partie du château en glaçage, et frappa Ben dans le dos. Ben riposta en hissant le deuxième étage tout entier pour le lâcher sur la tête d'ANU.

— Vous êtes des adultes !

ANU s'affaissa, fourrageant dans le gâteau pendant que Ben récupérait des fleurs en glaçage et commençait à le bombarder avec. Des deux mains, ANU se saisit de la plus grosse tourelle et la projeta vers Ben comme un javelot. Ben attrapa l'autre extrémité, et le releva violemment. Grognant dans l'effort, les deux hommes jouèrent au tir à la corde jusqu'à ce que la tourelle se casse en deux, les envoyant retomber en arrière sur le sol tartiné de gâteau.

Quelque chose s'écrasa avec force sur ma poitrine.

— *Oh !*

De la crème froide dégoulina à l'intérieur de ma robe.

C'est un désastre absolu.

— Entrez, il y a de la place pour tout le monde.

Une voix émergeait de l'autre côté du rideau. C'était le DJ.

Qu'est-ce qu'il fait là ?

— Il est temps de regarder les nouveaux M. et Mme Johnson couper le gâteau. Et quel gâteau, messieurs-dames ! Roulement de tambours, s'il vous plaît !

S'il vous plaît, non.

Nous nous figeâmes tous les trois. Ben et ANU par terre dans le gâteau détruit, moi perchée au-dessus d'eux, un tableau de désespoir.

Alors qu'on écartait le rideau, je fermai les yeux.

Trois. Deux. Un.

— Est-ce que quelqu'un va m'expliquer pourquoi il y a deux hommes au milieu de mon gâteau de mariage ?

— Oh, non, entendis-je dire Jeremy. Ils étaient censés surgir du sommet.

— Pas le moment, Jeremy, répliqua faiblement Maria.

Je me tournai vers eux. Tous les invités nous regardaient. Je ne pouvais croiser les yeux de mes amis.

Sarah tenait les figurines du prince et de la princesse. Ils avaient été séparés.

— Vous, dit Sarah, tout en rage froide, agitant la princesse vers ANU. Sortez de mon gâteau et dégagez de mon mariage.

ANU parut sur le point d'essayer de la charmer, avant de se raviser. Il se leva, faucha une bouteille de prosecco sur la table et franchit le rideau d'un pas nonchalant. Jeremy lui arracha la bouteille des mains et le fit sortir d'un coup de coude.

— Et vous, dit Sarah, pointant le prince vers Ben en secouant la tête. Vous étiez censé être le gentil.

— Je suis tellement désolé, Sarah, dit-il, se levant d'un bond en glissant un peu, et m'esquivant soigneusement du regard.

Il tenta d'essuyer le glaçage qui le recouvrait de la tête aux pieds, avant de s'apercevoir que c'était inutile.

— Je paierai pour tout cela. Vos photos ne seront pas facturées. Je suis navré.

Anette s'écarta de Maria et se dirigea vers son père, en évitant de marcher dans les morceaux de gâteau qui étaient tombés de lui. Elle lui tendit la main.

— Viens, dit-elle péniblement, comme s'il était un enfant désobéissant. C'est exactement pour ça que nous avons établi la règle Pas de sucre avant d'aller au lit.

Cela suscita quelques éclats de rire.

Les épaules affaissées, et avec un dernier regard contrit vers Sarah, Ben passa le rideau en boitant avec sa fille.

À présent seule, j'affrontai enfin mes amis.

— Evie, dit Maria. Comment est-ce que tu as pu ?

— Je suis désolée, commençai-je.

J'avais tout gâché pour Sarah. Encore une fois. Mes amis méritaient une explication. Et pourtant, je ne pouvais m'empêcher de regarder vers l'endroit où Ben et Anette avaient disparu.

— Tu ramperas plus tard, me dit Jeremy. Va le chercher tout de suite.

Je croisai le regard de Sarah, puis celui de Maria. Jeremy tint le rideau ouvert, et, en espérant que Sarah et Maria me pardonneraient, j'adressai à Jeremy un sourire reconnaissant et passai en trombe avant que quiconque puisse prononcer un mot de plus.

Ben et Anette avaient parcouru la moitié du couloir en direction du vestibule.

— Ben, attendez.

Il ne ralentit pas. Je me hâtai pour les rattraper.

— C'était une erreur, dit-il, sans se retourner. Nous n'aurions pas dû venir.

Mon estomac se vrilla. Anette lui tira la main.

— Est-ce que toute cette journée était une erreur ? demandai-je.

Ben s'arrêta à la double porte, tête baissée. Anette leva les yeux vers lui.

— Je n'aurais pas dû accepter d'être le photographe de Sarah.

— Pourquoi ? demandai-je avec insistance.

— Parce que. La vie avait un sens avant que nous vous rencontrions, Evie. Nous nous portions très bien avant que vous apparaissiez.

— Papa, dit Anette.

Il passa brusquement la porte.

Ça suffit.

Je les suivis en furie dans le vestibule.

— Vous devriez toujours être photographe, Ben, criai-je derrière lui.

Un membre du personnel derrière la réception se posa un doigt sur les lèvres et je baissai la voix.

— Je pensais que travailler sur ce mariage pourrait vous aider à reprendre l'activité que vous adorez. Je voulais juste aider.

Ben signa quelque chose à Anette. Elle signa rageusement en retour, mais son père lui désigna simplement la porte que nous venions de franchir. Elle fit saillir son menton avant de la franchir de nouveau, le rythme de la musique battant brièvement dans le vestibule tandis que les battants se refermaient derrière elle.

— Vous n'avez pas le droit de vous mêler de la vie des gens comme ça, Evie.

Comme il refusait toujours de me regarder en face, je me plantai devant lui, les bras croisés.

— Vous voulez parler d'ingérence ? Cette bagarre tout à l'heure ? Essayer d'obliger ANU à s'excuser ? Et les ballons ? L'enterrement de vie de jeune fille de Sarah ? Je n'ai pas besoin que vous voliez sans arrêt à mon secours, Ben.

— Vous avez failli m'avoir. Peut-être que si vous n'étiez pas aussi occupée à essayer de rencontrer un homme avec lequel vous ne voyez en vérité aucun intérêt de sortir, vous auriez le temps de vous concentrer sur des choses plus importantes.

Je m'embrasai et haussai le ton.

— Qu'est-ce qui vous dérange dans ces jolies rencontres, Ben ? Au moins, je fais quelque chose de ma vie. Vous êtes coincé dans une routine. À aller chez *Gil's* absolument chaque dimanche. À vous répéter que vous n'êtes plus photographe alors que, très clairement, vous l'êtes. Et vous savez ce que vous êtes d'autre ? Un lâche, Ben. Vous rechignez à tenter votre chance pour quelque chose que vous aimez, même quand c'est juste sous votre nez.

Je vis sa poitrine se soulever rapidement puis redescendre, et il se rapprocha de moi d'un pas.

— Quelque chose que j'aime ? demanda-t-il doucement.

— Oui, répondis-je, troublée.

— Evie ?

C'était Maria, la colère s'atténuant sur son visage en nous voyant là ensemble.

Anette apparut derrière elle en traînant un sac.

— J'ai récupéré tes affaires, papa.

Comme Ben ne répondait pas, elle signa « OK ». Il se ressaisit et alla à sa rencontre, passa la bandoulière du sac sur son épaule et prit la main de sa fille.

Ils atteignirent la porte principale et, l'espace d'un instant, Ben hésita, comme s'il allait dire quelque chose, avant de les pousser pour sortir et s'engouffrer dans la nuit.

Je sentis une main chaude sur mon bras.

Maria. Mais j'étais incapable de la regarder en face tout de suite.

— Reviens à l'intérieur, dit-elle.

— Je ne peux pas. Je suis désolée de vous avoir menti. Je suis désolée d'avoir tout gâché. (Je m'essuyai les yeux et reculai.) Profitez bien du reste de la soirée. Je vous aime. S'il te plaît, dis juste à tout le monde… S'ils demandent, dis à tout le monde que je suis désolée.

38

JEMS

```
INT. : CHAMBRE D'ENFANCE D'EVIE - DIMANCHE
17 FÉVRIER, 19H23

EVIE est dans un petit lit simple,
emmitouflée dans sa couette, en train de
travailler sur son ordinateur. Elle est
entourée de mouchoirs en papier. Elle ne
cesse de consulter son téléphone, puis de
le reposer. On frappe à sa porte, et la
mère d'Evie entre avec un plateau garni
d'une théière et de toasts à la confiture.
```

J'adressai un sourire larmoyant à ma mère lorsqu'elle entra, mais gardai mes yeux gonflés rivés sur l'écran afin de finir de réserver le camion de déménagement. J'avais déjà prévenu Jane que je partais à la fin du mois. Elle avait proposé de me laisser lui payer le loyer du mois suivant une fois que j'aurais retrouvé du travail, mais je ne savais plus vraiment ce que je voulais.

Bienvenue au fond du trou, Evie.

Ma mère installa le plateau sur ma vieille table de chevet.

— Je t'ai apporté un encas, dit-elle. Et du thé.

Elle en servit pour nous deux, puis posa lourdement le plateau sur mes genoux et me tendit la tasse, m'obligeant à m'asseoir.

— Je pense que tu devrais essayer de parler à tes amis, me dit-elle.

Je soupirai en mordant dans un toast. Mon estomac gargouilla, et je m'aperçus que c'était la première chose que je mangeais de toute la journée. Je dévorai toute la tranche.

— Ils ne me parlent plus. Maman, j'ai ruiné le mariage de Sarah, et je leur ai menti au sujet d'ANU.

J'avais tout raconté à ma mère, et pratiquement dû lui confisquer sa carte de bus pour l'empêcher d'aller le trouver.

— Sarah m'a à peine pardonné pour son enterrement de vie de jeune fille. Ils ne me pardonneront jamais cela. Je ne le mérite pas.

— En es-tu sûre ? demanda ma mère, éternelle optimiste.

Elle s'affaira à sortir mon pull et mon jean de ma valise pour les disposer sur le lit. Comme si cela allait d'une façon ou d'une autre m'encourager à m'extirper de mon pyjama.

C'était le premier jour depuis mon arrivée à Londres que le groupe de discussion JEMS était resté silencieux.

— J'en suis sûre, répondis-je en déchirant le deuxième toast en deux. Ma mère mit un soutien-gorge et ma brosse en haut de la petite pile sur mon lit, me jeta un coup d'œil, puis ajouta du déodorant et une brosse à dents.

— Je pense vraiment que tu devrais au moins essayer de leur parler. Après tout, ce serait malpoli de les faire attendre.

Il me fallut quelques secondes pour assimiler ce qu'elle venait de dire.

— Quoi ? demandai-je.

— Surtout avec tous les efforts qu'ils ont faits pour venir ici, dit-elle.

Je me levai avec précipitation en attrapant mes vêtements.

— Maman !

Je pénétrai dans le salon pour trouver mes amis serrés sur le canapé mou à deux places de ma mère, des tasses de thé à la main.

— Salut, lançai-je en essayant d'ébaucher un sourire.

Sarah était au milieu, conservant étrangement son éclat de jeune mariée dans une élégante chemise et un jean délavé. Jeremy hocha la tête vers moi. Je ne pouvais déchiffrer l'expression de Maria.

— Evie, dit Jeremy d'un ton formel. Entre. Nous avons tous quelque chose à te dire. Ce ne sera pas long.

— Parce que j'ai un vol très tôt, précisa Sarah.

J'entrai d'un pas traînant, la crainte brassant dans mon estomac. J'entendais ma mère s'affairer dans la cuisine, assez bruyamment pour indiquer qu'elle nous laissait notre intimité, mais pas au point de ne pouvoir rien écouter. Je scrutai le visage de Maria à la recherche d'indices sur la manière dont ça allait se dérouler. Comme personne ne prenait la parole, je me hâtai de combler le silence.

— Je sais combien j'ai été minable, dis-je. J'aurais dû vous parler d'ANU. Je n'aurais jamais dû laisser les choses aller aussi loin hier. Sarah, vous tous, je suis tellement navrée.

— Tu as été une amie nulle, me dit-elle sans ambages. Tu as détruit mon gâteau. Nous avons été obligés d'acheter une douzaine de génoises Victoria chez Tesco. La sœur de Jim a pris le reste de mes photos de mariage. Mais le pire, dit-elle, d'une voix plus douce, c'est que je voulais ma meilleure amie à mon mariage. Evie. Tu es partie.

— Je suis tellement désolée, Sarah, soufflai-je, consternée. J'ai été lamentable. Complètement irréfléchie. Je n'ai pas été là pour toi.

— Ça fait des mois que tu n'es pas là, dit Maria.

— Complètement centrée sur toi-même, ajouta Jeremy.

— Et tu nous as *menti*, conclut Maria.

— Je sais, dis-je, bouleversée par leurs expressions peinées. Je ne le referai plus. Et je promets que rien ne s'est réellement passé avec ANU. Maria, tu as vu cette photo de moi sur le tapis rouge. Elle raconte à peu près tout.

— Nous avons tous vu la photo, m'assura Jeremy.

— Je n'aurais pas dû vous cacher la vérité, déplorai-je piteusement. Mais je savais ce que vous diriez. Et vous auriez eu raison. Tout était fini avant le mariage de Sarah, je vous promets. J'ignorais qu'il débarquerait hier. Je n'aurais jamais dû lui parler. J'aurais dû le faire partir tout de suite. (Je les regardai chacun leur tour.) Je sais que je ne le mérite pas, mais… pensez-vous pouvoir un jour me pardonner ?

Je serrai fermement mes bras autour de moi, me préparant à leur réponse. Ils étaient ma famille. Je ne savais pas ce que je ferais sans eux.

— Absolument pas, dit Sarah.

Je réprimai mes propres larmes, la gorge enflammée. J'avais provoqué un chaos trop monumental.

Jeremy lui donna un coup de coude.

— Nous étions tous prêts à discuter des termes. Le supplice du silence. Un an de verres payés par tes soins. La totale, dit-il en esquissant le plus ténu des sourires. Nous avons fait une liste.

— Et puis ta mère nous a contactés, dit Maria.

— Elle nous a tout expliqué. Nous savons ce que cette tête de nœud t'a fait avec le scénario, dit Jeremy, avant de regarder Sarah. D'ailleurs, c'est comme ça que j'appelle ce que tu m'as fait porter à ton mariage.

— Nous savons aussi que tu as démissionné, dit Sarah, sans tenir compte de sa remarque. Et que tu reviens vivre chez ta mère. (Elle plissa le nez.) Tu as vraiment mis le paquet pour qu'on ait du mal à t'en vouloir.

Je les dévisageai tous, osant à peine le croire.

— Est-ce que ça veut dire…

— Viens ici, ordonna Jeremy.

Maria et lui se levèrent. Elle tendit les bras, les yeux scintillants.

S'ensuivit une pause.

— Très bien, dit Sarah en se levant aussi. Par contre, tu vas payer ce gâteau.

Je me retrouvai au centre d'une étreinte dont j'avais besoin depuis longtemps.

— Oh, les amis, dis-je, la bouche enfouie dans les cheveux de quelqu'un. Vous m'avez vraiment terrifiée pendant une minute.

— On sait, dit Jeremy.

Ils m'attirèrent sur le petit canapé entre eux.

— Merci d'être là pour moi. Une fois de plus, dis-je. Je sais que j'ai eu tort de vous avoir caché les choses, mais même si nous nous sommes vus, vous m'avez vraiment manqué.

— Evie Doris Summers, dit Maria d'un ton qui ne tolérait aucun argument. Bien sûr que nous sommes là. On arrête le monde quand nos amis ont besoin de nous.

Les larmes que je contenais commencèrent à couler. J'avais été si concentrée sur ce que je voulais que je n'avais pas été là pour eux. Et voilà qu'ils étaient là, présents pour moi.

— Les choses que je dirais à ce type si jamais je le revoyais, bouillonna Maria, le regard perdu dans le vide. Penser qu'il peut simplement voler ton scénario et le faire passer pour le sien. Quelle arrogance, un trou du cul digne de ce nom.

— Il est pire que ça, dit Sarah. C'est un homme de plus qui se croit autorisé à accaparer les honneurs du travail d'une femme comme si ce n'était rien. Et ce n'est pas rien. (Elle me regarda.) Alors qu'est-ce qu'on va faire à ce sujet ?

— Je ne sais pas encore, confessai-je. Je leur ai dit à Monty et lui que je méritais d'être créditée, et ils ont tous les deux refusé.

— Peut-être, dit Sarah d'une voix d'une douceur inhabituelle, que ce ne devrait pas être à eux de décider.

— Quoi que tu décides de faire, dit Maria en me tenant la main, nous sommes extrêmement fiers de toi. Tu recommences à écrire, et ces trouducs ne peuvent pas te retirer ça.

Je m'esclaffai, me tamponnant les yeux avec ma manche.

— Je ne compte pas les laisser faire.

Jeremy plongea la main dans un sac en toile à côté du canapé.

— Mais nous avions une autre raison d'être là.

Il posa un objet sur la table.

L'appareil d'Anette.

— Il faut qu'on te montre quelque chose, dit Maria.

Sarah alluma l'appareil et lança la lecture d'une vidéo. La mise au point se fit sur Anette. Elle portait la robe rouge et blanc du mariage et regardait par-dessus son épaule. J'entendais ma voix et celle de Ben haussées de colère qui filtraient par la porte derrière elle.

— Salut, Evie, j'espère que vous trouverez ça, dit-elle en s'approchant de l'objectif, la voix étouffée. Je dois faire vite, mais je voulais vous dire quelque chose. C'est sur mon père, Benjamin Michael Williams.

Elle énonça son nom complet. Jeremy sortit son téléphone.

— Alors voilà, dit Anette. Le truc, c'est qu'avant, on était trois, et on affrontait le monde entier ensemble. Ensuite, une chose affreuse est arrivée et il ne restait plus que nous deux. La chose affreuse lui a fait peur. Il ne voulait pas que ça recommence, alors on a arrêté les aventures. Ce qui a mis sa fille géniale bien à l'abri, mais, après un certain temps, il a oublié que vivre était une immense aventure. (Elle pointa un petit doigt vers l'appareil.) C'est vous, Evie. C'est vous, l'aventure.

Elle tourna brusquement la tête. On m'entendait clairement crier : « Vous êtes un lâche, Ben. »

Je rougis. Jeremy arqua un sourcil.

— Oh-oh, fit-elle. Il faut que j'y aille. Souvenez-vous : Benjamin Michael Williams.

L'image s'éteignit.

Je restai les yeux rivés sur l'écran un instant. Maria passa un bras autour de moi, me laissant le temps de digérer tout ça.

— Tu veux qu'on cherche des infos sur lui ? proposa Jeremy. Maria nous a fait attendre pour que ce soit toi qui décides.

Est-ce que je le voulais ?

Je ne reverrais peut-être jamais Ben.

Alors pourquoi est-ce que je veux quand même savoir ?

J'acquiesçai. Jeremy me montra son téléphone, et nous nous blottîmes les uns contre les autres.

Il avait déjà trouvé un site Web pour « Benjamin Michael Williams Photographie ». Il y avait d'autres superbes images à couper le souffle comme celles que j'avais vues.

— Il a exposé dans des galeries à travers le monde. Regardez les prix de ces clichés ! s'exclama Jeremy. (Mes amis me poussèrent pour pouvoir loucher sur l'écran.) Evie, dit-il d'un ton révérencieux. Ton mec est riche.

Ils me regardèrent tous.

— Ce n'est pas mon mec. Je suis sérieuse !

— Je n'arrive pas à le croire ! s'écria Sarah. (Nous la regardâmes.) C'est le célèbre Benjamin Michael Williams qui a pris mes photos de mariage !

— Tu ne savais pas qui c'était il y a une minute, fit remarquer Jeremy.

— Malgré tout, se pavana-t-elle. (Elle me posa une main sur la jambe.) Evie, il se peut même qu'un jour je te pardonne d'avoir détruit mon gâteau, dit-elle généreusement.

— Merci, Sarah.

Jeremy tripotait toujours son téléphone quand il se figea.

— Il y a des articles, là, dit-il d'un ton sérieux.

— Qu'est-ce que c'est ?

— Ils parlent de sa femme.

— Je veux voir, dis-je.

Il me tendit son portable. *Tragédie dans les Alpes*. L'article datait d'un tout petit peu plus de trois ans. Tandis que je lisais, les ultimes pièces du puzzle Ben s'assemblèrent. Chloe et Anette voyageaient avec lui sur un shooting. Ben était dans les montagnes le jour où c'était arrivé, et Chloe et Anette étaient restées au village où l'équipe était installée. Il était en retard pour rentrer, et Chloe et Anette étaient parties chercher à dîner. Ce n'était la faute de personne. Elles traversaient une route et une Jeep avait dérapé vers elles, les freins impuissants sur la glace. Des témoins déclarèrent que Chloe était parvenue à dégager Anette du chemin avant que la voiture ne la percute. Elle mourut là sur la route. Ben ne l'avait appris qu'en arrivant, des heures plus tard.

Mon père était mort en allant voir l'un de mes courts-métrages. Ce n'était pas ma faute, je le savais à présent, et c'était pourtant l'une des raisons pour lesquelles j'avais cessé d'écrire. Chloe était morte pendant que Ben prenait des photos. C'était pourquoi il avait arrêté. Jusqu'à ce que je le pousse à s'y remettre.

— Je l'ai traité de lâche, dis-je, hébétée. (Jeremy prit doucement le téléphone de mes doigts tremblants.) Je lui ai dit des choses vraiment affreuses. Impardonnables.

Mes amis me serrèrent tous vigoureusement.

— En effet. Mais tu pensais bien faire, déclara Sarah.

— Merci.

Je savais qu'elle aussi pensait bien faire.

— Qu'est-ce que tu vas décider ? demanda Maria.

— Comment puis-je m'attendre à ce qu'il me pardonne ?

— Tu sais ce que je pense de l'amour, dit Jeremy en se retirant de notre mêlée. Tu peux garder toutes les fleurs et les boîtes de chocolats en forme de cœur. Quand un homme vient déboucher tes toilettes, *ça*, c'est romantique.

— Qu'est-ce que tu veux dire ? reniflai-je.

— Il pourrait te surprendre, répondit-il.

Après le départ de mes amis, je me roulai en boule sur le canapé de ma mère, tenant toujours l'appareil d'Anette. Je le rallumai, curieuse des photos qu'elle avait prises au mariage, me demandant s'il y en avait une de Ben et moi avant que tout dégénère.

J'avais dû cliquer jusqu'au début de la carte mémoire, car la photo qui apparut datait de quelques années. Elle représentait Anette, Chloe et Ben souriant à l'objectif. Chloe avait les cheveux plus clairs qu'Anette, mais leurs sourires se faisaient écho. Ils avaient l'air si heureux, si inconscients que leur petite famille était sur le point de changer.

Ils étaient assis au *Gil's*.

Mes mains me parurent trop caoutchouteuses pour continuer à tenir l'appareil.

Ma mère passa la tête dans la pièce.

— Est-ce trop tôt pour du gâteau ?

— Oui, répondis-je.

Elle me donna une assiette avec un petit brownie dessus, et s'affaissa sur le canapé à côté de moi. Elle leva le bras afin que je puisse me reposer contre elle.

Nous regardâmes toutes les deux la photo.

— Quelle belle famille, dit-elle.

— J'ai été si horrible avec lui, soupirai-je. Je lui ai dit qu'il était coincé dans une routine. Je ne le pensais même pas, pas vraiment. J'adore nos petits déjeuners au *Gil's*. Pourquoi j'ai dit ça ?

Elle prit mon brownie et mordit dedans.

— Parfois, quand tu as subi un traumatisme, tu essaies de contrôler tout ce que tu peux pour éviter que ça se reproduise un jour.

— Tu ne l'as pas fait, toi, objectai-je.

Le canapé était drapé d'un jeté qu'elle avait confectionné. Il y avait un clavier contre le mur du fond pour lui permettre de pratiquer ses leçons. Le brownie venait de son dernier cours de pâtisserie. De mes plus lointains souvenirs, ma mère essayait toujours de nouvelles choses ; elle était toujours en mouvement, jamais inoccupée.

— Si, d'une certaine façon. J'ai fait tout ce que j'ai pu pour veiller à ce que le moindre changement qui se produisait dans ma vie après la mort de ton père vienne de moi, et moi seule. Ça m'a aidée, mais il m'a aussi fallu longtemps pour me résigner au fait qu'il y aurait toujours des choses qui échapperaient à mon contrôle. Tu dois apprendre à accepter cela.

Je songeai à ma vie avant le marché avec ANU ; à tout le temps que j'avais consacré au travail, à un boulot que j'adorais et méprisais à égale mesure. Au fait que j'aie toujours les mêmes amis, que j'aimais, mais que je n'aie pas tenté de m'en faire de nouveaux à Londres. À la façon dont j'avais pris moins de risques en amour après Ricky. Comment j'avais arrêté d'écrire après m'être entendu dire par Monty que je n'avais pas ce qu'il fallait.

— Après papa, j'ai choisi l'itinéraire Ben, non ?

— Oh, ma chérie. Nous faisons tous ce que nous devons de manière à aller au bout des choses. Mais j'espérais qu'un jour tu recommencerais à t'ouvrir à la vie. Je veux juste ton bonheur, et j'ai l'impression que, ces derniers mois, tu as été plus heureuse que je ne t'avais vue depuis longtemps. Le changement peut se révéler très bon.

Elle me proposa le reste du brownie et je le pris.

— Je regrette quand même de ne pouvoir changer ce que j'ai dit à Ben hier, confessai-je. Mais je ne peux m'empêcher de croire qu'il a vraiment besoin de reprendre des risques. Penses-tu qu'il pourrait un jour apprendre à faire ça ?

— Qui sait ? dit ma mère. Peut-être que c'est déjà le cas.

Maria : As-tu décidé ce que tu allais faire pour ton scénario ?

Evie : Oui. Il s'est avéré que c'était une décision facile à prendre, finalement.

Jeremy : Et le Veuf sexy ?

Evie : Lui aussi.

Maria : Tu gères.

Evie : Je sais. Mais savoir que vous êtes tous là pour moi m'aide. Vous me donnez le sentiment d'avoir beaucoup de chance.

Sarah : C'est mignon, mais tu rembourses quand même mon gâteau.

39

La Fin

```
INT. : SALLE DE RÉUNION, INTREPID
PRODUCTIONS -LUNDI 18 FÉVRIER, MIDI

MONTY, ANU et SAM-ET-MAX sont assis à
l'extrémité d'une grande table. Les murs
sont en verre et l'on peut voir dans la
pièce voisine, où se trouvent des fauteuils
ronds colorés, des gens qui jouent au
baby-foot et une machine à margaritas. Tout
le monde a un exemplaire du scénario. Monty
paraît confiant. ANU porte des lunettes de
soleil. La porte s'ouvre, et Evie entre.
```

— … juste un peu de peaufinage, c'est tout, mais je pense que nous pouvons tous convenir que cette version est plus qu'acceptable…

En me voyant, Monty se tut. Il remodela péniblement son visage pour afficher son habituel sourire décontracté, même si ses yeux étaient de vrais pistolets à clous, qui me transperçaient depuis l'autre bout de la table. Je le voyais tenter désespérément de deviner pourquoi j'étais là.

ANU inclina le menton vers le bas, baissant ses lunettes pour me regarder, comme s'il ne parvenait à croire mon culot.

Je soutins son regard, le défiant de dire quoi que ce soit. Au lieu de ça, il remonta ses lunettes et se cala au fond de son siège en rivant les yeux sur le plafond. Il ne s'était pas rasé depuis quelques jours et portait une casquette – griffée, mais tout de même très « non ANU ».

Sam-et-Max, d'autre part, étaient tout sourires tandis qu'ils m'accueillaient dans la pièce et me faisaient signe de m'asseoir.

— Tu voulais quelque chose, Evelyn ? demanda Monty, comme légèrement gêné pour moi.

— Elle est là pour discuter de la fin, dit l'un des producteurs en se renfonçant dans son fauteuil, les doigts croisés sur la poitrine. Elle nous a envoyé un mail hier pour nous dire qu'elle avait une solution, dont elle a déjà discuté avec vous. Nous sommes tout ouïe.

Le visage de Monty n'afficha que du pur soulagement. Elle est revenue à la raison, exprimait-il.

— En vérité, dis-je, le cœur battant la chamade mais déterminée, je suis ici pour discuter du scénario dans son ensemble.

Le soulagement oscilla entre la panique et l'incertitude avant que le flegme professionnel reprenne le dessus.

— Je crains que tout cela soit ma faute, dit Monty d'une voix onctueuse. Je lui ai donné des responsabilités supplémentaires, et ça lui est monté à la tête. Evelyn, ceci ne te concerne plus. Ce genre de comportement explique exactement pourquoi j'ai dû me séparer de toi.

— Vous ne faites plus partie de l'agence ? demanda l'un des producteurs, en se concentrant sur moi.

— Je…

— Elle a été virée, dit Monty en me coupant la parole.

Sam-et-Max se regardèrent.

— Alors je pense que nous nous demandons tous pourquoi vous êtes là.

Monty parut sinistrement satisfait tandis qu'il m'observait depuis l'autre côté du bureau.

— Pourquoi perdre notre temps ? Appelons la sécurité maintenant.

Je me levai. C'était le moment ou jamais.

— Je suis ici parce que c'est mon scénario, annonçai-je en prenant un exemplaire. (Le calme de ma voix me surprit.) C'est moi qui l'ai écrit. Et mon nom devrait figurer dessus.

Mon ancien patron se colora d'une teinte vaguement violette.

— Appelez la sécurité ! Je vais le faire, voulez-vous ?

Il se dirigea d'un pas vif vers la porte et l'ouvrit brusquement.

— Attendez.

Monty regarda frénétiquement autour de lui pour voir qui avait parlé. C'était ANU. Il se levait, ses lunettes de soleil à la main.

— Elle dit la vérité.

Quoi ?

ANU avait l'air sur le point de vomir, mais il resta debout.

— Ne soyez pas si modeste, Ezra, dit Monty, la voix trop haut perchée. Il est peut-être temps que vous fassiez une pause. Tous les grands noms se l'accordent, il n'y a aucune honte à cela. Et dès maintenant.

— Ce scénario est celui d'Evie. Au mieux, j'ai porté mon assistance.

Il parvint à esquisser un sourire – qui semblait douloureusement brut.

— Et pas de la meilleure manière, ajouta-t-il.

Sam-et-Max fronçaient les sourcils. Ils se regardèrent, une communication silencieuse passant entre eux.

— Il est fatigué. Les délais étaient trop serrés. Il ne sait pas ce qu'il raconte, dit Monty, à moitié appuyé sur la porte. Ceci, dit-il en désignant les pages que je tenais, porte le nom d'un oscarisé, exactement comme vous le souhaitiez, pas celui d'une quelconque assistante. (Il étudia les producteurs.) N'est-ce pas ce qui importe ici ?

— Si vous avez besoin de preuves, dis-je, je peux vous dire comment il aurait dû finir.

— Sécurité ! cria Monty dans le couloir.

— Assieds-toi, Monts, espèce de vieux crétin, dit sèchement ANU. Le scénario est celui d'Evie, et tu le sais. C'est son œuvre. (Il s'adressa aux producteurs.) Toute cette chaleur que vous avez adorée ? Ces personnages ? Ce ton nouveau dont vous ne pouviez plus vous passer ? C'est entièrement Evie. Vous auriez pu me donner trois ans de plus, je n'aurais rien rendu d'aussi bon, et de loin, que ce qu'elle a accompli en trois mois. C'est inné chez elle. Seulement, un connard lui a volé ses mots, alors elle n'en a aucune idée.

— Elle a clairement trop bien fait son travail, tenta Monty, refusant de céder. Elle te fait croire qu'elle a effectué la partie pénible. Je vous le demande, quelqu'un peut-il vraiment quantifier l'aide que les auteurs reçoivent ?

— J'ai tous ses mails, Monts, dit ANU, avant de se tourner vers les producteurs. Je vous transférerai tout ce qu'elle m'a envoyé. Vous verrez que j'ai pratiquement plagié mot pour mot ce qu'elle a écrit. Je rendrai l'argent, aussi. Il était temps que je réduise mes prétentions de toute façon. (Enfin, il me regarda.) Pour ce que ça vaut, Evie, je suis désolé.

Son honnêteté ne compensait pas entièrement ce qu'il avait fait, mais je hochai la tête vers lui.

Il feignit de lâcher un micro, rechaussa ses lunettes et partit.

Monty avait les yeux rivés sur le dos de son client qui se retirait, le visage décomposé. Sam croisa le regard de Max et tambourina des doigts sur la table, et, après une pause pesante, Max acquiesça.

— Pour la fin, me dit Sam. À quoi pensiez-vous ?

— Evie, dit Max en m'invitant à revenir dans la pièce.

Une fois que je leur eus exposé une version du scénario où l'assistante obtenait sa fin heureuse, ils m'avaient demandé de me retirer afin qu'ils puissent discuter de leurs options. L'excitation qu'affichait Monty était déconcertante.

— Nous ne choisissons pas nos partenaires à la légère, commença Sam. Nous voulions le nom d'Ezra Chester sur le prochain projet d'Intrepid Productions.

Je hochai la tête. C'était ce à quoi je m'attendais.

— Mais nous revenons sans arrêt au fait que nous adorons ce scénario.

L'espoir déferla dans ma poitrine, avec une intensité presque douloureuse.

— Et que nous avons lancé cette affaire en prenant des risques, dit Max. Nous n'avons pas choisi le nom Intrepid sans raison.

Ils me sourirent.

Sam me tendit la main pour que je la serre.

— Bienvenue chez Intrepid, Evie. L'annonce que nous avons recruté un nouveau talent féminin pour notre comédie romantique sera accueillie avec soulagement, nous en sommes certains.

Je pouvais à peine respirer. En un instant, cette pile de papiers sur la table devint un avenir que je n'avais osé imaginer. Et il y avait une personne avec qui je voulais le partager plus que quiconque.

Monty hochait vigoureusement la tête.

— Quelle meilleure publicité pourrions-nous demander que : « C'est l'assistante qui a écrit le film » ? C'est une véritable histoire de pauvreté-luxe en trajet direct.

— Nous allons devoir parler à votre agent.

— J'ai toujours su qu'elle avait ça en elle. C'est moi qui l'ai découverte, vous savez. Inutile de me le demander deux fois, s'esclaffa Monty en agitant la main. Oui, Evelyn, je te représenterai. Et chez William Jonathan Montgomery & Sons, tu seras notre cliente numéro un. Avec un traitement de star.

— Merci, dis-je aux producteurs, ce seul mot si lourd de sens que je manquai de plier sous son poids. Mais je me représente moi-même.

— Tu ne peux pas penser ce que tu dis, Evelyn, fulmina Monty. Ceci est ce que tu as toujours voulu. Je me rappelle ce que tu as dit il y a tant d'années. Je suis l'agent de tes rêves. Tu ne peux pas dire « non » à ça.

Je le regardai.

— J'ai peut-être été un peu hâtive, à l'époque.

À cela, Monty finit par s'affaisser dans son fauteuil, vaincu.

Evie : Les amis… devinez qui va enfin devenir agent. Même si je ne représente qu'une personne.

Sarah : Je n'arrive plus à suivre. Je croyais que maintenant on pouvait tous arrêter de faire comme si tu ne voulais pas être scénariste ?

Maria : Dis-moi que tu l'as fait !

Jeremy : Allez, Evie, le suspense est en train de tuer Maria.

Evie : J'ai réussi ! Mon nom figurera sur le scénario. Je suis auteure !

Maria : Ça, c'est notre copine.

Jeremy : 

Sarah : ENFIN !

Evie : Il me reste une chose à faire.

40

Prise ~~une deux~~ trois au *Gil's*

```
INT. : LE GIL'S – DIMANCHE 10 MARS, 10 heures

EVIE entre dans le café, les yeux rivés sur
sa table habituelle. Des étrangers y sont
assis. Elle se mord la lèvre et se dirige
vers le comptoir. XAN est au service.
```

Je me tenais dans la queue, regardant à l'occasion autour de moi, pour chercher par réflexe deux visages familiers. Il n'y avait eu aucun signe d'eux trois dimanches de suite. Ils venaient de temps en temps dans la semaine, m'informa Xan, mais il ne les avait pas du tout vus récemment. J'étais quand même venue tous les week-ends, à payer des chocolats chauds et attendre. Juste au cas où.

Vous êtes coincé dans une routine. À aller chez Gil's *absolument chaque dimanche.*

Ben n'avait répondu à aucun de mes messages, j'avais donc essayé d'appeler, seulement pour entendre le message automatique : « Ce numéro est actuellement indisponible. » Ce qui signifiait sans doute que tous mes messages avaient été bazardés dans le vide.

Il était temps d'accepter que Ben et Anette ne venaient plus.

— Trois chocolats chauds ? me demanda Xan.

— En fait, dis-je, juste un cappuccino à emporter, aujourd'hui.

J'allai au bout du comptoir pour attendre, essayant de dissiper la tristesse qui s'était déposée sur moi comme de la neige. J'avais tant de choses dont me réjouir. Les quelques semaines passées avaient été un tourbillon total. J'avais signé mon contrat avec Intrepid Productions (après une solide série de négociations, bien entendu). Ils avaient donné le feu vert au scénario. Je l'avais peaufiné jusqu'à ce qu'il brille, comme je l'avais fait pendant des années à l'agence, et, lorsque j'eus terminé, je finis par m'avouer pourquoi la révision avait été la meilleure partie de mon ancien travail. Cela s'était révélé aussi proche de l'écriture que je ne pensais un jour parvenir à l'être. Les auteurs me manqueraient, mais, en quittant l'agence, il m'avait semblé lâcher un souffle que je n'avais pas été consciente de retenir.

La somme que j'avais négociée pour le scénario était assez confortable pour, si je le souhaitais, pouvoir m'acheter un logement. J'avais payé Jane jusqu'à la fin du mois, mais, à présent, j'avais des options. Mon avenir s'ouvrait devant moi ; il me fallait juste faire le premier pas. Après tout, les auteurs peuvent être basés n'importe où. Même Sheffield. Je pouvais rentrer chez moi.

Et pourtant, jusque-là, je ne l'avais pas fait. La seule chose que j'avais accomplie était d'acheter un chien à ma mère, qu'en l'honneur de Ziggy (à savoir la meilleure facette d'ANU), elle avait appelé David.

— Cappuccino pour vous, Evie, lança Xan.

Il fit glisser le gobelet à emporter le long du comptoir.

— Xan, c'est vide.

— Vraiment ? dit Xan en écarquillant les yeux.

Contrariée, je retirai le couvercle pour lui montrer. Il y avait un papier enroulé à l'intérieur. Je le sortis.

Il s'agissait d'un billet de cinéma pour une projection de *Brick Park* au Prince Charles Cinema à Soho à midi ce jour-là.

41

La Jolie Rencontre

```
EXT. : LE PRINCE CHARLES CINEMA, SOHO
-DIMANCHE 10 MARS, MIDI
```

```
EVIE lève les yeux vers la boîte d'affichage
blanche au-dessus des portes en verre.
Elle porte les lettres BRICK PARK – COMPLET.
EVIE fronce les sourcils, puis entre dans
le vestibule et se dirige vers le comptoir.
Lorsqu'elle montre son ticket, les employés
se donnent des coups de coude et sourient,
certains se hissant sur la pointe des pieds
pour la voir. L'un d'eux lui demande de
descendre l'escalier avec lui.
```

Je descendis l'escalier à la suite du garçon en me demandant si j'avais imaginé les réactions à mon arrivée. Peut-être que l'équipe présente était, comme moi, curieuse de voir d'autres fans de Dorothy Taylor. Nous étions criminellement peu nombreux. J'avais été perplexe mais touchée quand Xan m'avait donné le billet, essayant de me rappeler à quel moment je lui avais fait part de mon adoration pour ce film.

— Je sais que vous autres aimez vos classiques, dis-je en tendant mon ticket. Mais personne n'a jamais entendu parler de ce film. Personne.

— Vous seriez surprise. (Le garçon m'ouvrit les portes face à l'écran.) Par ici.

Tous les sièges étaient vides.

— N'est-ce pas complet ? m'étonnai-je.

— Si, répondit le garçon en fermant les portes derrière moi.

Je pris place, choisissant de m'installer en plein milieu, c'est-à-dire le meilleur endroit pour le point de vue et l'acoustique. Même si j'étais la première à arriver, les lumières se tamisèrent aussitôt. Je regrettais de ne pas avoir eu le bon sens d'acheter du pop-corn.

Il me fallut quelques secondes pour assimiler l'image qui était apparue à l'écran.

C'était moi.

Sans déconner !

Je regardai autour de moi, mais j'étais toujours toute seule.

La photo avait été prise au *Gil's*. J'étais penchée sur mon ordi, perdue dans quoi que ce fût que j'écrivais.

Quelqu'un marcha devant l'écran.

— Salut, dit Ben.

— Salut, dis-je.

Ses épais cheveux noirs étaient relâchés et ondulés. Il portait un tee-shirt sous sa veste. Pas de chemise en vue.

— Qu'est-ce que c'est que ça, Ben ?

— Je devais vous dire quelque chose.

— Je suis allée au *Gil's*. Vous auriez pu me le dire là-bas. Seulement je ne vous ai pas vu dans les parages.

— Je travaillais. Ça demande de voyager un peu plus que mon ancien travail.

— Je vous ai envoyé des messages.

— Je sais. Il s'avère que Marc a toujours une préférence pour les shootings où la réception est quasi nulle.

— Vous… (Je marquai une pause, prenant précisément conscience de ce que cela signifiait.) Vous avez tenté votre chance.

Il sourit.

— Quelqu'un m'a dit que j'étais un peu coincé dans une routine. Il se trouve que me prendre un savon par une demoiselle d'honneur après avoir gâché le mariage de son amie était exactement ce dont j'avais besoin.

— Pourquoi sommes-nous ici, Ben ? demandai-je en me levant pour commencer à marcher le long des sièges.

— Je pensais que ce serait mieux en personne.

— Quoi donc ?

— De vous dire ce que je ressens vraiment pour vous.

Je m'arrêtai aux marches.

— Mais je sais ce que vous ressentez. Vous vous êtes montré parfaitement clair là-dessus quand vous avez pensé que je vous avais inclus dans une jolie rencontre.

— J'ai été idiot. Quand vous avez dit que vous les faisiez pour le travail, qu'elles n'avaient pas à être réelles… Je craignais que, si je n'étais qu'une jolie rencontre de plus, ce ne soit pas aussi réel pour vous que ça l'était pour moi.

C'était pour *ça* que Ben n'avait pas voulu être impliqué dans mes jolies rencontres ?

— C'est réel pour vous ?

— D'une réalité fracassante, répondit-il.

Je sentais mon pouls dans ma gorge en empruntant les marches, une à la fois.

— Et tout ce que vous avez déclaré au mariage ? insistai-je.

— Je me suis comporté comme un abruti. Je venais de détruire le gâteau de votre amie, et j'ai dit des âneries. Par exemple, que la vie avait un sens avant de vous rencontrer.

La vérité, c'est que les choses ne m'ont pas paru aussi limpides depuis si longtemps. Je suis désolé, Evie.

Tous ces moments où je regrettais de ne pouvoir revenir sur ce que je lui avais dit, je n'avais jamais pensé qu'il avait lui aussi voulu me tenir des propos différents.

— Après le mariage, étant donné mon comportement, Anette a eu l'impression que vous auriez peut-être besoin d'être convaincue. J'ai toujours été plus doué avec les images.

Il désigna l'écran.

Une autre photo y apparut, et je m'immobilisai. Celle-ci représentait Anette et Ben tirant la langue dans mon dos, alors que j'écrivais sur mon ordinateur, inconsciente de ce qui se passait autour de moi. La suivante était de Ben et moi. Je regardais quelque chose à l'autre bout du café, et Ben… Ben avait les yeux rivés sur moi. Sur celle d'après, je soulevais les ailes Union Jack en disant que je savais comment les attacher – et Ben avait le visage empli d'émerveillement.

Toutes ces photos étaient celles qu'Anette avait prises de nous durant les trois derniers mois. Toutes, sauf celle où j'étais sous le lampadaire, tenant mon parapluie rouge dans l'averse. Celle que Ben avait prise. Je ne posais pas. Mes cheveux frisottaient. Et j'étais belle.

La dernière était une photo du mariage. Ben et moi en train de danser. J'avais le visage relevé vers le sien. Il me serrait contre lui. Il esquissait un sourire en coin suscité par quelque chose que je disais, comme s'il n'y avait que lui et moi dans la pièce.

Cette expression dans les yeux de Ben, c'était presque comme…

— Selon une certaine fouine de sept ans, dit Ben, je n'ai pas réussi à vous dire juste que je vous aimais.

Je détachai mon regard de la photo.

— Vous… Quoi ?

— Je vous aime, dit-il simplement.

Ben m'aimait ?

— Votre façon d'être avec Anette. Votre chaleur. Votre obstination. Votre gentillesse. Votre passion. Vos cheveux… Surtout vos cheveux. Votre détermination à vous donner publiquement en spectacle.

Ce sourire, de nouveau. Celui qui semblait n'exister qu'à demi, mais qui, pour un connaisseur en sourires de Ben, était tout.

— Et pour votre courage. Je vous aime, Evie Summers.

Ben m'aimait.

Il y avait quelque chose dans le fait de le voir sur grand écran qui rendait ça plus difficile à réfuter.

— Je me suis dit, après tout ce qui s'est passé, que vous méritiez votre jolie rencontre à vous.

Il s'était souvenu. À quand remontait la fois où je lui avais décrit ce moment ? Le cinéma. Le film. Mais je n'avais jamais imaginé que la seule autre personne dans le cinéma serait Ben.

— Vous avez réservé le cinéma entier.

— J'ai entendu que les rom-coms requéraient de sortir le grand jeu.

Mon pied toucha la marche du bas.

— Que je comprenne bien, Ben. Après des mois à éviter d'être l'une de mes jolies rencontres, vous en avez créé une de votre cru ?

— C'est ça.

Je commençai à traverser la moquette dans sa direction.

— Et même si vous ne savez toujours pas si c'est réel pour moi, vous vous tenez là, disposé à me dire que vous m'aimez ?

— J'ai décidé de tenter une autre chance, dit-il.

Je réduisis l'espace entre nous.

— Alors vous devriez savoir, dis-je en levant les yeux vers lui, que ça a vraiment porté ses fruits.

— Evie, dit Ben d'un ton grave. J'aimerais vous embrasser, maintenant.

— Vous a-t-on déjà dit, m'esclaffai-je, que vous parliez trop ?

Il porta une main à ma joue, plaçant l'autre sur le bas de mon dos, et m'attira contre lui.

— C'est mieux ?

Je plongeai mon regard dans ses yeux marron et mi-clos, débordants de lumière, de chaleur et d'amour. Puis je m'abandonnai au miracle absolu de sa bouche sur la mienne.

Épilogue

Le verre renversé

FONDU À L'OUVERTURE

INT. : CAFÉ *GIL'S*, EAST DULWICH - DIMANCHE, HEURE INDUE (10 heures)

EVIE SUMMERS - fin de la vingtaine, taches de rousseur, boucles rousses qui lui descendent aux épaules, robe de thé style années 1950 jaune vif, Dr Martens - se tient devant le comptoir en tapant du pied, débordant d'une énergie nerveuse. ANETTE WILLIAMS traverse le café en courant pour tirer le dos du gilet d'Evie. Evie se retourne et Anette bondit, surprise.

— Coupez ! cria Greta, la réalisatrice.

— Désolée, désolée, lui dis-je.

Je me précipitai en avant et agitai la main afin qu'Anette puisse me voir. Elle rougit intensément, puis éclata de rire, et l'actrice – une personne ravissante et pleine d'avenir – rit en chœur, la prenant brièvement dans ses bras avant de retourner à ses marques. Anette se glissa entre les lumières et les caméras pour revenir de notre côté. Ben lui ébouriffa les cheveux.

— Si vous comptez ramener des gens sur le plateau, vous devez les garder sous contrôle, lança Greta.

— Je le ferai, je suis désolée, elle est juste tellement excitée.

— Je ne parlais pas de l'enfant, précisa Greta en faisant vagabonder son regard vers un point derrière nous.

Je me tournai vers les trois individus en train d'accaparer la table à collation.

— Evie, Evie, Evie. Les encas sont gratuits ! cria Jeremy.

— Je suis fière de toi, cria à son tour Maria en promenant son regard critique sur les viennoiseries.

— Est-ce que l'actrice est vraiment obligée de porter aussi des Dr Martens ? demanda Sarah, en sirotant un Coca Light.

— Je vous adore, les amis, dis-je en me retournant. Je suis si contente de vous avoir amenés.

Ben me déposa un baiser sur le front.

— C'est drôle de penser que nous regardons le moment où j'ai commencé à tomber amoureux de toi.

Il pointa du doigt vers l'acteur qui jouait son rôle, et dont les sourcils étaient loin d'être assez foncés, selon moi.

— Quand j'ai fait vomir une enfant, dis-je d'un ton songeur. Comme c'est romantique.

— En réalité, c'est quand tu es venue te rasseoir avec nous. C'est là que j'ai su : cette femme me rendra courageux. (Je lui donnai un coup de coude, et il émit un petit rire.) C'est vrai. Regarde ce que tu as accompli. Prends un instant pour apprécier pleinement tout ceci. (Il désigna le plateau.) Tu as réussi, Evie.

Je regardai les acteurs plongés dans leurs scripts, à apprendre mes mots.

— Mon père me disait que, quoi que j'écrive, je devais faire en sorte que ça signifie quelque chose.

Il esquissa ce sourire en coin dont j'étais tombée amoureuse.

— Imagine combien il serait fier de toi maintenant.

— Silence sur le plateau ! Trois.

Greta mima deux, puis un, posant le doigt sur sa bouche. Ben passa son bras autour de moi tandis que nous regardions les acteurs reprendre.

« OK ? », me signa Ben. « OK ? », signa également Anette, avant de s'emparer de nos jambes dans une féroce étreinte.

« OK », signai-je, et je n'aurais pu le penser davantage.

Remerciements

Tout d'abord, bonjour à ceux qui prennent la peine de lire les remerciements ! Merci d'avoir tenu jusque-là, et merci d'avoir lu tout court. J'apprécie toujours la lecture des remerciements, qui donnent souvent un aperçu de l'auteur, ce qui rend d'autant plus étrange le fait d'avoir à rédiger les miens. Heureusement, ils ne parlent pas de moi, mais des gens brillants que j'ai la chance de connaître.

Un immense merci à l'équipe d'Orion. À l'inimitable Sam Eades, qui a acquis ce texte. Merci d'avoir misé sur moi. Celle que j'étais à seize ans est encore en état de choc, et celle que je suis aujourd'hui est admirative de ton énergie, ton œil éditorial et ton enthousiasme, et reconnaissante de ton soutien inébranlable pour la scène du caca.

Merci aussi à Katie Brown, qui a suivi la course de ce roman et m'a aidée à lui faire passer la ligne d'arrivée. Je n'aurais pu espérer meilleur bras droit. Des remerciements particuliers au reste de l'équipe de Trapeze : Phoebe Morgan, Anna Valentine, et particulièrement Shyam Kumar pour son travail acharné. Merci d'avoir pris soin de ce livre.

Alex Layt et Jessica Tackie, merci infiniment pour votre incroyable travail. Ce livre ne serait allé nulle part sans vous. Merci également à Paul Stark, dont le talent spécifique de superhéros est de trouver le lecteur idéal pour donner vie à un roman. Claire Keep, tu es mon héroïne de production. Krystyna Kujawinska, Susan Howe, Richard King, Hannah Stokes et Jess Purdue. Vous êtes l'équipe rêvée des cessions de droits, et je ne vous remercierai jamais assez. Il y a aussi l'équipe Australie et Nouvelle-Zélande – de Rachael Hum et Ellie Kyrke-Smith à Victoria Marin et

Alison Shucksmith : je ne pourrais espérer une équipe plus enthousiaste et dévouée. À toutes les fabuleuses personnes chez Orion et Hachette qui s'efforcent de mettre ce livre entre les mains des lecteurs – merci !

À ma formidable relectrice américaine, Margo Lipschultz chez Penguin, receveuse d'appels téléphoniques paniqués, lanceuse de conseils avisés, relectrice extraordinaire, merci. Désolée pour la scène du caca. Merci également à tous les membres de l'équipe de Penguin qui se sont démenés pour défendre ce livre.

Et à tous les autres ! Un immense merci à :

Gillian Redfearn pour avoir été là depuis le début. Ton aptitude à la générosité m'épate toujours. Toux ceux pour lesquels tu te bats ont vraiment beaucoup de chance.

Diana, pour m'avoir dit d'« être plus Evie ».

Cat Web pour les lasagnes. Tu es une âme lumineuse.

Richard Roper pour avoir été une caisse de résonance indispensable quand j'étais embourbée dans mes deadlines.

Mes colocataires, Nat et Chris, et Luna (alias Pounce-o, Dog-Dog, Goose, etc.) Pour le vin, les paroles rassurantes et les câlins à fourrure (ces derniers concernent exclusivement Luna). Désolée de ne jamais nettoyer la salle de bains. J'étais occupée à écrire ce livre.

Anna Boatman – et les *Vampire Diaries*, pour nous avoir rapprochées. Je suis navrée de ne pas t'avoir montré le livre avant qu'il soit terminé. Ton opinion compte sacrément pour moi.

Charlotte Cray. Comme Maria, ton amour vache met K-O, et sans lui, je ne serais pas la même. Tu es un baume pour l'âme. Merci, merci de tout mon cœur.

Claire Fraser, une amie et humaine fabuleuse sous toutes ses facettes. Merci d'avoir cru en moi, de m'avoir dit que j'étais capable de faire ça, et que j'étais « parfaite à 100 % »

telle que j'étais. Pour toi, j'insère le mot « nichons » dans mes remerciements. Merci, ma chérie.

Petite parenthèse : le *Gil's* s'inspire du *Ezra and Gil* au nord de Manchester, que vous devriez absolument visiter si jamais vous êtes de passage dans ce coin-là. Je ne peux pas vous garantir de jolie rencontre, mais je peux vous assurer que vous y mangerez merveilleusement (essayez les tartines de haricots – faites-moi confiance, en plus d'être délicieux, c'est le remède parfait pour la gueule de bois).

Et, enfin, merci à ma famille :

Ma grand-mère, Dorothy Parkinson, qui est aussi écrivaine. Dorothy Taylor a été nommée d'après elle. Merci, mamie.

Ma tante et mon oncle, Julie et Damian. Vous m'avez demandé de vous citer, mais je l'aurais fait de toute façon. Et mes cousines Abi et Holly, parce que je sais que vous ne me laisserez jamais l'oublier autrement. Vous êtes mes préférées. Mandy et Josie – merci d'être si fières.

Mes sœurs, Louise et Victoria. Dans les bons et les mauvais moments, j'ai tellement de chance de vous avoir dans ma vie. Grace. Un jour, tu seras plus Anette qu'Anette.

Et à mes parents, Dawn et Barry, pour avoir toujours cru en moi. Merci, vous êtes mes héros absolus. Je ne serais pas là sans vous, au sens propre comme au figuré.

Et, pour finir… à l'homme qui m'a dit que je n'étais pas assez douée – merci pour l'inspiration !

Achevé d'imprimer en mai 2021
Par CPI Brodard & Taupin à La Flèche
N° d'impression : 3042617
Dépôt légal : juin 2021
Imprimé en France
38122085-1